Catherine Ryan Hyde
Die Suche nach dem Augenblick

AF202212

TINTE
&
FEDER

Das Buch

In Luis Velez hat die blinde Mildred einen fürsorglichen Betreuer … bis er eines Tages nicht mehr auftaucht. Voller Sorge um ihren Freund wendet sich Mildred an die anderen Mieter des Hauses, aber nur der junge Raymond schenkt ihr Aufmerksamkeit.

Seit seine Eltern sich getrennt haben, hat er das Gefühl, nirgends dazuzugehören. Als ihm klar wird, dass die alte Frau auf Hilfe angewiesen ist, beginnt Raymond sich um sie zu kümmern. Rasch entwickelt sich zwischen den beiden Außenseitern eine tiefe Freundschaft.

Doch was ist mit Luis Velez? Auf seiner Suche nach ihm begegnet Raymond Menschen, die ihm zeigen, dass trotz aller Gleichgültigkeit in der Welt immer Grund zur Hoffnung besteht …

Die Autorin

Die mehrfach ausgezeichnete amerikanische Autorin Catherine Ryan Hyde hat bislang knapp dreißig Bücher veröffentlicht. Auf Deutsch von ihr erschienen sind neben weiteren Titeln »Tage der Hoffnung«, »Als ich dich fand« und »Ich bleibe hier«. Ihr bekanntester Roman »Das Wunder der Unschuld« wurde in mehr als 23 Sprachen übersetzt und unter dem Titel »Das Glücksprinzip« mit Kevin Spacey und Helen Hunt verfilmt.

Neben dem Schreiben ist Catherine Ryan Hyde auch als Referentin tätig und stand bereits dreimal zusammen mit Bill Clinton als Rednerin auf dem Podium.

Catherine Ryan Hyde unternimmt gerne Wanderungen und Reisen und ist eine große Hobbyfotografin.

CATHERINE RYAN HYDE

Die Suche nach dem Augenblick

ROMAN

Aus dem Amerikanischen
von Lotta Fabian

TINTE
&
FEDER

Die amerikanische Ausgabe erschien 2019 unter dem Titel »Have You Seen
Luis Velez?« bei Lake Union Publishing, Seattle.

Deutsche Erstveröffentlichung bei
Tinte & Feder, Amazon Media EU S.à r.l.
38, avenue John F. Kennedy, L-1855 Luxembourg
Januar 2020
Copyright © der Originalausgabe 2019
By Catherine Ryan Hyde
All rights reserved.
Copyright © der deutschsprachigen Ausgabe 2020
By Lotta Fabian

Die Übersetzung dieses Buches wurde durch Amazon Crossing ermöglicht.

Umschlaggestaltung: zero-media.net, München
Umschlagmotiv: © Ulrike Schmitt-Hartmann / Getty; © Ascent/PKS Media
Inc. / Getty; © RUNSTUDIO / Getty; © Joselito Briones / Stocksy United;
© FabrikaSimf / Shutterstock
Lektorat: Ute-Christine Geiler, Birte Lilienthal, Agentur Libelli GmbH
Gedruckt durch:
Amazon Distribution GmbH, Amazonstraße 1, 04347 Leipzig /
Canon Deutschland Business Services GmbH, Ferdinand-Jühlke-Str. 7,
99095 Erfurt /
CPI Books GmbH, Birkstraße 10, 25917 Leck

ISBN: 978-2-91980-913-4

www.tinte-feder.de

TEIL I
OKTOBER

Kapitel Eins

Diese Augen

Raymond schlüpfte zur Wohnungstür hinaus und durch den Flur zur Treppe. Er schaute in das rechteckige, vier Stockwerke tiefe Treppenhaus hinab. Zuerst sah er niemanden.

Es war früher Morgen, und grelles Sonnenlicht fiel durch die Fenster am Ende eines jeden der Gänge, von denen die einzelnen Wohnungen abgingen. Doch da sich vor diesen Fenstern, die zudem schon eine Weile nicht mehr geputzt worden waren, lediglich ein weiteres Gebäude befand, wirkte es nur dumpf und muffig. Es passte nicht zu Raymonds Vorstellung von Sonnenlicht.

Einen Moment später erschien Andrés Gesicht ganz unten in der Lobby. Er blickte zu Raymond empor. Raymond hielt einen Finger in die Höhe, eine Geste, die seinen Freund bat, kurz zu warten.

Dann schlüpfte er wieder in die Wohnung.

Sein Stiefvater, der gerade erst von der Nachtschicht zurückgekehrt war, saß am Küchentisch, trank Kaffee und las den Sportteil der Zeitung. Raymonds kleinste Halbschwester, die noch zu jung für die Schule war, hockte in ihrem Stuhl und aß

Frühstücksflocken, klopfte mit ihrem Löffel nach jedem Bissen gegen ihre Schüssel. Sie schaute Raymond an und lächelte.

»Hi, Ray Ray«, sagte sie.

»Hey, Clarissa.«

Offenbar waren seine beiden anderen Halbschwestern schon zur Schule aufgebrochen.

Raymond nahm sich einen Müsliriegel aus einer Schachtel im Schrank und steckte ihn in seine Shirttasche. Dann stellte er sich – so groß und unübersehbar wie möglich – vor die Zeitung seines Stiefvaters.

Nichts passierte.

Es hätte funktionieren sollen. »Groß« war so was wie eine Spezialität von Raymond.

Er räusperte sich.

Immer noch nichts.

Raymond nannte seinen Stiefvater nicht »Dad«. Niemals. Er durfte ihn »Ed« nennen, aber damit hatte er sich nie wohlgefühlt.

»Also …«, begann er.

Ed senkte die Zeitung und schaute ihn an. Wartete.

»Ich hab gehofft, du könntest mir …«

»Wenn du mir nicht sagst, was, kann ich es eher nicht.«

»Mir etwas Geld für das Mittagessen in der Schule geben?«

Ed seufzte, und Raymond wusste, er würde keins bekommen.

»Wie oft müssen wir das noch durchdiskutieren? Es ist viel billiger, wenn du den Lunch isst, den deine Mutter dir gemacht hat.«

»Sie hat mir keinen gemacht.«

Ed ließ seine Zeitung auf den Tisch sinken. Er stand auf, ging mit raschen Schritten zum Kühlschrank, riss die Tür auf. Das konnte Raymond verstehen. Was er nicht verstehen konnte, war, warum der Mann einfach davor stehen blieb, die ganze

Kälte rausließ. Es gab keine braune Tüte mit einem vorbereiteten Lunch. Das war leicht zu erkennen. Glaubte Ed, wenn er nur lang genug hinstarrte, würde sie mit einem Mal erscheinen?

Clarissa ließ ihren Löffel in ihre Schüssel fallen, sodass Milch über den Tisch spritzte. Sie schlang ihre kleinen Ärmchen um sich, als hätte man sie plötzlich im Schlafanzug in Alaska ausgesetzt.

»Brrr«, machte sie.

Ed schnappte sich eine Packung Fleischwurst aus dem Kühlschrank. Den Senf aus der Tür.

Raymond seufzte. Er hätte sich liebend gern sein eigenes Sandwich geschmiert, doch wenn er das tat, beschwerte sich sein Stiefvater immer, dass er zu viel Wurst und Käse nahm.

»Ich komm zu spät.«

»Es dauert bloß eine Minute.«

»André wartet auf mich.«

»Wenn er es so eilig hat, kann er ohne dich los. Du musst nicht ständig mit ihm zur Schule gehen.«

»Heute ist sein letzter Tag.«

Ed erstarrte. Er war gerade dabei gewesen, die Tüte mit dem Brot zu öffnen, hielt jetzt aber inne. Blickte über seine Schulter Raymond an.

»Was, du meinst ... auf Erden?«

»Das habe ich dir doch erzählt«, erwiderte Raymond und wünschte sich verzweifelt, er könnte sich woandershin beamen. Irgendwo anders hin.

»Ich kann mich nicht dran erinnern.«

Nein, natürlich nicht, weil du nicht zuhörst.

»Er zieht weg.«

»Na und? Du nimmst die U-Bahn und besuchst ihn. Du bist ein großer Junge. Groß genug, um allein U-Bahn zu fahren. Himmel, du bist beinahe erwachsen. Alt genug, um arbeiten zu gehen. Ich hatte einen Job, als ich sechzehn war. Also, du besuchst ihn einfach.«

Ed hatte eine verblüffende Gabe dafür, einen Job und Geldverdienen in jedes Gespräch einzuflechten.

»Er zieht nach Kalifornien.«

»Oh«, meinte Ed. »Jetzt, wo du's sagst, glaube ich, dass ich das schon mal gehört hab.«

Er strich mit dem Messer über eine Scheibe Brot, schmierte viel zu viel Senf drauf. Dann legte er eine einzelne Scheibe Fleischwurst auf den Senf und klatschte eine weitere Scheibe Brot darauf, schnitt es durch und schob es in eine Sandwichtüte aus Plastik. Er nahm eine traurig aussehende Orange aus der Schüssel auf dem Küchentresen. Ließ beides in eine braune Papiertüte fallen, die den Anschein erweckte, als hätte sie den Weg zur Schule und zurück bereits mindestens zwanzig Mal hinter sich gebracht.

»Ganz allein?«, fragte Ed, während er Raymond die Tüte reichte. »Oder mit seiner Familie?«

Natürlich mit seiner Familie. Er ist ja noch nicht mal siebzehn. Wo sollte er schon allein hinziehen? Und wenn du jetzt sagst: »Zu meiner Zeit ...«

»Mit seiner Familie.«

»Dann richte ihm von mir alles Gute aus.«

»Ja, tu ich.«

Auf dem Weg aus der Wohnung schnappte sich Raymond in der Diele seinen Rucksack mit den Büchern, schlang sich einen Träger über die Schulter. Er riss die Tür auf und hätte auf seinem Weg nach draußen beinahe André umgerannt. Er fasste seinen Freund am Arm, damit er nicht rückwärtsstolperte und hinfiel. Als er sicher war, dass André sein Gleichgewicht wiedergefunden hatte, ließ Raymond ihn los. Einen Moment lang standen sie einfach so da. Obwohl sie beide wussten, dass sie zu spät dran waren.

»Oh«, machte Raymond. Er blickte seinen Freund an, der ungefähr zwei Köpfe kleiner war als er. »Du bist schon da.«

»Ich hab gedacht, du hättest mich vergessen, Mann.«

»Nein. Sorry. Ich hab nur versucht, Lunchgeld von Du-weißt-schon-wem zu bekommen.«

Sie liefen gemeinsam die Treppe runter, nahmen immer zwei Stufen auf einmal.

»Du musst nichts sagen«, erwiderte André. »Lass mich raten. Er hat dir ein Sandwich geschmiert.«

»Genau.«

»Wieder so eins, wo praktisch nichts drauf ist.«

»Ja, so ungefähr.«

Sie erreichten das dritte Stockwerk. Hielten sich am Geländer fest, um die Kurve zu nehmen. Liefen weiter die Treppe runter.

»Und dann hat er dir erzählt, dass er, als er sechzehn war, schon gearbeitet hat.«

Raymond spürte, wie er zu lächeln begann. Es fiel ihm auf, weil ihm das nicht oft passierte. Am Anfang mochte er das Gefühl. Doch dann musste er daran denken, wie sehr ihm André fehlen würde, wenn er erst mal fort war.

Schweigend gingen sie die Treppe in den zweiten Stock runter.

Raymond hatte wieder diese Erfahrung, bei der er seine körperliche Erscheinung von innen spüren konnte. Er konnte es nicht anders beschreiben. Manchmal war er sich der bizarren Empfindung bewusst, zu groß zu sein. Oder ein andermal dachte er, er könne förmlich spüren, wie sein Adamsapfel vortrat. Oder er konnte im Geiste seine Augen nicht von seinen hängenden Schultern losreißen. Oder er war sich seines Gesichtsausdrucks so überdeutlich bewusst – seiner Lippen zum Beispiel –, dass er beinah meinte, er würde sich von außen betrachten.

Auf dem ganzen Weg zum zweiten Stock fühlte er sich genau so, all das zusammen plus einen traurigen Ausdruck in den Augen. Es war jedes Mal unbehaglich, weil er nie mochte, was er wahrnahm.

Als sie im zweiten Stock auf dem Treppenabsatz um die Geländerecke herumsprangen, hörte Raymond die Stimme einer älteren Frau hinter ihnen herrufen.

»Hallo?«

Raymond blieb stehen. André lief weiter.

Raymond schaute den Gang entlang und entdeckte eine Frau in der Tür ihrer Wohnung. Eine sehr alte Frau. Raymond fand, dass sie wie neunzig aussah. Sie trug ein geblümtes Hauskleid, das ganz ausgebleicht war. Weiße Frotteehausschuhe. Ihr schneeweißes Haar war zu einem Zopf geflochten. Ihre Augen schienen auf die Treppe gerichtet zu sein, als ob sie ihn betrachten würde. Aber das tat sie nicht. Nicht wirklich. Sie schien ihn nicht zu sehen, obwohl er direkt in ihrem Blickfeld stand.

Das war ein unheimliches Gefühl. Als ob im Kopf der alten Frau etwas nicht ganz in Ordnung wäre.

André drehte sich um und kam zurück, um ihn zu holen. Er packte Raymond am Ärmel seines Sweatshirts. »Komm schon, Mann.«

»Hallo?«, wiederholte die alte Frau, als ob sie nicht entscheiden könnte, ob da jemand vor ihr stand oder nicht.

Ja. Etwas ist definitiv nicht in Ordnung.

»Geh einfach weiter«, flüsterte ihm André zu.

»Ist da jemand?«, fragte die alte Frau.

»Ja. Raymond. Jaffe. Aus dem vierten Stock.«

André barg sein Gesicht in den Händen und seufzte.

»Kennen Sie Luis Velez?«, wollte die Frau wissen. »Haben Sie ihn gesehen?«

»Nope. Ich meine ... Nein, Ma'am. Ich kenne ihn nicht.«

12

»Oh«, erwiderte sie. »Oje.«

André packte ihn am Arm und zog. »Komm jetzt, Mann. Wir sind schon spät dran.«

Das riss Raymond aus seiner Trance, und er setzte sich in Bewegung.

»Sorry«, rief er über die Schulter, während er und André gemeinsam weiter nach unten zur Lobby liefen.

»Was glaubst du, was das eben sollte?«, fragte André, als sie in den kalten, grauen Morgen traten, die Eingangsstufen vor dem Apartmenthaus runter auf die Straße gingen.

»Ich weiß es nicht.«

»Ich glaube, sie ist verrückt.«

»Warum denkst du das?«, wollte Raymond wissen, der aus Gründen, die er nicht hätte erklären – oder identifizieren – können, den Drang verspürte, sie in Schutz zu nehmen.

»Ihre Augen. Was ist mit ihren Augen? Ich meine, wir stehen entweder genau vor ihr oder nicht. Weißt du?«

»Ja«, sagte Raymond. »Das hab ich auch bemerkt. Das war ein bisschen komisch.«

Sie gingen eine Weile lang schweigend weiter. Einen halben Block weit.

Raymond hatte wieder dieses Problem. Er war sich seines Körpers zu deutlich bewusst. Erst hakte er seine Daumen unter die Trageriemen seines Rucksacks. Doch dann standen seine Ellbogen viel zu weit raus. Er ließ die Riemen los und schob seine Hände tief in seine Jeanstaschen. Aber die Ellbogen ragten immer noch raus. Selbst wenn er mit runterhängenden Händen ging, war er sich seiner Ellbogen viel zu deutlich bewusst. Egal, was sie gerade taten, es fühlte sich nie richtig an.

Schlimmer noch, er wollte etwas zu André sagen, an seinem letzten Tag. Etwas Einfaches. *Du wirst mir fehlen, wenn du weggezogen bist.* Doch er bekam es einfach nicht heraus.

Schließlich holte er tief Luft und zwang sich, es auszusprechen: »Ich …«, er merkte, nachdem er angefangen hatte, blieb ihm keine andere Wahl, als es zu Ende zu bringen, »… wünschte, du würdest nicht nach Kalifornien ziehen.«

»Da sind wir schon zu zweit«, erwiderte André.

Raymond blickte seinen Freund an. Er war so viel kleiner als Raymond, auf mehr Arten und Weisen als nur in Bezug auf die Körpergröße. Er war irgendwie kompakter gebaut, hatte feinere Züge. Er sah aus, als ob alle Teile von ihm perfekt zusammenpassten, und jeder Teil von ihm wusste jederzeit genau, was er tun musste. Er war athletischer. Seine Haut war dunkler. André war aus einem Guss, in vielerlei Hinsicht. Er passte mit sich zusammen. Darum beneidete Raymond ihn.

Er schaute rasch wieder weg.

Sie kamen zu dem verlassenen Gebäude am Ende des Blocks.

»Nope«, sagte André. »Auf keinen Fall, Mann. Wir sind jetzt schon zu spät dran.«

»Ich hab nur eine Dose Thunfisch. Ich wollte sie bloß kurz reinbringen.«

»Mach das auf dem Heimweg. Er wird in der Zwischenzeit schon nicht verhungern.«

»Ich glaube, es ist eine Sie. Genau genommen.«

»Okay, sie wird deswegen nicht sterben.«

»Aber sie wird Hunger haben.«

»Sie hatte viel mehr Hunger, bevor sie dich getroffen hat.«

»Ja«, meinte Raymond. »Das stimmt wohl. Außerdem brauche ich immer eine Weile, um sie dazu zu bringen, zu mir zu kommen. Aber ich könnte es einfach für sie dalassen.«

»Und was ist, wenn eine der anderen Katzen es sich holt? Oder die Ratten und Mäuse?«

»Ja, du hast vermutlich recht.«

Er konnte sich allerdings nicht davon abhalten, über seine Schulter zu schauen. Auch noch, während sie über die Straße gingen. Als sie schließlich um eine Ecke bogen, war das Gebäude nicht mehr zu sehen.

»Denk doch nur«, sagte André, »wenn du nicht den Thunfisch gekauft hättest, hättest du Geld für den Schullunch gehabt.«

»Nicht wirklich. Thunfisch ist billiger.«

»Trotzdem. Was ist eigentlich mit dem Geld passiert, das dir dein richtiger Dad geschenkt hat?«

»Ich hab's ausgegeben.«

»Für Thunfisch?«

»Nein. Also … teilweise. Na ja, ja, im Grunde genommen schon.«

$$* * *$$

Sie gingen auch gemeinsam von der Schule nach Hause. Langsam. Langsamer, als sie das je zuvor getan hatten. Raymond dachte, dass es langsamer wäre, als irgendjemand je zuvor gegangen war – dass sie irgendeinen neuen Weltrekord aufstellten. Die Goldmedaille im Schleichen.

Keiner von ihnen machte eine Bemerkung dazu, warum sie das taten. Andererseits brauchten sie das auch gar nicht.

Als sie an das verlassene Gebäude kamen, wussten sie beide, dass es die Stelle war, wo Raymond abbiegen würde, daher mussten sie noch langsamer gehen. Und die einzige Art, das zu tun, war, stehen zu bleiben. Also taten sie das.

»Ich weiß, du möchtest …«, sagte André. Er beendete den Satz nicht oder erwähnte die Katze auch nur. Das musste nicht ausgesprochen werden.

»Richtig«, erwiderte Raymond, erkannte, dass er festsaß, wie im Gefängnis. Dass seine Unfähigkeit, auszudrücken, was er empfand, sich so eng und unausweichlich um sein Wesen geschlungen hatte, dass er kaum atmen konnte. Das war keine komplette Überraschung. Aber die Wände rückten eindeutig näher. »Also …«, fügte er hinzu, nicht im Mindesten mit dem für einen Gefängnisausbruch Notwendigen ausgestattet.

»Wir sehen uns«, meinte André.

»Ja«, antwortete Raymond. »Außer … Nein. Das ist es ja gerade. Wir werden uns nicht mehr sehen.«

»Hey, natürlich werden wir das, Mann. Es ist alles gut. Wir skypen.«

»Oh. Skype. Richtig. Okay. Stimmt.«

»Also kein großes Lebewohl. Nur …«

»Wir skypen bald«, sagte Raymond.

Sein Freund hob eine Hand zu einer Geste, halb Winken, halb Gruß, und wandte sich in Richtung seines Zuhauses – ein Gebäude, das weniger als einen Block hinter Raymonds lag. Ein Gebäude, das André nur noch weniger als vierundzwanzig Stunden beherbergen würde.

Raymond stand still auf dem Bürgersteig und schaute ihm nach, während er wegging, und dieses Gefühl von Selbstbewusstheit – oder vielleicht sollte man es besser Verlegenheit nennen – geriet außer Kontrolle. Er konnte jeden Muskel in seinem Gesicht spüren, und nicht einer davon fühlte sich normal an. Er schien sich auch zu weit nach vorn zu lehnen, als ob seine obere Körperhälfte irgendwie gegen ihn meuterte und versuchte, André die Straße entlang zu folgen, ohne den Rest von ihm mitzunehmen. Selbst seine Wangenknochen schienen etwas zu sagen zu haben, obwohl Raymond sich nicht vorstellen konnte, was das sein sollte.

André blickte über seine Schulter und winkte. Raymond winkte zurück. Dann wandte er sich ab und stieg durch ein fehlendes Fenster ins Erdgeschoss des verlassenen Gebäudes, landete auf dem Betonboden, wobei seine Turnschuhe ein scharrendes Geräusch erzeugten.

»Kätzchen«, rief er. »Komm her, miez, miez.«

Er setzte sich auf eine Steinbank, die wohl zu schwer gewesen war, als dass irgendjemand sich die Mühe gemacht hätte, sie wegzuschleppen. Sie war dort, wo die Beine in die Sitzfläche übergingen, auf eine seltsam anrührende Art und Weise mit blattartigen Steinkringeln verziert. Darum war sie für Raymond etwas Besonderes, weil nichts sonst in seinem Leben einfach nur so verziert war. Grundlos.

Die Katze sprang auf die Bank und miaute ihn an. Sie war winzig. Kein Katzenbaby, aber jung und klein, mit einem langen, dünnen Körper und orangefarben getigert. Ihre Stimme war dünn und leise, eher wie die einer Maus vielleicht. Oder die irgendeines anderen Tiers, das nicht mal ein Zehntel ihrer Größe hatte.

»Ich weiß«, sagte er. »Ich bin spät dran. Es tut mir leid, dass ich dich hab warten lassen.«

Er kramte in seinem Rucksack und zog den Leckerbissen hervor, den er für sie gekauft hatte. Eine kleine Dose Thunfisch mit einem Deckel mit Metallring zum Öffnen. Er machte sie auf und stellte sie auf die Bank.

Einen Moment lang – eine oder maximal zwei Sekunden – ging sie nicht hin. Stattdessen verlangte sie nach Zuneigung. Sie rieb ihren langen Körper an Raymonds Seite, und als er ihr mit der Hand über den Rücken strich, streckte sie den Po in die Luft. Ihr Schwanz stand hoch, wie eine Fellantenne, und zitterte leicht.

Dann stürzte sie sich auf den Thunfisch.

Aber dieser eine Moment – dieser eine Moment, in dem sie sich für ihn entschied statt für das Essen –, das war so süß. Es weckte in Raymond beinahe den Wunsch, zu weinen. Oder vielleicht lag es auch daran, dass sein Freund wegzog. Oder es war eine Mischung aus beidem.

Doch er weinte nicht. Er weinte nie.

»Ich vermute mal, dann sind es jetzt nur noch wir beide«, erklärte er.

Die Katze hob den Kopf und schaute ihn ernst an, leckte sich die Lippen. Dann richtete sie ihre Aufmerksamkeit wieder auf das Futter.

* * *

Er stieg langsam die Stufen hoch, hielt sich am Treppengeländer fest, um sich daran hochzuziehen. Er fühlte sich ausgelaugt, als hätte er überhaupt keine Energie mehr.

Gerade als sein Kopf auf der Höhe des Absatzes im zweiten Stockwerk war, sah er sie wieder. Und hörte sie. Sie rang die Hände vor ihrem geblümten Kleid.

»Ist das Raymond?«, fragte sie. »Aus dem vierten Stock?«

Wieder schienen ihre Augen einen Punkt zu fixieren, an dem Raymond sich nicht wirklich befand. Beinahe, aber eben nicht genau.

»Ja, Ma'am«, antwortete er. »Ich bin's.«

»Ich hab nur gedacht …«

Raymond trat auf den Absatz und machte ein paar Schritte in den Gang hinein, in ihre Richtung. Eine Stimme in seinem Hinterkopf drängte ihn, es nicht zu tun. Wenn André hier gewesen wäre, hätte der ihm ebenfalls gesagt, er solle es nicht tun. Vielleicht war das auch seine Stimme in Raymonds Kopf, die ihm unerwünschte Ratschläge gab. Dennoch schien es albern, vor der Frau Angst zu haben. Sie war so uralt. Wenn Raymond die Notwendigkeit verspürte, von hier zu verschwinden, konnte er sich umdrehen, wegrennen und nach oben, immer zwei Stufen auf einmal nehmen und sicher in seiner Wohnung sein, bevor sie auch nur die Treppe erreichen konnte. Bei den Problemen, die sie offenbar mit dem Sehen hatte, könnte er vermutlich mühelos schon sicher hinter der Tür sein, bevor sie die Treppe überhaupt finden würde.

»Ja, Ma'am?«, fragte er, als er so nah bei ihr war, wie er ihr kommen wollte.

»Danke, dass du stehen bleibst. Die meisten Leute tun das nicht. Die meisten Leute eilen weiter. Wenn ich eine Frage stelle, werden sie nur schneller. Manchmal frage ich mich, warum wir alle so viel Angst voreinander haben. Oder … genau genommen … Nein, ich frag mich das nicht wirklich. Ich weiß, warum. Aber ich denke darüber nach. Und ich denke, es ist eine Schande.«

Als sie sprach, bemerkte Raymond einen Anflug von einem Akzent. Nichts Auffälliges. Mehr wie eine Sprechweise, die sie eigentlich schon vor langer Zeit hinter sich gelassen hatte. Raymond konnte Dialekte und Akzente nicht gut einordnen, doch für ihn klang es vage europäisch.

»Das mit heute Morgen tut mir leid«, erklärte er. »Ich war nur schon zu spät unterwegs zur Schule.«

Er schaute sie an, aber sie schien es nicht zu bemerken. Ihre Augen wirkten irgendwie verschleiert und trüb. Umwölkt, während normale klar waren. Raymond begriff, dass das Problem auf die Augen beschränkt war. Dass ihr Verstand klar und scharf war, es lediglich ihre Augen waren, die nicht wirklich funktionierten.

»Ich verstehe das vollkommen«, sagte sie. »Ich hab nur gedacht … Lebst du mit deinen Eltern zusammen? Oben im vierten Stock?«

»Ja, irgendwie schon. Mit meiner Mutter und meinem Stiefvater.«

»Vielleicht kennen sie ja Luis Velez? Ich weiß, es ist nicht wirklich wahrscheinlich, weil die Leute in diesem Haus kommen und gehen und nie reden. Du musst ja bloß uns anschauen. Wir haben vor heute Morgen nie ein Wort miteinander gewechselt. Doch ich muss einfach immer daran denken … Mehr als vier Jahre ist er regelmäßig zu mir gekommen, hat mir geholfen und nach mir geschaut. Mindestens dreimal die Woche. Vielleicht hat jemand anders, der hier wohnt, ihn gesehen.«

»Ich weiß nicht«, erwiderte Raymond. Allerdings musste er ihr im Geiste recht geben, es war höchst unwahrscheinlich. »Ich werde sie fragen.«

»Das wäre sehr nett von dir. Und wirst du kommen und mir Bescheid geben, ob sie irgendetwas wissen?«

»Sicher.«

Raymond wandte sich ab und ging zurück zur Treppe. Gerade als er nach dem Geländer griff und einen Fuß auf die unterste Stufe setzte, hörte er ihre Stimme wieder.

»Du bist ein sehr umsichtiger junger Mann«, erklärte sie.

Raymond erstarrte, stellte seinen Fuß zurück. Konzentrierte sich auf das Gefühl, das ihre Worte in ihm auslösten. Es glich dem, was er in dem kurzen Moment empfunden hatte, als die Katze ihm den Vorzug vor ihrem Essen gegeben hatte. Davon abgesehen fühlte es sich merkwürdig fremd an. Willkommen, und trotzdem nicht vertraut.

»Danke«, antwortete er. »Das ist nett, dass Sie das sagen.«

Und dann ging er die Treppe weiter hoch, zu seiner Wohnung im vierten Stock.

* * *

»Gib mir bitte die Butter«, sagte sein Stiefvater.

Raymond hörte ihn, aber irgendwie nur wie aus der Ferne. Er stellte keine Verbindung zwischen sich und den Worten her.

Und er merkte ganz definitiv nicht, dass der Mann mit ihm redete.

»Raymond«, schaltete sich seine Mutter ein. »Was ist denn mit dir los? Du siehst aus, als würdest du mit offenen Augen schlafen, so wie du das getan hast, als du noch ganz klein warst.«

»Sorry«, erwiderte Raymond.

Er nahm die Butterdose, die mehr oder weniger direkt vor seinem Teller stand, und reichte sie nach links. Seine zehnjährige Schwester Rhonda, die älteste von seinen Halbschwestern, nahm sie ihm kommentarlos ab und gab sie weiter. Raymond wartete, um zu sehen, ob sie ihn offen auslachte oder das innerlich tat. Er konnte es nicht sagen. Das konnte er nie. Rhonda und die achtjährige Wendy waren für Raymond unergründlich, praktisch seit sie reden gelernt hatten. Sie redeten die ganze Zeit miteinander, allerdings nur ganz selten mit ihm. Einzig Clarissa, das Baby der Familie, schien Raymond wahrzunehmen und ihn zu mögen.

»Wie war die Schule heute?«, wollte seine Mutter wissen.

Aber Raymond konnte nicht automatisch davon ausgehen, dass sie ihn das gefragt hatte. Es gab schließlich mehr Leute am Esstisch, die die Schule besuchten.

»Bei mir?«

»Ja, Süßer. Bei dir.«

»Na ja, es war Andrés letzter Tag.«

»Ach ja, stimmt«, sagte sie. Sie fuhr sich mit einer Hand durch ihr blondiertes Haar, schob es sich mit den Fingern aus dem Gesicht. Das tat sie immer, wenn sie nachdachte.

Anders als Ed hörte sie zu. Bloß vergaß sie es dann.

»Na ja«, meinte sie, »du hast andere Freunde.«

Nein, keinen einzigen.

»Ja.«

Nur die Katze.

»Aber es tut mir trotzdem leid«, fügte sie hinzu.

Raymond öffnete den Mund, um etwas zu antworten. Er hatte keine Ahnung, was das sein sollte. Ein Teil von ihm wollte erklären, wie schlimm es war. Denn es war schlimmer, als ihre Worte es klingen ließen. Doch es schien unwahrscheinlich, dass er so etwas sagen würde. Das hatte er nie zuvor getan.

»Kennt ihr jemanden namens Luis Velez?«, fragte er stattdessen, schaute erst seine Mutter an, dann Ed.

»Luis Velez«, wiederholte sie. »Der Name kommt mir bekannt vor. Ich glaube, ich arbeite mit jemandem zusammen, der Luis Velez heißt. Oh. Nein, warte. Das ist Luis Vasquez.«

»Ich kenne einen Typen mit dem Namen *José* Velez«, bemerkte Ed, was überraschend wenig hilfreich war. Oder es wäre bei jemand anders eine Überraschung gewesen. Ed neigte dazu, wenig hilfreich zu sein.

Raymond erwartete, dass sie sich erkundigen würden, warum er das wissen wollte oder wer dieser Luis Velez war. Irgendetwas, das Interesse verriet. Dann, einen Moment später, fragte er sich, warum er das gedacht hatte. Nach all diesen Jahren.

»Und was ist mit dir, Süße?«, sagte seine Mutter und richtete ihre Aufmerksamkeit auf Rhonda. »Wie war es in der Schule?«

Rhonda zuckte bloß die Achseln.

Im Geiste verließ Raymond den Tisch. Er überlegte, sich ein Telefonbuch zu suchen oder ein Onlineverzeichnis, um nachzuschauen, wie viele Einträge es dort für Luis Velez gab. Ein paar? Ein paar Dutzend? Ein paar Hundert? Dann fragte er sich, warum die alte Dame das nicht selbst getan hatte. Vielleicht wegen ihrer Augen? Aber da war immer noch die Telefonauskunft.

Er konnte sich nicht entscheiden, ob es einen nachvollziehbaren Grund gab, weshalb die alte Frau nicht in der Lage sein sollte, dieses Problem selbst zu lösen.

Etwas, das sie vorher gesagt hatte, fiel ihm plötzlich wieder ein.

Mehr als vier Jahre ist er regelmäßig zu mir gekommen, hat mir geholfen und nach mir geschaut.

Das bedeutete, dass sie Hilfe brauchte. Und jemanden, der nach ihr sah. Und jetzt hatte sie niemanden mehr, der das tat.

Kapitel Zwei

Tee

Er klopfte morgens kurz nach halb neun an ihre Tür.

Er rechnete damit, dass sie Angst haben würde, die Tür aufzumachen. Er vermutete, sie würde mit misstrauischer Stimme fragen, wer da sei. Stattdessen hörte er das sofortige – und für eine Frau in ihrem Alter merkwürdig schnelle – Öffnen der vielen Schlösser.

Sie riss die Tür weit auf.

»Luis? Bist du das?«

Sie blickte geradewegs in Raymonds Gesicht, als sie das fragte.

»Nein, Ma'am. Tut mir leid. Ich bin es nur, Raymond.«

»Aus dem vierten Stock.«

»Ja, Ma'am. Sorry. Ich hoffe, ich habe Sie nicht geweckt.«

Es war dumm, das zu sagen, ging ihm auf. Weil er sie ganz eindeutig nicht geweckt hatte. Sie trug ein blau-weiß gestreiftes Hauskleid und echte Schuhe statt Hausschuhe – diese soliden weißen, die auch Krankenschwestern trugen. Ihr Haar sah frisch geflochten aus, und der Zopf war über eine Schulter nach vorn gelegt.

Raymond schien das eine erstaunlich jugendliche Geste zu sein, wenn man denn das Drapieren eines Zopfes als Geste bezeichnen konnte. Ohne Berücksichtigung des Umstands, dass er ganz weiß war, erinnerte es Raymond daran, dass sie früher einmal jung gewesen war.

»Oh, meine Güte, nein«, antwortete sie. »Sogar die Sonne schläft länger als ich. Was hast du herausgefunden? Wissen deine Eltern irgendetwas?«

»Nein, Ma'am. Tut mir leid.«

Er sah, wie sich Enttäuschung über ihre Züge legte. Sein Magen füllte sich mit einem unangenehmen Gefühl irgendwo zwischen Schuld und Selbstverachtung. Vermutlich mehr Letzteres. Er hatte gesagt, er würde vorbeikommen, wenn er irgendetwas herausfände. Wenn seine Eltern etwas über Luis Velez wüssten. Wenn er nichts Neues herausgefunden hatte – und das hatte er nicht –, hätte er es ihr gleich als Erstes sagen sollen. Vielleicht sogar noch, bevor sie die Tür hatte öffnen können.

»Tut mir leid«, wiederholte er.

»Ich glaube, es tut dir mehr leid, als es das muss«, erwiderte sie. »Vor allem, weil du gekommen bist und an meine Tür geklopft hast. Das tun die meisten Leute nicht. Die meisten eilen einfach vorbei, und je mehr ich versuche, sie anzusprechen, desto schneller werden sie. ›Oh, nein‹, sagen sie, nicht mit ihren Lippen, sondern mit ihrer Eile. Sie sagen: ›Du gehörst nicht zu meiner Familie und auch nicht zu meinen Freunden, du gehörst nicht zu meinem kleinen Kreis. Du bist eine von *ihnen*, nicht von *uns*.‹ Und ich weiß, allein die Tatsache, dass ich mit ihnen über diese bekannten Trennlinien hinweg rede, vermittelt ihnen das Gefühl, dass sie damit recht hatten, von Anfang an Angst vor mir zu haben. So sind die Menschen heutzutage, fürchte ich. Du bist herzlich eingeladen, hereinzukommen, Raymond vom vierten Stock. Aber ich muss dich bitten, dass du nichts verrückst. Wenn du einen Stuhl herausziehst und nicht zurückstellst, werde ich später darüber stolpern und hinfallen. Alle Sachen müssen genau dort sein, wo ich mit ihnen rechne.«

Einen Moment lang standen sie reglos und schweigend da. Raymond trat nicht ein. Er war noch nicht ganz bereit dazu, drin zu sein.

Er blickte an ihr vorbei in ihre Wohnung. Eine handgehäkelte Decke lag sorgfältig zusammengefaltet auf der Rückenlehne ihres ausgeblichenen Sofas. Auf den Armlehnen lagen Spitzendeckchen. Und ein weiteres auf dem runden, antiken Esstisch aus Holz.

»Ich bin aus folgendem Grund hier«, erklärte er.

»Ja«, antwortete sie. »Erzähl es mir. Du bist hier, weil du ein guter junger Mann bist, doch vermutlich gibt es noch einen anderen Grund als das.«

»Ich musste über etwas nachdenken, was Sie gesagt haben. Und dann konnte ich nicht mehr aufhören, darüber nachzudenken. Sie haben gesagt, Luis sei gewöhnlich gekommen, um Ihnen zu helfen und nach Ihnen zu sehen.«

»Stimmt«, bestätigte sie. »Das hat er mehr als vier Jahre lang getan.«

»Und jetzt ist er fort.«

»Leider ja.«

»Also ist da jetzt niemand, der Ihnen hilft. Oder der nach Ihnen sieht.«

»Da hast du recht. Und du bist ein wirklich anständiger Mensch, Raymond. Was ich von Anfang an wusste. Ich habe eine gute Menschenkenntnis, musst du wissen.«

Raymond verlagerte sein Gewicht vor und zurück, von einem Fuß auf den andern. Es war seine Art, damit umzugehen, dass ihm ihre freundlichen Worte unbehaglich waren. Er mochte sie. Doch genau die Tatsache, dass sie sich gut anfühlten, brachte ein eigenes Unbehagen mit sich.

»Wobei hat er Ihnen geholfen?«

Eine Frau kam die Treppe herunter. Sie hatte dunkles Haar und war ungefähr vierzig. Ihre Stirn war in Falten gelegt, obwohl Raymond sich nicht vorstellen konnte, warum. Sie schaute auf und sah ihn dort mit der alten Frau reden. Und sah die alte Frau. Rasch wandte sie den Blick ab und eilte die Treppe schneller hinab.

Wow, dachte Raymond. *Jetzt verstehe ich, was Sie meinen.*

»Er ist mit mir zur Bank gegangen und zum Laden. Ich weiß, es klingt albern.«

Raymond öffnete den Mund, um etwas zu sagen, aber sie redete einfach weiter.

»Ich habe einen weißen Stock. Und ich weiß auch, wie man ihn benutzt. Obwohl ich nicht mein ganzes Leben lang blind gewesen bin, komme ich mit dem Stock gut zurecht. Es sind alle anderen, um die ich mir Sorgen mache. Früher einmal, das ist schon lange her, sahen die Leute diesen weißen Stock mit dem Rot daran und haben Rücksicht genommen. Jeder wusste, was das hieß. Die Autos hielten mit großem Abstand an. Die Leute achteten darauf, mir nicht vor die Füße zu laufen. Völlig Fremde unterbrachen das, was sie gerade taten, um mir über die Straße zu helfen. Jetzt jedoch weiß es entweder niemand mehr, oder es ist ihnen egal. Oder vielleicht passen sie einfach nicht auf. Sie sind zu sehr damit beschäftigt, auf ihre Handys zu gucken. Das letzte Mal, dass ich allein auf der Straße unterwegs gewesen bin, ist mehr als vier Jahre her. Jemand ist direkt vor mich gelaufen und hat mich angestoßen, und ich bin hingefallen und hab mir das Handgelenk gebrochen. Es war furchtbar. Mein rechtes Handgelenk. Ich konnte nichts halten und keine Dosen öffnen. Ich konnte die Schecks für meine monatlichen Ausgaben nicht unterschreiben. Das war der Moment, als mir durch ein Programm Luis als Freiwilliger geschickt wurde. Irgendwann sind die Gelder für das Programm ausgelaufen, und es wurde eingestellt, aber Luis ist weiter hergekommen, um mir zu helfen. Seitdem bin ich nicht mehr allein auf der Straße gewesen. Und ich habe Angst, mich hinauszuwagen.«

»Also …« Raymond hatte so viele Fragen. Es war schwer, eine davon auszusuchen. »Wie lange ist Luis jetzt … nicht mehr gekommen?«

»Siebzehn Tage.«

»Haben Sie dann überhaupt noch irgendetwas zu essen hier?«

»Ich habe eine Dose mit Suppe. Hühnchen und Reis. Ich habe sie vorgestern aufgemacht. Es ist das letzte Essen, das ich habe, daher habe ich mich gezwungen, immer nur ein Viertel davon am Tag zu essen.«

»Das ist alles, was Sie zu essen hatten? In den vergangenen zwei Tagen? Eine Vierteldose Suppe für den ganzen Tag?«

»Ich war mir nicht sicher, wie lange es mir würde reichen müssen«, erwiderte sie. »Und jetzt fühle ich mich so schwach, dass ich nicht mehr sicher bin, ob ich überhaupt noch irgendwo hingehen kann. Sogar mit Hilfe.«

»Also, dann holen Sie Ihren weißen Stock. Und Ihren Geldbeutel. Hier, nehmen Sie meinen Müsliriegel. Und dann, wenn Sie sich besser fühlen, gehen wir einkaufen.«

»Erst zur Bank, sonst habe ich kein Geld, um im Laden zu bezahlen.«

»Okay. Erst zur Bank.«

Die alte Frau legte ihre Handflächen aneinander. Hielt sie vor ihrem Gesicht hoch. Sie schloss ihre umwölkten Augen und hob den Kopf, als ob sie zur Decke im Gang schauen würde, doch mit geschlossenen Lidern. Andererseits, was für einen Unterschied machte das für sie schon?

»Danke, für die Antwort auf meine Gebete«, sagte sie. Dann wandte sie ihr Gesicht in die ungefähre Richtung von Raymond. »Und danke dir, Raymond aus dem vierten Stock, dass du die Antwort auf meine Gebete bist. Ich hole ein paar Dinge, dann können wir los.«

* * *

»Hier ist etwas, das ich nicht verstehe«, erklärte Raymond, als sie bei der Bank fertig waren.

Er hielt seinen linken Ellbogen ausgestreckt. Übertrieben weit.

Mit der rechten Hand zog er ihren kleinen Einkaufstrolley hinter sich her.

»Ja, schieß los«, antwortete sie.

Die Morgenluft fühlte sich für Raymond kühl und frisch an. Es roch nach Autoabgasen und Kanalisation, aber auch nach Curry, das gerade irgendwo gekocht wurde. Der Tag kam ihm irgendwie neu und anders vor.

»Sind Sie völlig blind?«

»Beinahe vollständig. Wenn du jetzt durch mein Blickfeld laufen würdest, direkt vor mir, würde ich wissen, dass du das getan hast. Ich würde einen vagen Umriss sehen, wie einen Schatten. Nur verschwommener. Und bloß, weil wir im Tageslicht draußen sind, sodass es Kontraste gibt.«

»Also, als ich gestern die Treppe wieder hochkam … nach der Schule …«

»Ja, ich erinnere mich.«

»Sie wussten, dass ich es war.«

»Ja, allerdings. Nicht alle Schritte klingen gleich, weißt du? Du kannst eine Menge daran erkennen, wie ein Mensch geht.

Was aber nicht heißen soll, dass ich nicht die Schritte von zwei Menschen verwechsele, wenn sie ähnlich laufen, was manche tun. Deine jedoch sind speziell, und ich werde dir verraten, warum. Einer deiner Schuhe quietscht.«

»Ach wirklich?«

»Ja.«

Sie gingen eine Weile schweigend nebeneinander. Schmerzlich langsam. Langsamer, als Raymond und André gestern gegangen waren, als sie genau gewusst hatten, dass das ihr letzter gemeinsamer Heimweg sein würde. Raymond versuchte, auf seine Schuhe zu lauschen, aber die Welt wollte einfach nicht still sein. Alles, was er hören konnte, war das Dröhnen von Automotoren, nur übertönt von dem lauteren Dröhnen von Busmotoren, die wiederum von Gehupe übertönt wurden.

Einen halben Block weiter gab er den Versuch auf.

Drei Jungs, jünger als er selbst, kamen um die Ecke gerannt, gefolgt von einer Polizeisirene.

»Wir bleiben hier stehen«, sagte er und zog ganz leicht an ihrem Ellbogen. »Wir müssen darauf warten, dass die Ampel umspringt. Und wenn sie es tut, ist direkt vor Ihnen der Bordstein.«

»Du machst das echt gut«, lobte sie.

»Wirklich? Es kommt mir nicht so vor, als wäre dafür viel nötig.«

»O doch. Man muss gut aufpassen.«

Die Ampel schaltete um. Sie setzten sich in Bewegung.

»Ich gebe Ihnen Bescheid, wenn es runter auf die Straße geht«, erklärte er. »Jetzt.«

Dann waren sie auf der Straße. Gingen weiter sehr, sehr langsam. Raymond wusste, sie würden es nie bis auf die andere Straßenseite schaffen, bevor die Ampel wieder rot wurde. Die Autofahrer würden einfach damit klarkommen müssen. Sie würden warten müssen.

Aber schon bevor die Ampel umsprang, begannen die Autos und Taxis um die Ecke zu rollen, begierig darauf, über den Fußgängerüberweg zu fahren. Einer lenkte sein Auto hinter ihnen um sie herum, auch wenn es dadurch ein Stück in den entgegenkommenden Verkehr geriet. Ein Taxi kam langsam mit kleinen, zuckenden Bewegungen näher und näher. Anfahren, bremsen, anfahren, bremsen.

Raymond hob seine rechte Hand, in der er immer noch den Einkaufstrolley hielt, in die Höhe und drohte dem Taxifahrer damit. Drohte, ihn auf die Motorhaube seines Taxis niedersausen zu lassen, was mindestens den Lack zerkratzen würde.

Das Taxi stand still, hielt die anderen Wagen hinter sich ebenfalls zurück.

»Und dann geht es gleich wieder hoch … und zwar jetzt«, erklärte er.

Raymond und die alte Frau traten auf den Gehsteig, und das Taxi fuhr mit aufheulendem Motor und durchdrehenden Reifen hinter ihnen los. Raymond blickte über seine Schulter und sah, wie der Taxifahrer ihm den Stinkefinger zeigte, bevor er davonraste.

Raymond atmete tief durch. Er war nie so dankbar für etwas so Einfaches wie den Bürgersteig unter seinen Füßen gewesen.

»Noch etwas, was ich nicht verstehe«, meinte er. »Es gibt doch Restaurants, die einem Essen liefern. Sie hätten Pizza bestellen können. Wenn Sie ein Telefon haben. Haben Sie ein Telefon?«

»Ja, habe ich.«

»Wir bestellen die ganze Zeit Pizza. Wobei, hier habe ich das noch nie getan, also bei uns, weil mein Stiefvater dafür nicht zahlt. Er sagt, es ist billiger, im Laden die Zutaten zu kaufen und das Essen selbst zuzubereiten. Aber wenn ich bei meinem Dad bin, dann bestellen wir uns Pizza. Ich bin jedes zweite

Wochenende bei ihm. Und wir lassen uns alles mögliche Essen liefern.«

»Deinem Vater geht es gut?«

»Gut? Wie meinen Sie das?«

»Finanziell gesehen.«

»Oh. Das. Ja, er muss nicht jeden Pfennig umdrehen wie mein Stiefvater. Er lebt in einem echt netten Gebäude in Midtown. Es geht ihm gut.«

»Das hab ich mir schon gedacht. Ich bestelle mir kein Essen bei einem Restaurant, weil es teuer ist. Doch ich hätte es in den letzten Tagen bestimmt getan, wenn ich es gekonnt hätte. Kannst du dir wirklich nicht denken, warum es nicht möglich war?«

»Also …« Er hatte das Gefühl, er sollte in der Lage sein, es zu erraten. Bei ihr klang es jedenfalls so. Aber ihm fiel einfach nichts ein. »Ich bin mir nicht sicher.«

»Ich konnte ja nicht zur Bank. Daher hatte ich kein Geld, um dafür zu zahlen.«

»Oh. Ich hab gedacht, Sie hätten eine Kreditkarte, eine Bankkarte oder so etwas.«

»Jetzt wünschte ich, ich hätte das. Ich war zu festgefahren in meinen Gewohnheiten. Ich dachte, das gute alte Bargeld sei alles, was ich brauchen würde, und jetzt merke ich, welche Probleme meine Sturheit mir eingebrockt hat.«

Sie gingen eine Weile schweigend weiter. An Agenturen, die Überbrückungskredite vermittelten, und billigen Souvenirläden vorbei. Raymond konnte die Markise eines Lebensmittelladens am Ende des Blocks erkennen. Die Türen waren geöffnet, ragten ein Stück auf den Bürgersteig.

»Und ich habe versucht, an Wohnungstüren in unserem Haus zu klopfen«, erzählte sie. »Allerdings nur in meinem eigenen Flur, weil ich vor der Treppe Angst habe. Ich traue mich nicht, sie allein runterzugehen. Früher mal kannte ich all meine

Nachbarn. Ich hatte Freunde, aber ich fürchte, ich habe sie alle überlebt. Und die Leute, die ich in unserem Haus gekannt habe, sind inzwischen wohl weggezogen. Und drei von meinen allerbesten Freunden in der Nachbarschaft sind in den letzten beiden Monaten gestorben. Es ist seltsam und traurig, nach so vielen Jahren so allein hier zu sein. Was für Leute auch immer jetzt dort wohnen, sie öffnen einer Fremden nicht die Tür. Entweder das, oder es lebt jetzt niemand mehr dort. Früher hat sich diese Gegend anders angefühlt. Das weiß ich aus eigener Erfahrung. Na ja, der Bürgermeister wollte den Times Square säubern, weißt du? Daher sind die Verbrechen, die er dort nicht haben wollte, nach Westen weitergewandert, und wir sind die unseligen Empfänger.«

»Wie lange leben Sie hier schon?«

»Siebenundsechzig Jahre.«

»Siebenundsechzig Jahre!« Das hatte er beinah aus voller Kehle geschrien. »Das war ja, bevor meine Eltern geboren wurden. Das war sogar, bevor meine Großeltern geboren wurden. Das ist …« Dann bremste Raymond sich und schämte sich seiner Gedankenlosigkeit. »Tut mir leid«, sagte er.

»Du verbringst einen großen Teil deines Lebens damit, dass dir Dinge leidtun, Raymond aus dem vierten Stock. Doch die meiste Zeit weiß ich gar nicht, wofür.«

»Es klang irgendwie unhöflich, wie ich es gesagt habe.«

»Also, falls du denkst, ich weiß nicht, dass ich alt bin«, erklärte sie, »dann kannst du aufhören, dir deswegen Sorgen zu machen.«

* * *

»Wo sind die Kekse mit der Zitronen-Vanille-Waffel außen und der dunklen Schokoladenfüllung dazwischen?«

»Das wären die hier«, sagte Raymond und nahm die Packung aus dem Regal, legte sie in ihren Einkaufswagen. »Die mag ich auch.«

»Gut, da bin ich froh. Denn wenn wir wieder zu Hause sind, kommst du mit in meine Wohnung und trinkst mit mir Tee, und wir essen Kekse. Und da dulde ich keinen Widerspruch. So machen wir es. Es sei denn, du kommst dadurch zu spät zur Schule.«

»Es ist Samstag.«

»Ach ja. Komisch, wenn man nicht mehr arbeitet, vergisst man völlig, auf so was zu achten. Also wenn Samstag ist, hast du keine Ausrede.«

»Ich verspreche, nichts von Ihren Sachen zu verrücken«, erklärte er, während sie zu dem Regal mit Kaffee und Tee weitergingen.

Raymond mochte keinen Tee, aber er war fest entschlossen, eine Tasse davon zu trinken. Und seine persönliche Meinung dazu für sich zu behalten.

»Danke«, erwiderte sie. »Ich glaube dir, dass du das nicht tust.«

»Ja, Ma'am. Ich verstehe, warum es für Sie wichtig ist.«

»Du musst mich nicht mit ›Ma'am‹ ansprechen. Das kommt mir so förmlich vor.«

»Ich kenne ja Ihren Namen nicht.«

Sie blieb plötzlich stehen, und Raymond musste das ebenfalls tun. Weil sie ja Arm in Arm gingen. Und es war auch gut, weil sie ohnehin beim Tee angekommen waren. Ein paar Schritte mehr, und sie wären vorbei gewesen.

»Stimmt. Das kannst du ja gar nicht. Es tut mir so leid. Ich bin unhöflich gewesen, ohne dass ich es gewollt hätte. Ich heiße Mildred Gutermann.«

»Und wie soll ich Sie nennen?«

»Mildred ist gut oder Millie. Luis hat mich immer Millie genannt. Oder er nennt mich so. Ich bin mir nicht sicher. Ich spreche immer in der Vergangenheit von ihm, und dann verbessere ich mich, weil ich es nicht sicher weiß. Aber ich habe da ein ganz schlechtes Gefühl. Er hätte mich bestimmt angerufen oder wäre vorbeigekommen. Wenn er könnte. Das weiß ich einfach.«

»Haben Sie keine Telefonnummer von ihm?«

»Doch. Ich habe seine Handynummer. Und jetzt, ganz plötzlich, zur gleichen Zeit, zu der er verschwunden ist, hat die Nummer keinen Anschluss mehr. Ich habe ein wirklich schlechtes Gefühl bei der ganzen Sache.«

»Haben Sie versucht, bei der Auskunft etwas zu erfahren? Vielleicht hat er zusätzlich einen Festnetzanschluss. Oder eine neue Handynummer.«

»Er hat mir erzählt, dass er keinen Festnetzanschluss hat. Ich habe mehrmals bei der Auskunft angerufen, ob es eine neue Nummer gibt. Ich hab viele Anschlüsse genannt bekommen. Aber kein Luis, der dranging, war der richtige. Und bei manchen von den Nummern war auch niemand zu Hause. Ich habe es viele Tage lang versucht, ohne irgendwie weiterzukommen.«

Sie standen einen Moment lang schweigend da. Arm in Arm. Raymond blieb still, weil er nichts Ermutigendes zu sagen hatte. Das erschien ihm wie ein schlechtes Zeichen.

»Also gehen wir jetzt weiter zum Tee«, meinte Mildred.

»Wir stehen schon direkt davor.«

»Oh. Gut. Ich mag starken schwarzen Tee. English Breakfast oder Irish Breakfast.«

»Es gibt zwei oder drei Marken. Welche möchten Sie?«

»Die billigste«, antwortete sie.

* * *

Er stand hinter ihr in der Küche und schaute in die leeren Regale. Sie hatte alle Schranktüren geöffnet, und sie stellten sich dieser Aufgabe gemeinsam. Sie atmeten langsam, als müssten sie sich im Geiste auf einen Marathonlauf vorbereiten.

»Es ist unheimlich wichtig, wo alles hinkommt«, erklärte sie ihm. »Ich muss das wissen, damit ich es auch allein finden kann.«

»Das kann ich mir denken.«

»Die Kekse gehören hierhin«, sagte sie und tastete nach dem großen Glas auf dem Tresen, »aber erst, nachdem wir welche gegessen haben. Salat und das andere frische Gemüse gehören in die Gemüseschublade vom Kühlschrank. Hähnchenschenkel und die Eiscreme ins Gefrierfach. Wobei … Eiscreme ins Gefrierfach, das hättest du vermutlich selbst gewusst.«

»Richtig«, antwortete Raymond und machte sich an die Arbeit.

»Salatdressing und Milch stellst du bitte in die Kühlschranktür.«

»Geht klar.«

»Oh, und bevor ich es vergesse – wenn wir uns an den Tisch setzen, bitte nimm den Stuhl näher am Fenster. Das war Luis' Stuhl. Du kannst sicher erkennen, dass da Klebebandmarkierungen auf dem Teppich sind. Sie zeigen dir, wo genau du den Stuhl wieder hinstellen musst, wenn du ihn nicht mehr brauchst.«

»Verstanden«, gab Raymond zurück.

»Du musst es nicht alles selbst wegräumen. Du kannst mir immer einen Gegenstand nach dem anderen geben und mir dazu sagen, um was es sich handelt. Außer es ist unverkennbar, wie bei der Eiscreme. Das verrät mir selbst, was es ist.«

»Wir schaffen das zusammen«, erklärte Raymond.

* * *

Sie saßen gemeinsam an ihrem runden Esstisch, und Raymond fuhr mit dem Finger das komplizierte Muster eines Spitzendeckchens nach. Er nahm seine Tasse mit Tee, schloss die Augen und kostete einen kleinen Schluck.

»Wow«, sagte er. »Der ist wirklich gut.«

»Ich bin froh, dass du das findest.«

»Er ist süß.«

»Ja, ich hab zwei Löffel Zucker reingetan.«

»Und Milch auch?«

»Ja. Meine Mutter hat diese Art immer Cambric Tea genannt. Ich weiß nicht, warum das so genannt wurde, nur dass es bei uns so hieß. Sie hat ihn mir so gemacht, wann immer ich Trost oder Aufmunterung brauchte. Und nach einer Weile wurde es zu etwas, das mich glücklich gemacht hat. Oder wenigstens glücklicher als vorher. Immer abhängig davon, wo ich begonnen hatte.«

Raymond nahm einen weiteren, längeren Schluck, und es schien ihm ein bisschen besser zu gehen.

»Ich dachte nicht, dass er mir schmecken würde. Ich dachte, er wäre bitter, mehr wie Kaffee.«

»Ich hab deinen nicht so stark gemacht. Nicht wie meinen.«

Sie tranken schweigend eine Minute oder zwei.

In Mildred Gutermanns Wohnung war es schummrig. Es war keine Lampe an. Was natürlich nur Sinn ergab, ging Raymond auf, als er darüber nachdachte. Das einzige Licht kam vom Fenster zur Straße, und es musste sich durch eine Gardine kämpfen.

Raymond hatte erwartet, dass es in der Wohnung schmutzig wäre. Oder wenigstens staubig. Aber nichts hätte weiter von der Wahrheit entfernt sein können.

»Also, was ist mit dir, junger Mann?«, fragte sie und holte Raymond damit aus seinen Gedanken. »Erzähl mir, was in deinem Leben dich so unglücklich macht.«

»Ich hab nicht gesagt, dass ich unglücklich bin.«

»Das musstest du auch nicht.«

Er rang einen Moment lang mit sich, war verlegen, weil es ihr aufgefallen war. Es kam ihm seltsam vor, dass er in die Wohnung einer blinden Frau hatte gehen müssen, um so klar erkannt zu werden. Endlich.

»Also«, begann er. »Eine Menge Sachen, fürchte ich. Es ist schwierig, den Finger auf eine einzelne Ursache zu legen.«

»Dann nenn mir einfach zwei oder drei.«

»Ich fühle mich …« Raymond machte eine lange Pause. Oder wenigstens schien sie ihm lang. Er schloss die Augen und lauschte auf den Verkehr draußen. »Ich vermute, ich fühle mich, als ob ich nirgendwo so richtig hinpasse.«

»Aber irgendwohin musst du doch passen.«

»Ich glaub nicht.«

»Was ist denn mit deiner Familie oben im vierten Stock?«

»Es ist gut möglich, dass ich da am allerwenigsten hinpasse.«

»Dann erzähl mir, warum das so ist«, bat sie. »Denn ich kann mir das kaum vorstellen.«

»Also. Zunächst einmal … Sie sind alle Weiße.«

In der Pause, die darauf folgte, wurde ihm auf einmal klar, dass sie nichts von seiner Hautfarbe gewusst hatte. Er fragte sich, ob es sie störte, jetzt, da sie es wusste. Er fragte sich, ob er je jemanden getroffen hatte, der ihn kennengelernt hatte, ohne das zu wissen. Vermutlich nicht.

»Bist du adoptiert?«, erkundigte sie sich als Nächstes.

»Nein. Mein Vater ist Schwarzer, meine Mom Weiße. Dann haben sie sich scheiden lassen. Und dann hat meine Mom meinen Stiefvater geheiratet, der weiß ist, und sie haben noch drei Kinder bekommen, alles Mädchen.«

»Du musst aber doch ihre Liebe zu dir spüren, egal welche Schwierigkeiten du zu haben glaubst.«

Raymond saß stumm einen Moment da, trank seinen Tee mit Milch und Zucker.

»Du sagst ja gar nichts«, bemerkte sie.

»Ich hab nur nachgedacht.«

»Du glaubst nicht, dass sie dich lieben.«

»Das war ja gar nicht die Frage. Die Frage war, ob ich ihre Liebe *spüre*. Nein, nicht grundsätzlich. Nicht sonderlich. Ich glaube, meine kleinste Schwester liebt mich. Bei meinen beiden anderen Schwestern bin ich mir nicht so sicher. Ich vermute, irgendwie schon. Aber sie haben eine merkwürdige Art, es mir zu zeigen. Sie beschäftigen sich vor allen Dingen miteinander. Ich glaub nicht, dass es ihnen um Schwarz und Weiß geht. Oder nur darum. Es kann auch daran liegen, dass sie Mädchen sind und ich ein Junge. Mein Stiefvater … Der liebt mich auf keinen Fall. Er hat jetzt auch keine spezielle Abneigung gegen mich. Es ist eher so, dass er mich in Kauf nimmt. Ich gehörte zum Paket, als er meine Mutter kennengelernt hat. Er liebt seine Töchter, weil sie … Sie wissen schon, seine leiblichen Kinder sind.«

»Und was ist mit deiner Mutter?«

»Sie ist ziemlich beschäftigt. Mit dem Großziehen von vier Kindern. Damit, den ganzen Tag zu arbeiten. Aber wissen Sie, was? Ich sollte Ihnen das alles gar nicht sagen. Wahrscheinlich bilde ich mir das nur ein. Wahrscheinlich ist es in allen Familien so, und ich empfinde es bloß nicht richtig.«

»Das bezweifle ich«, erwiderte sie. »Du isst ja gar keine Kekse.«

»Oh. Die Kekse hatte ich ganz vergessen.«

Er nahm drei, legte sie auf den kleinen Porzellanteller, den sie auf seinen Platz am Tisch gestellt hatte. Er hatte ein blaues Blumenmuster und wirkte ziemlich alt. Vielleicht war das Geschirr von einer Generation an die nächste weitervererbt worden. Es schien ihm irgendwie so ein Porzellan zu sein.

»Kinder haben immer das Gefühl, als wären sie es, die schuld sind«, meinte sie. »Sie denken, sie wären irgendwie anders oder nicht richtig, wenn etwas nicht so ist, wie es sein sollte. Aber gewöhnlich ist es das gar nicht. Wenn es Liebe in eurer Wohnung gäbe, würdest du sie spüren. Du würdest es wissen.«

Raymond biss ein Stück von seinem Keks ab und kaute sorgfältig, bevor er antwortete. »Haben Sie Kinder?«

»Nein, ich hab keine Kinder. Trotzdem *war* ich einmal Kind, und das wird reichen müssen. Verrat mir eines, mein junger Freund. Es ist nicht wirklich deine Aufgabe, aber ich möchte dich dennoch fragen, ob du ihnen Liebe zeigst. So, dass sie sie spüren können. Weil es nämlich möglich ist, dass du derjenige sein musst, der diesen Ball ins Rollen bringt. Jemand muss den ersten Schritt tun. Es ist unfair, dass du das sein sollst, doch es kann trotzdem der Fall sein. Das Leben ist nicht immer fair.«

»Ich habe nie darüber nachgedacht«, erklärte er. Dabei erschien ihm ihr Rat irgendwie nicht passend. Und er war mit ihr einer Meinung, dass es unfair war, dass er den Anfang machen sollte.

»Also, du denkst darüber nach und lässt es mich dann wissen.«

Er aß zwei Kekse, während er nachdachte. Oder versuchte nachzudenken. Irgendwie war sein Kopf wie leer gefegt.

»Ich bin mir nicht sicher, dass ich weiß, wie«, antwortete er nach einer ganzen Weile.

»Also, das ist ein Problem«, gab sie ihm recht. »Ja. Idealerweise sorgen die Eltern dafür, dass ein Kind das Gefühl erkennt und Liebe schenken kann, sodass sie spürbar ist. Aber eine Menge Eltern wissen solche Sachen gar nicht, und sie können dir nun mal nicht beibringen, was sie selbst nicht wissen, oder? Es tut mir wirklich leid, dass du im Moment damit Schwierigkeiten hast, glücklich zu sein, Raymond. Wir sind alle mal dran, denke ich. Gestern war ich sehr unglücklich, heute allerdings fühle ich mich gut. Und weißt du, warum? Ich bin mir sicher, du weißt es.«

»Weil Sie wieder Essen haben.«

»Ja. Weil ich Essen habe. Und ich habe gemerkt, dass Essen etwas war, bei dem ich einfach immer davon ausgegangen bin, dass es da sein würde. Doch jetzt weiß ich es besser, als es je wieder für selbstverständlich zu halten. Oder wenigstens ist es meine Aufgabe, es nicht so schnell wieder zu vergessen. Wir werden sehen, ob ich das schaffe. Aber ich bin auch froh, weil ich dich getroffen habe. Und nicht nur, weil du mit mir einkaufen gegangen bist. Jemand anders hätte mit mir zum Laden gehen können, und ich wäre froh gewesen, dass ich ihn oder sie getroffen hätte, vielleicht bloß aus diesem Grund. Abhängig davon, wie es gewesen wäre. Dass ich ausgerechnet dich kennengelernt habe, macht mich aus mehreren Gründen glücklich.«

Raymond spürte, wie ihm Blut ins Gesicht stieg, prickelnd und heiß.

»Jedes Mal, wenn ich etwas Nettes über dich sage, wirst du ganz still«, stellte sie fest.

»Daran bin ich nicht gewöhnt.«

»Das ist eine Schande.«

Und damit schienen ihnen die Dinge ausgegangen zu sein, die sie sagen konnten. Oder die zu sagen sie bereit waren. Jedenfalls in dieser Richtung.

Ein oder zwei Minuten später fragte Raymond: »Was hätten Sie getan? Sie wissen schon. Wenn ich nicht gekommen wäre.«

»Ich vermute, früher oder später hätte ich die Polizei angerufen und ihnen gesagt: ›Ich weiß nicht, wer jemandem wie mir helfen kann, aber ich brauche Hilfe.‹ Beinahe jeder *kann* helfen, denke ich. Es geht dabei mehr darum, wer es tun *wird*. Ich hätte den Notruf gewählt. Denn man kann nicht einfach in der Wohnung sitzen und verhungern. Wenn man kein Essen hat, stirbt man, und das ist ein Notfall. Aber das wollte ich nur sehr, sehr ungern tun. Ich hab mir gedacht, wenn ich ein paar Tage länger aushalte, kommt Luis vielleicht doch noch. Ich wollte nicht morgens aufwachen und mir selbst eingestehen, dass ich daran nicht mehr glaubte. Ich wollte, dass es nach wie vor möglich war.«

In der Wohnung wurde es nach der Nennung seines Namens ganz still. Es war ein tiefes, irgendwie hallendes Schweigen, wie das bei einem Gebet oder einer Trauerrede.

»Ich sollte jetzt gehen«, erklärte Raymond und schluckte den Rest von seinem Keks runter. »Ich hab niemandem gesagt, wo ich bin. Aber ich komme auf jeden Fall wieder und sehe nach Ihnen.«

»Das ist sehr lieb von dir. Vielen Dank, Raymond. Wer weiß? Vielleicht kommt Luis ja doch zurück. Vielleicht wird er plötzlich vor meiner Tür stehen. Ich träume davon. Sowohl wenn ich schlafe als auch wenn ich wach bin. Jedes Mal erzählt er mir eine andere Geschichte darüber, warum er nicht früher kommen konnte. Aber in dem Traum ist es nicht schlimm, weil er wieder da ist.«

Sie brach ab. Abrupt, fand er. Als ob sie mehr hätte sagen wollen, es jedoch irgendwie stecken geblieben wäre.

Raymond schaute zu, wie sie die Hände rang, genau wie sie das an dem ersten Tag vor ihrer Wohnungstür getan hatte. Das war erst gestern gewesen, aber es kam ihm viel länger her vor.

»Ich mach mir nur solche Sorgen um ihn.«

»Ich weiß«, meinte er. »Das weiß ich.«

Raymond sprach nicht laut aus, dass er versuchen würde, Luis Velez zu finden. Wenn das denn möglich war. Doch dies war der Augenblick, in dem er wusste, dass er es tun würde.

* * *

Auf der Treppe hoch in den vierten Stock hörte er es. Er hatte gar nicht dran gedacht, darauf zu achten. Es war plötzlich einfach da.

Bei jedem Schritt von seinem linken Fuß konnte er ein leises, aber unüberhörbares Quietschen vernehmen.

KAPITEL DREI

WEG VON HIER

Raymond stieg durch das fehlende Kellerfenster in das verlassene Gebäude am Ende des Blocks ein. Es war früh am nächsten Morgen. Sonntag. Schon hell, aber gerade erst.

Er ging ein paar Schritte, öffnete den Mund, um die Katze zu rufen ... und wäre beinahe in jemanden reingelaufen. Einen Menschen.

Raymond hörte sich vor Schreck leise aufschreien. Er stand ganz still, versuchte, seinen Herzschlag zu beruhigen, doch der hämmerte weiter in seiner Brust.

»Du schreist wie ein Mädchen«, erklärte der Mensch. »Ich dachte, du bist ein Mädchen.«

Es war ein junger weißer Mann, nicht viel älter als Raymond. Vielleicht ein Jahr. Nicht so hoch aufgeschossen, aber alles in allem größer. Schwerer. Und viel gefährlicher. Andererseits, wer war das nicht? Der andere hatte eine Collegejacke an, aus Wolle und mit Lederärmeln, wie sie die Highschool-Sportler trugen. Und Raymond kannte ihn. Vage. Weil sie die gleiche Schule besuchten. Allerdings wusste er nicht, wie der Junge hieß. Oder vielleicht war er auch schon ein Mann. Vielleicht war er achtzehn. Raymond wusste nur, dass er Angst vor ihm hatte.

»Ich kenne dich«, sagte der andere.

»Ja?«

»Bist du nicht in meiner Chemie-Übungsgruppe?«

»Kann sein.«

Raymond spürte, wie seine Atmung ruhiger wurde. Zumindest ein bisschen. Er glaubte, dass er diese Begegnung überleben würde. Es schien sich in so etwas wie eine gewöhnliche Unterhaltung zu verwandeln.

»Was tust du hier unten?«, fragte der Typ.

»Oh. Das. Ich wollte bloß nachsehen, ob …«, Raymond fällte instinktiv die Entscheidung, die Katze nicht zu erwähnen, »… ich die Bank kriegen kann. Diese Steinbank. Ich mag sie irgendwie. Ich wollte ausprobieren, ob sie zu schwer zum Tragen ist.«

Der Typ wandte sich ab, und Raymond atmete erleichtert auf. Sie hatten so nahe beieinandergestanden, dass sich ihre Nasen fast berührt hatten, und der Stress dieser Nähe hatte Raymond körperlich erschöpft.

Der andere Junge ging zu der Bank. Er bückte sich und versuchte, das eine Ende anzuheben. Es rührte sich nicht vom Fleck.

»Tja, viel Glück damit«, sagte er.

»Und was tust du hier unten?«, wollte Raymond von ihm wissen. Dann wünschte er sich beinah augenblicklich, er hätte nicht gefragt. Sein Herz begann erneut zu hämmern.

»Ich suche nach dieser Katze.«

Raymond antwortete nicht. Während er nicht antwortete, spürte er eine Kälte um seine Ohren.

Der Typ redete weiter. »Du weißt schon. Hier ist irgendwo eine streunende Katze, die schlüpft durch das offene Fenster rein und raus. Ich hab sie schon gesehen. Ich glaube, sie lebt hier unten irgendwo. Ich wollte wissen, ob ich sie fangen kann.«

»Wozu willst du denn eine Katze?«, fragte Raymond. Er konnte hören, dass seine Stimme zitterte. Er hoffte nur, dem anderen würde es nicht auffallen.

»Will ich gar nicht. Sie ist für Mason. Du kennst doch Mason?«

»Ich glaub nicht. Und wofür will der eine Katze?«

»Das ist schwer zu sagen. Aber wie ich ihn kenne, bin ich froh, dass ich nicht die Katze bin. Irgendeine Art von großartigem Experiment, da bin ich mir sicher. Also … Hast du sie gesehen?«

»Die Katze?«

»Ja.«

»Ja. Hab ich. Gerade als ich reingekommen bin. Sie war draußen auf der Straße.« Er durfte sich auf keinen Fall anmerken lassen, dass er irgendetwas über sie wusste. »Ich glaube, ich habe ihr Angst eingejagt. Jedenfalls ist sie auf den Bürgersteig gelaufen und dann nach rechts. Du weißt schon. Richtung Schule.«

»Danke«, antwortete der Junge. »Dann such ich mal besser da.«

Er joggte zur Fensteröffnung, stemmte sich mit einer geschmeidigen Bewegung nach oben. Er stützte seinen Bauch auf den Fensterrahmen, schwang ein Bein auf die Straße. Und dann war er fort.

Raymond ging zu der Bank, streckte eine Hand aus, um daran Halt zu finden. Er ließ sich darauf nieder. Seine Beine fühlten sich zittrig an. Etwas, das gewöhnlich seinen Bauch füllte, schien zu fehlen. Er setzte sich auf die kalte Steinbank und bemühte sich, seine Atmung und seinen Herzschlag zu beruhigen. Sein Blick fiel auf einen offenen Pappkarton voller

… Schrott. Sein erster Gedanke war, ihn auszukippen und den Karton zu nehmen. Aber er sah aus, als wäre er schon mal nass geworden und nicht mehr stabil. Würde bei der ersten Belastung kaputtgehen.

Obendrauf lag ein alter Kissenbezug, an der offenen Seite ausgefranst, wo er eigentlich gesäumt sein sollte.

Er stand auf, prüfte die Kraft in seinen Beinen und ging hin. Hob ihn hoch. Er fühlte sich fest an, und Raymond konnte auch keine Löcher entdecken. Er drehte ihn um und betrachtete ihn von allen Seiten, doch es sah nach wie vor aus, als könnte es klappen.

Er hörte einen leisen Laut. Ein dünnes kleines Miau.

»Sch«, flüsterte er. »Ja, ich bin's. Sei still.«

Er ging zu der Stelle, von der er das Geräusch gehört hatte. Kniete sich hin. Er blickte in einen Zwischenraum zwischen zwei Pfosten, wo die Trockenmauer fehlte. Die Katze hatte sich dort aus Dämmmaterial eine Art Nest gebaut.

Er starrte sie an. Sie starrte zurück. »Wir müssen dich hier rausschaffen«, erklärte er.

Sie schaute ihn merkwürdig an, fand Raymond. Beinahe … als würde sie es verstehen. Sie wusste nicht, was das Problem war – das konnte sie ja auch nicht. Aber sie schien zu begreifen, dass es ein Problem gab. Sie war sich Raymonds Angst bewusst.

Sie kam nicht heraus, um ihn zu begrüßen, wie sie das gewöhnlich tat.

Raymond kniff die Augen zu, fast als würde er beten. Nur wenn er beten würde, würde er eine kleine, abgemagerte streunende Katze anbeten.

»Bitte verzeih mir, was ich jetzt gleich tun werde«, murmelte er vor sich hin. »Bitte, bitte, bitte.«

Und dann griff er mit einer jähen Bewegung in den Zwischenraum, packte die Katze am Nackenfell und schob sie in die behelfsmäßige Tasche. Sie wehrte sich und verpasste ihm einen Kratzer auf der Innenseite seines Handgelenks. Raymond konnte den Schmerz nicht ignorieren, ebenso wenig wie die Tatsache, dass die Wunde heftig blutete. Doch er hielt nicht inne.

Er steckte sich die Katze im Sack unter sein Shirt, stopfte sich den Saum in die Hose und zog dann den Reißverschluss seiner Jacke hoch.

Auf dem Weg zum Fenster hinterließ er eine Spur aus Blutstropfen. Er fragte sich, wie er rausklettern sollte, ohne der Katze wehzutun. Normalerweise würde er hochspringen und sich mit dem Bauch auf die Unterseite des Fensterrahmens lehnen, wie der Junge mit der Collegejacke das getan hatte. Aber er musste einen anderen Weg finden, und zwar schnell.

In der Zwischenzeit schien sich die Katze in der Dunkelheit und der Enge beruhigt zu haben. Sie hielt still. Oder vielleicht war sie auch starr vor Angst.

Er nahm Anlauf und rannte zur Fensteröffnung und sprang hoch, hielt sich am Rahmen fest. Dann benutzte er die Sohlen seiner Turnschuhe, um an der Betonmauer hochzusteigen. Einen Moment später hing er fest. Seine Hände und Füße waren beinah auf einer Höhe, und er hatte keine Ahnung, wie er sich hochstemmen sollte.

Raymond bewegte eine Hand hinaus auf den Asphalt der Straße, bloß gab es nichts, woran er sich festhalten konnte. Er holte tief Luft, setzte seine Füße etwas tiefer. Jeder Muskel in seinem Körper spannte sich gleichzeitig an, und er schob sich nach oben und durch das Fenster nach draußen, ließ dabei zu, dass sein Unterleib auf dem unteren Fensterrahmen landete. Er achtete darauf, dass er tiefer aufkam als da, wo die Katze sein konnte, obwohl er sich dafür etwas verrenken musste.

Einen Moment lang lag er da, atmete durch den Schmerz und schaute zu, wie Blut aus seinem zerkratzten Arm auf den schmutzigen Asphalt der Straße tropfte.

»Au«, sagte er verspätet.

Dann krabbelte er weiter raus und schaffte es auf die Füße. Er begann die Straße nach links entlangzueilen. Weil er dem anderen gesagt hatte, die Katze sei nach rechts gelaufen. Das war für ihn ein Umweg nach Hause. Aber egal, daran konnte er jetzt nichts ändern.

Er begann zu rennen.

Ungefähr einen halben Block weiter packte ihn plötzlich die Angst. Bekam die Katze in dem Kissenbezug überhaupt genug Luft? Vermutlich schon. Schließlich war er aus Stoff und nicht aus Plastik. Trotzdem, sie steckte zusätzlich unter seinem T-Shirt und einer Jacke.

Er blieb stehen, trat in den Eingang eines Gebäudes, um ungestört zu sein. Drehte sich mit dem Rücken zur Straße. Er zog den Kissenbezug unter seinem Shirt hervor, schmierte Blut auf seine einzige gute Jacke. Die Katze begann sich zu wehren.

»Sch«, flüsterte er ihr zu. »Sei still. Ganz ruhig. Alles wird gut.«

Er öffnete den Kissenbezug nur wenige Zentimeter. Nicht genug, dass sie herauskonnte. Er blies seinen eigenen Atem hinein. Wedelte mit der Öffnung, um Luft reinzubekommen. Dann steckte er sie wieder zurück und unter seine Jacke, ließ den Bezug aber oben ein Stück offen. Mit einer Hand hielt er sie an seiner Brust.

Das beruhigte sie.

Raymond begann weiterzulaufen.

Dabei zog er ein Stück von dem Kissenbezug aus seiner Jacke und presste es gegen sein Handgelenk. Er hielt den Stoff dort, um die Blutung zu stoppen.

Dann erfasste ihn eine weitere Welle der Unsicherheit. Es war kein sauberer Kissenbezug. Er war nicht von zu Hause. Er war aus einem Karton mit Schrott aus dem Keller eines verlassenen Gebäudes. Raymonds Fantasie ging mit ihm durch, spielte ein Schreckensszenario nach dem anderen durch, bis hin zu einer Infektion, die so kompliziert war, dass seine Hand amputiert werden musste.

Er verdrängte das Bild.

Er war beinahe zu Hause.

* * *

Er stand auf dem Gang vor ihrer Tür, drückte weiter den Kissenbezug auf sein Handgelenk. Das würde ohnehin nicht mehr Schaden anrichten. Es war jetzt sowieso zu spät.

Er klopfte an.

»Ich bin es«, rief er. »Raymond.«

Eine Pause. Dann hörte er ihre zögernden Schritte. Das Öffnen von vielen Schlössern. Aber nicht so schnell, wie sie aufgemacht hatte, als sie gedacht hatte, es könnte Luis sein.

Die Tür schwang auf.

Sie trug eine graue Strickjacke über ihrem roten Hauskleid. Und sie lächelte freundlich. Dann wich das Lächeln einem neugierigen Ausdruck, ehe es ganz verblasste.

»Du hast irgendein Tier bei dir, Raymond?«

»Woher wissen Sie das?«

»Ich kann es riechen. Was für ein Tier ist das denn?«

»Nur eine kleine Katze.«

Die alte Frau wirkte erleichtert. Raymond konnte sehen und hören, wie sie tief einatmete und dann seufzte.

»Oh. Gut. Katzen sind sehr nette Tiere. Ich mag sie. Ich hatte früher auch Katzen.«

Raymond spürte, wie ihm vor Erleichterung und Hoffnung ganz leicht ums Herz wurde. Er öffnete den Mund, um sie um den Riesengefallen zu bitten. Doch bevor er das tun konnte, sprach sie weiter.

»Jetzt kann ich leider keine mehr haben, weil es zu gefährlich wäre. Sie haben die Neigung, einem vor die Füße zu laufen. Also erzähl mir von dieser Katze, Raymond. Es ist deine?«

»Das ist eine irgendwie komplizierte Frage«, erwiderte er.

»Wirklich? Ich hätte nicht gedacht, dass es das sein würde.«

Sie standen schweigend einen Moment da. Raymonds Herz sank rapide wieder. Er konnte es direkt spüren. Er würde die Katze in sein Zimmer schmuggeln müssen. Doch da würde sie entdeckt werden. Das war bloß eine Frage der Zeit. Er müsste sie am Ende vielleicht ins Tierheim bringen. Unter Umständen konnten sie dort ein Zuhause für sie finden. Aber wenn nicht …

»Du kannst mit deiner Katze reinkommen«, sagte die alte Frau und holte ihn damit aus seinen Gedanken. »Lass die Katze erst los, wenn ich auf der Couch sitze.«

»Okay. Danke.«

Er trat ein. Er zog zögernd sein Handgelenk von dem Kissenbezug weg, um zu checken, wie die Wunde aussah. Der tiefe Kratzer blutete immer noch. Daher drückte er den Stoff erneut darauf. Er wollte nicht die Möbel oder den Teppich der alten Frau vollbluten. Auch wenn sie das nie erfahren würde. Es ging ums Prinzip. Er würde wissen, dass er ihre schönen Sachen verdorben hatte. Schön genug jedenfalls. Und, so dachte er, egal ob schön oder nicht, das hier war alles, was sie besaß.

Mildred Gutermann schloss die Tür und sperrte hinter ihnen ab. Raymond stand ganz still und beobachtete, wie sie zur Couch ging. Sie ließ sich vorsichtig darauf nieder, als ob ihr jeder Knochen und jeder einzelne Muskel wehtäte. Oder vielleicht, überlegte er, einfach nur, als ob sie sehr alt wäre.

»In Ordnung«, begann sie. »Jetzt lass uns mal die Katze anschauen. Sozusagen.«

Raymond setzte sich ans andere Ende der Couch, ganz vorne auf die Kante, und öffnete den Kissenbezug. Der Kopf der Katze erschien. Sie blickte sich um, die Augen vor Angst weit aufgerissen. Dann sprang sie aus dem Bezug und rannte weg.

»Ups«, meinte Raymond. »Sie ist weg. Ich geh besser mal sehen, wo sie hin ist.«

»Nein, lass sie. Lass sie alles erkunden. Du bleib hier sitzen, und rede mit mir. Erzähl mir, warum sie deine Katze ist und auch nicht.«

»Sie ist eine Streunerin«, erklärte Raymond. »Ich hab ihr immer wieder Fressen gebracht. Ich hab sie sozusagen gezähmt. Ich hab sie so weit gekriegt, dass sie zu mir kommt und sich von mir streicheln lässt. Aber das hätte ich nicht tun sollen. Denn jetzt ist sie in Schwierigkeiten, und es wäre besser gewesen, wenn ich sie in Ruhe gelassen hätte. Sie sollte Angst vor Menschen haben. Damit hatte sie schon recht. Ich hab ihr beigebracht, dass man Menschen vertrauen kann. Und deswegen fühle ich mich jetzt schlecht. Und wenn ihr deswegen etwas passiert, werde ich nie imstande sein, es mir zu verzeihen.«

»Aber sie hat ja recht damit, dir zu vertrauen, Raymond.«

»Doch was, wenn sie jemand anderem vertraut?« Er saß einen Moment lang schweigend da. Mildred Gutermann beantwortete seine Frage nicht. »Ein paar Jungs aus der Nachbarschaft suchen nach ihr. Ich weiß nicht, was sie mit ihr anstellen werden, wenn sie sie gefangen haben. Jedenfalls werden sie ihr nicht Essen geben oder sie streicheln, das steht fest.«

»Verstehe«, sagte sie. »Also willst du sie mit zu dir nach Hause nehmen.«

»Das kann ich nicht. Ich darf kein Haustier haben. Ich hab sie hergebracht, weil ich dachte … Also, es ist egal, was ich dachte. Ich hab mich geirrt. Ich habe nicht richtig nachgedacht.«

»Du hattest gehofft, ich würde sie bei mir aufnehmen.«

»Ja.«

»Das würde ich, wenn ich nur könnte, mein junger Freund. Aber ich bin sicher, du verstehst mein Problem. Du kannst jede Menge Klebebandmarkierungen auf den Teppich machen, wie bei den Stühlen, damit die Katze genau weiß, wo sie sein soll. Doch sie ist eine lebendige Katze, sie ist kein Stuhl, und es ist wahrscheinlich, dass sie sich einen anderen Ort aussuchen wird.«

Raymond saß eine Weile lang schweigend da, hörte seinen Atem und erkannte, dass er kurz davor stand, in Tränen auszubrechen – es wäre so leicht, dem Drang nachzugeben. Es überraschte ihn, denn er weinte nie. Aber es hatte etwas mit der Katze zu tun. Sie hatte irgendwie eine Barriere überwunden, eine Mauer, die er errichtet hatte, um alle von den verletzlichen Stellen in ihm fernzuhalten. Und die Vorstellung, dass irgendjemand ihr aus Spaß wehtun könnte …

»Haben Sie vielleicht etwas, das man auf einen Kratzer tun kann? Damit er sich nicht entzündet?«

»Oh, ich habe alles«, erwiderte sie und erhob sich von der Couch, kam auf die Füße. »Ich tu mir oft weh. Ich hab alles.« Sie nahm ihn beim Ellbogen, fasste ihn mit beiden Händen. »Komm mit ins Badezimmer.«

»Okay«, sagte er.

Er stand auf und folgte ihr.

Er fühlte sich besser. Irgendwie beruhigt. Ihm drohte keine schreckliche Infektion, denn sie würde ihm helfen. Sie wusste, was zu tun war.

»Wo ist der Kratzer?«, fragte sie, während sie gemeinsam ins Bad gingen.

Erstaunlicherweise schien sie ihn zu führen. Andererseits war das hier ihr Zuhause. Ihr Badezimmer.

»Auf der Innenseite meines rechten Handgelenks.«

Sie betraten gemeinsam das Bad, und sie zog seinen rechten Unterarm über das Waschbecken. Wieder mit erstaunlicher Kraft. Sie drehte das kalte Wasser auf und hielt seinen Arm unter den Strahl.

»Au«, rief er. Das war eine Riesenuntertreibung des Schmerzes, der ihn erfasste.

»Ich weiß. Es tut mir leid. Aber bei solchen Sachen muss man aufpassen. Blutet es noch?«

»Ich glaub nicht. Ich glaub, es hat aufgehört.«

»Gut. Hier. Nimm das.« Sie zog eine große Plastikflasche aus ihrem Arzneischrank und reichte sie ihm. »Drück etwas davon auf den Schnitt. Und dann warte eine Minute.«

Raymond nahm die Flasche entgegen. Öffnete den Verschluss mit einer Hand. Er tränkte den Kratzer mit der rotbraunen Flüssigkeit. Es gab ein weiteres scharfes Auflodern von Schmerz, als sie in die Wunde floss. Dieses Mal hatte er damit gerechnet und verkniff sich jede Reaktion.

»Wo hast du den Kratzer denn überhaupt her?«, fragte sie ihn.

»Das war die Katze.«

»Oh. Sie kratzt.«

»Nein, es war meine Schuld. Ich hab versucht, sie einzufangen und in einen Kissenbezug zu stecken. Da hat sie Angst gekriegt. Daraus kann ich ihr nicht wirklich einen Vorwurf machen. Wenn man sie einfach zu sich kommen lässt, kratzt sie nicht. Sie ist ganz lieb. Sie möchte Aufmerksamkeit. Wenn sie hier wäre ...«

»Das zählt leider alles nicht«, sagte Mildred Gutermann und unterbrach ihn. »Wie ich sie behandeln sollte, wenn sie hier wäre. Weil, so leid es mir auch tut, sie nicht hierbleiben kann. Es ist zu schade, dass man eine Katze nicht trainieren kann. Doch das geht einfach nicht.«

»Ich bin mir nicht mal sicher, was ich ihr überhaupt beibringen sollte«, meinte er. »Selbst wenn man das bei einer Katze könnte. Sie wissen schon, was dabei helfen würde, dass sie Ihnen nicht vor die Füße läuft.«

»Vielleicht, wenn du ihr beibringen könntest, die ganze Zeit einen Laut von sich zu geben. Wie zum Beispiel zu maunzen, wenn sie irgendwohin geht. Dann würde ich immer wissen, wo sie ist. Aber das klappt nicht.«

»Das ist es!«, rief Raymond aus.

»Nein, das ist unmöglich.«

»Ich könnte ihr ein Halsband mit einem Glöckchen kaufen. Dann würde sie immer ein Geräusch machen, wenn sie sich bewegt.«

»Hm. Spül das ab. Dreh das Wasser auf, und spül es ab. Ich hole dir ein paar Papiertücher zum Abtrocknen, und dann habe ich antibiotische Salbe. Die tun wir drauf und kleben ein Pflaster drüber.«

»Was ist mit dem, was ich gerade gesagt habe?«

»Ich denke darüber nach.«

»Was halten Sie bislang davon?«

»Bislang denke ich, ich könnte mich selbst dafür treten, dass ich all diese Jahre keine Katze hatte, wenn es so einfach ist. Daher denke ich im Moment … Ist es das wirklich? So einfach? Und ich glaube, ein Teil von mir hätte gerne, dass es nicht so ist. Damit ich aufhören könnte, mich über mich selbst zu ärgern.«

Raymond spülte sein Handgelenk unter dem kalten Wasser ab und trocknete es mit den Tüchern, die sie ihm reichte. Er sagte nichts, weil er wollte, dass sie jede Menge Zeit hatte, um nachzudenken.

»Du müsstest ein Katzenklo kaufen. Und Katzenstreu.«

»Auf jeden Fall!«, erwiderte er. Zu laut und zu bemüht. »Das würde ich.«

»Und Katzenfutter.«

»Oh. Ich vermute, ich habe mir das vorher nicht gut überlegt. Es wird langsam teuer, nicht wahr?«

»Wenn du das Halsband mit dem Glöckchen kaufst und das Katzenklo und den ersten Sack Katzenstreu, könnte ich vermutlich den Rest übernehmen.«

»Ist es zu teuer für Sie?«

»Nicht wirklich. Ich komme eigentlich ganz gut klar. Ich habe meine Sozialhilfe und eine kleine Betriebsrente von einer Firma, für die ich fünfzig Jahre lang als Näherin gearbeitet hab. Aber ich werde regelmäßig Katzenfutter brauchen. Also musst du alle paar Tage vorbeikommen und mit mir einkaufen gehen.«

»Das hätte ich sowieso getan«, erklärte Raymond. »Katze hin oder her. Einfach, weil Sie das brauchen.«

»Das weiß ich doch. Und das ist auch der Grund, warum ich das hier für dich tun möchte, wenn es irgend möglich ist. Also besorg das Glöckchen, und wir probieren es aus und hoffen das Beste. Okay, Raymond?«

»Okay«, antwortete er. Atmete zum ersten Mal seit langer Zeit auf. »Danke.«

* * *

Als Raymond von dem Geschäft zurückkam, ließ er sich mit ihren Schlüsseln selbst in ihre Wohnung. Sie hatte sie ihm gegeben, damit sie nicht zur Tür gehen müsste, bevor die Katze mit Halsband und Glöckchen versehen war.

Jetzt saß sie auf der Couch, und die Katze lag mit dem vorderen Teil ihres Körpers auf dem Schoß der alten Frau. Und schnurrte. Ließ sich die Ohren kraulen.

Raymond atmete tief durch, seufzte und verspürte tiefe Dankbarkeit. Er dankte im Geiste der Katze dafür, dass sie ihm half, ihr zu helfen.

»Ich bin zurück«, sagte er und schloss die Tür hinter sich.

»Das höre ich.«

»Ich häng die Schlüssel zurück an den Haken neben der Tür.«

»Danke.«

»Und ich tu das Katzenklo … Ich weiß nicht. Wo soll es hin?«

»Ins Badezimmer. In die Ecke unter dem Waschbecken. Dort kann ich nicht drüberstolpern.«

Während er das Katzenklo aufstellte, die Verpackung entfernte und es mit Streu befüllte, fragte Raymond sich, wie man eigentlich eine Katze dazu brachte, das Katzenklo zu benutzen. Oder machte sie das von ganz allein? Es schien ihm ganz klar, dass diese Katze nie zuvor eins gesehen hatte. Oder vielleicht irrte er sich da auch. Vielleicht hatte die Katze mal jemandem gehört. Früher einmal. Womöglich war das der Grund, weshalb sie nach relativ kurzer Zeit zu ihm gekommen war, ohne dass er sich groß hatte anstrengen müssen.

Er warf die leere Katzenstreutüte in den Müll und ging zu der alten Frau und der Katze, die beide auf der Couch saßen.

»Hat sie einen Namen, diese Katze?«, wollte Mildred Gutermann wissen.

»Nein.«

»Dann nennen wir sie Louise«, sagte sie, ohne zu zögern.

»Okay.«

»Es ist etwas ganz Gefährliches, wenn ein junger Mensch – oder irgendein Mensch – einem Tier Schmerzen zufügen will.

Leute tun manchmal so, als sei es nicht schlimm, weil es ja *nur* ein Tier ist und kein Mensch. Aber der Wunsch, einem Tier wehzutun, verrät einen beunruhigenden Mangel an Mitgefühl. Mitgefühl ist das, was uns gestattet, miteinander zu leben, Raymond. Vielleicht weißt du das. Ohne das zerfällt alles. Und aus Jungen, die Tieren wehtun, werden Jungen, die Menschen wehtun. Sie üben bloß. Das ist nicht gut. Wo ich aufgewachsen bin, da gab es einen Jungen, der Katzen umgebracht hat. Alle Katzen aus der Nachbarschaft begannen zu verschwinden. Seine Eltern haben versucht, es zu vertuschen. Er musste nie dafür geradestehen. Doch es wurde schlimmer. Viel schlimmer. Ich hasse es, darüber zu reden, wie viel schlimmer. Ich spreche nicht gerne über so was. Und es hat sich nicht nur auf Tiere beschränkt. Damit will ich es gut sein lassen und nicht mehr darüber reden.«

Während sie Raymond das erzählte, streichelte sie die Katze weiter. Und die Katze Louise schnurrte weiter.

»Die Tatsache, dass du dir Mühe gegeben hast, um sie zu retten, Raymond«, fügte sie hinzu, »das verrät mir sehr viel über dich.«

»Wo sind Sie aufgewachsen?«

Etwas Dunkles legte sich flüchtig über die Züge der alten Frau. Selbst die Katze merkte es, auch wenn sie nicht hinschaute. Sie bemerkte einfach die veränderte Stimmung. Sie sprang ihr vom Schoß und kroch unter das Sofa, um sich zu verstecken.

»Das ist jetzt nicht wichtig«, erklärte sie.

»Stimmt. Sie haben recht. Tut mir leid. Das ist nicht wichtig.«

»Versuch bitte, dass es dir nicht immer leidtut, mein junger Freund. Das meiste von dem, was du in dieser Welt zu bedauern hast, ist nichts, wofür du verantwortlich bist.«

»Okay, ich geb mir Mühe. Tut mir leid.« Und dann, vielleicht eine Sekunde später, hörte er sich selbst, als hätte jemand die Wiedergabetaste gedrückt.

»Ups«, sagte er.

»Du wirst üben müssen«, bemerkte sie. »Und ich werde dich daran erinnern.«

* * *

»Also, denken Sie, dass Sie allein mit ihr zurechtkommen?«, erkundigte er sich. »Wenn ich dann jetzt gehe?«

Es war bestimmt eine Stunde oder zwei später. Raymond konnte von seinem Platz auf der Couch aus keine Uhr sehen. Aber die Sonne vor dem Fenster verriet ihm, dass es Mittag war.

»Wir drücken die Daumen«, erwiderte sie. »Ich werde sehr vorsichtig sein, wenn ich im Zimmer herumlaufe. Wenn ich die Glocke höre, werde ich stehen bleiben, bis ich mehr weiß. Die eine Sache, die noch ein Problem sein könnte … Na ja, lass uns einfach hoffen, dass sie es nicht tut. Wenn sie auf dem Teppich direkt in der Mitte des Zimmers schläft, dann wird es gefährlich. Allerdings ist sie dafür vermutlich ohnehin zu vorsichtig. Während sie die Wohnung und mich kennenlernt, tut sie's vielleicht an der einen Stelle dort drüben am Fenster, wo die Sonne durch die Vorhänge scheint und den Teppich wärmt. Aber ich weiß, wo das ist. Ich kann darauf achten, nicht dorthin zu gehen. Ich hoffe sehr, dass es funktioniert, Raymond, und nicht nur ihret- und deinetwegen. Es fehlt mir, Katzen zu haben. Es wird nett sein, nicht mehr allein in der Wohnung zu sein.«

»Ich komme häufiger vorbei, bis wir mehr wissen.«

»Das wäre gut. Komm einfach, und klopf an. Wenn alles okay ist, rufe ich. Ich sage: ›Alles okay, Raymond.‹ Dann weißt du Bescheid. Und wenn ich tatsächlich doch stürzen sollte, werde ich wissen, dass jemand in Kürze nach mir sehen kommt.«

Er stand auf und ging zur Tür.

»Ich … Ich weiß nicht, wie … Ich möchte Ihnen sagen …«

Aber die Worte steckten fest. Weil er einfach nicht wusste, wie er sie aussprechen sollte. Es hätte leicht sein sollen. *Danke.* Er hatte es schon zuvor gesagt. Allerdings noch nie bei etwas, das so unfassbar wichtig gewesen war. Seine Dankbarkeit schien in seiner Kehle anzuschwellen und ihn beinahe zu ersticken.

»Das musst du nicht«, erklärte sie. »Ich weiß, was dieses kleine Tier für dich bedeutet. Ich höre es in deiner Stimme, wenn du über sie redest. Geh jetzt. Wir kommen klar.«

Raymond trat aus der Wohnung.

Er drückte ein Ohr gegen die Tür und lauschte, als sie aufstand und zur Tür kam, um hinter ihm abzuschließen. Nur um sicher zu sein, dass sie es schaffte.

»Ich bin gleich hier«, rief er, als sie das letzte Schloss absperrte.

»Das weiß ich«, antwortete sie.

Er wartete, bis er sicher sein konnte, dass sie wieder saß. Dann lief er die Treppe hoch zu seiner Wohnung.

Sobald er dort war, schaltete er seinen Computer an und öffnete die Seite mit dem Telefonbuch. Er tippte »Luis Velez« ein. Und als Ort »New York«. Wenn er den Vor- und den Nachnamen richtig geschrieben hatte, dann waren da ungefähr zwanzig Einträge. Wenn nicht, wären es sehr viel mehr. Es gab jede Menge abweichende Schreibungen.

Nun, dachte er. *Ich werde einfach vorn anfangen und immer weitermachen müssen, bis ich ihn gefunden hab. Oder bis sich herausgestellt hat, dass man ihn nicht finden kann.*

* * *

Mitten in der Nacht wachte Raymond auf und hatte einen schrecklichen Gedanken. Er fuhr den Rechner hoch und suchte nach Luis' Namen und dem Wort »Traueranzeige«. Es kam aber nichts Nützliches dabei heraus.

Er atmete erleichtert auf und ging zurück ins Bett.

Doch bevor er wieder einschlafen konnte, fiel ihm seine Stiefgroßmutter ein. Eds Mutter. Als sie gestorben war, hatte es keine Todesanzeige gegeben, weil die Zeitung zu viel Geld dafür verlangt hatte.

Trotzdem, es gab nichts, was er deswegen unternehmen konnte. Daher versuchte er, es sich aus dem Kopf zu schlagen und etwas Schlaf zu finden.

KAPITEL VIER

DAS LUIS-PROJEKT

»Wo hat er eigentlich gewohnt?«, fragte Raymond bei seinem nächsten Besuch bei Mildred und der Katze.

»Wer? Luis?«

»Ja. Luis.«

Er hatte sich vorgenommen, ihr vorsichtig einige Informationen zu entlocken. Kleine Details, mit denen er seine Liste eingrenzen könnte. Die ihm die Aufgabe erleichtern würden. Aber er konnte ihr nicht einfach direkt von seinem Projekt erzählen. Weil es vielleicht nicht klappen würde. Er wollte nicht, dass sie sich umsonst Hoffnungen machte.

Er sah zu, wie sie die Brauen zusammenzog. Sie begann, die Hände zu ringen, wie sie es immer tat, wenn sie von Luis' Verschwinden sprach.

»Ich weiß es nicht, Raymond. Das ist das Schlimmste daran. Ich weiß es nicht. Früher hat er hier ganz in der Nähe gewohnt. Bloß vier Blocks entfernt, hat er gesagt. Ich weiß allerdings nicht, in welche Richtung, weil er immer zu mir gekommen ist. Dann ist er umgezogen. Weiter weg. Ich habe ihn immer gefragt: ›Wo lebst du jetzt?‹ Weil ich mir Sorgen gemacht habe, dass er zu lange unterwegs wäre, nur um mir zu helfen. Und er wusste, dass ich mir deshalb Sorgen mache. Also hat er es mir nicht erzählt. Stattdessen hat er mich beruhigt und geantwortet: ›Es ist bloß eine U-Bahn-Fahrt, Millie. Eine kurze Fahrt mit der U-Bahn.‹ Er hat mir nie verraten, wie lang sie ist. Ich wünschte, ich wüsste mehr. Er war so ein guter Freund. Aber wir waren nicht so befreundet, dass ich ihn vielleicht mal zu Hause besucht hätte. Nein, so war das nicht. Er ist immer zu mir gekommen.«

»Was ist mit seinem zweiten Vornamen?«

»Hab ihn nie gefragt«, erwiderte sie und streichelte Louise die Ohren. »Weißt du, dass diese Katze die ganze Nacht auf meinem Kopfkissen geschlafen hat? Und geschnurrt. Jedes Mal, wenn ich aufgewacht bin und mich umgedreht habe, konnte ich sie schnurren hören. Es war ganz wunderbar. Und jetzt verrat mir, warum du mir so viele Fragen über Luis stellst.«

»Kein besonderer Grund«, antwortete er. »Ich bin einfach neugierig.«

Falls sie ihm nicht glaubte – und wahrscheinlich tat sie das nicht –, sagte sie nichts davon.

* * *

Raymond stand mit seiner Liste zu Hause vor dem Telefon in der Küche und starrte auf die schreckliche Blümchentapete. Sie war verblasst, von Kinderhänden abgenutzt. Fast alles in dem Apartment war noch genau so wie zu der Zeit, als Eds Großmutter hier gelebt hatte. Was bedeutete, dass alles altmodisch und einfach alt war.

Er hatte eine Liste mit einundzwanzig Männern namens Luis Velez aus dem Großraum New York. Sowohl die Adressen als auch die Telefonnummern.

Während er den Zettel studierte, wurde ihm bewusst, dass er die alte Frau als Erstes hätte fragen sollen, wie man »Velez«

schrieb. Oder »Luis«. Möglicherweise wurde es auf die englische Art geschrieben: Louis. Und Mildred Gutermann benutzte die spanische Aussprache nur, weil Luis das getan hatte.

Er hatte die Frage sogar schon auf den Lippen gehabt. Mindestens dreimal. Aber das hätte nicht funktioniert. Das hätte ihn verraten. Niemand wollte aus reiner Neugier wissen, wie man einen Namen schrieb. Nein, falls Raymond das gefragt hätte, vor allem nachdem er sich nach dem zweiten Vornamen erkundigt hatte, hätte sie erraten, dass er nach Luis suchen wollte. Und im Moment hatte er sehr wenig Vertrauen in seine Fähigkeit, den Mann auch tatsächlich zu finden, also wollte er ihr möglichst keine Hinweise geben. Oder jedenfalls nicht mehr als unvermeidbar.

Raymonds Knie zitterten leicht, als er den Hörer abhob und die erste Telefonnummer wählte. Vielleicht war es die Anspannung, weil er mit einer so großen Aufgabe begann, einer, die so wichtig war und bei der trotzdem die Wahrscheinlichkeit so groß war, dass es nicht klappte. Vielleicht hatte er auch Angst vor dem, was er herausfinden würde. Oder vielleicht war es ihm einfach unheimlich, einen völlig Fremden anzurufen.

»Hola«, meldete sich jemand am anderen Ende der Leitung. Eine ältere Frau mit einer hohen, irgendwie zögerlich klingenden Stimme. Vielleicht sogar noch zögerlicher als Raymond.

»Äh«, sagte er. »Hallo. Ist Luis Velez zu sprechen?«

»No, él no está aquí ahora.«

»Äh … Tut mir leid. Was?«

Tatsächlich hatte Raymond das Wesentliche verstanden. Jeder versteht das Wort »no«.

»Lo siento, no hablo inglés.«

»Oh. Verstehe. Nun … Ich spreche kein Spanisch. Tut mir leid.«

Ihm wurde klar, dass er besser schnell welches lernen sollte. Zumindest die Grundzüge.

»Okay«, brach er schließlich das lange Schweigen in der Leitung. »Danke. Ich meine … gracias.«

Er blickte auf und bemerkte, dass sein Stiefvater ihn über die Kücheninsel hinweg anstarrte.

»Das ist besser ein Ortsgespräch«, knurrte Ed. Ohne Raymond die Gelegenheit zu geben, sein Telefonat zu beenden.

»De nada«, sagte die Frau und legte auf.

Raymond stand mit dem Hörer in der Hand da und erwiderte den Blick seines Stiefvaters. »Woher soll ich wissen, ob es ein Ortsgespräch ist oder nicht?«

»Das ist ganz einfach. Wenn es auf meiner Telefonrechnung auftaucht und ich extra dafür bezahlen muss, war es das nicht.«

Ach wirklich? Das *wusste ich auch.*

»Ich meine … Woran erkenne ich es, bevor ich anrufe?«

»Keine Ahnung. Aber finde es raus.«

Raymond legte den Hörer zurück und verließ hastig die Küche.

Mein Luis-Projekt fängt nicht gerade gut an, dachte er.

Und dann dachte er, dass so ausgedrückt sein minimaler Fortschritt besser klang, als er es eigentlich verdiente.

* * *

Er stand in der Schulbücherei, nahe beim Fenster, und kniff im Schein der hellen Neonröhren die Augen zusammen. Es war niemand im Raum außer Raymond und der Bibliothekarin. Eigentlich sollte er jetzt gerade in seiner letzten Stunde die Hausaufgaben erledigen, doch er schwänzte. Seit einiger Zeit fiel es ihm immer schwerer, sich davon zu überzeugen, dass er diese nutzlose letzte Stunde lang still sitzen sollte. Manchmal ging er einfach nach Hause. Das erschien ihm auf jeden Fall sinnvoller.

Die Bibliothekarin sah zu ihm hoch.

»Raymond«, sagte sie. »Wo solltest du jetzt eigentlich sein?«

»Im Freiarbeitsraum, Hausaufgaben machen. Und das kann man auch in der Bücherei tun. Richtig?«

Sie warf ihm ein schiefes Lächeln zu. Sie war etwa fünfzig, mit rötlichem Haar und einem wissenden Blick, der ihn jedes Mal zu durchschauen schien. Wenn Raymond sich irgendwas zuschulden kommen ließe, wäre sie die letzte Person, der er sich gern gegenübersehen würde.

»Nun, ja und nein«, erwiderte sie, immer noch lächelnd. »Aber egal, du solltest eigentlich dort sein, wo du sein sollst.«

Er stand einen Augenblick still vor ihr, wartete, ob sie wirklich meinte, dass er gehen sollte. Sie machte keinerlei Anstalten, ihn rauszuschmeißen.

»Ich habe mich gefragt, ob es ein Englisch-Spanisch-Wörterbuch gibt, das ich ausleihen könnte«, erklärte er. »Oder eine Sammlung mit Redewendungen.«

»Du lernst Spanisch?«

»Das würde ich gerne, ja.«

»Hast du denn Spanisch?«

»Nein. Ich habe Latein gewählt. Allerdings frage ich mich jeden Tag mehr, warum eigentlich. Denn niemand spricht Latein.«

»Es ist die Wurzel aller anderen Sprachen.«

»Das erzählt mir mein Lateinlehrer auch immer.«

»Ich stimme dir zu, dass Spanisch sehr nützlich ist. Und wir haben drei Wörterbücher. Aber die sind eigentlich nur zum Nachschlagen. Man kann sie nicht ausleihen.«

»Oh«, sagte Raymond und ließ enttäuscht den Kopf hängen.

»Na ja, ich weiß nicht. Wie lange brauchst du sie denn?«

»Drei oder vier Tage. Bis ich mein Taschengeld bekomme. Dann kauf ich mir selbst eins.«

»Versprichst du mir, dass du mich nicht enttäuschst? Du bringst sie in gutem Zustand zurück und kaufst Ersatz, wenn irgendetwas damit passiert?«

»Ja, Ma'am. Das verspreche ich.«

»Es passiert so selten, dass Jungs in deinem Alter hier auftauchen und Interesse an Sprachen zeigen und mir erzählen, dass sie etwas lernen wollen, für das sie nicht mal eine Note bekommen. Das ist inspirierend für mich. Also werde ich dir heimlich, still und leise eins ausleihen. Aber das ist ein Arrangement strikt zwischen dir und mir. Und du bringst es spätestens in einer Woche ohne Probleme zurück. Okay?«

»Ja, Ma'am. Ich werde Sie nicht enttäuschen. Danke.«

* * *

Raymond übte auf der Fahrt in der U-Bahn. Sprach vor sich hin, allerdings im Flüsterton.

»Me llamo Raymond Jaffe. Luis Velez, está él aquí?«

Eine Latina, die neben ihm saß und ein Baby auf den Knien hüpfen ließ, warf einen Blick zu ihm hinüber und lächelte.

»Está aquí?«, sagte sie. Nur dass es sich bei ihr anders anhörte. Wie ein Wort. »Estaquí.«

»Spricht man das so aus?«, fragte er sie.

»Ja, genau. Sonst klingt es, als ob man es aus einem Wörterbuch abliest.«

»Nun … Das tue ich.«

Sie lächelte wieder.

»Okay, danke«, erklärte er. »Ich meine … muchas gracias.«

»De nada. Oder man kann etwas formeller sein und ›No hay de qué‹ benutzen.«

»Aber dann höre ich mich vielleicht so an, als würde ich es aus einem Wörterbuch ablesen.«

»Ich denke, das riskierst du ohnehin«, erwiderte sie. Doch ihr Lächeln verriet ihm, dass er das nicht als Beleidigung verstehen sollte.

Sogar ihr Baby lächelte ihn an. Es war ein hübsches kleines Mädchen, vielleicht ein Jahr alt, mit lockigem Haar und Goldsteckern in den Ohren. Raymond lächelte zurück.

Die U-Bahn kam kreischend zum Stehen.

»Oh, das ist meine Haltestelle«, sagte er und sprang auf.

»Buena suerte«, erwiderte sie.

»Das kenn ich noch nicht.«

»Viel Glück.«

»Oh. Danke. Ich meine, gracias.«

Er sprintete aus dem Wagen, bevor sich die Türen wieder schlossen.

Während Raymond die Stufen zur Straße hochlief, immer zwei auf einmal nahm, fragte er sich, woher die Frau gewusst hatte, dass er Glück brauchte. Sie hatte keine Ahnung, was er vorhatte. Wirkte er tatsächlich so verängstigt?

Vermutlich schon, dachte er.

Er kam auf der Straße an und sah sich um.

Er war in einem Teil der Stadt, in dem er noch nie zuvor gewesen war. Zumindest nicht, soweit er sich erinnerte. Die Aufgabe, die vor ihm lag, erfüllte ihn nicht unbedingt mit Zuversicht. Selbst verglichen mit seiner eigenen Gegend fühlte es sich nicht gut an. Ein junger Mann wartete an der Straßenecke und schaute nervös nach rechts und links. Vielleicht ein Drogendealer. Raymond, der es bisher nie gewagt hatte, Drogen auszuprobieren, wusste nicht, ob er einen Verkauf erkennen würde. Jedes dritte oder vierte Gebäude hatte zugenagelte Fenster. Kinder spielten auf unbebauten Eckgrundstücken, auf denen ausrangierte Autos und alte Sofas standen ... ein Meer von Müll. Ältere Männer und Frauen lehnten sich im ersten oder zweiten Stock aus offenen Fenstern und riefen den Kindern auf der Straße etwas zu oder beobachteten die Welt einfach von ihrem sicheren Ausguck aus.

Raymond wollte am liebsten umdrehen und sofort wieder gehen. Aber er war sich nicht sicher, wie er mit sich selbst weiterleben sollte, wenn er es nicht wenigstens versuchte. Wenn er es nicht einmal zur ersten Adresse schaffte.

Mit hämmerndem Herzen – er hatte selbst unter den bestmöglichen Umständen Angst vor anderen Leuten – lief er den Gehweg entlang. Er hielt den Kopf gesenkt, die Augen abgewandt. Von was, wusste er nicht genau. Vermutlich von allem und jedem. Er versuchte zu vermitteln, dass er niemandem Ärger machen wollte und auch selbst keinen wollte. Er tat alles, um praktisch unsichtbar zu sein.

Wie unter Zwang blickte er wieder und wieder auf die Liste, bis er das Gebäude fand, das zur ersten Adresse passte – als würde es ihn überfordern, sich für ein paar Sekunden vier Ziffern zu merken.

Er stieg die zehn Betonstufen zur Vordertür des Apartmenthauses hinauf. Sie war natürlich verschlossen.

Er suchte auf den Klingelschildern die 3A. Dort stand »Luis A. Velez«. Genau wie es sollte.

Raymond atmete erleichtert auf und drückte die Klingel.

»Hola«, erklang eine Stimme. Es war dieselbe Frau, mit der er am Telefon gesprochen hatte, wobei er immer noch hoffte, dass es ein Ortsgespräch gewesen war. Sein Stiefvater würde ihm sonst keine Ruhe lassen.

»Luis Velez. Estaquí?«, fragte er, sprach die Worte so aus, wie es die Frau in der U-Bahn getan hatte.

»Sí«, antwortete sie und betätigte den Türöffner.

Raymond trat in den dunklen, dreckigen Flur und roch etwas, von dem er Kopfschmerzen bekam. Von dem ihm leicht schwindelig wurde. Er ging langsam die Treppe hoch – das Herz schlug ihm weiter ganz schnell in der Brust –, bis er im dritten Stock war.

Er stand vor der Tür zu 3A, bereit, anzuklopfen.

Dann, genau wie er es am oberen Ende der U-Bahn-Treppe getan hatte, hätte er sich beinah umgedreht und wäre wieder zurückgelaufen. Aber ein Bild der alten Frau erschien vor seinem geistigen Auge. Mrs G, wie er sie bei sich nannte, weil er sich nie sicher sein konnte, ob er sich richtig an ihren Nachnamen erinnerte. In Gedanken sah er, wie sie die Hände rang, wie sie das immer tat, wenn sie an Luis dachte. Wenn sie sich fragte, was mit ihm geschehen war.

Was wäre schlimmer?, überlegte Raymond. Dass Luis etwas wirklich Schreckliches zugestoßen war? Oder dass sich herausstellte, dass Mrs G Luis nicht so wichtig war, wie sie gedacht hatte?

Er klopfte an die Tür.

Ein Mann öffnete.

Er war massig, allerdings nicht wirklich groß. Tatsächlich war Raymond bestimmt fünf Zentimeter größer. Doch der Mann sah irgendwie bullig und stark aus. Er trug Jeans und ein weißes, kurzärmeliges T-Shirt, das seine schwellenden Brust- und Armmuskeln erkennen ließ. Er war barfuß und hatte Narben im Gesicht, als wenn er als Teenager Akne gehabt hätte oder irgendeine andere Krankheit, die Spuren auf der Haut zurückließ. Raymond würde ihn auf etwa vierzig schätzen.

»Luis Velez?«, fragte Raymond, und seine Stimme klang vor Angst ganz hoch.

»Wer will das wissen?«

Der Mann sprach mit dem Anflug eines spanischen Akzents. Raymond trat unbehaglich von einem Fuß auf den anderen und presste das Wörterbuch gegen seinen Oberschenkel, sodass der Mann den Einband nicht erkennen konnte. Jetzt war es ihm peinlich, dass er es mitgebracht hatte.

»Nur ich. Ich meine, ich bin nicht … Ich meine nicht, dass irgendwer … Ich bin lediglich …« Er atmete einmal tief durch und fing noch mal von vorn an, zwang sich, sich zu konzentrieren. »Mein Name ist Raymond. Raymond Jaffe. Und ich suche einen Luis Velez, aber Sie sind vielleicht nicht der richtige. Ich suche denjenigen, der immer einer alten Frau namens Mildred geholfen hat. Millie. Sie ist blind, und er ist zu ihr gekommen, um mit ihr zum Laden und zur Bank zu gehen.«

Stille. Als wenn dieser Luis Velez erwartete, dass Raymond weiterreden würde. Als bräuchte der Mann mehr Informationen, bevor er entscheiden konnte, ob er der richtige Luis Velez war oder nicht.

In dem Apartment hinter dem großen Mann konnte Raymond zwei Jungs von vielleicht zehn oder zwölf Jahren sehen, die einander durch das Wohnzimmer jagten. Der größere versuchte den kleineren in den Schwitzkasten zu nehmen. Der Fernseher war an, sehr laut, und Raymond konnte Cartoons hören.

»Nein«, sagte der Mann. »Das bin ich nicht.«

»Okay. Tut mir leid, dass ich Sie belästigt habe.«

Raymond wandte sich um und lief zur Treppe. Als er sie erreichte, rannte er sie, immer zwei Stufen auf einmal, hinunter. Er hatte das Gefühl, er könnte gar nicht schnell genug zur U-Bahn kommen.

Er hätte einfach bei den Telefonanrufen bleiben sollen. Das dachte er. Er war den ganzen Weg hergefahren, weil er geglaubt hatte, dass es besser wäre, es persönlich zu machen, mit seinem Englisch-Spanisch-Wörterbuch. Aber dieser Luis Velez konnte Englisch. Und es war ein ziemlich langer Weg gewesen für eine gerade mal zweiunddreißig Sekunden dauernde Unterhaltung.

Für nichts.

Dann erinnerte er sich: Wenn er weiter das Telefon benutzen wollte, müsste er wissen, ob es ein Ortsgespräch war oder nicht. Und in dem Punkt sollte er besser keinen Fehler machen.

Gerade als er in der Lobby angekommen war und über den glatten Holzboden zur Tür ging, hörte er, dass der Mann ihn rief.

»Hey. Du.«

Raymond blieb stehen. Drehte sich um. Sah zu, wie der Mann die drei Treppen heruntergelaufen kam, bis dahin, wo Raymond stand, eine Hand auf dem Wörterbuch, die andere auf dem Türgriff. Luis A. Velez trug jetzt Schuhe. Schwere Arbeitsstiefel, die man schnüren musste. Raymond hatte keine Ahnung, wie er sie so schnell angezogen hatte.

»Ich habe deinen Namen vergessen«, sagte der Mann.

»Raymond.«

»Richtig. Raymond. Ich bin Luis. Oh. Das weißt du ja.«

Raymond lächelte. Er konnte es spüren. Unter diesen Umständen fühlte es sich merkwürdig an.

»Ich bring dich zur U-Bahn«, verkündete Luis. »Du bist mit der U-Bahn hier, oder? Es ist nicht die beste Gegend.«

»Danke«, erwiderte Raymond. Und atmete tief aus. Ihm war gar nicht klar gewesen, dass er die Luft angehalten hatte. Aber jetzt wurde ihm der Sauerstoffmangel sehr bewusst.

»Tut mir leid, das mit dem Gestank hier«, erklärte Luis. »Die Leute unter mir stellen Amylnitrit her und verkaufen es.«

»Ich weiß nicht, was das ist.«

»Du weißt schon. Auf der Straße nennt man das Poppers.«

»Oh«, machte Raymond. Doch er wusste es immer noch nicht. »Ich krieg davon Kopfschmerzen.«

»Ich sag ihnen immer, sie sollen es lassen, und dann melde ich es dem Vermieter. Und dann sorgt der Vermieter dafür, dass sie aufhören. Und dann wächst Gras über die Sache, und sie fangen wieder damit an.«

Sie traten zusammen aus dem Gebäude und auf die Straße.

Den ersten kurzen Block entlang gingen sie schweigend nebeneinander. Luis trug weiter nur ein ärmelloses T-Shirt. Raymond überlegte, dass ihm kalt sein müsste. Aber wenn dem so war, ließ er sich nichts anmerken.

»Ich denke auch darüber nach, so etwas zu tun«, meinte der Mann.

»So etwas?«

Raymond glaubte, er spräche vielleicht von der Herstellung von Amylnitrit und davon, es auf der Straße zu verkaufen. Er hoffte, dass es das nicht war.

»Wie das mit der blinden Lady.«

»Oh. Richtig. Das.«

»Ich denke darüber nach … du weißt schon, ehrenamtlich was zu machen. So was. Doch es ist schwierig. Ich habe vier Kinder. Und ich arbeite Vollzeit. Manchmal sechzig Stunden die Woche. Ich wette, dieser Luis Velez, den du suchst … Vielleicht hat er keine Kinder. Aber ich sollte das nicht sagen, weil ich den Mann ja gar nicht kenne. Hat er? Hat er Kinder?«

»Ich weiß es nicht«, antwortete Raymond. »Das habe ich nie gefragt.«

Sie kamen an der Straßenecke an dem jungen Mann vorbei, der vielleicht ein Dealer war. Vielleicht wartete er auf einen Käufer, doch Raymond vermutete das nur. Er war jünger als Raymond. Fünfzehn oder sechzehn vielleicht. Raymond konnte den Blick des Jungen spüren, der ihn herausforderte, ihn ebenfalls anzuschauen. Wartete er, um zu sehen, ob Raymond ein potenzieller Kunde war? Oder etwas anderes?

Raymonds Augen hoben sich automatisch zum Gesicht des jungen Mannes.

»Stell keinen Blickkontakt her«, warnte ihn Luis.

Raymond starrte auf den dreckigen Gehweg, und sie passierten den Jungen ohne Zwischenfall.

»Denn wenn er Kinder hat«, sprach Luis weiter, immer noch bei demselben Thema, »dann weiß ich wirklich nicht, wie er es geschafft hat.«

»Ich bin mir nicht sicher«, erwiderte Raymond.

Sie legten das nächste Stück des Weges schweigend zurück. Raymond konnte hinter dem nächsten Block die Treppe zur U-Bahn sehen. Sie schien seine Erlösung zu sein. Das Ende all seiner Sorgen und Ängste.

»Woher kennst du diese alte blinde Frau?«, fragte Luis.

»Sie lebt im selben Haus wie wir.«

»Und hilfst du ihr, zur Bank und zum Laden zu gehen? Bis du den richtigen Luis Velez finden kannst?«

»Ja. Ich meine … Irgendjemand muss es ja tun. Also mach ich es.«

»Schön«, sagte er. »Du bist ein guter Junge. Ich meine nicht ›Junge‹ wie … Ich meine das nicht auf eine schlechte Art. Du weißt schon. Nur … Ich weiß nicht. Vielleicht bist du achtzehn und schon ein Mann. Bist du?«

»Nein. Ich werde nächsten Monat siebzehn.«

»Du bist aber groß. Darum habe ich dich vermutlich für älter gehalten.«

»Ja, ich bin groß.«

»Nun, du bist ein guter junger Mann.«

Raymond wandte den Blick ab und blieb still. Genau wie Mrs G behauptete, dass er es immer tat, wenn jemand nett von ihm sprach.

Sie erreichten die Treppe zur U-Bahn und hielten an. Standen unbehaglich nebeneinander. Raymond hielt seine Augen auf seine Füße gerichtet.

»Vielleicht tue ich das doch«, erklärte Luis. »Du weißt schon. Bei einer Suppenküche helfen oder so was. Einfach ein paar Stunden die Woche. Es ist nur schwierig. Ich arbeite viel.

Komme müde nach Hause, weißt du? Aber ich denke darüber nach.«

»Danke, dass Sie mich bis hierher begleitet haben«, sagte Raymond.

Er wusste, dass dieser Luis Velez etwas von ihm wollte. Das Gefühl, verstanden zu werden. Vom Haken gelassen zu werden. Er wollte, dass Raymond begriff, warum er nicht der Luis Velez war, der mit alten blinden Frauen zur Bank ging. Doch Raymond hatte nicht das Gefühl, dass er die richtigen Worte dafür hatte, ihm zu helfen.

»Kein Problem«, antwortete Luis. »Viel Glück dabei, den Typen zu finden.«

»Danke.«

Luis drehte sich um und ging weg. Raymond sah zu und wartete. Er wollte in die U-Bahn. Aber er hatte das Gefühl, dass dieser Mann namens Luis Velez ihn um etwas gebeten hatte, wenn auch nicht direkt. Und Raymond wusste, er hätte ihm mehr geben können – und sollen.

»Hey!«, rief er. »Luis!«

Der Mann blieb stehen und drehte sich um. Er war etwa ein Viertel des Weges den Block hinunter, also hatte Raymond keine andere Wahl, als zu rufen.

»Vier Kinder sind ziemlich viel!«

Luis grinste, und Raymond wusste, dass diese einfache Aussage alles war, was der Mann wirklich gebraucht hatte.

»Ja, ich weiß«, erwiderte er.

Dann ging er weiter.

Raymond rannte die Treppe zur U-Bahn hinunter und in den Tunnel unter der Straße. Unter der Welt, wie er sie kannte. Während er auf seine Bahn wartete, strich er Luis A. Velez mit einem Stift, der fast nicht mehr schrieb, von seiner Liste. Eigentlich war es eher ein Auskratzen.

* * *

Er klopfte an ihre Tür, mit seinem eigenen – selbst für seine Verhältnisse – nerdigen Geheimcode. Tatsächlich war es der Morsecode für den Buchstaben R. Ein kurzes Klopfen, dann drei schnelle hintereinander, um den Strich darzustellen, dann ein weiteres kurzes.

Er wartete, dass sie den Raum durchquerte und ihm aufschloss.

Als sich die Tür öffnete, strahlte sie zu ihm hinauf, und zum ersten Mal, soweit Raymond sich erinnern konnte, fühlte er sich glücklich. Von innen heraus. Nicht nur war sie froh, dass er gekommen war, sondern er hatte etwas Großes getan, um zu versuchen, ihr zu helfen. Selbst wenn sie das nicht wusste. Selbst wenn nichts daraus geworden war.

»Tut mir leid, dass ich so spät dran bin«, entschuldigte er sich, aber er konnte spüren, dass er lächelte.

»Komm schnell rein«, erwiderte sie, »damit die Katze nicht rausläuft.«

Er trat in ihr Wohnzimmer und sah zu, wie sie ihren weißen Stock nahm und sich den Riemen ihrer Tasche über die Schulter legte.

»Liebe Katze Louise«, rief sie. »Wir gehen kurz aus, um dir gute Sachen zum Essen zu kaufen und mir natürlich auch. Wir sind zurück, bevor du überhaupt bemerkt hast, dass wir weg waren.«

Sie traten hinaus in den Korridor, und er wartete, bis sie jeden Riegel verschlossen hatte.

»Tut mir leid, dass ich so spät dran bin«, wiederholte er.

»Wir hatten nicht genau abgemacht, wann du kommst.«

Sie schob ihren Arm in seinen, und sie gingen in Richtung der Treppe. Raymond trug ihren zusammengeklappten Einkaufstrolley unter dem anderen Arm. Er musste seinen internen Tacho neu einstellen, um sich an ihre Schritte anzupassen. Er war den ganzen Tag gerannt. Dabei hatte er vergessen, wie sich »langsam« anfühlte.

»Ich habe gesagt, dass ich nach der Schule vorbeikomme.«

»Nun, ist es vor der Schule? Oder danach?«

»Oh. Okay. Wenn man es so betrachten will, klar. Achtung, Treppe. Ich sage Ihnen Bescheid, wenn es nach unten geht. Okay … Jetzt.«

Sie unterhielten sich nicht, während sie sich die Treppe hinab in die Lobby vorarbeiteten. Sie mussten sich zu sehr konzentrieren.

»Okay«, erklärte er. »Die nächste Stufe ist die letzte.«

Sie seufzte, als sie den Schritt tat. Es war ein Geräusch wie Luft, die aus einem durchlöcherten Reifen austrat, bis er platt war. Es war die Anspannung, die aus ihr wich. Das war ganz klar. Raymond fragte sich, wie es sich anfühlen musste, in einer Welt zu leben, wo eine Treppe eine Herausforderung war, die das Ende bedeuten könnte, jedes Mal, wenn man sie benutzte. Das dämpfte diesen seltenen Moment guter Stimmung.

»Ich hab mir gedacht, dass du mit deinen Freunden irgendwo hingegangen bist«, sagte sie.

Er lachte, ein peinliches, schnaubendes Geräusch. »Ich habe keine Freunde.«

»An dem Tag, an dem wir zum ersten Mal gesprochen haben, warst du mit einem Freund zusammen.«

»Okay, warten Sie einen Moment hier«, bat er. »Ich gehe die Tür öffnen.« Das tat er, ließ sie offen, während er zu ihr zurückkam.

Es war später Nachmittag, fast fünf. Fast schon Sonnenuntergang. Die Luft fühlte sich kalt an und herbstlich. Raymond wehte der Wind ins Gesicht, als er Mrs G zur Tür hinausführte, und er wusste, sie spürte es auch. Er fragte sich, ob es

77

ihr mehr bedeutete, da ihre anderen Sinne geschärft waren. Und da sie längere Zeit keine frische Luft hatte schnappen können.

»Das war André«, erklärte er. »Stufe. Gut. Er ist weggezogen. Stufe. Okay. Noch eine Stufe. Gut. Jetzt sind wir auf der Straße.«

Sie schlugen den Weg in Richtung Laden ein. Ganz langsam.

»Er ist schon weggezogen? Das ist doch erst ein paar Tage her.«

»Es war an seinem letzten Tag hier.«

»Oh. Das tut mir sehr leid. Und er war dein einziger Freund?«

»So ziemlich. Ja.«

»Ich kann mir gar nicht vorstellen, warum das so ist, Raymond. Du bist so ein netter Junge. Oh, Moment. Vergiss es. Vergiss, dass ich das gesagt habe. Ich habe mich gerade daran erinnert, wie es war, in der Schule zu sein. Nettigkeit wird dort nicht immer geschätzt. Kinder experimentieren mit den unterschiedlichen Weisen, wie sie mit der Welt umgehen, sicherere und vorsichtigere Weisen, und sie sind schnell mit einem Urteil bei der Hand.«

»Das können Sie laut sagen.«

Sie brachten den größten Teil des Blocks schweigend hinter sich. Da war eine Frau, die in ihre Richtung unterwegs war, und sie erinnerte Raymond an die Frau in der U-Bahn. Die, die ihm Tipps für sein Spanisch gegeben hatte. Also schaute er ihr ins Gesicht, obwohl er sich sonst immer bemühte, das nicht zu tun. Bei niemandem.

Sie lächelte ihn an. Es war ein echtes Lächeln. Echt empfunden von ihr, schien es, und echt für ihn gedacht. Zuerst konnte er sich nicht vorstellen, warum sie so etwas tun sollte. Fremde lächelten einander auf der Straße normalerweise nicht an. Jedenfalls nicht hier. Dann bewegten sich ihre Augen zu einer Stelle zwischen Raymond und Mrs G. Ihr Blick schien dort zu landen, wo ihre Arme untergehakt waren.

Dann verstand Raymond. Sie lächelte ihn an, weil er einer blinden Frau half, die Straße entlangzugehen. Er könnte auch gleich ein Abzeichen mit »Guter Junge« darauf tragen.

Er lächelte zurück, aber es fühlte sich etwas angestrengt an. Nicht natürlich. Vielleicht weil er es nicht gewohnt war, so was zu tun.

Dann war sie an ihnen vorbei. Der Moment war vorüber. Er konnte nur hoffen, dass das Lächeln gut genug gewesen war. Dass es so rausgekommen war, wie er es gewollt hatte.

»Also wirst du weiter Kontakt zu André halten?«, fragte Mrs G und holte ihn aus seinen Gedanken.

»Ich bin mir nicht sicher. Er hat gesagt, dass wir skypen würden. Doch er hat sich bisher nicht gemeldet.«

»Was ist dieses Skype? Ich habe das Gefühl, dass ich das schon mal gehört habe, ich weiß allerdings nicht, was das ist.«

»Es ist eine Computer-App. Man kann auf dem Computer mit jemandem reden. Etwa so, wie wenn man mit ihm telefoniert. Aber es kostet nichts, egal wo man ist. Und man kann damit einen Video-Anruf machen.«

»Das heißt, man kann sich gegenseitig sehen?«

»Genau.«

»Dann hab ich schon davon gehört, ja. Luis hat mir davon erzählt. Wie er mit seinem Bruder in Minneapolis redet, und die Kinder – seine Nichten und Neffen – kommen einer nach dem anderen, sodass Luis sehen kann, wie viel größer sie geworden sind. Und ich war so überrascht. Als ich ein Mädchen war, war das etwas, das für uns … Oh, wie lautet das Wort, das ich suche? Wie Science-Fiction. So wurde in Filmen oder Fernsehserien die Zukunft gezeigt. Man ruft jemanden auf dem Telefon an und kann ihn dabei sehen und er einen genauso. Und es war so schwierig für uns, uns das auch nur vorzustellen. Natürlich haben sie uns auch weismachen wollen, dass wir schwebende Autos haben würden, die überall herumfliegen würden, nur hatten sie da unrecht.«

»Ist vielleicht gar nicht schlecht«, meinte Raymond.

Er beobachtete den Verkehr und malte sich aus, wie er hoch- und runterflog. Wie man Auffahrunfälle mit den oberen Stockwerken von Apartmenthäusern hatte oder mit anderen fliegenden Autos, sodass Reifenteile und Stoßstangen und das Glas der zersplitterten Scheinwerfer auf die Fußgänger herunterregneten.

»Da gebe ich dir recht, mein junger Freund.«

»Jetzt müssen wir über die Straße«, warnte er sie.

Sie überquerten die schwierige Kreuzung, ohne zu reden. Sie mussten sich konzentrieren.

»Also, wenn das wirklich dein einziger Freund war«, begann sie, als sie wieder auf den sicheren Gehsteig traten, »dann tut es mir sehr leid, dass er weg ist. Ist es wirklich so schwierig für dich, dich mit Jungs in deinem Alter anzufreunden? Es ist einfach so schwer für mich, mir das vorzustellen, wo ich doch weiß, wie du mit mir umgehst.«

»Ja, ist es. Sie sind einfach … Ich weiß nicht. Ich bin so anders als sie.« Er hätte das beinahe weiter ausgeführt, hielt sich aber zurück. Oder, vielleicht genauer, die Worte hielten sich selbst zurück. Kamen in seine Kehle und blieben dort stecken. Er kannte sie schließlich noch gar nicht so lange. »Die Katze ist mein Freund. Und … Ich weiß nicht. Wäre es merkwürdig, wenn ich sagen würde, dass es sich anfühlt, als wären wir miteinander befreundet?«

»Überhaupt nicht, Raymond, gar nicht. Ich fühle mich geehrt, deine Freundin zu sein, wenn du das willst.«

»Das will ich«, erwiderte er.

Sie legten den Rest des Weges zum Laden schweigend zurück.

Raymond war erschöpft. Nicht körperlich, sondern innerlich. Ausgelaugt von der Intensität des Tages. Und außerdem kam es ihm nicht so vor, als ob man noch etwas anfügen müsste.

* * *

Er schaffte es gerade noch rechtzeitig vor dem Essen nach Hause. Das war wichtig bei ihnen. Wenn man nicht rechtzeitig zurück war, kriegte man vielleicht nichts zu essen.

»Du bist viel zu spät dran«, schimpfte seine Mutter und musterte ihn misstrauisch.

»Ich habe nur einem Freund einen Gefallen getan.«

»Ein neuer Freund?«

»Ja. Ein neuer Freund.«

»Nun, es freut mich, dass du neue Freunde hast, Schatz. Aber komm nicht wieder so knapp vor dem Essen nach Hause.«

»Okay«, erwiderte er. »Tut mir leid.«

Da war es wieder. Das »Tut mir leid«. Doch vielleicht zählte das hier nicht. Denn eigentlich tat es ihm überhaupt nicht leid.

KAPITEL FÜNF

WAS WÜRDEN SIE VON SO EINEM JUNGEN

HALTEN?

Raymond stand vor dem Apartmenthaus und starrte an ihm empor. Er fühlte sich eingeschüchtert, wenn auch nicht auf die gleiche Art wie beim letzten Gebäude. Tatsächlich aus genau den gegenteiligen Gründen.

Es war Samstagmorgen, und er hatte die U-Bahn nach Midtown genommen. Er befand sich nur etwa sechs Blocks von dort entfernt, wo sein Vater wohnte. Wenn sein Vater und seine neue Frau nicht übers Wochenende weggefahren wären, hätte Raymond zu Fuß gehen können. Es war eigentlich sein Wochenende bei seinem Vater – wenn sein Vater denn zu Hause gewesen wäre. Sie waren häufiger an Raymonds Wochenenden weg, und Raymond gab der neuen Ehefrau die Schuld. Er hatte das dumpfe Gefühl, dass sie das absichtlich so einrichtete.

Diesmal fühlte es sich an, als würde ihn das Gebäude ablehnen. Über ihn urteilen und beschließen, dass er nicht gut genug sei. Als ob die ganze Nachbarschaft im übertragenen Sinne die Handtasche fester an sich drücken würde und sich fragte, wer dieser Eindringling war und was er hier wollte. Und wann er aufgeben und endlich verschwinden würde, sodass alle wieder aufatmen konnten.

Um die Sache noch schlimmer zu machen, bemerkte er, als er den Blick wieder senkte, einen uniformierten Türsteher, der ihn beobachtete. Als Raymond hier angekommen war, war der Mann nicht auf seinem Posten gewesen.

Raymond schob das Spanisch-Wörterbuch in seinen fast leeren Rucksack und trat auf den Mann zu, der die Augen leicht zusammenkniff. Fast unmerklich.

»Ich bin auf der Suche nach einem Luis Velez«, erklärte Raymond. »Ich muss kurz mit ihm sprechen.«

»Ich kann ihn anrufen«, meinte der Türsteher, hörte sich skeptisch an. »Aber die Bewohner entscheiden, wen ich rauf-lasse und wen nicht.«

»Vielen Dank«, antwortete Raymond. Er schob die Hände tief in seine Jeanstaschen, als würde er sich auf eine sehr lange Wartezeit einstellen.

»Wer, soll ich sagen, möchte ihn sprechen?«

»Raymond Jaffe. Aber er kennt mich nicht. Bitte sagen Sie dazu, dass ich ein Freund von Millie G. bin. Wenn er der rich-tige Luis Velez ist, wird er wissen, wen ich meine.«

Der Türsteher trat hinter seinen pultähnlichen Tisch und tätigte den Anruf, drehte sich bewusst weg, sodass Raymond weder seine Lippen lesen noch hören konnte, was er sagte. Einige Sekunden später legte er auf und kam wieder heraus. Er ging allerdings nicht zu Raymond, sondern zu den Glastüren des Gebäudes, die sich zur Lobby hin öffneten. Er zog eine auf und hielt sie offen. Raymond brauchte einen Moment, bis ihm klar wurde, dass das eine Einladung war.

»Fahr hoch«, forderte ihn der Türsteher auf.

Raymond gab seine statuenhafte Pose auf und kam zur Tür. Er hatte nicht erwartet, dass es so laufen würde, wurde ihm klar. Er hatte damit gerechnet, dass er weggeschickt werden würde.

Bedeutete das, dass er den richtigen Luis Velez gefunden hatte?

»Zweiundzwanzigste Etage, Apartment B«, ließ ihn der Mann wissen.

Raymond antwortete nicht. Er nickte bloß. Das Herz hämmerte ihm in der Brust, und ihm war leicht schwindlig. Er begab sich wie im Traum zu den Aufzügen. Eine Frau mittleren Alters wartete ebenfalls auf einen Aufzug. Sie hatte den Knopf schon gedrückt, also stellte sich Raymond einfach neben sie.

Als der Aufzug kam und die Tür sich mit einem lauten »Ping« öffnete, zuckte Raymond erschreckt zusammen. Er ging hinein. Die Frau tat es nicht. Er schaute sie fragend an, streckte sogar die Hand aus, um die Tür offen zu halten.

»Nein, nein, fahr nur«, sagte sie. »Ich habe etwas vergessen.«

Die Tür schloss sich, und der Aufzug setzte sich in Bewegung. Schnell und ohne Ruckeln. Und still. Und in Raymonds Brust war ein Brennen, während er beobachtete, wie die Etagennummern aufleuchteten. Denn man kann etwas in seinem Apartment vergessen, bevor man losgeht. Aber was kann man wohl in der Lobby vergessen, bevor man wieder hochfährt?

Der Aufzug blieb im zweiundzwanzigsten Stockwerk stehen, und Raymond stieg aus.

Sobald er das tat, sah er die Frau, die schon auf ihn wartete. Sie war vielleicht dreißig oder zumindest in den frühen Dreißigern. Sie hatte einen akkuraten und teuer wirkenden Haarschnitt, kurz und modern, und trug einen seidenen Tagespyjama mit einem ebenfalls seidenen Morgenmantel darüber. Es war ein Outfit, das man zu Hause genauso wie zu einer feinen Dinnerparty anziehen konnte. So chic war es. Raymond konnte ehrlich nicht sagen, ob sie eine Latina war oder nicht. Nur, dass sie eindeutig auf ihn wartete.

Ihre Blicke trafen sich, und sie hatte offenbar Angst. Und Raymond wusste nicht, warum.

Auf jeden Fall machte ihm das im Gegenzug mehr Angst. Und er war ohnehin schon sehr ängstlich gewesen.

»Bist du Raymond Jaffe?«, fragte sie. Sie hatte keinen Akzent. Zumindest keinen spanischen. Ihre Vokale hörten sich leicht nach New York an.

»Ja, Ma'am«, antwortete er und trat näher an die offene Tür heran.

»Und warum willst du meinen Ehemann sprechen?«

Raymond fühlte, wie sich etwas Schweres auf seine Brust senkte. Sie wusste nicht einmal, was er wollte. Warum er hier war. Der Türsteher hatte es ihr offenbar nicht gesagt. Die Vorstellung, dass er Luis gefunden hatte, schon bei seinem zweiten Ausflug in die Welt, flog davon wie ein verängstigter Vogel.

»Ich dachte, der Türsteher hat Ihnen das mitgeteilt«, erklärte er.

»Irgendetwas wegen einer Frau. Millie oder so. Und dass mein Ehemann wissen wird, wen du meinst.«

»Also hat er es Ihnen erzählt.«

Er stand jetzt direkt vor ihr, allerdings mit einigen respektvollen Schritten Abstand. Hinter ihr im Apartment saßen zwei riesige Deutsche Schäferhunde. Schwarz und braun, perfekt zueinander passend, und jeder etwa fünfzig Kilo schwer. Raymond schluckte und hielt den Blick auf sie gerichtet. Sie schauten zurück, bewegten sich aber nicht. Sie strahlten eine große Ruhe aus, die irgendwie in ihren Augen lag. Sie machten sich keine Sorgen darüber, was als Nächstes passieren würde. Sie beobachteten nur. Vielleicht hegten sie einfach keinen Zweifel an ihrer Fähigkeit, mit ihm fertigzuwerden. Mit allem fertigzuwerden.

»Er hat mir bloß ihren Namen genannt. Nicht, was sie Luis bedeutet hat oder sonst etwas. Also sag es mir, und bitte schnell, weil mich das hier in den Wahnsinn treibt. Was bedeutet diese Millie meinem Luis?«

Die Hunde setzten sich auf den Hinterpfoten anders hin, als spürten sie die Sorge der Frau. Raymond wich instinktiv einen Schritt zurück.

»Sie … Sie ist eine ältere Dame, die im selben Apartmenthaus wohnt wie ich. Drüben auf der West Side. Sehr alt«, fügte er hinzu, weil er dachte, dass das die Frau beruhigen würde. »Etwa … neunzig.« Er sah, dass sie tief ein- und wieder ausatmete. Er sprach schnell weiter. »Sie ist blind, und sie kann nicht allein die Wohnung oder gar das Haus verlassen. Also ist Luis gekommen und mit ihr einkaufen und zur Bank gegangen. Um ihr zu helfen, wissen Sie? Aber ich weiß nicht, ob dieser Luis Ihr Ehemann war. Oder ein anderer Luis Velez. Denn es gibt einundzwanzig von ihnen in der Stadt. Oder in der Umgebung. Und das auch nur, wenn ich es richtig geschrieben habe.«

Die Frau presste die Lider zusammen. Legte den Kopf zurück. Raymond sah, dass sie sich bekreuzigte.

»O Gott sei Dank«, sagte sie, senkte den Kopf und schaute Raymond direkt ins Gesicht. »Ich dachte, du bist hier, um mir zu erzählen, dass er sich mit einer anderen trifft.«

»Nein«, antwortete Raymond. »Darum geht es überhaupt nicht.«

»Ich weiß nicht, ob er der richtige Luis ist oder nicht«, erwiderte sie, jetzt wie verwandelt. Ihr Gesicht war weicher geworden, ihre Stimme klang tiefer und entspannter. »Vermutlich nicht, denn ich denke, das hätte er mir erzählt. Andererseits … Ich weiß nicht. Er macht manchmal so Dinge, gibt Menschen Geld, einfach bloß, weil er denkt, dass sie es verdienen. Er tut es so, dass sie nie wissen, von wem es ist. Und er hat es mir gegenüber früher auch nie erwähnt. Doch einmal habe ich ihn dabei erwischt und habe gefragt: ›Warum hast du mir nicht gesagt, dass du das tust?‹ Er hat mir lang und breit erklärt, dass es eigentlich nur dann ein Geschenk ist, wenn niemand davon weiß. Wenn es anonym ist. Er findet, wenn man darüber redet, dass man es tut, dann tut man es lediglich, um selbst gut dazustehen. Damit die Leute denken, dass man ein toller Typ ist. Und dann ist es egoistisch.«

»Ich weiß nicht«, meinte Raymond, ohne die Hunde aus den Augen zu lassen. »Ich glaube eher, dass die Person dann etwas Nettes bekommt, und man selbst fühlt sich gut. Zwei Gewinner statt einem.«

»Weißt du, genau so sehe ich das auch«, sagte sie. »Aber ich bin unhöflich. Lass dich hier im Flur stehen wie einen armen Verwandten. Komm rein. Ich rufe Luis im Büro an und frage, ob er der Richtige ist.«

Raymond bewegte sich nicht, hielt nur die Augen auf die Hunde gerichtet.

»Oh, die tun dir nichts«, versicherte sie ihm. »Sie mögen Menschen. Sie sind zwar als Kampfhunde ausgebildet, doch ohne mein Kommando würden sie nie irgendetwas tun.«

»Sind Sie sicher?«

»Es ist alles in Ordnung, Süßer. Komm rein.«

Sie streckte die Hand aus, als wenn sie Raymond greifen und hineinziehen wollte. Er blickte die Hand an und machte einen weiteren Schritt zurück.

»Also wenn Sie wollen, dass die Hunde jemanden angreifen … Sind Sie sich sicher, dass das Kommando nicht ein Wort ist, das Sie einfach mal versehentlich benutzen könnten?«

Sie lachte. »Sie sind ganz lieb. Das verspreche ich dir. Komm rein. Luis ist in einem Meeting mit einem Mandanten. Ich werde ihm eine Nachricht hinterlassen. Er ruft mich aber vermutlich erst zurück, wenn das Meeting vorbei ist. Du willst doch nicht die ganze Zeit da draußen vor der Tür stehen, oder?«

»Nein, lieber nicht«, sagte er. Dabei hörte es sich eigentlich nach einer ziemlich guten Idee an.

Sie drehte sich um und wandte sich an die Hunde. »Bett!«, befahl sie ihnen.

Die Hunde legten die Ohren an. Erst zu den Seiten, dann zurück auf den Nacken. Sie drehten sich um und schlichen weg, die Augen voller Schmerz über die Zurückweisung.

Wider besseres Wissen trat Raymond ein.

»Ich wollte gerade Frühstück machen«, erklärte die Frau, während er ihr in die Küche folgte. Der Raum war riesig, mit einer hohen Decke und in einem hellen Lavendelton gestrichen. Man hatte von hier eine unglaubliche Aussicht über den Central Park. »Setz dich. Willst du irgendetwas? Hast du schon gegessen?«

Während sie sprach, wühlte sie in ihrer Handtasche und zog schließlich ein Handy heraus.

»Ich hatte einen Müsliriegel«, sagte er und setzte sich.

»Das ist kein Frühstück.«

»Das ist das, was ich normalerweise habe.«

»Das Frühstück ist die wichtigste Mahlzeit des Tages.«

»Es ist niemand da, der mir irgendetwas machen könnte. Und ich koche nicht. Also schnappe ich mir einfach einen Riegel.«

»Das ist nicht gut genug«, stellte sie fest. Als könnte sie ein abschließendes Urteil über so was fällen und als wäre ihr Wort dann unantastbar. Sie hielt sich das Telefon ans Ohr. »Hallo, Schatz. Ich bin's. Also, da ist dieser Junge hier, dieser nette junge Mann. Er fragt, ob du eine neunzig Jahre alte Frau auf der West Side kennst. Sie ist blind. Millie. Ich hab mir gedacht, vermutlich nicht, oder du hättest es mir erzählt. Aber bei dir kann man sich da nie sicher sein. Wegen dieses Anonymitätsdings. Also mache ich dem Jungen erst mal Frühstück. Offensichtlich tut es sonst niemand. Wenn du aus deinem Meeting kommst, ruf mich zurück, und gib mir Bescheid, okay? Weil er den ganzen Weg hierher auf sich genommen hat. Ich denk mir, das Mindeste, was wir tun können, ist, ihm eine Antwort zu geben.«

Sie legte auf und sah ihn an. Sah ihm direkt in die Augen.

»Trinkst du Kaffee?«

»Nein, Ma'am.«

»Tee?«

»Manchmal trinke ich Tee mit Milch und Zucker.«

»Kommt sofort.«

* * *

Raymond starrte über den Park, während sie das Frühstück zubereitete. Er nippte an seinem Cambric Tea und schaute zu, wie das Leben zweiundzwanzig Etagen unter ihm seinen Lauf nahm. Die Gerüche vom Herd machten ihn hungrig. Die Gerüche machten die Hunde ebenfalls hungrig. Sie kamen in die Küche geschlichen und legten sich der Frau zu Füßen, starrten den Herd an. Wedelten mit den Schwänzen.

Raymond hatte immer noch schreckliche Angst vor ihnen. Doch sie hatten ihn nicht ein Mal angesehen, seit er die Wohnung betreten hatte, also fühlte es sich albern an, Angst zu haben.

»Also, da, wo du lebst«, erkundigte sich die Frau, »bekommst du dort, was du brauchst?«

Raymond schluckte einen Mundvoll von seinem Tee durch die plötzliche Enge in seinem Hals hindurch. »Ich bin mir nicht ganz sicher, was Sie damit meinen«, erwiderte er.

»Ich meine so etwas wie Frühstück. Hast du zwei Elternteile?«

»Ja, Ma'am. Ich habe sogar drei. Meine Mom und meinen Stiefvater, und dann bin ich jedes zweite Wochenende bei meinem Vater.«

»Okay. Also hast du mehr als zwei Eltern. Und keiner von ihnen sorgt dafür, dass du ein gutes Frühstück bekommst, bevor du morgens aus dem Haus gehst? Wenn ich ein Kind hätte, würde ich mich darum kümmern. Ohne deinen Eltern zu nahe treten zu wollen. Aber, wirklich …«

»Ich denke, was sie tun, ist ziemlich normal«, erklärte Raymond. Obwohl er das natürlich gar nicht wissen konnte. Wie beurteilte man »normal«? Um das zu können, müsste man wissen, wie alle anderen lebten. »Ich schnappe mir zum Frühstück einen Müsliriegel, und dann machen sie mir ein Lunchpaket, das ich zur Schule mitnehmen kann.« *Außer am Wochenende*, dachte er, weil er sich dann selbst etwas zusammensuchen musste. »Und dann kochen sie jeden Tag Abendessen. Also ziemlich normal, denke ich.« Wenn er bei seinem Vater war, aß er allerdings mehr. Und besser.

Jetzt richtete sie das Frühstück auf einem Porzellanteller an. Sein Frühstück oder ihres. Er war sich nicht sicher.

»Du weißt, warum ich gefragt habe. Oder?«

»Äh. Nicht wirklich.«

»Du bist zu dünn.«

»Das liegt an mir. Ich könnte den ganzen Tag essen und nehme trotzdem nicht zu.«

»Dann solltest du den ganzen Tag essen«, meinte sie. »Du bist ein Junge und noch im Wachstum.«

Sie stellte den Teller vor ihn. Darauf lagen zwei pochierte Eier, die in einer goldgelben Soße schwammen. Sechs Spargel, die ebenfalls darin schwammen. Und beide Hälften eines aufgeschnittenen und mit Butter beschmierten englischen Muffins.

»Das sieht toll aus«, sagte er.

»Leg los. Warte nicht auf mich. Sonst wird es kalt.«

Er aß schweigend, während sie sich ihr eigenes Essen zubereitete. Schaute runter in den Park und beobachtete die Fußgänger und Rollstuhlfahrer und Fahrradfahrer auf den Wegen unten.

Von hier oben wirkten sie nicht größer als Ameisen. Das Essen war großartig. Lecker und gut gewürzt. Die Eier waren genau richtig, das Eiweiß fest, aber das Dotter weich und dunkelgelb und flüssig, als er mit der Gabel hineinstach.

Sie setzte sich neben ihn und salzte ihr Essen.

»Danke für Ihre Gastfreundschaft«, sagte er. »Es ist ziemlich viel Gastfreundschaft. Die meisten Leute in der Stadt lassen mich nicht einmal durch die Tür. Sie denken sich, sie kennen mich nicht und … Nun, Sie wissen schon.«

»Ich habe die Hunde«, antwortete sie und nichts weiter.

Apropos Hunde, sie saßen aufmerksam da und schauten zwischen Raymond und ihrer Besitzerin hin und her, als würden sie den Ball in einem Tennismatch beobachten. Ihre Schwänze wedelten und machten ein raschelndes Geräusch auf dem Küchenfußboden.

»Böse Hunde«, wandte sich die Frau an sie. »Es wird nicht gebettelt. Bett!« Die Hunde falteten wieder die Ohren zusammen und schlichen weg. »Also, erzähl mir was von dir, Raymond. Das war der Name, richtig? Raymond?«

»Ja, Ma'am. Aber ich weiß nicht, was ich Ihnen erzählen könnte.«

»Gehst du zur Highschool?«

»Ja, Ma'am. Ich bin in der elften Klasse.«

»Und was ist dein Ding?«

»Mein Ding?«

»Du weißt schon. Was wird über dich im Jahrbuch stehen? Ist Sport dein Ding? Oder bist du im Schachclub? Oder im Debattierclub?«

»Nein, Ma'am. Nichts davon. Ich fürchte, die Leute werden im Jahrbuch nicht viel über mich zu schreiben haben.«

»Also was machst du, wenn du nicht in der Schule bist?«

»Nun. Im Moment helfe ich dieser alten Frau.«

»Millie.«

»Richtig. Und davor … und wenn ich das nicht tue … dann lese ich gerne. Ich lese viel. Hauptsächlich Sachbücher. Über politische Anführer und Krieg und Aufstände und … nun, Geschichte. Aber nicht nur über Geschichte. Ich lese gerne über die Welt. Ich möchte mehr darüber lernen. Es kann die Welt sein, wie sie jetzt ist. Sie wissen schon. So was wie Gesellschaftsstudien. Zum Beispiel bin ich nicht wirklich religiös, doch ich lese über verschiedene Religionen. Denn das hilft einem, mehr darüber zu erfahren, wie die Dinge sind. Wie die Menschen sind. Und warum.«

Er nahm einen weiteren Bissen von seinem Frühstück. Es wurde schnell kalt. Aber sie war nett genug gewesen, um es ihm zuzubereiten. Wenn sie wollte, dass er redete, schien es, das war das Mindeste, was er tun konnte. Er machte sich über den Spargel her. Generell mochte er Spargel nicht so gern. Doch in dieser dicken Soße … Raymond dachte sich, dass sie diese Soße über einen Haufen Pappe gießen könnte, und er würde es gern essen.

»Ich bin katholisch«, sagte sie.

»Das hab ich mir schon gedacht.«

»Wie kommst du darauf?«

»Weil Sie sich bekreuzigt haben, als Sie erfahren hatten, dass Millie nicht irgendeine Frau ist, die Ihr Ehemann trifft.«

»Oh. Richtig.«

Sie aßen ein, zwei Minuten stumm weiter.

»Hast du eine Freundin?«, erkundigte sie sich.

»Nein, Ma'am.«

»Einen Freund?«

»Nein. Ich bin nicht schwul.«

»Ich wollte dich nicht beleidigen.«

»Das habe ich auch nicht als Beleidigung verstanden.«

»Also hast du im Moment keine Freundin. Aber das kommt schon noch. Die Jahre an der Highschool sind schwierig. Das wird alles werden.«

Raymond öffnete den Mund, um zu antworten. Doch er hatte keine Ahnung, wie diese Antwort aussehen sollte. Er hatte das Gefühl, dass er auch später keine Freundin haben würde, aber er war nicht bereit, dieser eigentlich Fremden zu erzählen, warum er das dachte. Also warum damit anfangen?

Ihn rettete das Klingeln ihres Handys.

Es lag auf dem Tisch neben ihrem Teller. Sie nahm es in die Hand und hörte für einen langen Moment zu. Dann redete sie.

»Oh. O nein. Das ist schade. Ja, ich weiß, dass du das hast. Das tut mir leid, Schatz. Bis gleich.«

Sie beendete den Anruf und legte das Telefon wieder hin.

»Luis wird gleich hier sein. Er steigt gerade in den Aufzug. Sein Mandant ist nicht erschienen. Er schaltet immer sein Handy aus, wenn er einen Mandanten treffen will, und er hat vergessen, es wieder einzuschalten, bis er aus dem Auto gestiegen ist. Du weißt schon, eben unten in der Tiefgarage. Er hasst es, wenn Mandanten nicht auftauchen, also hat er vermutlich nicht die allerbeste Laune. Aber mach dir keine Sorgen. Er beißt nicht.«

Raymond aß schnell auf. Und stumm.

Gerade als er den letzten Bissen herunterschluckte, hörte er, wie sich die Apartmenttür öffnete. Hörte, wie die Hunde aufgeregt winselten. Hörte, wie Luis Velez sie mit einem »Hallo, Jungs« und »Brave Jungs« begrüßte.

Der Mann trat in die Küche, die Hunde strichen glücklich um seine Beine, und er betrachtete Raymond mit einem vernichtenden Blick. Als sollte Raymond auf keinen Fall hier sein. Er wandte sich an seine Frau.

»Du öffnest einfach jedem die Tür, oder?«, fragte er.

Raymond schnürte sich vor Schreck die Kehle zusammen.

»Die Hunde beschützen mich«, sagte sie.

»Nun, das stimmt wohl, denke ich.«

Er zog sich einen Stuhl hervor und setzte sich neben Raymond, lehnte sich vor bis weit in Raymonds persönlichen Raum. Raymond musste sich beherrschen, um nicht auf seinem Platz zurückzurutschen.

Er war ein attraktiver Mann, Ende vierzig, mit einer schlanken Figur. Er hatte sein schwarzes Haar zurückgegelt. Sein dreiteiliger Anzug war aus einem offensichtlich teuren dunklen Stoff mit sehr dünnen Nadelstreifen. Er trug einen roten Schlips zu einem silbergrauen Oberhemd.

»Jetzt erzähl mir mal, worum es hier geht«, verlangte er. »Ich habe nicht einmal die ganze Nachricht abgehört. Ich meine, ich war ja schon im Gebäude. Also bin ich einfach hochgekommen.«

»Okay«, erwiderte Raymond. Seine Stimme klang ruhiger, als ihm zumute war. »Ich suche einen Mann namens Luis Velez, der rüber auf die West Side gekommen ist, um einer alten Frau zu helfen, die ganz allein lebt. Sie kann nicht allein rausgehen. Sie fürchtet sich davor. Sie ist über neunzig, glaube ich, und fast komplett blind. Also ist er rübergefahren und mit ihr zur Bank und einkaufen gegangen.«

Luis Velez schüttelte den Kopf. »Tut mir leid«, antwortete er. »Das bin ich nicht.«

»Oh«, sagte Raymond.

Er hatte es gewusst und irgendwie auch nicht. Aber jetzt gab es nur noch eine Art von Wissen. Die abschließende. Und die Enttäuschung fühlte sich wie ein langes Fallen an.

»Und wie passt du in diese ganze Geschichte?«, fragte ihn Luis Velez.

»Wie ich da reinpasse?«

»Warum bist du hier und fragst, ob ich dieser Mann bin?«

»Nun. Sie kann das nicht. Und sie macht sich wirklich Sorgen um ihn. Sie waren Freunde. Ich meine, er war vier Jahre lang dreimal die Woche bei ihr. Sie ist wirklich verzweifelt darüber, dass er einfach irgendwie … verschwunden ist. Sie glaubt, dass ihm etwas Schreckliches zugestoßen ist. Ich versuche ihr zu helfen.«

Der Mann rückte mit seinem Stuhl nach hinten. Raymond atmete erleichtert auf.

»Ich verstehe«, meinte er. »Du trägst deinen Teil bei. Das ist gut. Vor allen Dingen für einen Teenager wie dich. Du bist genau das Gegenteil von dem, was alle erwarten. Jeder wird dir sagen, dass die Welt zugrunde geht, weil sie denken, dass den Kindern in deinem Alter alles egal ist. Und hier bist du. Entgegen allen Erwartungen. Tut mir leid, dass ich dir nicht mehr helfen kann. Aber wenigstens hast du ein gutes Frühstück bekommen, wie ich sehe.«

Seine Frau erhob sich und räumte die Teller weg. Sie stand mit dem Rücken zu ihnen, spülte sie ab und stellte sie in den Geschirrspüler.

»Ich trage auch meinen Teil bei«, fuhr Luis Velez fort. »Allerdings nicht so. Ich arbeite. Meine Zeit ist sehr wertvoll. Also würde ich so etwas nicht tun – mit einer älteren Frau einkaufen gehen. Doch ich tue, was ich kann. Ich gebe spontan. Ich will im Gegenzug nichts dafür haben. Ich gebe einfach. Ein bisschen für jeden, von dem ich denke, dass er mehr verdient, als er bekommt. Ich habe das Glück, dass ich mir das leisten kann.«

»Luis ist ein sehr erfolgreicher Anwalt«, sagte seine Frau über ihre Schulter. »Einer der drei bekanntesten Anwälte für Zivilrecht in New York. Du hast ihn vermutlich schon in den Nachrichten gesehen.«

»Ich schaue keine Nachrichten«, erklärte Raymond. »Tut mir leid.«

»Vielleicht ganz gut«, erwiderte Luis. »Die Welt geht wirklich zugrunde.«

»Nun«, sagte Raymond. »Ich sollte mich jetzt verabschieden. Danke fürs Frühstück. Und alles.«

»Richte deinen drei Eltern aus, dass du ein Junge im Wachstum bist«, erinnerte ihn die Frau. »Sie müssen dir genug zu essen geben.«

»Ja, Ma'am. Das werde ich.«

Aber natürlich würde er das nicht.

Luis Velez brachte ihn zur Tür. Die Hunde kamen hinterher.

»Hier«, sagte Luis.

Er streckte Raymond etwas Kleines hin. Eine Visitenkarte. Raymond nahm sie und hielt sie hoch, um sie zu lesen. Darauf stand »Luis Javier Velez, Anwalt.« Und am unteren Ende eine Telefonnummer, eine E-Mail- und eine Büroadresse.

»Wenn es etwas gibt, was ich tun kann, um zu helfen, lass es mich wissen«, fügte Luis hinzu.

»Vielen Dank, Sir.«

»Musst du jetzt nach Hause gehen und ihr erzählen, dass du den Richtigen noch nicht gefunden hast?«

»Nein. Sie weiß nicht, dass ich nach ihm suche. Aus genau diesem Grund. Ich möchte sie nicht immer wieder enttäuschen. Aber ich mache mir Sorgen darüber, herauszufinden, dass sie recht hatte und ihm etwas Schreckliches zugestoßen ist. Und dann müsste ich ihr das sagen. Darauf freue ich mich überhaupt nicht. Oder dass ihm nichts Schreckliches zugestoßen ist. Dass er einfach nicht mehr gekommen ist und sich nicht die Mühe gemacht hat, ihr das mitzuteilen. Das könnte vielleicht sogar schlimmer für sie sein.«

»Nun, du hast diese Aufgabe übernommen, jetzt wirst du damit auch fertig.«

»Vermutlich.«

»Warum rufst du die Leute nicht an? Wäre das nicht einfacher?«

Raymond setzte dazu an, ihm das Problem mit den Telefongebühren zu erklären. Doch dann wurde ihm bewusst, dass das nicht wirklich der Grund war. Er hätte die Telefongesellschaft anrufen und danach fragen können, welche Anrufe kostenfrei waren und welche nicht. Nein, es gab mehr Gründe.

Er öffnete den Mund und sprach den wichtigsten aus. Was sich komisch anfühlte, weil es ihm nicht bewusst gewesen war, bevor er es Luis Javier Velez gegenüber aussprach.

»Ich hab mir gedacht … Gehen wir mal davon aus, es ist die zweite Sache. Er ist einfach nicht mehr gekommen. Hat sich nicht mal die Mühe gemacht, es ihr mitzuteilen. Das wäre eine ziemlich lausige Angelegenheit, das einer Frau wie ihr anzutun, die auf Hilfe angewiesen ist und nicht viele Möglichkeiten hat. Also wenn ich frage, ob er der Mann ist, der das getan hat, will er mir vielleicht nicht die Wahrheit sagen. Ich wollte die Gesichter der Leute sehen, wenn ich die Frage stelle.«

Darüber hinaus bestand jedes Mal die Möglichkeit, dass er in eine Situation geriet, in der es Probleme mit der Sprache geben könnte. Aber das schien ihm weniger wichtig, also erwähnte er es nicht. Außerdem hatte Mrs G es mit Telefonanrufen probiert, und das hatte nichts gebracht.

Der Mann nickte nachdenklich. Vielleicht nachdenklicher, als diese einfache Aussage es verdiente.

»Ich vermute, das ergibt Sinn«, erwiderte er. »Nun, viel Glück.«

Raymond ging zur Tür hinaus, die Luis Velez, Anwalt, aufhielt. Für eine winzige Sekunde dachte er, dass er etwas hinten an seiner Jeans gespürt hätte. Ganz leicht, direkt über seiner rechten Hosentasche. Seinen Rucksack trug er über der linken Schulter. Sein erster Gedanke war einer der Hunde. Aber er drehte den Kopf, und da war nichts. Überhaupt nichts. Nur die Tür, die sich hinter ihm schloss.

Er stand da und wartete gedankenverloren auf den Aufzug. Und doch, wenn ihn jemand gefragt hätte, worüber er nachdachte, hätte er das gar nicht sagen können. Er drehte sich wieder um und sah hinunter auf seine Jeans. Tastete ein bisschen herum. Steckte seine Hand in die rechte hintere Hosentasche.

Es war etwas dort, was vorher nicht drin gewesen war.

Er zog es heraus, gerade als sich die Aufzugtüren mit einem lauten »Ping« öffneten. Es war ein Hundert-Dollar-Schein, neu und glatt. Zweimal gefaltet.

Raymond stieg in den Aufzug, starrte noch immer auf das Geld.

Es sah ganz so aus, als dächte Luis Velez, Anwalt, dass Raymond mehr verdiente, als er bekam.

Er schob sich den Schein tief in die vordere Hosentasche, während er zur Lobby hinunterfuhr.

Und er strich Luis Javier Velez vom zweiten Platz auf seiner Liste.

Diesmal hatte er daran gedacht, einen neuen Stift mitzubringen.

* * *

Er saß auf seinem üblichen Stuhl, dem früheren Luis-Stuhl, und schaute aus Mrs Gs Fenster. Sah hinunter auf die Straße. Er konnte Autos ausmachen und Taxis und Fußgänger, wenn auch nur als Umrisse. Ein Kontrast von etwas Dunklem gegenüber einer helleren, weniger deutlichen Welt. Er fragte sich, ob Mrs G die Welt so wahrnahm. Er vermutete, dass sie sogar noch weniger erkennen konnte.

Die Katze sprang ihm auf den Schoß, und er kraulte sie hinter den Ohren.

»Was würden Sie denken«, sagte er, allerdings nicht zur Katze, »wenn ein Junge Ihnen Folgendes erzählen würde?«

Dann sprach er nicht weiter.

»Ein Junge wie du?«, erkundigte sie sich nach einer Weile.

Sie schob ihm den Teller mit den Keksen hin, erinnerte ihn daran, dass er sich bereits daran hätte bedienen sollen. Er war immer noch ziemlich satt vom Frühstück, doch er nahm sich trotzdem drei. Es fühlte sich gut an, satt zu sein.

»Nun, irgendein Junge. Ach, wissen Sie, was? Vergessen Sie's. Vergessen Sie, dass ich davon angefangen habe.«

»Ganz, wie du willst«, erwiderte sie und legte ihren Unterarm auf ihr Platzset aus Spitze. »Aber ich kenne keine einzige Person, die du kennst. Und selbst wenn ich das täte, würde ich nie etwas weitererzählen. Das kann ich dir versprechen.« Sie unterstrich ihre Worte, indem sie mit einem erhobenen Zeigefinger in die Luft stach.

Raymond saß einen Moment da und dachte nach. Oder vielmehr … dachte er nicht nach. Es fühlte sich mehr so an, als würde er abwarten, was er entscheiden würde. Doch was immer das sein würde, es schien keine Gedanken zu geben, die ihn dorthin oder davon wegleiten würden.

»Was, wenn ein Junge Ihnen erzählen würde, dass er keine Mädchen mag? Ich meine … nicht auf diese Art. Dass er eigentlich gar nichts für sie empfindet, nicht so wie die Jungs um ihn herum. Aber dass er das auch nicht für andere Jungs empfindet?«

»Er hat diese Gefühle einfach gar nicht.«

»Genau.«

»Dann würde ich denken, dass er diese Gefühle einfach nicht hat.«

»Aber die Leute glauben, dass das unnormal ist.« Sie antwortete nicht sofort, also fügte er hinzu: »Oder zumindest kommt es einem so vor. Glauben Sie, dass das unnormal ist?«

»Was ist schon unnormal? Normal ist einfach bloß die Norm. Die Norm ist nur, was der normale Durchschnittsmensch fühlt. Die meisten Leute haben solche Gefühle. Einige nicht. Die, die sie nicht haben, sind in der Minderheit, also in diesem Sinne unnormal. Doch wir benutzen das Wort ›unnormal‹ nicht so, wenn wir sprechen. Wir benutzen es, um zu sagen: ›schlecht‹. Dabei ist das nicht schlecht. Es ist einfach. Einige Leute sind eben so. Vielleicht tun manche Klassenkameraden so, als wär' es schlecht, allerdings bloß, weil sie es nicht verstehen. Die Leute lachen über Dinge, die sie nicht verstehen. Dann fühlen sie sich sicher. Aber es ist ein falsches Gefühl. Sie sind nicht sicherer. Sie fühlen sich nur so. Die Welt ist voller Leute, die zu dumm sind, um den Unterschied zu erkennen.«

Raymond biss in einen Keks, kaute und hatte dann Angst, zu schlucken. Seine Kehle fühlte sich eng und trocken an. Er fragte sich, warum er damit überhaupt angefangen hatte.

»Sie lachen nicht«, sagte er. Er schluckte, trank etwas von seinem Cambric Tea, um es herunterzuspülen. »Weil sie es nicht wissen. Ich meine, ihnen fällt auf, dass ich nicht all den Mädchen hinterherhechele, wie sie das tun. Aber sie nennen mich einfach Schwuchtel. Sie glauben, dass ich schwul bin.«

»Und das bist du nicht.«

»Nein.«

Raymond nahm einen weiteren Bissen von seinem Keks, fragte sich, an welchem Punkt in diesem Gespräch sie aufgehört hatten, so zu tun, als ginge es um irgendeinen hypothetischen Jungen. Dann beschloss er, dass es sowieso nicht sehr sinnvoll oder überzeugend gewesen war.

»Und sagst du ihnen, dass du das nicht bist?«

»Nein.«

»Also ist das ein weiterer Grund, warum du das Gefühl hast, dass du nicht hineinpasst, wo immer du hingehst.«

»Ja. Einer von vielen.«

»Warum erzählst du ihnen nicht einfach, dass sie falschliegen? Nicht dass es schlimm wäre, wenn es stimmen würde. Aber warum sagst du nicht, was für dich stimmt?«

»Weil es irgendwie … schlimmer wäre. Es ist so, als wenn die Wahrheit schlimmer wäre. Es gibt homosexuelle Kinder an meiner Schule. Sowohl Jungs als auch Mädchen. Ich weiß, wer sie sind, bei den meisten von ihnen jedenfalls. Jeder weiß das. Wenn ich schwul wäre, könnte ich mich ihnen einfach anschließen. Doch mit wem kann ich rumhängen? Ich kenne niemanden, der so ist wie ich.«

»Es gibt andere.«

»Woher wissen Sie das?«

»Weil ich zweiundneunzig Jahre gelebt habe, Raymond, und wenn es eine Sache gibt, die ich dir versprechen kann, dann ist es, dass wir niemals so einzigartig sind, wie wir meinen. Wir sind alle Menschen. Natürlich, einige Dinge unterscheiden sich von der einen Person zur anderen. Einige Leute haben mehr von diesen Gefühlen als andere. Einige haben zu viel, und das sorgt dann für jede Menge Unruhe. Einige haben gar keine. Aber als menschliches Wesen, das schon ziemlich viel Erfahrung darin hat, eins zu sein, kann ich dir versichern: Wenn du irgendetwas fühlst, dann fühlen andere Leute an anderen Orten es auch. Man ist nie allein. Doch du musst mir das nicht glauben. Erkunde selbst die Welt. Schau nach. Recherchiere es. Zu meiner Zeit sind wir in die Bücherei gegangen und mussten den Mut haben, der Bibliothekarin zu sagen, wonach wir suchten. Du, für dich ist es einfach. Du hast einen Computer, oder? Also warum sitzt du hier und redest mit einer alten Frau, wenn du alle Aufzeichnungen und alles Wissen, das die Welt zusammengetragen hat, oben auf deinem Schreibtisch hast?«

»Hm«, machte er und aß einen weiteren Keks. »Ich glaube, ich habe Angst, nachzusehen. Sie wissen schon. Angst davor, was ich finden könnte.«

»Hab niemals Angst, nachzusehen, Raymond. Das ist immer besser. Wann immer du Angst vor etwas hast, wende dich ihm zu, nicht von ihm ab. Dann verliert es alle Macht über dich. Vertrau mir. Das weiß ich. Ich mache das nicht immer. Aber ich weiß es wirklich.«

»Vielleicht tue ich das«, sagte er.

Sie saßen einige Zeit schweigend da. Es war eine einigermaßen zufriedene Stille, zumindest von Raymonds Seite aus. Wenn man bedachte, was gerade geschehen war.

»Es war nett von dir, das ganze Katzenfutter zu besorgen«, stellte sie fest. »Das hättest du nicht tun müssen. Wie viel hast du mitgebracht?«

»Einen Karton von den kleinen Packungen, die sie so gerne mag. Und einen Zehn-Kilo-Sack Trockenfutter.«

»Das hättest du nicht tun sollen. Wie kannst du dir das leisten? Ich habe dir gesagt, dass ich zurechtkomme.«

»Sie machen schon genug«, erwiderte er. »Sie wissen schon, einfach indem Sie sie hier aufgenommen haben. Außerdem bin ich gerade zu etwas Geld gekommen.«

KAPITEL SECHS

POR QUÉ

Raymond hob seine Hand, um anzuklopfen, hielt dann inne. Er kniff die Augen zusammen und hoffte, dass dieses Mal jemand zu Hause sein würde.

Wenigstens tat das ein Teil von ihm.

Es war der folgende Morgen. Sonntag. Dies war Raymonds dritte Tür heute. Sein dritter Luis Velez.

Es war schwierig, es sich selbst einzugestehen, aber er war zutiefst erleichtert gewesen, als bei den ersten beiden Malen niemand aufgemacht hatte. Trotzdem, das half ihm auch nicht weiter. Schließlich bedeutete das nur, dass er ein andermal wieder zu diesen Türen kommen musste. Er hatte ein Kreuz neben die Adressen gemacht – vom dritten und vom vierten Luis Velez –, damit er wusste, er hatte es bereits einmal bei ihnen probiert.

Er klopfte.

Sofort hörte er Bewegung hinter der Tür. Schwere Schritte, und dann wurde ein Fernseher leiser gestellt, wobei ihm vorher gar nicht bewusst gewesen war, dass er einen gehört hatte.

Raymond vernahm ein kratzendes Geräusch an der Tür. Eine Kette, wenn er raten müsste. Er vermutete, dass jemand sie wegnahm. Doch einen Augenblick später öffnete sich die Tür ein paar Zentimeter weit, und das Gesicht einer älteren Frau erschien in dem Spalt. Die Kette war vorgelegt worden, um die Frau vor Raymond zu schützen.

»Ist Luis Velez da?«, fragte er. »Ich meine, ist er zu Hause? Ich weiß, Sie kennen mich nicht, aber ich möchte ihm nur rasch eine Frage stellen.«

»Qué?«

»Luis Velez, está aquí?«

»Por qué?«, wollte die Frau wissen.

Das war ein Wort – oder Wörter –, das Raymond nicht kannte. Er kramte nach dem Wörterbuch, das er in seinem Rucksack hatte. Während er es rausholte, schlug die Frau die Tür zu.

Er klopfte wieder.

»Es tut mir leid, wenn ich Sie störe«, rief er, ohne zu wissen, ob sie überhaupt ein Wort von dem verstand, was er sagte. »Ich muss ihm bloß eine Frage stellen. Eine einfache, kurze Frage.«

»Por qué quieres saber?«, fragte die Frau durch die Tür.

Da war also wieder dieses »Por qué«. Und Raymond hatte es noch nicht nachschlagen können.

»Lo siento«, antwortete er durch die Tür. Er verspürte mehr Panik, als die Situation vermutlich rechtfertigte. »No entiendo.«

Das war der nützliche Ausdruck, den er sich beigebracht hatte. »Ich verstehe nicht.«

Stille auf der anderen Seite der Tür. Raymond machte einen Schritt darauf zu und legte seine Fingerspitzen gegen das Holz. Er war sich nicht sicher, ob das das Ende seines Besuchs hier war. Ob er gehen sollte. Ob irgendjemand in der Wohnung vorhatte, irgendetwas zu ihm zu sagen.

Er beschloss, sein Wörterbuch aufzuschlagen und nachzuschauen, was »Ich möchte Luis etwas fragen« auf Spanisch hieß. Und er wunderte sich, dass er das nicht gleich von Anfang an nachgeschaut hatte.

Aber bevor er das tun konnte, ging die Tür wieder auf, erschreckte ihn, sodass er ein paar Schritte zurückwich. Wieder blickte er durch einen Spalt, der nur ein paar Zentimeter breit war. Die Türkette war weiter vorgelegt.

Das Gesicht, das er dieses Mal sah, war anders. Eine junge Frau, vermutlich in den Zwanzigern. Sie trug ihr unvorstellbar dickes dunkles Haar hoch aufgetürmt auf dem Kopf und war stark geschminkt. Sie kaute schmatzend Kaugummi.

»Meine Großmutter möchte wissen, warum du nach Luis fragst«, sagte sie.

»Ich suche nach einem Luis Velez, der einer alten Frau, die ich kenne, geholfen hat. Doch jetzt ist er verschwunden. Und sie macht sich Sorgen um ihn. Daher wollte ich nur kurz wissen, ob er es ist.«

»Wann ist er denn verschwunden?«

»Vielleicht so vor drei Wochen.«

»Dann ist er es nicht.«

Sie schlug die Tür erneut zu.

Raymond trat wieder näher. Lehnte sich mit der Hand dagegen, wie er es zuvor getan hatte.

»Tut mir leid, wenn ich störe«, rief er, sein Gesicht dicht an der Tür. Als ob seine Stimme, sein Atem sie öffnen könnte. »Aber dürfte ich ihn bitte selbst fragen? Bloß um ganz sicherzugehen? Damit ich ihn von meiner Liste streichen kann?«

Damit ich seine Reaktion sehen kann, wenn ich ihn frage.

Die Tür öffnete sich erneut, und wieder erschien das Gesicht der jungen Frau hinter der Kette.

»Das wird langsam lahm«, erklärte sie.

»Es tut mir leid. Es tut mir wirklich leid, Sie an einem Sonntagvormittag zu stören. Oder an irgendeinem Vormittag. Irgendwann, meine ich. Es wird nur eine Sekunde dauern. Ich möchte ihn einfach fragen, ob er diese alte Frau kennt.«

»Er ist es nicht«, antwortete sie langsam und jedes einzelne Wort betonend.

»Das können Sie doch gar nicht mit Sicherheit wissen. Vielleicht hat er ihr geholfen und es zu Hause nicht erzählt. Manche Leute behalten es gern für sich, wenn sie so etwas tun. Sie denken wohl, es bedeutet dann mehr.«

»Ich weiß es aber mit Sicherheit«, teilte sie ihm mit und wollte die Tür erneut zumachen.

Raymond hätte fast eine Hand gehoben, um sie aufzuhalten. Nur wäre das falsch gewesen. Damit hätte er eine Grenze überschritten. Hätte sich beinah in ihr Leben gedrängt. Stattdessen versuchte er, sie mit Worten aufzuhalten.

»Warten Sie. Bitte. Warum wollen Sie mich ihn nicht einfach selbst fragen lassen?«

Die Tür verhielt mitten in der Bewegung.

»Weil er es nicht ist.«

»Woher wollen Sie das denn wissen?«

Die Tür wurde zugeschlagen. Raymond konnte das metallische Scharren auf der anderen Seite hören, aber er hatte keine Ahnung, ob sie aufschloss oder zusperrte.

Die Tür öffnete sich. Weit. Ohne Kette.

Raymond schaute in die Wohnung und sah einen alten Mann in einem Rollstuhl sitzen, eine Decke über den Beinen und eine Zigarette zwischen den Lippen. Sein Haar war grau und schütter und seine Augen irgendwie blicklos. Er wandte nicht den Kopf zur Tür. Er schien überhaupt nicht neugierig zu sein, was los war. Er bemerkte Raymond gar nicht, soweit Raymond das beurteilen konnte.

»Das da ist Luis Velez«, erklärte die junge Frau, mit ihrer Geduld eindeutig am Ende. »Er sitzt seit neunzehn Jahren im Rollstuhl. Verstehst du's jetzt?«

»Ja«, erwiderte Raymond. »Ich verstehe es. Tut mir leid.«

Sie knallte die Tür fest zu.

»Es tut mir wirklich leid«, rief er und spürte, wie etwas in seinem Bauch schwer wurde. Es war ein übelkeiterregendes Gefühl, als ob sich dort etwas aus Metall bildete. Und unter seinem eigenen Gewicht versinken würde. »Es tut mir leid, wenn ich Sie gestört habe.«

Keine Antwort.

Es schien keine Art und Weise zu geben, das in Ordnung zu bringen. Raymond blieb nichts anderes übrig, als zur nächsten Adresse weiterzugehen.

Er strich Luis Velez aus der Third Avenue von seiner Liste.

* * *

Raymond probierte noch eine Adresse in einer übleren Gegend von Brooklyn aus. Er dachte, vielleicht könnte das den schlechten Nachgeschmack des letzten Versuchs vertreiben. Aber alles, was er für seine Bemühungen bekam, war eine weitere Tür, die verschlossen blieb.

Er ging die fünf Treppen wieder hinunter. Natürlich musste dieser Luis Velez im fünften Stock wohnen. Es wurde immer deutlicher, dass das Leben nicht die Absicht hatte, Raymond das hier leicht zu machen.

Als er in die Lobby kam, dachte er an seine ersten Luis-Velez-Besuche. Die Türen waren geöffnet worden, und jemand war da gewesen und bereit, mit ihm zu sprechen. War tatsächlich willens gewesen, mit ihm zu interagieren, obwohl klar gewesen war, dass sie nichts mit Raymond zu tun hatten und ihm nicht helfen konnten.

Anfängerglück, wurde ihm jetzt klar.

Er hatte heute Vormittag an vier Türen geklopft. Und nur ein einziger Luis Velez war zu Hause gewesen. Er durchquerte die Lobby und trat auf die Straße.

Es gab mindestens ein Kellerapartment in dem Gebäude, bemerkte Raymond im Vorbeigehen. Eine kurze Betontreppe führte hinab auf eine zurückgesetzte Terrasse. Und auf dieser Terrasse gab es ein Meer ... von allem. Matratzen. Ein großes Kinderdreirad aus Plastik. Unmengen Linoleumfliesen. Alte Stehlampen. Und einen Mann, der alles durchwühlte. Als ob er etwas verloren hätte. Oder als ob eine sorgfältige Durchsuchung der Dinge etwas Wertvolles zutage fördern könnte.

Der Mann schaute auf und sah Raymond. »He!«, rief er.

Raymond blieb mit heftig klopfendem Herzen stehen. Der Mann klang ... angriffslustig? Verärgert? *Warum sind heute Morgen eigentlich alle verärgert?*, fragte er sich. Die ganze Welt fühlte sich verärgert an. Die Luft, die er einatmete, schien davon zu zittern.

»Ja?«, sagte Raymond.

Der Mann war klein. Irgendwie kompakt und dünn, ziemlich jung. Er trug sein Haar kurz geschoren. Beinah wie eine Glatze, aber nicht ganz. Er hatte einen Soul Patch – einen kleinen rechteckigen Unterlippenbart –, und er war über und über tätowiert.

»Was hast du hier in meiner Gegend verloren, Junge? Ich kenne alle, die hier wohnen, doch dich kenne ich nicht.«

Raymond spürte, wie ihm ganz kalt wurde. Er konnte tatsächlich die Kälte spüren. Er wollte weglaufen. Aber zuerst, das wusste er, würde er fragen. Er glaubte nicht, dass es eine gute Idee war. Doch er wusste, dass er es trotzdem tun würde.

»Ich suche nach Luis Velez«, erklärte er.

»Ich bin Luis Velez«, antwortete der Mann. Seine Augen wurden schmal. Er kam näher, die Stufen zur Straße hoch.

Raymond wich zurück.

»Ich hab nur ... Ich suche nur nach dem Luis Velez, der einer alten blinden Frau drüben auf der West Side geholfen hat.

Bloß um mich zu vergewissern, dass er okay ist. Ich wollte niemandem Ärger machen.«

Klar, dass das nicht du warst, dachte er und war klug genug, um das nicht laut auszusprechen.

Der Mann kam noch einen Schritt näher, und seine Ausstrahlung war bedrohlich. Seine Absicht schien zu sein, Raymond einzuschüchtern. Und das funktionierte gut. Raymond spürte Panik in sich aufsteigen, und Furcht explodierte in seiner Brust wie ein Feuerwerk. Wie elektrische Funken. Er lief nicht weg, weil er dachte, es könnte ein Fehler sein, sich zu bewegen.

»Sehe *ich* wie ein Typ aus, der kleinen alten Damen über die Straße hilft?«, fragte Luis, seine Stimme war leise und ruhig.

Raymond war sich nicht sicher, wie es möglich war, dass eine so leise Stimme so furchterregend sein konnte. Aber die von diesem Luis war es. Alles an ihm war es. Furcht umgab Raymond wie eine Wolke, die zu Boden sinkt, um alles darunter einzuhüllen.

Raymond sagte nichts. Es gab keine gute Antwort auf diese Frage. Er erstarrte einfach, stand da wie eine Salzsäule. Im Geiste sprach er zu einem Gott, von dem er gar nicht genau wusste, ob er an seine Existenz glaubte. Versuchte einen Deal in letzter Sekunde zu machen. Dann konzentrierte er sich auf etwas wie darauf, sich selbst wegzubeamen. Nicht dass er dachte, er könnte es. Doch er wollte … *musste* so dringend von hier fort. Es war schwer, sich nicht vorzustellen, dass es passierte.

In der Zwischenzeit betrachtete Luis sein Gesicht mit so etwas wie Belustigung.

Luis beugte sich weiter zu Raymond vor, sodass nur noch ein paar Zentimeter zwischen ihren Nasen waren. Raymond konnte Zwiebeln im Atem des anderen riechen. Er war vor Panik beinah außerhalb seines eigenen Körpers. Irgendwo im

Hinterkopf überlegte er, ob es so war, wenn man in Schock verfiel.

»Buh!«, rief Luis Velez.

Raymond machte einen Satz nach hinten. Stolperte und landete auf dem Hintern, auf dem schmutzigen Asphalt, stieß sich den Kopf am Bordstein.

Luis lachte.

Raymond rappelte sich auf und rannte weg.

* * *

Sie saßen nebeneinander auf der harten Plastikbank in einem U-Bahn-Waggon, Raymond und Mrs G. Dicht nebeneinander, weil er immer noch ein bisschen Angst hatte. Er fühlte sich innerlich zittrig von seinen Erlebnissen heute Vormittag. Er fühlte sich, als würde er irgendwie noch rennen. Keine Wahl zwischen Kämpfen und Fliehen, sondern nur Fliehen.

Er schloss einen Moment lang die Augen, spürte die ruckelnde Bewegung des Zugs. Er konnte die Lichter hinter seinen geschlossenen Lidern blinken sehen. Dann öffnete er sie wieder.

Außer ihnen war bloß eine Handvoll Leute im Wagen, und alle hielten Abstand zueinander und achteten nicht auf Raymond oder Mrs G.

»Das ist so schön«, bemerkte sie. »Es ist wirklich lieb von dir, das zu tun.«

»Wann war das letzte Mal, dass Sie etwas gegessen haben, das Sie nicht selbst zubereitet haben?«

»Bei mir zu Hause, das ist gar nicht so lange her. Luis hat mir immer mal wieder einfach so Take-away-Essen mitgebracht, als was Besonderes. Aber in einem Restaurant ... Ich schwöre, ich kann mich gar nicht mehr dran erinnern, Raymond, so lange ist es her. Eindeutig nicht mehr, seit mein Ehemann gestorben ist. Als er noch lebte, sind wir immer an unserem Hochzeitstag essen gegangen. Jedes Jahr. Und dann hat er Torte bestellt oder ein besonderes Dessert und hat es von dem Kellner oder der Kellnerin an unseren Tisch bringen und sie uns ein Ständchen singen lassen. Allerdings ist er jetzt schon über siebzehn Jahre tot. Daher fühlt es sich an, als würde ich dir mit uralten Geschichten kommen.«

»Das tut mir leid«, erklärte Raymond.

»Das muss es nicht. Da warst du ja noch nicht mal geboren, daher kann es unmöglich deine Schuld sein. Wir werden über etwas anderes reden. Verrat mir, wie war dein Vormittag?«

»Furchtbar.«

»Irgendetwas, was du mir erzählen möchtest?«

»Nicht wirklich. Es war einfach nur so, dass nichts geklappt hat. Es war, als würde ich vor einer Steinmauer stehen und immer wieder versuchen, mit dem Kopf voran hindurchzurennen.«

Während er sich selbst zuhörte, berührte er seinen Hinterkopf, tastete nach der Stelle, mit der er bei dem Sturz auf den Asphalt gegen den Bordstein geprallt war. Eine Beule bildete sich dort, und es fühlte sich empfindlich an.

»Das kann ich jedenfalls nicht empfehlen«, bemerkte sie.

»Manchmal ist es schwierig, herauszufinden, wie man das vermeiden soll.«

Mrs G hatte eine Armbanduhr mit einem Glasdeckel, der sich anheben ließ, sodass sie die Zeiger berühren konnte. Der Stundenzeiger hatte kleine erhabene blaue Punkte. Raymond beobachtete, wie sie die Zeit ablas.

»Es ist nach Mittag«, stellte sie fest. »Vielleicht servieren sie gar keinen Brunch mehr. Vielleicht gibt es nur noch Lunch, wenn wir dort ankommen.«

»Dort gibt es den ganzen Sonntag lang Brunch.«

»Dann bist du vorher schon mal dort gewesen.«

»Ja. Es ist nicht weit entfernt von da, wo mein Dad lebt.«

»Du musst nicht die Rechnung übernehmen, weißt du?«, meinte sie. »Ich kann was dazugeben.«

»Nein. Ich hab gesagt, das geht auf mich. Ich hab ja erzählt, dass ich zu Geld gekommen bin.«

»Nun, ich verspreche, ich werde nicht das Teuerste auf der Karte bestellen.«

»Es ist ein Komplettpreis für den Brunch. Aber es gibt zahllose Sachen, unter denen man sich was aussuchen kann. Und ich weiß bereits, wie viel es kosten wird. Und ich kann das bezahlen.«

»Also, das ist echt lieb von dir. Vielen Dank.«

Sie fuhren schweigend weiter. Mrs G blickte nach oben und um sich, als würde sie die Werbetafeln lesen. Doch das konnte natürlich nicht sein. Raymond war sich nicht sicher, was sie da tat. Vielleicht lauschte sie auf etwas. Vielleicht verfolgte sie die Veränderungen des Lichts.

»Was macht dein Vater eigentlich, dass er es sich leisten kann, in Midtown Manhattan zu leben?«

»Er ist Zahnarzt.«

»Das erklärt es«, erwiderte sie. »In der Tat.«

* * *

Raymond half ihr, am Tisch im Restaurant Platz zu nehmen, während der Kellner den Stuhl von hinten unter sie schob. Dann reichte der Kellner ihnen beiden je eine Speisekarte und entfernte sich.

Mrs G legte die Speisekarte neben ihren Teller und klatschte entzückt in die Hände. Rasch hintereinander, als könnte sie ihre Freude und Aufregung nicht in sich halten. Sie lächelte strahlend.

»Oh, das ist so wunderbar!«, rief sie, laut genug, dass ein Paar am Tisch nebenan zu ihnen schaute und lächelte. »Es muss dir albern vorkommen, vielleicht sogar ein bisschen armselig, dass ich mich so über ein Essen im Restaurant freue.«

»Ich hab mir schon gedacht, dass es Ihnen gefallen würde«, antwortete er. »Das ist der Grund, weswegen ich Sie hergebracht habe.«

Das stimmte so nur halb. Das war die eine Hälfte des Grundes. Die andere war die Tatsache, dass er sich besser fühlen wollte, weil er dabei war, das Luis-Projekt aufzugeben. Er wollte es für sie wiedergutmachen, auch wenn sie überhaupt nie gewusst hatte, dass er begonnen hatte, systematisch nach Luis Velez zu suchen. Denn nach den Erfahrungen von heute Vormittag wollte er an keine weitere Tür mehr klopfen.

Er beobachtete, wie sie mit den Händen über die gestärkte weiße Tischdecke strich, als bewunderte sie den Stoff durch Fühlen. Es gab eine kleine Vase mit frischen Blumen in der Mitte des Tisches, irgendwelche lilafarbenen Blüten, und Raymond wünschte sich, sie könnte sie sehen. Vielleicht konnte sie sie auch riechen, überlegte er.

»Ich lese Ihnen jetzt die verschiedenen Auswahlmöglichkeiten für den Brunch vor«, verkündete er.

»Ich möchte ein Omelett. Ich weiß schon, dass ich ein Omelett möchte. Zähl mir einfach auf, welche Sorten es gibt.«

»Man stellt es genau nach seinen Wünschen zusammen. Sie haben eine Reihe von Zutaten für Omelett, und man kann drei davon aussuchen. Und man kann sich aussuchen, was man obendrauf möchte. Ich lese jetzt die Auswahl vor.«

»Ich weiß, was ich am liebsten hätte«, erklärte sie, immer noch aufgeregt. »Also, ich sage jetzt, was ich möchte, und du sagst mir, ob es auf der Liste steht.«

»Okay.«

»Spinat? Käse? Tomaten?«

»Ja, das gibt es alles. Was für Käse hätten Sie gern?«

»Das ist egal, weil ich alle Sorten Käse mag, die es gibt. Gehört Sauerrahm zu den Sachen, die ich obendrauf haben kann?«

»Ja.«

»Gut. Dann hätte ich gern das.«

»Und man kann entweder Speck haben oder Bratkartoffeln.«

»Bratkartoffeln.«

»Was für eine Sorte Toast möchten Sie?«

»Meine Güte!«, rief sie, als hätte sie bereits zu viel gegessen. »Das ist viel zu viel. Ich kann unmöglich so viel essen!«

»Das macht nichts. Essen Sie einfach, so viel Sie können, und den Rest tun sie einem in ein Behältnis, das man mit nach Hause nehmen kann.«

»Ja«, meinte eine neue Stimme, »wir haben solche Boxen. Und Sie können auch ein Glas Sekt bekommen. Das ist in unserem Brunch eingeschlossen.« Das war der Kellner, der wieder an ihren Tisch gekommen war.

»Sekt!«, staunte Mrs G. Als ob er ihr angeboten hätte, ihr eine Diamanttiara auf den Kopf zu setzen.

»Es tut mir leid«, wandte sich der Kellner an Raymond, »du kannst keinen haben. Vermutlich muss ich dir nicht erklären, warum. Die Dame hier kann selbstverständlich Sekt bekommen. Und nur, weil ich heute gut aufgelegt bin, Miss, werde ich Sie nicht darum bitten, mir Ihren Personalausweis zu zeigen. Ich vertraue darauf, dass Sie alt genug sind, um Alkohol zu trinken.«

»Oje. Sekt! Ich weiß nicht. Der arme Raymond. Er kann mich ja nicht nach Hause tragen. Ich muss in der Lage sein, auf meinen eigenen Füßen zu gehen. Sekt wird mir direkt zu Kopfe steigen.«

»Die Entscheidung liegt ganz bei Ihnen«, erwiderte der Kellner.

»Sie werden ja erst etwas essen«, fügte Raymond hinzu. »Sie trinken also nicht auf nüchternen Magen.«

»Also gut. Bringen Sie mir bitte ein halbes Glas.«

»Kommt sofort«, antwortete der Kellner. »Kaffee oder Tee?«

»Tee«, sagte Mrs G.

»Tee«, bestellte auch Raymond.

Der Kellner verschwand wieder.

»Und jetzt, Raymond, erzähl mir«, bat sie, »wie kommt es, dass du plötzlich so reich bist?«

»Das bin ich nicht. Ich bin überhaupt nicht reich. Das ist beinah der letzte Rest des Geldes, zu dem ich unerwartet gekommen bin. Doch ich wusste, dass ich es hierfür ausgeben wollte.«

* * *

Er beobachtete, wie sie ihr Omelett mit Messer und Gabel vermaß, den Rand berührte, um zu sehen, wie groß und wie hoch es war.

»Das mit dem Behältnis für das Essen, das man nicht schafft, ist eine ausgezeichnete Idee«, erklärte sie. »Weil ich das unmöglich alles essen könnte, selbst wenn du mir einen ganzen Tag Zeit ließest.«

»Sie müssen nicht schnell machen«, erwiderte er. »Wir haben es nicht eilig.«

Je länger sie dort saßen und den Brunch genossen, desto einfacher würde es werden, den Tag zu einem Abschluss zu bringen. Nach Hause zu gehen, ohne mehr Namen von der Liste durchzustreichen. Jemals.

»Ich werde dir jetzt eine persönliche Frage stellen«, sagte sie und teilte ein Stück Omelett mit ihrer Gabel ab. »Aber du musst mir nicht antworten, wenn du das nicht willst. Hast du auf deinem Computer recherchiert, wie wir es gestern besprochen haben?«

Dann nahm sie einen großen Bissen und kaute langsam – beinah verträumt –, als versuchte sie, die verschiedenen Geschmacksnuancen wahrzunehmen.

»Ja, habe ich. Bevor ich gestern Abend zu Bett gegangen bin.«

»Und bist du glücklich über das, was du dabei herausgefunden hast?«

»Ja. Das bin ich wirklich. Sie hatten recht. Es gibt jede Menge Leute.«

»Gut.«

Sie aßen eine Weile schweigend. Er wartete darauf, dass sie die typische Erwachsenenreaktion zeigte. Die, bei der Erwachsene einen aufforderten, sich zu merken, dass sie recht gehabt hatten, damit man sie nie wieder hinterfragte. Doch das tat sie nicht. Sie sagte überhaupt nichts mehr zu dem Thema.

»Es ist eine eigene Orientierung«, erklärte er, selbst überrascht, dass er freiwillig darüber redete.

»Eine Orientierung?«

»Richtig. Wie ›schwul‹ oder ›hetero‹. Und dann gibt es ›bisexuell‹. Und eben auch ›asexuell‹.«

Es störte ihn, das Wort »sexuell« vor ihr zu benutzen, selbst wenn es nur Teil eines Begriffs war. Aber es schien sie nicht zu stören, es zu hören.

»Wir sind nie so anders, wie wir meinen«, stellte sie fest und kaute weiter ihr Omelett. Sie schluckte. Trank von dem Sekt. »Es tut mir leid, es ist schrecklich unhöflich von mir, mit vollem Mund zu reden. Ich kann mich bloß einfach nicht überwinden, mit dem Essen aufzuhören, weil es so gut schmeckt.«

»Macht nichts«, antwortete er.

Mehrere Minuten lang schienen sie beide darin übereinzustimmen, dass sie sich aufs Essen konzentrieren sollten.

* * *

»Ich möchte Sie auch etwas Persönliches fragen«, sagte er nach einer Weile.

»Dann schieß mal los.«

»Als wir uns das erste Mal begegnet sind … Da haben Sie mich nicht gesehen. Sie wussten nicht, dass ich schwarz bin. Was, wenn Sie es hätten sehen können?«

»Was ist damit? Willst du wissen, ob es irgendetwas geändert hätte?«

»Vermutlich schon.«

»Nicht das geringste bisschen.«

»Sind Sie sicher?«

»Ich bin mir nie in meinem ganzen Leben einer Sache so sicher gewesen.«

»Ich glaube, alle Leute haben irgendwo in sich ein Gefühl dazu. Ob sie es wissen oder nicht. Wie mein Stiefvater. Er sagt oder tut nie etwas Schlimmes, daher kann ich keinen Grund nennen, weshalb ich das denke. Er scheint sich irgendwie unwohl mit mir zu fühlen. Selbst nach all diesen Jahren noch. Vermutlich ist es eine Kombination von Dingen, aber … Ich kann mir denken, Leute haben es so beigebracht bekommen und wissen gar nicht, dass es da in ihnen ist.«

»Das ist wohl wahr«, erklärte sie. »Es ist einfach etwas, das in ihrem Leben immer da gewesen ist. Sie sind weiß, und das bringt so viele Privilegien mit sich, doch sie sehen es nicht, weil es nie einen Tag in ihrem Leben gegeben hat, an dem es nicht da war. Daher sagen sie, wenn man sie fragt, ob die Ethnie wichtig für sie ist, Nein. Und in vielen Fällen glauben sie sogar, dass es die Wahrheit ist. Es ist fast so, wie wenn man einen Fisch bittet, einem etwas übers Wasser zu erzählen. Es umgibt ihn. Er schwimmt jeden Moment seines Lebens darin. Aber vermutlich wird er sagen: ›Wasser? Was ist dieses Wasser, von dem du da sprichst?‹ Das ist ganz oft so.«

Raymond stach mit seiner Gabel in die Reste seines Omeletts. Er hatte das Gefühl, als könnte er unmöglich mehr davon essen.

»Ich dachte, das sei bei allen so«, meinte er. »Allerdings glaube ich nicht, dass es bei Ihnen stimmt.«

»Also, das hoffe ich doch. Ich habe zwar wie alle anderen begonnen, aber die Welt hat mich geändert.«

»Alle anderen?«

»Viele, viele Menschen.«

»Was ist denn der Unterschied? Wie umgehen es manche Leute?«

»Ich denke nicht, dass irgendjemand es vermeiden kann. Es geht an niemandem komplett vorbei. Aber ich glaube schon, dass manche von uns Erfahrungen haben, die uns aufwecken – wenn wir erkennen, welcher Schrecken tatsächlich aus solchen Vorurteilen entsteht, oder wenn wir uns plötzlich als Opfer davon wiederfinden und spüren, wie mächtig Hass werden kann. Es kann einen bis ins Innerste erschüttern. Und das ist die Sache mit Erfahrungen, die einen aufwecken, Raymond: Man versucht, wieder einzuschlafen, nur ist das leichter gesagt als getan. Wenn man erst mal aufgeschreckt ist, dann ist man wach. Und viel Glück dabei, den Knopf zum Einschlafen zu finden, mein Freund.«

Er wartete, glaubte, sie würde ihm erzählen, welche Erfahrungen sie aufgeweckt hatten.

Doch das tat sie nicht.

* * *

Während sie gemeinsam mit der U-Bahn nach Hause fuhren, beobachtete er ihr Gesicht. Betrachtete sie einfach in einem stillen Moment. Ihre zerbrechliche Verletzlichkeit. Die faltige, beinah durchsichtige Haut über ihren Wangenknochen. Die feinen weißen Haare, die sich aus ihrem Zopf befreit hatten. Das milchige Aussehen ihrer Pupillen.

Mit einiger Enttäuschung wurde ihm klar, dass er das Luis-Projekt nicht abbrechen würde. Es nicht abbrechen *konnte*. Weil sie jemand war, den er nicht enttäuschen wollte. Und weil er jetzt ebenfalls wissen musste, was Luis Velez passiert war. Es war ein Rätsel, das er lösen musste. Es war eine Herausforderung, die er angenommen hatte und zu Ende bringen musste, für sich selbst und für sie.

Und er wusste, er würde wieder losziehen und an Türen klopfen, und es musste bald sein. Gleich. Gleich nachdem er sie nach Hause gebracht hatte, damit sie ihr Mittagsschläfchen genießen konnte.

Wenn er zu lange wartete, würde ihn am Ende der Mut verlassen.

Er holte sein Geld aus der Tasche und zählte es. Von den hundert Dollar hatte er noch zwölf Dollar und fünfundsiebzig Cent. Vermutlich reichte das gerade für das Spanischbuch, das er brauchen würde. Weil er heute Nachmittag an mehr Türen klopfen würde. Mehr Männer mit dem Namen Luis Velez aufsuchen würde. Und er würde das höchstwahrscheinlich auch morgen tun müssen. Und am Tag danach. Wenn das Wörterbuch wie versprochen wieder zurück in der Schulbücherei sein würde.

Kapitel Sieben

Es gibt einen Heiligen dafür

Raymond stand in einem anderen fremden Flur, bereit, an eine andere unbekannte Tür zu klopfen – mit einem anderen Menschen zu sprechen, den er nicht kannte und über den er vielleicht bald herausfinden würde, dass er ihn auch gar nicht kennen wollte. Sein Herz klopfte lauter als normal, und er war das so leid. Genau genommen war er alles leid. Und müde. Er fühlte sich völlig erschöpft von diesen Ausflügen und den möglicherweise unschönen Begegnungen mit Fremden.

Er hatte seltsam lange hier vor der Tür eines neuen Luis Velez gestanden. Wie lange, da hatte er keine Ahnung. Aber mindestens eine Minute lang hielt er die Hand erhoben, als wolle er anklopfen, ließ sie dann wieder sinken, ehe er sie erneut hob. Und sie wieder sinken ließ.

Er schloss die Augen und sagte … nun, man konnte es nicht als Gebet bezeichnen, weil Raymond sich nicht sicher war, dass er daran glaubte, dass es einen Gott gab. Und selbst wenn es ihn gäbe, wäre es schrecklich unhöflich, ihn nach all diesen Jahren, in denen er ihn ignoriert hatte, plötzlich um einen Gefallen zu bitten. Er hatte das heute Morgen schon einmal getan, und es hatte sich selbstsüchtig und falsch angefühlt. Nein, was er sagte, war mehr eine geflüsterte Bitte an niemanden im Besonderen. Vielleicht einfach hinaus ins Universum, falls irgendjemand da wäre und zuhörte.

»Bitte lass das hier besser laufen.«

Während er diese Worte sprach, hörte er Stimmen und Gelächter von der anderen Seite der Tür. Viele Stimmen, und alle klangen, als würden sie die Gesellschaft der anderen genießen. Die Geräusche einer glücklichen Familie. Aber sie hatten nicht erst jetzt begonnen, das wusste Raymond. Die Stimmen waren die ganze Zeit da gewesen. Er hatte sie bloß nicht bemerkt. Es hatte einige Zeit gedauert, bis sie durch sein Unbehagen zu ihm vorgedrungen waren.

Er klopfte an die Tür, und während er wartete, schlug sein Herz schneller.

Eine Frau machte auf. Eine Latina Ende dreißig. Groß, rundlich und mit einem freundlichen Gesicht. Sie lächelte ihn an, obwohl sie keine Ahnung hatte, wer er war oder warum er gekommen war.

»Ja? Kann ich dir helfen?«

In ihren Worten schwang Offenheit mit. Die zögernde Erwartung, dass er vertrauenswürdig war, und dass das, was ihn an ihre Tür gebracht hatte, sich als gut erweisen würde.

»Ich suche nach Luis Velez.«

Ihr Lächeln wurde breiter, und ihre Augen strahlten auf. Offenbar war alles, was man tun musste, um die Frau glücklich zu machen, diesen Namen zu nennen.

»Ja«, erwiderte sie. »Komm doch rein. Wir sind gerade beim Supper.«

»Oh. Ich wollte Sie nicht stören beim …«

Er brach ab, weil er sich nicht ganz sicher war, wobei er sie störte. Es war ungefähr drei Uhr nachmittags, soweit er wusste. Direkt nach seinem Brunch mit Mrs G. Weder die Zeit fürs Mittagessen noch die fürs Abendessen. »Supper« hatte sie gesagt, aber er hatte keine Ahnung, ob das etwas anderes bedeutete als Abendessen oder warum es so früh stattfinden sollte.

»Wir essen sonntagmittags Supper«, erklärte sie, als hätte sie seine Verwirrung bemerkt. »Es ist praktisch der einzige Tag, an dem die ganze Familie zusammen sein kann.«

»Dann sollte ich Sie wirklich nicht stören«, meinte Raymond.

»Nein, es ist schon okay. Komm rein. Hast du schon gegessen?«

Raymond legte sich instinktiv eine Hand auf den Bauch, beinah wie zur Verteidigung. Er war so satt, dass es fast wehtat.

»Ja, danke. Ich hatte gerade erst einen großen Sonntagsbrunch.«

»Gut, aber komm trotzdem rein. Wir werden Luis sagen, dass du da bist.«

Er folgte ihr durch den Flur in ein Esszimmer mit dunkler Holztäfelung an den Wänden und einem langen Tisch, der wohl für zwölf Leute gedacht war. Daran saß ein älteres Paar, vermutlich Großeltern. Und fünf Kinder. Ein Mädchen ungefähr in Raymonds Alter. Sie war vielleicht fünfzehn, würde er anhand ihres Aussehens schätzen. Drei Jungs in verschiedenen Größen, beginnend mit ungefähr fünf Jahren und bis hoch zu zehn oder elf. Dann ein Kleinkind, ein Mädchen in einem Kindersitz. Und am Kopf des Tisches saß ein großer und kräftiger Mann, von dem Raymond annahm, dass es Luis Velez war.

Alle Augen richteten sich auf Raymond.

»Schau nur, wer hier ist, Schatz«, sagte die Frau.

Einen Moment lang passierte nichts. Alle sahen ihn bloß an.

Dann erklärte Luis: »Ich weiß nicht … Ich bin mir nicht sicher, wer das ist.«

»Oh.« Die Frau blickte Raymond an. »Das tut mir leid. Ich hatte einfach angenommen, dass ihr beide euch kennt.«

Also das ist es, dachte Raymond. Sie war davon ausgegangen, dass er ein Freund von Luis war. Jemand, den Luis sofort erkennen würde. Darum hatte sie ihn hereingebeten, darum war sie so freundlich, und jetzt hatte sich diese Annahme als falsch erwiesen.

»Entschuldigung«, sagte Raymond. »Ich habe nicht versucht … Es sollte nicht … Sie wissen schon … Ich wollte nicht unter falschen Voraussetzungen in Ihre Wohnung kommen. Ich hab bloß gefragt, ob Sie da sind. Ich wollte Sie sehen und etwas fragen. Vielleicht hätte ich vorwegsagen sollen, dass Sie mich nicht kennen. Für mich war das natürlich klar. Aber wenn Sie wollen, dass ich wieder gehe, dann tu ich das. Ich versuche nicht, zu stören. Ich gehe sofort, wenn Sie das wollen.«

Raymond hörte auf zu reden. Er stand unbehaglich da, lauschte seinen Worten nach, die in dem kleinen Zimmer von den Wänden widerzuhallen schienen. Alle warteten. Niemand kaute mehr außer dem kleinen Mädchen.

»Jetzt entspann dich erst mal«, erwiderte Luis Velez in beruhigendem Tonfall. »Du musst keine Angst vor uns haben. Wir beißen nicht. Was wolltest du mich denn fragen?«

Raymond atmete lang gezogen aus, merkte, dass er offenbar zu lange die Luft angehalten hatte.

»Bitte lass es ihn sein«, flehte er leise.

Es war ein kaum hörbares Flüstern. Doch es war trotzdem lauter, als er vorgehabt hatte. Es hatte ein Gedanke in seinem Kopf bleiben sollen. Er hoffte, dass es niemand gehört hatte außer ihm. Denn das wäre ihm peinlich gewesen.

»Okay«, begann er. »Hier ist die Frage: Kennen Sie Millie G.? Eine zweiundneunzig Jahre alte, blinde Frau, die auf der West Side lebt? Sind Sie der Luis Velez, der sie regelmäßig besucht hat und mit ihr zur Bank und zum Einkaufen gegangen ist?«

Luis Velez öffnete den Mund, um etwas zu sagen. Aber Raymond wusste bereits, wie die Antwort lauten würde. Er konnte es an seinen Augen ablesen.

»Tut mir leid«, erklärte der Mann. »Ich kenne sie nicht.«

Raymond fühlte sich, als würde er fallen. So wie von einem hohen Gebäude oder in einen tiefen Brunnen. Einen kurzen Moment lang hatte er sich zu glauben erlaubt, dass er in diesem freundlichen, sicheren Umfeld seinen Luis Velez gefunden hatte. Dass er nicht weiter würde suchen müssen. Er hatte gar nicht gewusst, wie sehr er sich gewünscht hatte, mit diesem Projekt fertig zu sein, aber hinter seinem grenzenlosen Unbehagen schien mehr zu stecken, als er geahnt hatte.

»Okay, trotzdem danke«, sagte Raymond. »Ich lass Sie dann mal weiteressen.«

Er drehte sich um, um die Wohnung zu verlassen.

»Warte«, hielt Luis Velez ihn auf. »Setz dich doch eine Minute zu uns. Du siehst so müde aus.«

»Ich möchte Sie nicht beim Essen stören.«

»Wir sind praktisch fertig. Und es kommt noch Kuchen. Sicherlich hast du Zeit für ein Dessert.«

Raymond stand einen Moment lang stumm da. Er hatte keine Ahnung, warum sie so nett zu ihm waren oder warum dieser Luis Velez wollte, dass Raymond sich zu der einen Mahlzeit, die diese Familie gemeinsam einnehmen konnte, dazugesellte.

Aber er *war* müde. Daher setzte er sich.

* * *

Es gab dunklen Schokoladenkuchen mit Schokoglasur. Es war schwer, sich vorzustellen, irgendetwas zusätzlich in seinen Magen zu tun. Doch Raymonds Mund wollte es. Seine Seele wollte es. Er wollte Zucker essen, bis er fast ins Koma sank. Bis er nichts mehr spüren konnte. Er wollte verschwinden.

Er hob seine Gabel und teilte einen großen Bissen ab, steckte ihn sich in den Mund. Seine Augen rollten nach hinten, als wollte er die Zimmerdecke betrachten. So gut schmeckte es.

Er schaute zum Kopfende des Tisches und sah, dass der große, runde Luis Velez ihn beobachtete und lächelte.

»Meine Frau backt verdammt guten Kuchen«, bemerkte er. »Hab ich recht?«

»Luis!«, schalt seine Frau. »Nicht fluchen!«

»Sorry. Sie backt *tollen* Kuchen. Das wollte ich sagen.«

»Er ist wirklich, wirklich gut«, erklärte Raymond. »Ich weiß das ehrlich zu schätzen. Ich hab allerdings keine Ahnung, warum Sie mich eingeladen haben, mich mit an den Tisch zu setzen und mit Ihnen zu essen.« Eigentlich wollte er ganz direkt fragen: »Warum?« Bloß wusste er nicht, wie er das sagen sollte, ohne undankbar zu klingen. »Aber ich freue mich sehr. Ich verstehe nur nicht, warum«, fügte er hinzu, konnte die Frage einfach nicht auf sich beruhen lassen.

Luis blickte zu seiner Frau Sofia, und sie schaute zurück. Alle anderen schienen völlig in ihr Dessert vertieft zu sein.

Sie waren Raymond alle vorgestellt worden, während Luis den Kuchen geschnitten hatte. Doch er hatte sich nur merken können, dass die Ehefrau Sofia war, das ältere Mädchen Luisa und das kleine im Hochstuhl Karina. Der Rest war einfach so an ihm vorbeigerauscht. Irgendwo war ein Luis junior, aber Raymond konnte sich nicht erinnern, welcher der Jungs es war.

Er wartete ab, ob sie die Frage beantworten konnten, die zu stellen er sich nicht überwinden konnte. Wenigstens nicht direkt.

»Du hast einfach so …«, begann Luis.

»Verzagt ausgesehen«, fügte Sofia hinzu.

Offenbar beendeten sie gegenseitig ihre Sätze.

»Ich wollte ›entmutigt‹ sagen, aber ja. Du hast traurig gewirkt. Wir konnten dich nicht einfach so in die Welt zurückschicken.«

Raymond nahm einen weiteren Bissen von dem Kuchen. Weil er sich nicht davon abhalten konnte. Es schmeckte zu gut. Doch jetzt konnte er nichts erwidern, bis er gekaut und geschluckt hatte. Was er so schnell tat, wie er konnte.

»Ich vermute, es ist nur …«, setzte er an. »Ich hatte diesen schrecklichen Vormittag. Ich war bei einem Luis Velez in Brooklyn. Und er war wirklich Furcht einflößend. Vielleicht wollte er mir auch bloß einen Schreck einjagen, aber ich dachte, er wollte mir was tun. Das hat mir ganz schön Angst gemacht. Und davor war da diese Familie, die mir die ganze Zeit gesagt hat, sie wüssten sicher, dass er nicht der Luis Velez wäre, den ich suche, doch sie wollten nicht zulassen, dass ich ihn selbst frage. Und dann stellte sich heraus, dass er seit neunzehn Jahren im Rollstuhl sitzt und gar nicht mehr mitbekommt, was um ihn herum passiert.«

»Das ist ja nicht deine Schuld«, erwiderte Sofia. »Das hast du schließlich nicht wissen können.«

»Ich habe mich aber trotzdem schlecht gefühlt.«

Er nahm einen weiteren großen Bissen von dem Kuchen.

»Und du hast dir gewünscht, dass das hier deine letzte Station ist«, meinte Luis.

Raymond nickte mit vollem Mund. Er spürte, wie er noch ein bisschen tiefer fiel. Ja, genau. Er hatte sich so sehr gewünscht, dass das hier seine letzte Station wäre.

»Woher kennst du diese Millie?«

»Sie wohnt im gleichen Haus wie ich«, erklärte Raymond, nachdem es ihm gelungen war, den großen Bissen runterzuschlucken. »Sie hat niemanden mehr. Ihr Ehemann ist schon vor langer Zeit gestorben. Sie hat keine Kinder. Ich hab sie kennengelernt, weil sie auf dem Gang vor ihrer Wohnung stand und jeden, der vorbeikam, gefragt hat, ob er Luis Velez kennt oder ihn gesehen hat. Was ziemlich unwahrscheinlich war. Ich vermute, Sie wissen, was ich meine. Doch sie war verzweifelt. Sie hatte bloß noch eine halbe Dose Suppe und hatte jeden Tag nur ein Viertel des Doseninhalts gegessen. Hatte ihn sich rationiert. Weil Luis einfach nicht auftauchte, um mit ihr zur Bank zu gehen, und sein Handy war nicht mehr erreichbar, und sie … sie wusste einfach nicht mehr weiter. Sie war so hungrig, dass ich ihr meinen Müsliriegel geben musste, nur damit sie genug Kraft hatte, um mit mir einkaufen zu kommen. Sie wissen schon. Um Lebensmittel zu besorgen. Eigentlich sollte niemand so verzweifelt sein müssen, oder? Warum lassen wir Leute so im Stich? Es erscheint mir nicht richtig.«

Er schaute auf und sah, dass alle am Tisch ihn anstarrten. Sogar das kleine Mädchen im Hochstuhl. Niemand aß mehr. Sie alle betrachteten ihn fasziniert. Als warteten sie darauf, zu hören, was als Nächstes kommen würde.

»Habe ich etwas Falsches gesagt?«

»Falsch?«, wiederholte Sofia. »*Falsch?* Nein, alles, was du gerade gesagt hast, war genau richtig. Warum lassen wir Leute so im Stich? Das frage ich mich auch die ganze Zeit. Sie sind menschliche Wesen, sie sind unsere Mitmenschen, aber wir benehmen uns nicht so, als würde uns das interessieren. Seht ihr, das ist es, was ich euch Kindern immer klarmachen will.« Sie blickte auf die Tischseite, wo ihre fünf Kinder saßen. Zwei der Jungs hatten wieder begonnen, ihren Kuchen zu essen. »Junior! Eduardo! Hört zu, wenn ich mit euch rede.« Zwei Gabeln wurden hingelegt. Eine landete laut klappernd auf dem Dessertteller. »Was dieser junge Mann da sagt, ist genau das, was ich euch immer beizubringen versuche. Wenn man jemanden sieht, der Hilfe braucht, dann hilft man ihm. Es ist nicht wichtig, ob der Betreffende zur Familie gehört oder nicht, ein Freund ist oder nicht. Es sind Menschen. Also hilft man ihnen.«

Luis junior verdrehte die Augen. Oder vielleicht war es auch Eduardo.

Luis senior schlug mit der flachen Hand auf den Tisch. Alle zuckten zusammen. Doch niemand mehr als Raymond.

»Junior«, rief Luis mit ernster Stimme. »Du hast noch eine letzte Chance, deiner Mutter gegenüber Respekt zu zeigen, und wenn du das nicht kannst, wirst du diesen Tisch verlassen. Und der Kuchen bleibt hier.«

»Sorry, Mom«, murmelte Junior, und es klang aufrichtig.

Alle wandten sich wieder schweigend ihrem Kuchen zu.

Eine Minute oder so später sah Raymond auf und bemerkte, dass das ältere Mädchen ihn anschaute. Luisa.

»Du solltest dich nicht entmutigt fühlen«, erklärte sie. »Vielleicht wird der nächste Luis der richtige sein. Oder der danach.«

»Vielleicht«, meinte Raymond.

»Aber er hatte heute Morgen eine schlimme Erfahrung«, stellte Sofia fest. »Genau genommen sogar zwei, und jetzt ist es für ihn viel schwieriger, an eine weitere Tür zu klopfen. Habe ich nicht recht, Süßer?«

Sie blickte Raymond direkt an, der sich räusperte und schluckte.

»Ja«, erwiderte er. »Allerdings ist da noch etwas anderes. Es ist noch mehr. Ich hab irgendwie das Gefühl, als wäre ich in einer Sackgasse. Als ob … Ich weiß gar nicht mal, wie ich es ausdrücken soll. Irgendwie sehe ich keine gute Art und Weise, wie das enden soll. Mrs G ist davon überzeugt, dass Luis nicht einfach weggeblieben wäre, ohne ihr zu sagen, warum. Ich vermute, sie glaubt immer nur das Beste von einem Menschen. Doch ich weiß nicht, ob sie recht hat oder nicht. Also versuche ich jetzt, eine Möglichkeit zu finden, wie das hier gut ausgehen kann. Dabei ist das eigentlich ausgeschlossen. Vielleicht hat sie recht und ihm ist irgendetwas Furchtbares zugestoßen. Und das wäre … also … schrecklich. Oder vielleicht ist sie ihm auch gar nicht so wichtig, wie sie meint. Und das wäre auf eine völlig andere Art und Weise schrecklich. Ich gebe mir wirklich Mühe, mir etwas Besseres vorzustellen als das. Nur, was könnte es sein? Manchmal denke ich, vielleicht ist er im Krankenhaus und kann deswegen nicht kommen. Aber dann könnte er anrufen oder jemanden schicken. Oder ich denke, vielleicht hat er sein Gedächtnis verloren oder so. Das ist jedoch eine von den dummen Sachen, die bloß in Filmen oder im Fernsehen passieren.«

Raymond machte eine Pause, holte tief Luft. Er schob den restlichen Kuchen auf seinem Teller mit der Gabel hin und her. Er vermied es absichtlich, aufzuschauen und in die Gesichter um sich herum zu blicken, sprach einfach weiter.

»Darum habe ich heute beschlossen aufzuhören. Nicht mehr an Türen zu klopfen. Aber dann habe ich sie angesehen, und sie wirkte so … irgendwie hilflos. Also, nicht wirklich, weil sie im Kopf noch ganz klar ist. Sie kann sich um sich selber kümmern, bei ganz vielen Dingen. Sie wirkte bloß so … so verletzlich. Und ich möchte nicht, dass die Welt sie weiter verletzt. Ich meine, wenn ich es verhindern kann. Obwohl ich weiß, dass sie vermutlich stark genug ist und sich schon länger um sich selbst kümmert, als ich auf der Welt bin. Daher liegt es wohl an mir, aber ich mach mir Sorgen um sie. Darum bin ich hergekommen und hab an eine weitere Tür geklopft. Trotzdem kann ich im Moment nicht erkennen, dass es zu irgendetwas führen wird. Es fühlt sich alles so hoffnungslos an.«

Er machte wieder eine Pause. Schob sich ein großes Stück Kuchen in den Mund. Er schaute nicht auf, während er kaute und schluckte. Niemand sprach. »Es tut mir leid«, sagte er. »Ich wollte niemanden runterziehen.«

Eine lange Pause.

Dann erklärte das ältere Mädchen Luisa: »Ich möchte ihm meine Medaille schenken. Die Judasmedaille. Kann ich sie ihm schenken?«

Raymond hob den Kopf und sah, dass sie Blicke mit ihren Eltern wechselte.

»Die, die deine Abuela dir gegeben hat?«, fragte Sofia. »Bist du sicher, dass du das tun möchtest, Süße?«

»Ja, ich bin mir sicher. Er braucht sie mehr als ich. Ich glaube außerdem, ich sollte sie nicht länger tragen. Denn das hieße ja, es gäbe immer noch keine Hoffnung für mich. Und das stimmt nicht. Mir geht es wieder gut.«

Raymond starrte sie an, während sie sprach. Sie war dünn und hübsch, hatte glattes Haar, das so lang war, dass sie aufpassen musste, um sich nicht daraufzusetzen. Sie sprach mit hoher, leiser Stimme und wirkte irgendwie substanzlos. Aber nur rein äußerlich.

Er schaute zu Luis und Sofia, um ihre Reaktion einzuschätzen. Er hatte keine Ahnung, was ihm da angeboten wurde, und das musste in seinem Gesicht zu erkennen sein.

Luis Velez senior sagte: »Luisas Großmutter hat ihr letztes Jahr, als sie krank war, eine Medaille des heiligen Judas Thaddäus geschenkt. Sie hatte eine Hirnhautentzündung. Es sah wirklich so aus, als ob wir sie verlieren würden. Doch sie hat es geschafft.«

Eine bedeutungsschwangere Stille. Raymond hatte nicht das Gefühl, dass er so ein Geschenk annehmen konnte, allerdings fehlten ihm die Worte dafür, das zu sagen. Oder wenigstens Worte, bei denen er nicht fürchten musste, dass sie undankbar klangen.

Die Großmutter sprach zum ersten Mal, seit Raymond da war. Sie sprach in atemlosem Spanisch, und ein Wort floss in das nächste über. Raymond verstand kein einziges. Und er hätte auch keines aus der Masse herausnehmen können, um es in seinem Wörterbuch nachzuschauen.

Er sah hoch und fing Luis' Blick auf.

»Es tut mir leid. Was hat sie gesagt?«

»Dir tut eine Menge leid«, bemerkte Luis. »Dabei ist das gar nicht nötig.«

»Das meint Mrs G auch immer.«

Es war Sofia, die seine Frage beantwortete. »Abuela sagt, sie sei ja kein Familienerbstück. Sie sagt, sie habe sie in einem Laden für Luisa gekauft, und wenn sie je wieder eine bräuchte, könne sie wieder hingehen und eine neue kaufen. Und sie ist außerdem der Meinung, dass man die Medaille nicht länger tragen sollte, wenn der Fall nicht mehr hoffnungslos ist.«

Luisa stand vom Tisch auf und trat zu Raymond, der seinen Stuhl ein Stück zurückschob und dann in Angst erstarrte. Warum, war ihm auch nicht klar. Er hatte einfach Angst vor Leuten. Angst, dass sie ihm zu nahe kamen. Es schien keinen Sinn zu ergeben, aber es gab wenig, was er dagegen tun konnte. Wenigstens, soweit er wusste.

Das Mädchen holte die Medaille unter ihrem pfirsichfarbenen Shirt hervor. Sie hing an einer schweren Kette. Einer langen Kette. Sie zog sie sich über den Kopf, und Raymond saß ganz reglos da, als sie den Arm ausstreckte und ihm die Kette umlegte. Dabei streifte sie mit einer Hand versehentlich sein kurz gestutztes Haar, und er erschauerte leicht, weil es kitzelte.

»So«, verkündete sie. »Der heilige Judas Thaddäus ist der Schutzheilige der hoffnungslosen Fälle. Und jetzt hast du ihn bei dir.«

»Danke«, sagte Raymond, und seine Stimme war vor Ehrfurcht leise.

Raymond glaubte nicht an Heilige. Er glaubte nicht, dass der heilige Judas Thaddäus nun mit ihm war und ihm bei seinem hoffnungslosen Fall half. Er glaubte allerdings sehr wohl an die schlichte Magie eines Mädchens, das ihn kaum kannte, aber dennoch so freundlich war. Und diese Freundlichkeit, das wusste er, würde bis zum Ende des Luis-Projekts bei ihm sein. Wie auch immer es ausging.

Er hielt die Medaille in der Hand, weg von seiner Brust. Als ob sie ihm etwas zu sagen hätte und er es durch Betasten hören könnte.

»Das ist wirklich nett«, erklärte er. »Ich weiß überhaupt nicht, was ich darauf erwidern soll.«

»Du musst gar nichts darauf erwidern«, meinte Luisa und kehrte an ihren Platz zurück. Schob ihr langes Haar aus dem Weg, bevor sie sich setzte. »Es fühlte sich einfach richtig an. Es fühlte sich an, als wollte die Medaille dir gehören.«

* * *

Sie saßen zusammen im Wohnzimmer, einem makellos sauberen Raum mit Plastikbezügen über allen Möbelstücken. Raymonds Polstersessel quietschte jedes Mal leise, wenn er sich anders hinsetzte, daher versuchte er jede Bewegung zu vermeiden.

Luis senior sprach. Die Jungs und die Großeltern waren woandershin gegangen. Luisa saß auf der anderen Seite des Zimmers und beobachtete Raymond, der die Medaille betastete, die sie ihm gegeben hatte. Das kleine Mädchen, dessen Namen er schon wieder vergessen hatte, stand zu dicht vor ihm und starrte ihm ins Gesicht.

»Ich fühle mich ganz schlecht«, sagte Luis gerade. »Weil ich der Typ sein will, der der blinden Frau bei ihren täglichen Besorgungen hilft. Und ich meine, nicht nur, weil du es wolltest. Ich meine, ich möchte so sein. Ich dachte immer, ich würde so sein. Aber dann habe ich da all diese Kinder, und wir versorgen auch noch Sofias Eltern, und wir arbeiten beide Vollzeit. Trotzdem, wenn ich innehalte und auf das schaue, was ich mit

meinem Leben angefangen habe, dann ist es gut und alles …
Doch ich möchte trotzdem dieser Typ sein.«

»Du hast eine Menge erreicht in deinem Leben«, erklärte
Sofia und griff über das Sofa, nahm die Hand ihres Ehemanns.
»Du kümmerst dich gut um deine Familie.«

»Das versuche ich«, antwortete er. »Ja. Doch die meisten
Leute kümmern sich um ihre Familie. Das ist das Problem.
Sie geben alles, was sie haben, ihren Familien und niemand
anderem. Und dann ist da diese arme blinde Frau, die keine
Familie hat. Und sie hat einfach Pech. Niemand meint, dass sie
sein Problem wäre.«

»Ich stimme Ihrer Frau zu«, entgegnete Raymond. »Es
klingt für mich, als täten Sie eine Menge, und daher sollten Sie
sich auch nicht schlecht fühlen.«

»Vielleicht«, sagte Luis. Er hatte enorm buschige graue
Augenbrauen. Die Haare waren lang und zeigten in alle
Richtungen. Sie schienen sich in der Mitte zu treffen, wenn er
die Stirn runzelte. »Aber ich möchte trotzdem so wie der Typ
sein. Dieser Luis Velez, nach dem du suchst, hat er Kinder?«

»Ich weiß nicht«, erwiderte Raymond. »Jemand anders
hat mich das auch schon gefragt. Ein anderer Luis Velez. Und
ich weiß es nicht. Ich hab Mrs G ein paar Fragen gestellt, von
denen ich dachte, sie könnten mir helfen, ihn zu finden. Und
wenn ich jetzt mehr frage, kommt sie am Ende darauf, was ich
vorhabe. Und das will ich nicht. Noch nicht. Nicht bevor ich
weiß, wie es ausgeht. Wenn ich heimkomme und enttäuscht
bin, möchte ich nicht, dass sie das merkt. Und außerdem habe
ich inzwischen mehr und mehr das Gefühl, als könnte ich mit
nichts dafür sorgen, dass sie sich am Ende besser fühlt. Im
Moment ist es für sie schlimm, weil sie nichts weiß. Doch was
auch immer ich herausfinde, ich befürchte, es wird ihr wehtun. Ich hab keine Ahnung, was die Antwort ist. Ich hab keine
Ahnung, was ich tun soll.«

Sie saßen eine Weile schweigend da. Das kleine Mädchen trat näher und starrte in Raymonds Gesicht, als wäre sie fasziniert von seiner Traurigkeit. Sie legte ihre klebrigen, mit Soße beschmierten Finger auf seine Jeans, über dem Knie.

»Süße«, sagte Sofia. »Karina. Rück dem Jungen nicht so auf die Pelle.«

Das kleine Mädchen wich nicht zurück, daher kam Sofia und hob sie hoch. Das Mädchen wehrte sich und schrie, weil sie gegen ihren Willen weggenommen wurde.

»Ich sollte gehen«, erklärte Raymond. Er stand auf, spürte, wie satt er war. All das Omelett. All der Kuchen. »Ich sollte Sie jetzt in Ruhe lassen. Aber ich möchte mich bei Ihnen bedanken, dass Sie mit mir geredet haben und so nett zu mir waren. Und für die Medaille. Die macht nach dem heutigen Vormittag wirklich einen Unterschied. Und sie wird auch beim nächsten Mal helfen, wenn ich an eine Tür klopfen muss.«

Doch während er das sagte, spürte er, wie es in seinem übervollen Bauch bei der Vorstellung unangenehm rumorte.

Sofia brachte ihn zur Tür. Gute Wünsche von allen folgten ihm.

»Du bist wirklich ein lieber Junge«, meinte Sofia.

Raymond blickte auf seine Schuhspitzen und schwieg.

»Hier«, sagte sie und schob ihm ein Stück Papier in die Hand. »Ich habe dir unsere Telefonnummer aufgeschrieben. Ich weiß, du wirst es vielleicht vergessen, und das wäre auch okay. Es ist keine Verpflichtung. Aber wenn du daran denkst, es zu tun, ruf bitte kurz an, und lass uns wissen, wie es ausgegangen ist.«

Raymond nickte, fühlte sich immer noch so, als würde sein Mund nicht richtig funktionieren.

»Danke«, erwiderte er. »Danke für alles.«

»Ich glaube, du irrst dich«, erklärte Sofia, als er zur Tür hinausging. »Ich denke, dass die Geschichte für diese alte Dame ein gutes Ende nehmen wird. Denn egal, was mit Luis ist, sie hat dich. Und das ist nicht nichts. Das ist beileibe kein Trostpreis.«

* * *

Raymond stieg an der U-Bahn-Station auf der Upper East Side aus und versuchte es noch einmal bei Luis M. Velez, bei einer der beiden Türen, an die er heute Morgen vergeblich geklopft hatte. Weil es auf seinem Weg lag.

Auch dieses Mal öffnete niemand.

Er machte auf seiner Liste ein zweites Kreuz hinter dem Namen und der Adresse.

* * *

Seine Mutter wartete in der Küche auf ihn, als er heimkam, die Hände in die Hüften gestützt und mit streitlustiger Miene.

»Wo zur Hölle bist du gewesen?«, wollte sie von ihm wissen.

Das überraschte ihn. Er hatte nicht mit irgendwelchen Schwierigkeiten gerechnet.

»Unterwegs«, antwortete er. »Ich hab dem Babysitter gesagt, dass ich weggehe.«

»Sie hat aber nicht gewusst, dass du bis nach dem Abendessen wegbleiben würdest. Wir haben dir nichts aufgehoben. Du kennst die Regeln. Wenn du was zu essen möchtest, erscheinst du bei Tisch.«

»Es ist nicht wichtig«, erklärte er, eine Hand auf seinem vollen Magen. »Ich bin restlos satt.«

Seine Schwester Rhonda streckte den Kopf durch die Tür, verriet damit, dass sie am Schlüsselloch gelauscht hatte.

»Raymond hat 'ne Freundin!«, rief sie im Singsang.

Seine Mutter sah erst sie an, dann Raymond. »Geh in dein Zimmer, Rhonda«, befahl sie. Dann wandte sie sich an Raymond: »Hast du eine Freundin?«

»Nein.«

»Wenigstens einen Freund?«

»Ja«, sagte er. »Ich hab's dir ja erzählt. Ich habe neue Freunde gefunden.«

»Ja, stimmt, das hast du. Aber du bist in letzter Zeit so oft weg.«

Sie durchquerte die Küche zu ihm, blickte auf etwas in Höhe seines Ausschnittes. »Hey. Was ist das denn?«

Sie griff nach der Kette um seinen Hals und zog daran. Sie musste unter dem T-Shirt hervorgeschaut haben. Eine Sekunde später hielt sie die Medaille mit dem heiligen Judas in der Hand.

»Entschuldige bitte«, sagte er und zog sie zurück. »Aber das ist meine.« Er steckte sie zurück unter sein T-Shirt.

»Bist du jetzt auf einmal religiös geworden, Baby?«

»Nein!«, widersprach er heftig, als hätte sie ihm eine schwere Verfehlung unterstellt.

»Das soll nicht heißen, dass es schlimm ist, wenn du das bist.«

»Ich weiß. Doch das ist es nicht. Jemand hat sie mir gegeben, das ist alles. *Sie* ist religiös. Aber das heißt nicht, dass ich das ebenfalls bin.«

»Ah«, machte sie und lächelte. »Eine junge Dame. Das erklärt eine Menge.« Dann nahm sie sein Kinn fest in die Hand, tat ihm mit ihren langen Fingernägeln weh. Er beschloss, es sich nicht anmerken zu lassen. »Trotzdem, für nächstes Mal: *Ruf an!*«

»Wie soll ich denn anrufen, wenn ich kein Handy bekomme?« Er sah sofort, dass das ein Fehler gewesen war. »Sorry«, sagte er. »Ich mach's das nächste Mal. Ich hätte es auch heute tun sollen. Tut mir leid.«

»Ed ist nicht Krösus«, erwiderte sie mit angespannter Stimme.

Echt? Ich hatte keine Ahnung. Darüber hat er noch nie ein Wort verloren.

Schön wär's.

»Ich weiß. Aber Dad würde mir eins kaufen.«

»Und du weißt, warum ich das nicht möchte.«

»Ja. Ich weiß. Ed ärgert es, wenn Dad mir Sachen kauft. Er hat dann das Gefühl, als ob Dad ihm unter die Nase reiben will, wie viel mehr Geld er hat.«

Damit geriet ihre Unterhaltung in eine Sackgasse. Keiner von ihnen beiden wusste, wohin sie von da aus gehen sollten. Die einzige Option schien im Rückzug zu bestehen.

»Bist du sicher, dass du keinen Hunger hast? Du könntest einen Snack haben.«

»Ich bin mir nie im Leben einer Sache sicherer gewesen«, gab er zurück. Ihm fiel auf, als er das aus seinem Mund kommen hörte, dass er diese Formulierung von Mrs G übernommen hatte. Oder wenigstens sagte sie immer etwas ganz Ähnliches. »Dennoch danke. Und es tut mir wirklich leid, dass ich mich nicht gemeldet habe.«

Sie seufzte und verließ die Küche.

Die Wahrheit lautete, dass er sich nicht die Mühe gemacht hatte, anzurufen, weil er nicht geglaubt hatte, dass es irgendjemandem auffallen würde oder wichtig wäre.

Es war immerhin ein Trost, sich in dem Punkt geirrt zu haben.

KAPITEL ACHT

WAS PASSIERT IST

Eigentlich hätte Raymond im Freistundenraum bei der Stillarbeit sitzen sollen. Stattdessen hatte er vorzeitig die Schule verlassen und war zu den beiden Luis-Velez-Adressen gegangen, die er schon zuvor ausprobiert hatte, aber noch nicht von seiner Liste hatte streichen können. Die Adressen mit den Kreuzen. Die ohne Antwort.

Er scheute vor den Adressen weiter unten auf der Liste zurück, weil sie ihn zu Orten wie Flushing, Newark, Bridgeport und Bay Shore auf Long Island führen würden. Er würde diese längeren Ausflüge aufschieben, bis ihm die Adressen in der Nähe ausgingen.

Luis Rodrigo Velez war dieses Mal zu Hause gewesen. Doch er hatte nicht aufgemacht, sondern nur durch die geschlossene Tür gebrüllt, dass er nicht der sei, den Raymond suchte.

Luis M. Velez war immer noch nicht zu Hause.

Raymond saß in einem Waggon der Hochbahn durch die Bronx, hatte fast den ganzen Weg zur Gegend um die Fordham University hinter sich, wo sein Vater studiert hatte, als ihm auffiel, dass der nächste Name auf seiner Liste ebenfalls ein Luis M. Velez war. Er fragte sich, ob das Zufall war oder ob es sich um den gleichen handelte. Vielleicht war er umgezogen und daher nicht mehr an der Adresse in Manhattan anzutreffen. Trotzdem sollte man denken, dass irgendjemand dort wäre. Zum Beispiel der Nachmieter.

Raymond beugte sich vor und blickte auf die Armbanduhr eines Mannes, der auf dem Platz neben ihm saß, und der Mann nahm seine Zeitung und rutschte einen Sitz weiter, von ihm weg.

Es war erst zwanzig nach drei. Aber Raymond musste heute auf die Zeit achten. Er würde eine Telefonzelle oder ein anderes öffentliches Telefon finden und seine Mutter anrufen müssen, falls es heute wieder später werden würde.

* * *

Raymond stieg an der 183. Straße aus und ging zur Andrews Avenue. Fand die Adresse.

Er musste nicht klingeln und sich von jemandem die Haustür öffnen lassen, weil ein jüngeres Pärchen gerade vor ihm hineinging. Sie hatten beide Tüten mit Lebensmitteln in den Händen, sahen über ihre Schulter zu ihm und lächelten, ließen ihn hinter sich reinkommen.

Sie stiegen mehr oder minder gemeinsam in den dritten Stock hoch, Raymond immer einen oder zwei Schritte hinter ihnen. Dann gingen sie über den Flur in die gleiche Richtung. Erst als sie an der vorletzten Wohnung vorbei waren, fiel es ihnen allen zugleich auf. Sie hatten das gleiche Ziel.

Oder vielleicht dachten die beiden auch, Raymond würde ihnen folgen, und bereuten es, ihn reingelassen zu haben. Vielleicht würden sie ihn gleich fragen, was er hier in diesem Haus wollte.

Raymond dachte sich, er sollte besser schnell anfangen zu reden.

Das Pärchen blieb plötzlich stehen. Sie drehten sich beide zu ihm um und schauten ihn leicht nervös und fragend an.

»Sind Sie Luis Velez?«, stieß Raymond hervor.

»Ja«, antwortete der Mann. »Kann ich dir irgendwie helfen?«

Er war vermutlich nicht älter als fünfundzwanzig, hatte einen kurzen, modernen Haarschnitt mit hochstehenden Haaren, die vorne über seiner Stirn wie eine Welle geformt waren. An einem seiner Vorderzähne war eine Ecke abgebrochen. Seine Frau – wenn sie denn seine Frau war – war seltsam klein, kaum eins fünfzig, und blond. Keine Latina, sofern Raymond das erkennen konnte. Raymond bemerkte, wie sie einen Schritt näher zu Luis trat, als wollte sie Schutz bei ihm suchen.

»Das hoffe ich«, erwiderte Raymond. »Ich suche nach einem Mann namens Luis Velez, der immer nach Manhattan, auf die West Side, gekommen ist und einer alten blinden Frau geholfen hat. Die Frau heißt Millie. Und er ist irgendwie … verschwunden. Ich versuche ihn jetzt für sie zu finden.«

Raymond wartete. Doch es sah so aus, als würde er keine Antwort erhalten. Er schien sie mit dieser Frage verblüfft zu haben, allerdings konnte er sich nicht vorstellen, warum. Es war eine ziemlich einfache Frage. *Du bist entweder dieser Typ, oder du bist es nicht.*

Der Frau stand der Mund offen. Luis schaute sie an und versuchte ihren Blick aufzufangen, aber erfolglos.

»Also …«, sagte Raymond.

Er hoffte, dieses Wort würde zu einer Antwort führen. Die Unterhaltung wieder in Gang bringen.

Er begann langsam zu vermuten, dass er tatsächlich seinen Luis gefunden hatte. Warum sollten sie von der Frage so erschreckt sein, wenn sie nichts darüber wussten? Nein, diese Frage hatte etwas in ihnen ausgelöst. Etwas Unangenehmes.

In der Zwischenzeit fiel durch ein schmutziges Fenster am Ende des Ganges ein Lichtstrahl und gelangte zu ihnen. Warf ihre Schatten auf den Läufer auf dem Boden. Raymond konnte nicht umhin zu bemerken, dass diese Schatten sich kein bisschen bewegten.

»Er ist immer zu dieser Frau gegangen, um ihr zu helfen?«, fragte Luis. Als ob Raymond das nicht gerade gesagt hätte. »Und dann ist er verschwunden?«

»Ja«, bestätigte Raymond. »Genau.«

»Seit wann ist er denn nicht mehr gekommen?«

»Ich weiß den genauen Tag nicht. Es muss vor etwas mehr als drei Wochen gewesen sein, würde ich sagen.«

Wieder schaute Luis zu der Frau. Dieses Mal sah sie zurück. Sie wechselten einen merkwürdig bedeutungsschwangeren Blick. Irgendetwas Schweres lag darin. Raymond hatte keine Ahnung, was es war, doch sein Herz begann heftiger zu klopfen, und sein Magen sank ihm unter dem Gewicht der Sache in die Kniekehlen.

»Denkst du, was ich denke?«, fragte Luis seine Frau oder Freundin. Oder was auch immer sie für ihn war.

»Ich denke, vielleicht war es der Luis Velez, der umgebracht wurde«, antwortete sie.

Es traf Raymond wie ein Lastwagen. Er spürte es körperlich. Für einen Sekundenbruchteil war er überrascht, dass es ihn nicht einfach umgeworfen hatte. Dann erinnerte er sich daran, dass es nicht echt war, keine körperliche Sache. Dass es sich nur so anfühlte.

»Es gibt einen Luis Velez, der … gestorben ist?«, fragte er, und seine Stimme klang irgendwie fremd und weit entfernt. Unvertraut.

Du hast das gewusst. Warum tust du so überrascht? Du hast es die ganze Zeit gewusst.

»Es tut mir leid, dass du es so herausfinden musst«, erklärte die winzige Frau. »Ich bin einfach so damit herausgeplatzt. Ich

141

hab nicht wirklich nachgedacht, das passiert mir dauernd. Ich rede erst und denke dann nach. Das ist wie ein Fluch für mich. Und es tut mir ehrlich leid.«

»Gib uns einen Moment Zeit, unsere Einkäufe wegzuräumen«, sagte Luis. »Und dann gehen wir eine Tasse Kaffee trinken und erzählen dir, was wir wissen.«

Er schloss die Tür zu seiner Wohnung auf, und sie traten beide ein, ließen Raymond auf dem Gang stehen. Sie fühlten sich eindeutig nicht wohl bei der Vorstellung, ihn einzuladen, reinzukommen. Aber das war okay. Raymond verstand das. Leute luden Fremde nicht in ihr Zuhause ein. Raymond war schockiert gewesen über die Leute, die ihm ihre Türen geöffnet hatten. Das hier schockierte ihn nicht.

* * *

Erst als sie mit Tee und Kaffee auf dem Tisch vor sich in einem kleinen, größtenteils verlassenen Café saßen, öffnete Luis Velez den Mund, um zu reden.

Auf dem Weg hierher hatten sie kein Wort gesprochen. Sich einander noch nicht einmal vorgestellt. Bloß bedrücktes Schweigen.

Wenn Raymond anders wäre, hätte er es unterwegs aus ihnen herausgeholt. Hätte sie angeschrien, dass sie endlich mit dem herausrücken sollten, was sie wussten. Doch Raymond war nur der, der er immer schon gewesen war. Und außerdem war er nicht wirklich begierig darauf, die Einzelheiten zu erfahren, die dieses Pärchen ihm eigentlich gar nicht erzählen wollte.

»Es stand erst gestern Morgen in der Zeitung«, begann Luis.

»Luis liest die Sonntagsausgabe der *Times* wie niemand, den ich je zuvor getroffen habe«, warf die Frau ein. »Ich will nicht sagen, dass er jedes Wort auf jeder Seite liest, weil ich glaube, dass das Wochen dauern würde. Habt ihr die Sonntagsausgabe der *Times*? Die ist unglaublich dick.«

Luis schien zu bemerken, dass sie die Unterhaltung vom Thema weglenkte, und er drängte sie zurück auf die Spur.

»Es war eine Meldung, die ziemlich versteckt war«, erklärte er. »Ich denke, das ist es, was Kate zu sagen versucht. Jemand bekommt vielleicht die Sonntagsausgabe der *Times* und hat es gar nicht gelesen. Es war im Lokalteil, allerdings ganz hinten. Ich kann mich nicht erinnern, auf welcher Seite genau. Ich weiß nur noch, wie ich mich darüber geärgert habe, dass es da so versteckt stand, weil es mir wichtig erschien. Aber vielleicht auch bloß, weil sein Name Luis M. Velez war. Das bin ich. Luis M. Velez. Es hat mich wie ein Schlag mit dem Baseballschläger getroffen. Als ob ich meine eigene Todesanzeige sehen würde. Nur war es natürlich keine Todesanzeige, sondern eine Zeitungsmeldung. Du weißt schon. Ein Artikel in der Zeitung. Aber er war Luis Miguel Velez, und ich bin Luis Manuel Velez. Am Anfang des Artikels stand jedoch nur ›Luis M. Velez‹. Es war ein ziemlicher Schock, den eigenen Namen so zu lesen. Und je mehr ich gelesen habe, was ihm passiert ist, desto mehr wurde mir bewusst … Das könnte genauso mir passieren. Das hätte ich sein können. Ich hab nicht aufgehört, darüber nachzudenken, seit ich es gelesen habe. Und dann kommst du heute an meine Tür und suchst nach diesem Typen. Das ist einfach nur merkwürdig.«

Wieder herrschte Schweigen. Raymond wartete. Sicherlich wusste Luis, wenn er solche Sachen wie »was ihm passiert ist« sagte, dass er mit jemandem sprach, der nicht wusste, was passiert war. Daher wartete Raymond. Er hätte fragen können, aber ihm graute vor der Antwort, und er war sich nicht sicher, ob er es lieber früher als später erfahren wollte.

»Also, hast du ihn gut gekannt?«, fragte Kate.

»Ich habe ihn überhaupt nicht gekannt. Ich habe ihn nie getroffen. Meine Freundin Millie jedoch … Die stand ihm nahe. O mein Gott. Ich muss es ihr beibringen!«

Ein weiteres unbehagliches Schweigen. Es war beinahe so, als ob sie vorhätten, Raymond mit dem hier allein zu lassen. Ihn zu zwingen, sich eine Ausgabe der Zeitung vom vergangenen Sonntag zu besorgen und selbst nachzulesen.

»Also …«, sagte Raymond. »Ich vermute …« Er fühlte sich, als ob er auf einer teilweise getauten Eisfläche über ein tiefes Gewässer laufen müsste. Damit rechnen müsste, einzubrechen. Genau wüsste, es könnte jede Minute passieren. Bei jedem Schritt. »Vielleicht erzählen Sie mir einfach, was passiert ist?«

»Es ist schlimm«, erwiderte Luis. »Es ist wirklich schlimm, was passiert ist. Und es hätte genauso mich treffen können. Oder dich. Wenn du das hier hörst, wirst du dir denken: Himmel, das hätte auch mir passieren können. Bloß dass du natürlich nicht Luis M. Velez heißt. Das ist es, was es so schockierend für mich gemacht hat. Die Sache mit dem Namen.«

Raymond warf ihm einen verzweifelten Blick zu, und er fing ihn auf, begriff es.

»Richtig. Tut mir leid. Bringen wir es hinter uns. Okay. Also, diese Frau, die ihn erschossen hat …«

Für einen winzigen, kurzen Moment verließ Raymonds Verstand den Tisch, schwebte irgendwo in der Nähe der Decke des Cafés. Er wäre nie darauf gekommen, dass Luis erschossen worden sein könnte. Er hatte mehr in Richtung eines furchtbaren Unfalls gedacht. Nun … vielleicht hatte er es ganz kurz in Erwägung gezogen. Aber nicht lange.

Doch Luis redete weiter.

»… hat bei der Polizei behauptet, dass er versucht hätte, sie auszurauben. Sie hat gelogen und versucht, das zu untermauern, indem sie die Tatsache verdreht hat, dass er ihr Portemonnaie in der Hand hielt, als sie ihn erschossen hat. Sie versuchte das als Beweis dafür hinzustellen, dass es ein Überfall war. Aber es gab eine Zeugin. Zu der Zeit gab es nur eine Zeugin. Und diese Zeugin hat ausgesagt, Luis hätte das Portemonnaie schon in der

Hand gehabt, bevor er überhaupt bei ihr war. Er sei die Straße entlanggelaufen, hinter ihr her, und habe ihr Portemonnaie hochgehalten. Er habe immer wieder gerufen: ›Ma'am! Ma'am!‹ Die Zeugin wusste nicht, ob der Frau ihr Portemonnaie auf die Straße gefallen war oder ob sie es irgendwo liegen gelassen hatte. Aber, sagt sie, es sei ganz klar gewesen, dass er versucht hätte, es ihr zurückzugeben.

Und dann hat sich ein weiterer Zeuge gemeldet, eine ganze Weile später. Ich weiß nicht, warum. Vielleicht hat ihn sein Gewissen geplagt. Der Typ hat jedenfalls erklärt, die Frau, die Luis erschossen hat, hätte schon in ihrer Tasche nach der Pistole gesucht. Luis ging hinter ihr, und es wurde langsam Abend. Es war beinahe schon dunkel. Und sie hat bereits nach ihrer Waffe gegriffen. Als ob sie gewappnet sein wollte. Einfach nur so. Luis hatte kein Wort zu ihr gesagt. Er war nicht in ihre Nähe gekommen. Aber er war dieser große Mann, und er ging auf der Straße hinter ihr her. Du weißt schon. Er ging und war ein Latino. Und sie suchte nach ihrer Pistole. Und während sie in ihrer Tasche kramte, fiel ihr das Portemonnaie auf die Straße. Vermutlich hat sie das überhaupt nicht gemerkt. Sie ist einfach weitergelaufen. Luis hat es aufgehoben und versucht, es ihr zurückzugeben. Doch sie hat ihn nicht gehört. In dem Zeitungsartikel stand, dass sie ein Hörgerät trägt. Sie ist nicht wirklich alt, sechsundfünfzig, glaube ich, stand in der Zeitung. Trotzdem braucht sie ein Hörgerät. Allerdings macht sie es auf der Straße aus, hat sie angegeben, wegen der ganzen Hintergrundgeräusche. Du weißt schon, Verkehrslärm und so. Ich kann mir vorstellen, dass es stark hallt. Jedenfalls stört sie das. Also, er läuft hinter ihr her, ruft ihr was zu, und die Zeugin konnte Luis hören, aber die Frau selbst nicht. Und schließlich holt er sie ein und fasst sie mit der Hand an der Schulter, weißt du? Damit sie sich umdreht. Und genau das hat sie getan. Sie dreht sich um und feuert dem armen Kerl sechs Schüsse direkt in die Brust. Weil er versucht hat, ihr etwas zurückzugeben, was sie auf der Straße hat fallen lassen. Und jetzt gibt es den Typen nicht mehr. Für immer. Eine Frau und drei Kinder. Die hinterlässt er. Eine elfjährige Tochter und einen siebenjährigen Sohn, und die Frau ist schwanger mit dem dritten Kind. Kannst du dir irgendetwas Tragischeres vorstellen? Was für eine Verschwendung von einem Leben.«

Eine hallende Stille breitete sich aus. Raymond versuchte zu verarbeiten, was er gehört hatte, doch er schien vorübergehend unfähig zu sein zu zusammenhängenden Gedanken. Er starrte aus dem Fenster auf etwas auf der anderen Seite der Straße, was die Universität sein musste. Sah Leute kommen und gehen.

Beneidete sie.

Als sich schließlich ein Gedanke formte, war es nur eine Wiederholung von dem hier: *Ich muss derjenige sein, der ihr das beibringt.*

»Das hättest wirklich du sein können«, erklärte Kate und berührte Luis zärtlich am Arm.

Luis achtete nicht weiter auf sie. Es schien ihn verlegen zu machen, dass sie in diesem Moment an Luis Manuel Velez dachte. Ohne Rücksicht auf Luis Miguel Velez und die Leute, die gehofft hatten, ihn lebend irgendwo zu finden.

»Es tut mir leid«, sagte Luis zu Raymond. »Ich weiß, es ist schlimm. Ich weiß, es ist eine Menge, was man schlucken muss.«

»Wenn das hier vor ungefähr einem Monat passiert ist«, antwortete Raymond, »warum stand es nicht da schon in der Zeitung?«

»Vielleicht hat es das. Vielleicht war es an einem Werktag drin, und ich hab's nicht gelesen. Ich weiß es nicht.«

»Ich hab versucht, eine Todesanzeige oder so etwas für ihn zu finden, allerdings ohne Erfolg.«

»Oh. Dann vielleicht nicht. Ich denke, sie haben gestern einen Artikel darüber veröffentlicht, weil, Wunder über

Wunder, sie doch beschlossen haben, die Frau vor Gericht zu stellen. Du weißt schon. Die Schützin.«

»Gut«, erwiderte Raymond.

»Das finde ich auch«, pflichtete ihm Luis bei.

Dann schien niemand zu wissen, was sie noch sagen sollten.

»Wie viel Uhr ist es?«, fragte Raymond Luis.

Der trug eine Armbanduhr, aber sein Jackenärmel verdeckte sie.

»Ein oder zwei Minuten nach vier.«

»Hat einer von Ihnen vielleicht zufällig ein Handy, das ich benutzen kann?«

Luis zog eins aus seiner Jackentasche und legte es auf den Tisch vor Raymond.

Raymond bedankte sich und nahm es. Wählte seine Telefonnummer von zu Hause.

Er war unfassbar erleichtert, als der Anrufbeantworter dranging.

»Hi, Mom«, sprach er aufs Band. »Ich bin's. Heute komme ich wieder später. Das wollte ich dir nur sagen.«

* * *

Raymond stand vor der Tür von Luis M. Velez auf der Upper East Side von Manhattan. Zum vierten Mal.

Er klopfte an die Tür. Dieses Mal rechnete er nicht wirklich mit einer Antwort. Er musste es trotzdem versuchen.

Er erhielt, was er erwartet hatte: nichts.

Er drehte sich um und zog seinen Rucksack von den Schultern. Lehnte sich gegen die Tür und ließ sich daran nach unten rutschen, bis er auf der Matte vor Luis' Tür saß.

Von *dem* Luis.

Er musste daran denken, dass das Luis-Projekt vorbei war. Er hatte sich so auf diesen Tag gefreut – wenn er ein für alle

Mal aufhören konnte, an Türen zu klopfen und mit Fremden zu reden. Jetzt wünschte er sich, es wäre nicht vorbei. Denn was er gerade gehört hatte, also … Er würde beinah alles tun, um in einem Land zu leben, in dem er es noch nicht wusste.

Er nahm einen linierten Collegeblock heraus und suchte nach einem Kuli, konnte allerdings nur einen Bleistift finden.

Er legte sich den Block auf die Knie und begann einen Brief zu schreiben. Für Luis' Ehefrau vielleicht. Bei wem auch immer er landen würde.

> Liebe Familie von Luis Velez,
> Sie kennen mich nicht, aber mein Name ist Raymond Jaffe. Ich bin ein Freund von Millie G., der alten Dame, der Luis so lange geholfen hat. Ich habe erst heute herausgefunden, gerade eben, was passiert ist. Ich habe nach Luis gesucht, weil Mrs G sich solche Sorgen um ihn macht, jetzt jedoch suche ich nach der Familie, die er zurückgelassen hat. Hier ist meine Telefonnummer, falls Sie mich anrufen wollen. Wenn Sie das tun, würde ich mich wirklich freuen. Ich bin derjenige, der es Mrs G sagen muss, und das hasse ich wirklich. Davor habe ich Angst.

Dann hörte er auf und merkte, dass er abgeschweift war. Was würde es Luis' Witwe schon interessieren, dass er jemandem die schlechten Nachrichten würde beibringen müssen? Das war ein armseliges Problem, verglichen mit ihren.

Er schaute auf und sah eine Frau vor ihrer Wohnungstür stehen, genau gegenüber. Sie starrte ihn an. Es war eine große, schwarze Frau mittleren Alters mit wunderschön geflochtenem Haar und einem losen, wild gemusterten Kleid im Mu'umu'u-Stil.

»Kann ich dir irgendwie helfen?« Ihre Stimme war tief und tröstlich.

»Oh«, sagte er. »Ich wollte gerade einen Brief für … Luis' Frau dalassen.«

»Hast du Luis gekannt?«

»Nein. Ich suche nur für jemanden nach ihm. Jemanden, der sich furchtbare Sorgen gemacht hat, weil sie nicht wusste, wohin er verschwunden ist.«

»Aber nicht Millie!«

»Doch! Sie ist es, der ich zu helfen versuche, indem ich ihn finde.«

Raymond kam auf die Füße, lehnte sich an die Tür.

»Oh, Isabel wird so froh sein! Sie wollte dringend mit Millie reden. Um ihr zu erzählen, was passiert ist. Bloß wusste sie nicht, wo Millie lebt, und sie konnte sich auch nicht mehr an ihren Nachnamen erinnern. Und sie hatte keine Nummer von ihr, weil Luis nie seine Telefondaten irgendwo gesichert hat.«

»Hat sie nicht sein Handy bekommen?«

»Oh, da war nicht mehr viel zu bekommen. Es war in seiner Jackentasche. Und diese furchtbare Frau, die ihn erschossen hat … Sie hat eine ihrer Kugeln direkt in das Handy gejagt. Und es war in tausend Teilen. Und die Splitter alle in Luis' Seite. Aber darüber wollen wir jetzt nicht reden. Es ist einfach zu schrecklich. Wie auch immer, mein Sohn, Isabel wird eine ganze Weile nicht zu Hause sein. Wie lange, weiß ich nicht. Sie hat die Kinder genommen und ist zu ihren Eltern gezogen. Es ist einfach eine schreckliche Zeit für sie, wie du dir sicher gut vorstellen kannst.«

»Sie … wissen nicht zufällig, wie ich Kontakt mit ihr aufnehmen kann? Oder?«

Die Frau trat von einem Fuß auf den andern. Voller Unbehagen. Einmal, dann noch einmal.

»Sie hat mir die Nummer gegeben. Falls da irgendein Notfall mit der Wohnung ist. Allerdings glaube ich nicht, dass ich sie weitergeben darf.«

»Aber Sie könnten ihr eine Nachricht übermitteln. Das könnten Sie doch, oder? Sie könnten ihr meine Nummer nennen. Und falls sie mich anrufen möchte, wird sie das tun. Richtig?«

Er kritzelte rasch seine Telefonnummer ans Ende seiner Nachricht. Riss das Blatt von seinem Block.

»Ja«, sagte die Frau, und ihre Stimme sank wieder in Ausgeglichenheit und Trost zurück. »Ja. Das kann ich tun.«

* * *

Als Raymond zu Hause ankam, war seine Mutter gerade dabei, den Tisch fürs Abendessen zu decken. Sie hob ihre linke Hand, drehte das Handgelenk um und schaute demonstrativ auf ihre Armbanduhr.

»Du hast es ja doch geschafft«, stellte sie fest. »Wenn auch nicht mit viel Luft.«

»Stimmt. Du hast meine Nachricht bekommen?«

»Ja. Danke dafür.«

»Ich bin jetzt in meinem Zimmer«, erklärte er. »Ich muss etwas online nachsehen. Rufst du mich zum Essen?«

»Ein Mal«, antwortete sie. »Also lass die Tür zu deinem Zimmer offen. Und auch die Ohren.«

Er entfernte sich, ohne etwas darauf zu erwidern. Im Moment ging ihm zu viel im Kopf herum, als dass er mit ihr diskutieren wollte.

In seinem Zimmer setzte er sich an seinen Schreibtisch. Schaltete seinen Laptop ein. Rief die Seite der *New York Times* auf. Gab »Luis M. Velez« in die Suchmaske ein. Und da war es. Einfach so. Alles, wonach er gesucht hatte, was aber zu der Zeit nicht dort gewesen zu sein schien, genau vor ihm, bereit, gelesen, ausgedruckt und weitererzählt zu werden. Es lag ihm schwer im Magen, dass er ihr das sagen musste.

Er klickte die Überschrift mit dem Link an. Sie lautete: »Frau nach tödlichen Schüssen auf Passant wegen Totschlags angeklagt«.

Als der Artikel geladen war, konnte er sich nicht überwinden, ihn zu lesen. Denn da auf seinem Bildschirm, genau in der Mitte, war ein Foto von Luis M. Velez. Raymond kam einfach nicht weiter als bis zu diesem Foto.

Er war jünger, als Raymond ihn sich vorgestellt hatte. Und so lebendig. Er war so lebendig auf dem Foto, dass es unfassbar schien, dass er tot sein könnte. Sein Lächeln war so ansteckend, dass Raymond beinahe selbst gelächelt hätte, einfach nur, weil er es anschaute. Dabei hatte Raymond in diesem Moment keinen Grund, über irgendetwas zu lächeln. Luis' Augen strahlten. Sein Haar war dunkel und ein bisschen unordentlich, seine Augen dunkel unter fein gezeichneten Brauen. Doch es war schwierig, sich auf diese Details zu konzentrieren, weil Luis' Lächeln allem anderen die Show stahl.

Die Unterschrift unter dem Foto lautete: »Luis M. Velez, 33, aus Manhattan, hinterlässt eine Frau und zwei Kinder, Maria Elena (11) und Esteban (7). Seine Witwe Isabella ist mit ihrem dritten Kind schwanger.«

Raymonds Tür flog auf, und seine Mutter steckte den Kopf ins Zimmer.

»Ich dachte, du wolltest die Ohren auflassen?«

»Sorry. Hast du mich zum Essen gerufen? Das habe ich gar nicht mitbekommen.«

»Nein, ich hab nach dir gerufen, weil jemand für dich am Telefon ist. Du hast es nicht klingeln gehört, oder?«

»Oh. Sorry. Ich hab gerade was gelesen.«

Sein Herz klopfte schneller, und er fragte sich, ob es Isabel war. Sie musste es sein, weil ihn sonst nie jemand anrief. Mrs G hatte sich seine Nummer eingeprägt, aber sie wartete immer darauf, dass er von sich aus bei ihr vorbeischaute.

Er versetzte den Computer wieder in den Ruhemodus und stand auf. Als er durch die offene Tür trat, boxte ihn seine Mutter in die Schulter, erstaunlich fest.

»Es ist eine junge Dame«, erklärte sie in verschwörerischem Tonfall. »Ich dachte, du hättest gesagt, dass du keine Freundin hast.«

»Hab ich auch nicht«, bekräftigte er und lief zum Telefon.

Leider war das in der Küche das einzige, das sie hatten.

»Hallo«, meldete er sich leicht außer Atem.

»Raymond Jaffe?«, fragte sie.

»Ja.«

»Hier ist Isabel, Luis' Ehefrau.«

»Danke für den Anruf«, stieß er hervor. Er hörte eine Bewegung. Drehte den Kopf und sah seine Mutter hinter sich in der Küchentür stehen. Er bedeckte die Sprechmuschel mit einer Hand. »Entschuldigung«, sagte er. »Kann ich kurz ungestört sein?«

»Meinetwegen. Aber wir haben mit dem Essen begonnen. Komm also bitte direkt zu Tisch, wenn du fertig bist. Eine Ausnahme wegen besonderer Umstände.«

Sie drehte sich um und ließ ihn allein.

Er nahm seine Hand wieder von dem unteren Ende des Hörers. »Tut mir leid«, sagte er zu Isabel. »Ich musste mich kurz um etwas kümmern. Noch einmal, ich freue mich sehr, dass Sie anrufen.«

»Ich war so froh, von dir zu hören. Ein Freund von Millie! Das hast du in deiner Nachricht geschrieben. Meine Nachbarin hat sie mir am Telefon vorgelesen. Ich war so glücklich, weil ich dachte, Millie hätte niemanden außer Luis.«

»Hatte sie auch nicht. Ich hab sie erst kennengelernt, nachdem Luis …«

Schweigen breitete sich aus. Es dauerte vielleicht eine Sekunde oder zwei. Oder sogar drei. Es erstreckte sich schmerzlich in Raymonds Kopf und seinem Bauch und seinem Herzen, wie eine schlimme Woche, die man einfach irgendwie hinter sich bringen muss, die jedoch gleichzeitig einfach kein Ende zu nehmen scheint.

»Mein aufrichtiges, herzliches Beileid«, erklärte er.

»Danke.« Er konnte nicht sagen, ob sie weinte oder nicht. Ihre Stimme war schwer und voller Gefühl, und es war irgendwie so, als ob sich unter der Schwere dieses Gefühls die Worte am Rand biegen würden. Aber er war sich wegen der Tränen nicht sicher. Wie konnte er auch? Schließlich telefonierten sie. »Also, verrat mir«, bat sie, »hilfst du ihr jetzt? Gehst du mit ihr einkaufen und zur Bank?«

»Ja. Beides. Wir gehen jeden zweiten Tag. Und … Ich mach mir Sorgen wegen der Wäsche. Sollte ich ihr auch mit der Wäsche helfen?«

»Deswegen musst du dir nicht den Kopf zerbrechen, weil Luis sie davon überzeugt hat, einen Service zu benutzen, der die Schmutzwäsche abholen und sie sauber wieder zurückbringen lässt. Also, fühl dich tausendmal gesegnet, Raymond, weil ich mir solche Sorgen deswegen gemacht habe. Um sie. Ich schwöre, Luis würde sich im Grab umdrehen, wenn die alte Frau allein zu Hause wäre ohne irgendjemanden, der ihr hilft. Wenn sie vielleicht allein versuchen würde, die Straße zu überqueren, was sie irgendwann, wenn sie verzweifelt genug gewesen wäre, gewiss getan hätte. Also, sag mir noch etwas, Raymond. Ich weiß, du hast gerade erst herausgefunden, was passiert ist. Das stand jedenfalls in deiner Nachricht. Hast du es ihr schon gesagt?«

Raymond schluckte schwer. Spürte ein Prickeln aus seinem Bauch aufsteigen. Bis in seine Kehle.

»Noch nicht«, erwiderte er. »Es tut mir so leid. Ich schwöre, ich werde es tun. Gleich nach dem Abendessen. In meiner Familie muss man zum Abendessen am Tisch erscheinen, wenn man was zu essen haben will. Ich hatte nur noch ungefähr zehn Minuten. Daher konnte ich nicht zu ihr und es ihr erzählen und dann einfach verschwinden. Sie mit alldem allein lassen. Doch ich habe den Zeitungsartikel gefunden. Ich werde ihn ausdrucken, damit ich ihr so viele Fragen wie möglich beantworten kann. Ich geh gleich nach dem Abendessen zu ihr, das schwöre ich. Es tut mir echt leid. Ich hab nicht versucht …«

»Raymond«, unterbrach sie ihn behutsam. »Entspann dich. Ich hab dich nicht kritisiert. Es ist nur … Ich wollte so schnell wie möglich zu ihr. Daher habe ich gedacht, wenn du möchtest, kann ich es ihr sagen. Oder wenigstens bei dir sein, wenn du es ihr erzählst.«

Raymond schloss die Augen und atmete tief durch. Er hatte gar nicht gemerkt, dass er die Luft angehalten hatte.

»Ja, bitte«, erklärte er.

»Okay. Gib mir deine Adresse. Ich bitte meine Mutter, auf die Kinder aufzupassen. Aber ich muss sie vielleicht erst noch baden oder dazu bringen, ihre Hausaufgaben zu machen. Ich könnte vielleicht in einer Stunde da sein. Ich weiß, Luis hat mit der U-Bahn immer zwanzig Minuten gebraucht.«

Während er ihr die Adresse nannte, war er in Gedanken meilenweit entfernt, stellte sich vor, wie sie an die Tür kam. Seine Eltern kennenlernte. Die dachten, er hätte eine Freundin. Und dann würde sie da sein. Anfang dreißig. Und schwanger.

»Ich warte unten vor der Haustür«, sagte er.

* * *

Als er durch die Küche zum Esszimmer ging, wo seine Familie am Tisch saß, hörte er seine Mutter mit seinem Stiefvater über ihn reden.

»Also, er ist offensichtlich verliebt«, bemerkte seine Mutter an Ed gerichtet. Es war nicht der Tonfall, in dem sie mit ihren Kindern sprach. »Als er heute nach Hause kam, war er niedergeschlagen. Am Boden zerstört. Ich hab ihn noch nie so gesehen. Sie müssen sich gestritten haben. Und dann ruft sie an …«

»Trotzdem muss er pünktlich zum Essen erscheinen«, warf Ed ein.

»Nein. Auf keinen Fall, Ed. Das wirst du nicht tun. Du wirst ihn nicht deinen tyrannischen Regeln unterwerfen, wenn er so etwas durchmacht. Erinnerst du dich nicht mehr daran, wie es war, verliebt zu sein? Zum ersten Mal, meine ich«, fügte sie hinzu, unverkennbar verlegen wegen dem, was sie unbeabsichtigt gesagt hatte.

»Ihr könnt aufhören, über mich zu reden«, verkündete Raymond. »Okay? Ich komm jetzt rein.«

Schweigen.

Raymond trat ins Esszimmer und begab sich an seinen Platz am Tisch. Schaute auf seinen Teller. Es gab Spaghetti mit Tomatensoße und Knoblauchbrot. Er seufzte so unauffällig wie möglich. Er fühlte sich nie gut, wenn er vor allem Kohlehydrate aß und kaum Protein. Und er schlief auch nicht gut.

Er nahm eine große Gabel voll und blickte dann auf, hatte Spaghetti bis zum Kinn hängen und merkte, dass seine Schwester Rhonda ihn anlächelte. Allerdings nicht auf eine gute Art und Weise. Sondern spöttisch.

»Lass deinen Bruder in Ruhe«, verlangte Raymonds Mutter.

* * *

Raymond ging auf und ab, während er wartete. Auf und ab. Auf und ab.

Auf der Straße vor dem Haus war es dunkel, aber zwei Straßenlaternen spendeten Licht. Raymond konnte seinen Atem als Wölkchen in der Luft stehen sehen. Er hatte sich nicht die Mühe gemacht, eine Jacke mitzunehmen, und er fror. Doch nicht genug, um wieder reinzugehen, sodass er sie am Ende verpassen würde.

Nachbarn kehrten von der Arbeit zurück, kamen von der U-Bahn-Station. Ein paar kannte Raymond vom Sehen, die meisten allerdings nicht. Daher blickte er jeder jüngeren Frau ins Gesicht und fragte sich, ob sie es sein würde.

Und dann, als sie es war, fragte er sich nicht mehr. Er wusste es. Und sie wusste auch, dass er es war. Das konnte er erkennen. Sie schauten einander in die Augen und wussten Bescheid. Irgendwie war dieses besondere Wissen die Hälfte eines Ganzen, wie eine zerrissene Spielkarte, die zwei Fremde in einem Spionagefilm aneinanderlegen, wenn sie sich treffen.

Ihr langes, dunkles Haar war hinten im Nacken hochgesteckt. Sie trug eine zu große Daunenjacke, die ihre Schwangerschaft verbarg. Ihre dunklen Augen waren feucht, als ob sie gerade geweint hätte oder es gleich tun würde.

Sie kamen aufeinander zu und blieben einen Schritt voneinander entfernt stehen, sagten eine Weile lang nichts. Es schien beinahe so, als müssten sie nicht reden.

Er richtete seinen Blick wieder auf ihren Bauch, ohne es eigentlich zu wollen.

»Ich bin erst im dritten Monat«, erklärte sie.

»Oh. Tut mir leid.«

Eine weitere, irgendwie unbehagliche Stille.

»Sie wohnt im zweiten Stock«, sagte er schließlich.

»Dann lass uns gehen.«

Schweigend betraten sie das Gebäude.

»Tut mir leid, das mit der Treppe«, bemerkte er, als sie die Stufen hochstiegen. »Ein paar der schöneren Häuser haben Aufzüge. Aber unseres hier nicht. Hier gibt es nur die Treppe.«

»Dafür musst du dich nicht entschuldigen«, meinte sie. »Meine Wohnung hat auch keinen Aufzug und die meiner Eltern ebenfalls nicht. Doch selbst wenn wir einen hätten, müsstest du dich nicht dafür entschuldigen. Du hast das Gebäude schließlich nicht entworfen, und ich vermute mal, du warst es auch nicht, der die Wohnung gemietet hat. Du lebst hier mit deinen Eltern, richtig? Du hattest also kein Mitspracherecht.«

»Sie klingen genau wie Mrs G«, stellte er fest, als sie im zweiten Stock ankamen. »Sie sagt immer, dass ich aufhören muss, mich für alles zu entschuldigen. Eigentlich … haben mir das in letzter Zeit eine Menge Leute gesagt.«

»Dann solltest du vermutlich darüber nachdenken.«

Raymond schaute von ihrem Gesicht weg und sah, dass sie vor Mrs Gs Tür standen. Das überraschte ihn. Es fühlte sich an, als hätte er sie wie auf Autopilot hierhergeführt.

Er hob eine Hand, um anzuklopfen. Doch für einen langen Augenblick tat er das nicht.

»Ich hasse das«, erklärte er.

»Aber es muss sein«, erwiderte Isabel.

Also klopfte er. Seinen speziellen Morsecode. Klopf. Klopf, klopf, klopf. Klopf.

Er konnte sie auf der anderen Seite der Tür hören. Hören, wie sie das Wohnzimmer durchquerte. Und auch das Glöckchen an Louises Halsband, als die Katze aus dem Weg lief. Wenigstens hoffte er, dass sie ihr aus dem Weg lief.

»Oh, gut! Raymond!«, rief sie durch die Tür. Sie redete mit ihm, während sie die Schlösser öffnete. »Ich dachte, vielleicht würdest du heute nicht kommen. Doch ich bin so froh, dass du's getan hast. Ich hab mich so daran gewöhnt, dass du vorbeischaust und nach mir siehst. Das hat mir gefehlt, und ich dachte, du würdest es heute vielleicht lassen.«

Während sie sprach, spürte Raymond den Druck in seiner Brust ansteigen. Als ob ihm das Herz abgedrückt würde. Oder von einer dieser Riesenmaschinen zusammengequetscht, die Autowracks zu kompakten Metallpaketen pressen.

Sie war glücklich.

Und sie würden dem ein Ende bereiten.

Sie riss die Tür weit auf und lächelte ihn erfreut an. Ihr Lächeln erinnerte ihn an das von Luis auf dem Foto, weil es genauso alles überstrahlte, bis er sich nur noch darauf konzentrieren konnte.

»Oh«, sagte sie. »Du hast jemanden bei dir.«

»Ja«, antwortete Raymond. »Ich habe jemanden mitgebracht. Damit Sie sie kennenlernen. Das ist Isabel Velez.«

Ein paar Sekunden lang wurde ihr Lächeln noch breiter und strahlender. Was Raymond für unmöglich gehalten hätte.

»Isabel Velez? Sind Sie das wirklich? Luis hat mir so viel über Sie erzählt, dass ich meine, Sie bereits zu kennen. Ich bin so …« Dann hörte sie auf. Hörte auf zu reden. Hörte auf zu lächeln. Hörte auf zu strahlen. »Oh«, sagte sie. »Oh. Oh, jetzt verstehe ich. Er ist gestorben. Er ist wirklich tot, nicht wahr?«

Isabel Velez brach in Tränen aus. So wortwörtlich, wie Raymond sich das bei einem Menschen nur vorstellen konnte. Ein Schluchzer brach aus ihr hervor, und dann schien sie nicht mehr aufhören zu können, zu schluchzen.

Mrs G schluchzte nicht. Genau genommen machte sie überhaupt kein Geräusch. Aber ihre Augen füllten sich mit Tränen und liefen dann über.

Raymond beobachtete die beiden Frauen ein paar Sekunden lang. Er musste sich anstrengen, um seine eigenen Tränen zurückzuhalten. Doch dann beschloss er, dass es die Mühe nicht wert war, und ließ es einfach geschehen.

Während er dastand, den beiden Frauen zuschaute und zuließ, dass er selbst zum ersten Mal, soweit er sich erinnern konnte, weinte, bemerkte er etwas an sich. Seine Selbstbewusstheit, dieses merkwürdige Gefühl körperlicher Bewusstheit – es war fort. Es musste schon ungefähr so lange verschwunden sein, wie er Mrs G kannte. Sie hatte ihn aus sich selbst herausgeholt und ihn an einer Stelle abgesetzt, an der es nicht mehr länger nur um ihn ging.

Kapitel Neun

Die Brooklyn Bridge

»Ich könnte Ihnen sehr viel mehr erzählen«, hörte er Isabel sagen. »Wenn Sie das wollen. Viel mehr Details. Aber vielleicht ist es besser, wenn ich das nicht tue.«

Raymond war in der Küche, legte Kekse auf einen Teller und machte Tee für sie alle. Er hatte Mrs G häufig genug zugesehen, wenn sie Tee zubereitet hatte, um das zu können. Und er hatte aus dem Weg sein wollen, während Isabel Mrs G erzählte, was Luis zugestoßen war. Trotzdem bekam er alles mit, was im angrenzenden Raum gesprochen wurde, wo die zwei Frauen am Tisch saßen.

»Zuerst möchte ich sicher sein, dass Sie wirklich mehr wissen wollen«, fuhr Isabel fort. »Die Details sind schwierig, das weiß ich. Es ist schwierig für mich, alles zu erzählen, und ich kann mir nur vorstellen, wie schwierig es für Sie sein muss, es zu hören. Doch die eine Sache, die Sie mir glauben müssen, ist, dass ich früher gekommen wäre, wenn das möglich gewesen wäre. Luis' Handy wurde von einer Kugel beschädigt, und er hatte seine Kontakte nirgendwo anders gespeichert. Wenn ich gewusst hätte, wo ich Sie finden kann, dann wäre ich sofort gekommen. Wie ich Raymond schon gesagt habe: Luis würde sich im Grab umdrehen, wenn er wüsste, dass Sie hier ganz allein waren, ohne jemanden, der mit Ihnen einkaufen geht.«

»Was ich gerne erfahren würde«, erwiderte Mrs G, »ist, wie das alles für Sie und Ihre Familie gewesen ist. Wie kommen Sie zurecht? Haben Sie jemanden, der Ihnen hilft, auf die Kinder aufzupassen? Können Sie den Alltag bewältigen? Gibt es etwas, was ich tun kann?«

Raymond verpasste das meiste von der Antwort, weil das Wasser im Kessel auf dem Herd kochte. Es gab ein lautes Pfeifen, wenn es so weit war. Raymond schaltete das Gas ab und benutzte einen Ofenhandschuh, um den Kessel hochzuheben und einzugießen. Der Griff wurde heiß.

Dann blieb er noch einen Moment länger in der Küche, während der Tee zog. Die Kekse waren auf einem Teller arrangiert. Es war an der Zeit, wieder zu ihnen zurückzugehen. Aber er konnte sich nicht dazu überwinden, das zu tun. Er hatte den Eindruck, als erlebten die Frauen einen ganz privaten Moment, den er stören könnte.

»Wie haben Sie mich denn jetzt gefunden?«, fragte Mrs G irgendwie merkwürdig verspätet.

»Das habe ich nicht. Ich habe Sie überhaupt nicht gefunden. Raymond hat *mich* gefunden.«

Als er seinen Namen hörte, nahm Raymond schnell Tee und Kekse und ging zu den beiden. Währenddessen machte er sich im Geiste eine Notiz, Isabels Stuhl an genau die richtige Stelle am Tisch zurückzuschieben, wenn sie wieder fort war.

Mrs G wandte sich an Raymond.

»Das stimmt, oder? Du hast Isabel zu mir gebracht.« Ihre Stimme war leise und ein bisschen zittrig, als wenn sie gleich wieder weinen würde. »Wie hast du das geschafft, mein Junge?«

»Ich habe mir einfach eine Liste von allen Luis Velez in New York gemacht.«

»Das hab ich auch. Ich habe es nicht aufgeschrieben, aber ich hab bei der Auskunft angerufen. Allerdings habe ich den richtigen nicht gefunden.«

»Ich habe nicht angerufen«, sagte Raymond und setzte sich zu ihnen an den Tisch. Nahm sich einen Keks. Aus irgendeinem Grund fühlte er sich verlegen. Sie sollten aufhören, ihn anzustarren. Doch das war ein dummer Gedanke, denn Isabel schaute blicklos durchs Fenster, und Mrs G konnte ihn nicht sehen. »Ich bin persönlich zu den Wohnungen gegangen.«

»Wie viele waren das insgesamt?«

»Das weiß ich nicht genau. Wenn man bloß die zählt, wo jemand an die Tür gekommen ist … sechs oder sieben, denke ich.«

»Und du hast das alles ganz allein getan? Du hättest überfallen werden können!«

Raymond lachte. »Ich habe nichts, was man rauben könnte.«

»Sie hätten dir wehtun können.«

Ein Bild erschien vor seinem geistigen Auge. Luis Velez mit dem rasierten Kopf und dem Soul Patch. Sein Gesicht dicht vor Raymonds, der Geruch von Zwiebeln in seinem Atem. Das verzweifelte, hilflose Gefühl, zu fallen, und der Gedanke, dass Luis Raymond vielleicht nur auf fiese Art geärgert und ihn nicht wirklich bedroht hatte und dass Raymonds Angst vielleicht übertrieben gewesen war.

»Das ist aber nicht passiert«, sagte er.

Der Rest des Erlebnisses würde bei ihm bleiben, bei ihm allein. Sicher in ihm drin.

»Ich bin überrascht, dass er mich gefunden hat«, bemerkte Isabel. »Denn ich hab die Kinder genommen und bin zu meinen Eltern gezogen, nachdem Luis … nach dem Vorfall.«

»Ich hab Glück gehabt«, erklärte Raymond, als er sicher war, dass Isabel nichts mehr hinzufügen wollte. »Ich habe mit diesem Luis Velez in der Bronx gesprochen, der mir von einem Zeitungsartikel erzählt hat. Und danach wusste ich, dass es der Luis Velez von der Upper East Side war, wo nie jemand an die Tür gekommen war. Ich bin hingegangen, um eine Nachricht zu hinterlassen, und bin dort einer Nachbarin begegnet, die wusste, wo Isabel war.«

Stille füllte den Raum. Niemand brach sie.

»Ich hab Tee gebracht«, fügte er hinzu.

Er stellte die Kanne vor Mrs G auf den Tisch. Falls sie sich nicht sicher war, wo sie war. In der Vergangenheit hatte sie sie immer finden können. Raymond vermutete, dass sie die Wärme spüren konnte.

»Ich kann immer noch nicht glauben, dass du das getan hast«, sagte sie. »Du hast all das für mich auf dich genommen?«

»Nun … Ja. Ich meine, Sie waren so traurig. Weil Sie es nicht wussten. Und jetzt frage ich mich, ob das nicht besser gewesen ist. Sie wissen schon … Es nicht zu wissen. Wenn es wirklich so etwas Schreckliches ist wie das hier … War es besser, es nicht zu wissen?«

Mrs G seufzte tief. Sie goss sich eine Tasse Tee ein, legte einen Finger an den Rand, um zu fühlen, wann sie voll war.

»Gerade jetzt ist es sehr schwierig«, antwortete sie, »aber ich glaube, unterm Strich werde ich dir später sagen, dass es immer gut ist, es zu wissen. In diesem Moment bin ich noch damit beschäftigt, dass du diese große Sache für mich getan hast, und ich kann irgendwie gar nicht die Worte finden, um dir zu sagen, wie dankbar ich dir bin. Doch das werde ich. Ich verspreche dir, dass ich das tun werde. Meine Gedanken schießen gerade wild durcheinander. Zu der Frage, die Sie mir gestellt haben, Isabel: Ich möchte mehr von den schrecklichen Details erfahren. Ich glaube, ich will – oder *brauche* es tatsächlich –, dass Sie mir versichern, dass Luis nicht gelitten hat. Aber natürlich können Sie das nur tun, wenn es stimmt. Ich bitte Sie nicht, zu lügen, bloß damit es mir ein wenig besser geht. Doch ich will, dass Sie mir erzählen, was Sie ertragen können, und nicht ein Wort mehr. Wenn Sie es nicht ertragen, das ein weiteres Mal zu durchleben, dann tun Sie das nicht nur meinetwegen. Bitte.«

»Der Gerichtsmediziner hat gesagt, dass er sofort tot war«, erwiderte Isabel.

»Also gut. Ich fürchte, das wird das kleine Detail sein, für das ich versuchen muss, dankbar zu sein.«

* * *

»Oh, Sie haben ja eine Katze«, bemerkte Isabel nach mehreren Minuten, in denen sie still ihren Tee getrunken hatten. »Luis hat gar nicht erwähnt, dass Sie eine Katze haben.«

»Sie ist noch nicht lange bei mir«, erklärte Mrs G. »Wo sehen Sie sie?«

Sie sprach normal. Ganz zwanglos. Aber ihre Stimme hatte etwas verloren, dachte Raymond. Sie hatte ihre Energie verloren. Ihre unverwechselbare Art von Lebendigkeit. Es fühlte sich fast so an, als wenn Mrs Gs Stimme Mrs G verloren hätte und jetzt allein existierte, ohne sie.

»Sie hat gerade ihren Kopf unter dem Sofa hervorgestreckt. Dann hat sie mich angeschaut und ist direkt wieder darunter verschwunden.«

»Sie war den Großteil ihres Lebens ohne Zuhause. Nicht das ganze Leben, glaube ich. Sie verhält sich nicht wie eine Katze, die nie mit Menschen Kontakt hatte. Aber sie ist immer noch sehr vorsichtig. Es überrascht mich nicht, dass sie sich versteckt, wenn jemand Fremdes kommt.«

»Ich denke, ich muss Ihnen nicht erzählen, dass Luis Sie geliebt hat«, sagte Isabel und wechselte erneut abrupt das Thema. Beendete den Small Talk. »Weil ich weiß, dass er kein Mann war, der so was verborgen hätte.«

»Das Gefühl beruhte definitiv auf Gegenseitigkeit«, antwortete Mrs G. Ein winziges Stück ihres alten Selbst lugte aus den Worten hervor.

Raymond merkte, dass er erleichtert aufatmete. Selbst wenn er sich in einer Million Jahre niemals diesen Abschluss gewünscht hätte, war er sehr erleichtert, dass Mrs G recht gehabt hatte. Dass Luis sie wirklich geliebt hatte.

»Er hat immer gesagt, Sie seien der einzige Mensch, den er kennt, der absolut keine Vorurteile hätte«, meinte Isabel. »Nicht ein einziges winziges Vorurteil – so hat er es ausgedrückt. In den ersten beiden Jahren hat er danach Ausschau gehalten, wenn er bei Ihnen war. Er hat sich gedacht, ja, natürlich, Sie seien besser als die meisten. Besser als neunundneunzig Prozent der Leute. Doch er hat vermutet, dass er irgendwo wenigstens ein winziges bisschen entdecken würde, weil er das meistens tat. Aber nicht bei Ihnen. Nach einiger Zeit hat er aufgehört, danach zu suchen. Er hat mir versichert, wenn es eine Sache gäbe, die er über Sie sagen könnte, eine große Sache, die Sie definiert, dann dass Sie jeden Menschen auf dieselbe Art schätzen. Er hat erklärt, wenn Sie eine Geschichte wären, wäre der Titel so etwas wie ›Jedes Leben hat den gleichen Wert‹. Er hat das wirklich bewundert. Und es hat ihn auch ein bisschen verwirrt. Er hat sich gefragt, wie man so werden kann, doch er hat es niemals herausgefunden. Er hat niemals die Wurzel davon entdeckt.«

»Ich glaube nicht, dass jedes Leben genau den gleichen Wert hat«, stellte Mrs G richtig. »Ich glaube, dass Rosa Parks' Leben sehr viel mehr Wert hatte als Adolf Hitlers. Aber ich denke, das ist etwas anderes als das, was Sie meinen.«

»Das glaube ich auch. Ich werde die Kinder vorbeibringen, damit sie Sie kennenlernen. Wenn sich die Dinge wieder etwas beruhigt haben.«

»Das wäre schön«, erwiderte Mrs G. Doch sie war erneut aus ihrer Stimme verschwunden.

»Das wollte ich schon immer«, fügte Isabel hinzu.

Ihre Stimme hatte diese besondere Art von Schwere, wie Raymond sie in den letzten Tagen so häufig gehört hatte. Viele Menschen hatten ihm in letzter Zeit von Dingen erzählt, die zu tun sie immer vorgehabt hatten, aber dann war das Leben dazwischengekommen, und es war nicht geschehen. Und es schwang immer diese Schwere des Bedauerns mit.

»Ich wollte immer schon mit herkommen. Luis und ich haben ständig darüber geredet. Wir wollten, dass Sie die ganze Familie kennenlernen. Ich habe keine Ahnung, warum es nie geklappt hat. Keine Erklärung. Wir waren immer so beschäftigt mit den beiden Kindern. Dann bin ich wieder schwanger geworden. Doch das ist keine Entschuldigung. Es gibt keinen richtigen Grund, warum wir es nicht getan haben. Wir haben einfach den Fehler begangen, es immer wieder hinauszuschieben. Wir haben gedacht, es würde nichts ausmachen, wenn wir es etwas hinausschieben. Wir haben gedacht, wir hätten jede Menge Zeit. Ich glaube, das war unser Hauptfehler. Wir dachten, es würde immer noch Zeit geben. Warum tun wir das? Ich meine nicht bloß Luis und mich. Alle. Warum tun das alle? Denken, dass man immer mehr Zeit hat?«

»Nun, ich tu es nicht«, sagte Mrs G. »Aber das ist eine andere Geschichte. Als junges Mädchen hatte ich ein Erlebnis, das mich gelehrt hat, Zeit nicht als selbstverständlich hinzunehmen. Und jetzt, da ich zweiundneunzig bin, weiß ich es sogar noch besser.«

»Wir sind wie selbstverständlich davon ausgegangen, dass wir immer noch mehr Zeit haben würden, mit einer zweiundneunzig Jahre alten Frau. Es war eine komplett falsche Art, die Welt zu betrachten. Als gäbe es so was wie den Tod nicht und als würde er uns niemals einholen.«

»Oh, es gibt ihn«, stellte Mrs G fest.

»Ich weiß das jetzt. Ich weiß das jetzt nur zu genau. Jetzt, wo er mich eingeholt hat.«

Eine Pause.

Dann sprach Mrs G plötzlich.

»Nun, ich hasse es, das zu sagen, weil ich so unbeschreiblich dankbar bin, dass Sie gekommen sind. Aber ich bin sehr müde. Ich fühle mich, als hätte ich keine Unze Energie mehr für irgendetwas, nicht einmal dafür, aufrecht am Tisch zu sitzen. Und ich hoffe wirklich, dass das nicht unhöflich klingt, doch da Sie erklärt haben, dass ich Sie wiedertreffen werde, denke ich, es wäre das Beste, wenn ich jetzt zu Bett gehe. Ich weiß, dass es Ihnen sehr früh vorkommen muss. Sieben Uhr oder so, schätze ich mal. Aber ich bin einfach so müde.«

»Natürlich«, sagte Isabel. »Nein, das ist in Ordnung. Ich schreibe Raymond meine Adresse und Telefonnummer auf.«

Doch Mrs G war schon aufgestanden und entfernte sich. Sie schlurfte in Richtung ihres Schlafzimmers, winkte nur über ihre Schulter.

Raymond und Isabel saßen einen Moment da und sahen einander an. Dann schaute Raymond schnell weg.

»Geht es ihr gut?«, fragte Isabel.

»Ich weiß nicht. Das ist noch nie passiert – dass sie nicht einmal mehr die Energie hat, auf dem Stuhl zu sitzen. Normalerweise besuche ich sie allerdings auch nicht am Abend nach dem Essen. Trotzdem, ich glaube, dass sie das hier ziemlich schwer getroffen hat. Aber ich hole Ihnen jetzt erst mal ein Stück Papier und einen Stift.«

Doch plötzlich war Raymond unsicher, wo er das in Mrs Gs Wohnung finden sollte.

»Ich glaube, ich habe was in meiner Handtasche«, sagte sie.

Sie suchte einen Augenblick. Es war eine volle Tasche, und es war schwierig, etwas darin zu finden, soweit Raymond das erkennen konnte. Während sie darin kramte, fiel etwas aus der

Tasche und auf den Boden. Ein Sonnenbrillenetui, wie es aussah. Sie griff danach, erstarrte plötzlich. Raymond fragte sich, ob sie beide dasselbe dachten. Vermutlich schon.

Wer hätte ahnen können, dass etwas aus einer Tasche fallen zu lassen der Anfang einer Kettenreaktion von Ereignissen sein konnte, die dazu führte, dass jemand getötet wurde?

Eine Sekunde später fasste sie sich und hob es auf.

»Ich könnte mal vorbeikommen«, sagte sie. »Ich möchte nicht andeuten, dass du ihr nicht genug helfen könntest. Ich bin mir sicher, du kannst das. Aber jetzt, wo ich weiß, wo sie wohnt, fände ich es wirklich schön, wenn sie die Kinder kennenlernen könnte.«

»Vielleicht können Sie am Wochenende herkommen. Ich bin jedes zweite Wochenende bei meinem Vater und seiner Ehefrau, auch diese Woche wieder. Vielleicht kann ich weg, doch das ist schwer vorherzusagen. Ich weiß vorher nie, ob mein Vater Pläne für uns gemacht hat oder nicht.«

»Okay«, sagte sie. »Ich nehme die Kinder und schau bei ihr vorbei.«

»Wann ist der Prozess?«, fragte Raymond, während sie ihm ihre Adresse aufschrieb.

»Sie denken, dass er irgendwann nächstes Jahr angesetzt wird.«

»Nächstes Jahr? Warum dauert das so lange?«

Isabel zuckte die Achseln. »Ich vermute, das ist einfach die Art, wie das Justizsystem arbeitet. Langsam. Man hat mir erklärt, das wäre erstaunlich schnell. Der Staatsanwalt hat mir gesagt, dass viele zwei oder drei Jahre auf die Verhandlung warten.«

Sie schob ihm den Zettel über den Tisch hinweg zu, und er nahm ihn und steckte ihn sich tief in die Vordertasche seiner Jeans.

»Und wo ist diese Frau in der Zwischenzeit? Im Gefängnis?«

»O nein. Sie haben sie auf Kaution freigelassen. Sie sitzt ganz gemütlich zu Hause, vermute ich.«

Sie erhob sich, also tat er es auch, und sie gingen zusammen zur Tür.

Es erschien Raymond nicht gerecht, dass die Frau gemütlich zu Hause sitzen sollte. Aber es gab nichts, was er dagegen unternehmen konnte. Es laut auszusprechen würde nichts ändern.

»Danke, dass Sie gekommen sind«, sagte er. »Ich gehe noch mit Ihnen runter. Oder bis zur U-Bahn. Möchten Sie gerne, dass ich Sie zur U-Bahn bringe?«

»Wie du willst. Das ist alles in Ordnung.«

Er öffnete die Tür für sie, und dann wurde ihm der Fehler in seinem Gedankengang bewusst.

»Oh. Moment. Ich habe keine Möglichkeit, sie einzuschließen. Wenn ich Sie begleite, wird sie hier sein, und die Tür ist nicht abgeschlossen.«

»Bleib bei ihr, und überleg dir dafür eine Lösung. Kümmer dich um sie. Ich komme klar.«

»Kann ich Ihnen noch eine Frage stellen, bevor Sie gehen? Stand vor Sonntag irgendetwas davon in der Zeitung?«

»Nicht, dass ich wüsste«, erwiderte sie. »Ich denke, in dieser Stadt sterben viele Leute.«

»Ich hab im Internet gesucht, habe aber keine Todesanzeige gefunden.«

»Es hat eine gegeben«, antwortete sie. »Sie ist allerdings erst vor ungefähr einer Woche erschienen. Das ist ziemlich teuer. Wusstest du das? Ich musste auf meinen Gehaltsscheck warten. Ich hatte irgendwie gedacht, dass die Zeitungen das umsonst machen. Dabei muss die Familie dafür bezahlen.«

»Das wusste ich«, sagte er. »Ja, die Familie muss dafür bezahlen.«

Sie stellte sich auf die Zehenspitzen, legte Raymond eine Hand auf den Arm und gab ihm einen schnellen Kuss auf die Wange. Dann ging sie.

Er schaute ihr nach, wie sie den Korridor entlanglief, spürte die Stelle an seiner Wange, die brannte. Als ob die Haut in seinem Gesicht zu Verlegenheit fähig wäre.

Er schloss die Tür wieder und durchquerte Mrs Gs Wohnzimmer. Trat in den Flur in der Wohnung. Blieb ein Stück vor der offenen Schlafzimmertür stehen, weil sie vielleicht Privatsphäre brauchte. Doch nahe genug, dass sie ihn hören konnte.

»Wie schließ ich Sie ein?«, fragte er.

»Du kannst ruhig reinkommen«, erwiderte sie. »Das ist in Ordnung.«

Er tat es. Zögernd. Nur bis zur Schwelle, wo er sich mit einer Hand auf den Türgriff lehnte. Mrs G war immer noch komplett angekleidet und lag auf der Tagesdecke. Sie hatte ihre Schuhe abgestreift und eine Häkeldecke über sich gezogen. Sie wirkte fürchterlich erschöpft, hilflos und verloren. Völlig unfähig, sich diesem Moment zu stellen.

Die Katze saß in sphinxähnlicher Haltung auf ihrem Kissen und schnurrte. Sie sah Raymond aus halb geschlossenen Augen zufrieden an. Mrs Gs Augen hingegen waren zu.

»Nimm meine Schlüssel«, sagte sie. »Dann kannst du mich einschließen und später nach mir schauen. Wenn du das willst. Vielleicht morgen irgendwann.«

»Okay. Das mache ich. Wollen Sie wirklich die ganze Nacht in Ihrer Kleidung schlafen? Ist das nicht ungemütlich?«

»Ich bin mir nicht sicher. Wenn ich später aufwache und es mich stört, werde ich mir ein Nachthemd anziehen. Im Moment scheint das meine Kräfte zu übersteigen.«

»Sind Sie sicher, dass es Ihnen gut geht?«

170

»Ich bin nicht krank, falls du das meinst. Ich habe gehört, dass du gefragt hast, wo diese Frau jetzt ist. Bis zum Verfahren. Aber ich konnte nicht hören, was Isabel geantwortet hat.«

»Auf Kaution draußen.«

»Oh. Verstehe.«

»Das kommt mir nicht gerecht vor.«

»Das ist unser Justizsystem«, erklärte Mrs G.

»Warum soll sie gemütlich zu Hause sein können, während wir all das hier durchmachen?«

»Oh, ich bezweifle, dass sie es gemütlich hat.«

»Warum sagen Sie das?«

Sie öffnete die Augen. Doch ihrem Gesicht fehlte der Enthusiasmus, die Anteilnahme, die er normalerweise dort fand.

»Das ist eine große Sache, Raymond, einem Menschen das Leben zu nehmen. Was nicht heißen soll, dass ich es je getan hätte. Das habe ich nicht. Aber das muss eine Person belasten. Schuld ist eine schreckliche Sache – das kann ich dir versichern. Es frisst einen von innen heraus auf. Also habe ich schon etwas Mitleid mit ihr. Ich will damit nicht andeuten, dass ich keine schlechten Gefühle für sie hege, denn das tue ich. Doch ich verspüre auch ein wenig Mitleid mit ihr. Ich möchte lieber ich sein, zu Hause im Bett liegen und die sein, der Luis entrissen worden ist, als diese Frau, die weiß, dass sie diejenige ist, die ihn aus dem Leben gerissen hat. Wenn sie ein Gewissen hat, dann ist das eine schreckliche Sache, mit der sie leben muss. Wenn sie kein Gewissen hat, dann tut sie mir leid, eben weil sie keins hat. Es gibt eine Redewendung. Ich meine, es war Mark Twain, der es gesagt hat, aber vielleicht irre ich mich da. Vielleicht war es Will Rogers. ›Ich würde lieber der Mann sein, der die Brooklyn Bridge kauft, als der Mann, der sie verkauft.‹ Irgendwie so. Du bist ein cleverer junger Mann, also glaube ich, dass du verstehst, was er damit gemeint hat.«

»Ja, ich glaube, das tue ich.«

»Gut. Und jetzt bin ich wirklich sehr müde.«

Raymond nahm sich auf dem Weg zur Tür ihre Schlüssel. Dann blieb er stehen. Wandte sich wieder um. Ihm war eingefallen, was er vergessen hatte.

Er eilte zum Tisch und stellte den Stuhl, auf dem sie gesessen hatte, wieder richtig hin, genau auf die Klebestreifenmarkierungen. Er rückte auch Isabels Stuhl zurecht, so gut er konnte, fest an den Tisch, wo Mrs G nicht darüber stolpern würde. Wenn sie denn ihr Bett verlassen würde.

Dann ließ er sich selbst raus.

* * *

Er saß vor seinem Computer und schrieb eine E-Mail an Isabel.

Sie hatte ihm ihre E-Mail-Adresse zusammen mit der Adresse ihrer Eltern und ihrer Telefonnummer aufgeschrieben. Raymond wollte ihr Mrs Gs Telefonnummer schicken. Und wenn er ihr eine E-Mail schrieb, hätte sie dann auch gleich seine E-Mail-Adresse.

Oder wenigstens war das der Grund, auf den er sich vor sich selbst berief.

Während er tippte, wurde ihm eine größere Wahrheit bewusst.

Ich mache mir Sorgen um sie. Das war das Erste, was er schrieb.

> Sie hat sich ins Bett gelegt und sich nicht mal ausgezogen. Sie hat gesagt, es wäre zu viel Mühe oder bräuchte zu viel Energie. Etwas in der Richtung. Die genauen Worte hab ich vergessen. Ich weiß, es hat sie sehr getroffen, was mit Luis passiert ist. Und ich wusste, dass

172

es so sein würde, also ist es dumm, das alles zu
schreiben, als wäre ich überrascht oder so was.
Ich glaube, ich musste nur jemandem erzählen,
dass ich mir Sorgen mache.

Sie hat auch gesagt, dass sie nicht krank wäre,
aber

Sein Computer stieß eine Reihe merkwürdiger Geräusche
aus, wie plötzliche Musik, und er erschrak so heftig, dass er aufsprang. Sein Hintern hob sich tatsächlich ein paar Zentimeter
von der Sitzfläche.

Dann wurde ihm klar, dass es bloß Skype war. Der
Klingelton, der ertönt, wenn einen jemand über Skype anruft.
Das kleine runde Avatar-Bild von André erschien auf seinem
Bildschirm. Er klickte auf die Schaltfläche, um den Video-
Anruf anzunehmen, obwohl er es vorgezogen hätte, erst seine
E-Mail zu Ende zu schreiben.

»Hey«, sagte er.

»Hey«, antwortete André.

André lächelte breit. Raymond überprüfte sein eigenes
Gesicht in dem kleinen Ausschnitt des Fensters, in dem er sich
sehen konnte. Er lächelte nicht.

»Also, was geht bei dir ab, Mann?«, fragte André.

»Nichts«, erwiderte Raymond. »Einfach nur ein langer Tag.
Ein schwieriger Tag.«

»Erzähl mir davon.«

»Nein. Ist es nicht wert.«

Raymond hatte plötzlich den Eindruck, in dem Gefühl zu
ertrinken, dass er nicht mehr derselbe war wie zu der Zeit, als
er mit André befreundet gewesen war. Dass er sich in jemanden
verwandelt hatte, den André nicht verstehen würde.

Und außerdem, dachte er, *haben wir ohnehin nie über die wirklich wichtigen Dinge geredet.*

»Wie ist die neue Schule?«, erkundigte er sich, hauptsächlich um das Thema zu wechseln.

»Ich bin mir nicht sicher. Es waren ja erst ein paar Tage. Die ersten Tage sind sowieso immer die schwierigsten. Also, was ist mit dir? Was ist los? Wo bist du gewesen, Mann?«

»Nichts ist los.«

»Wirklich? Das wirkt anders. Ich hab bestimmt zwei Dutzend Mal Skype aufgemacht, um dich anzurufen, aber du bist nie online. Seit wann bist du so beschäftigt? Und womit? Oder ist es ein Jemand?«

»Ich geh jedenfalls nicht mit irgendwem aus, falls du das meinst.«

Das war eine der tieferen und wichtigeren Sachen, über die sie nie geredet hatten.

»Was dann? Warum die große Geheimnistuerei?«

»Ist es gar nicht. Es ist nur …« Dann beschloss Raymond, dass er albern war. Warum sollte er es geheim halten? Wenn André es nicht verstand, dann tat er das eben nicht. Doch es war nichts, weswegen Raymond sich schämen müsste. »Erinnerst du dich an die alte Dame? Die an deinem letzten Tag im Korridor aufgetaucht ist?«

»Die Verrückte? Die ›Haben Sie Luis Valdez gesehen?‹-Frau?«

»Velez. Und sie ist nicht verrückt. Überhaupt nicht. Sie ist sogar ziemlich fit im Kopf. Sie ist bloß blind, und das war der Grund, warum du das merkwürdige Gefühl hattest, nicht einschätzen zu können, wo sie hinschaut.«

»Oh. Okay. Also ist sie nicht verrückt. Aber sie ist bestimmt … neunzig.«

»Zweiundneunzig. Und sie ist nett. Und interessant. Und ich habe viel von ihr gelernt. Außerdem helfe ich ihr.«

»Warum?«

174

Eine Stille, während der Raymond das Videobild des Gesichts seines alten Freundes betrachtete. André hatte kein Interesse an diesem Teil der Konversation. Das konnte Raymond erkennen. Er hatte den leicht leeren Ausdruck in den Augen, den, den er immer bekommen hatte, wenn Raymond versucht hatte, mit ihm über die politischen oder historischen Bücher zu sprechen, die er gelesen hatte.

»Weil sie niemand anderen hat.«

»Aber du findest jemanden für sie. Richtig?«

»Was meinst du damit: ›du findest jemanden für sie‹?«

»Du kannst irgendeine Art von Sozialdienst anrufen, damit jemand kommt und ihr hilft. Richtig? Damit du das nicht machen musst.«

»Es stört mich nicht. Das habe ich dir doch gesagt. Sie ist interessant und nett. Ich rede gerne mit ihr.«

»Sie ist neunzig.«

»Das ist mir egal. Das habe ich dir ja schon erzählt, aber du hörst mir nicht zu.«

Raymond wurde ärgerlich. Er versuchte es aus seiner Stimme herauszuhalten, doch er wusste, dass ihm das nicht gelungen war.

»Okay. Was auch immer. Was auch immer du tun willst, Raymond. Ist mir egal. Also, an meiner neuen Schule gibt es diesen Schachclub, aber er ist vollkommen anders als der …«

»Weißt du, was?«, unterbrach ihn Raymond. »Es ist ein wirklich langer Tag gewesen, und ich muss diese E-Mail zu Ende schreiben. Kann ich dich zurückrufen, wenn ich ein bisschen mehr Zeit habe?«

»Äh …«

Eine lange Pause. André war überrascht und ein wenig verletzt. Das merkte Raymond. Es tat weh, wenn sich zwei Freunde nicht an demselben Ort treffen konnten, wie sie das früher getan hatten. Doch wenn es die Wahrheit war, dann war es die Wahrheit. Raymond sah keinen Sinn darin, es abzustreiten oder die Sache hinauszuzögern.

»Klar«, sagte André. »Sicher. Okay.«

Raymond verabschiedete sich und beendete den Anruf.

Zuerst dachte er nicht, dass er André bald zurückrufen würde. Dann, während er auf den Bildschirm starrte, wurde ihm klar, dass André es nicht böse gemeint hatte, es nur nicht verstanden hatte, und dass sein alter Freund ganz allein an einem neuen Ort war.

Also schrieb er die E-Mail zu Ende, und dann hatte er sich genug beruhigt, um André zurückzurufen und höflich zu sein. Möglicherweise sogar hilfreich.

Sie sprachen nicht wieder über Mrs G, was so vermutlich am besten war.

Kapitel Zehn

Mach für uns diese Welt

Raymond brach eine Viertelstunde früher zur Schule auf, damit er nach ihr sehen konnte.

Er benutzte sein Spezialklopfen. Zweimal. Keine Antwort.

Er schloss sich mit ihren Schlüsseln selbst auf. Stand in ihrem Wohnzimmer und rief nach ihr.

»Mrs G? Hallo?«

»Hallo, Raymond«, hörte er sie antworten.

Aber die Worte drangen kaum zu ihm. Sie war noch immer im Schlafzimmer, und ihre Stimme war leise. Sie konnte nicht laut rufen.

Er ging den Korridor entlang und blieb ein paar Schritte vor der offenen Schlafzimmertür stehen, streckte die Hand aus und klopfte an den Türrahmen.

»Du kannst reinkommen«, erklärte sie. »Es ist in Ordnung.«

Er trat auf die Türschwelle.

Sie lag auf ihrem Bett, in einem Fleck sanften Lichts, das durch einen Spalt in den Vorhängen am Fenster fiel. Sie war immer noch vollständig angekleidet, in denselben Sachen, mit der Häkeldecke über sich. Die Katze hatte sich auf dem Bett zwischen ihrem rechten Arm und ihrer Seite zusammengerollt.

Mrs G streichelte sie gedankenverloren mit der linken Hand. Sie schien aus dem Fenster zu starren, als wenn sie dort etwas Faszinierendes entdeckt hätte. Doch das war natürlich unmöglich.

»Sie haben sich gar nicht Ihr Nachthemd angezogen.«

»Nein«, sagte sie. Einfach. Leise.

»Sind Sie überhaupt aufgestanden, seit ich Sie das letzte Mal gesehen habe? Können Sie aufstehen, wenn das nötig ist?«

»Ich bin ein Mal aufgestanden, um die Toilette zu benutzen.«

»Haben Sie etwas gegessen?«

»Ich bin nicht hungrig.«

»Ich mache Ihnen etwas, bevor ich zur Schule gehe.«

»Oh, ich weiß nicht, Raymond. Ich bin mir nicht sicher, ob ich etwas herunterbekomme.«

»Wie wäre es mit Cambric Tea und Toast? Ginge das vielleicht?«

»Vielleicht Zimt-und-Zucker-Toast. Meine Mutter hat das für mich gemacht, mit einem Cambric Tea, wenn ich unglücklich war. Man streut etwas Zucker auf die geschmolzene Butter und dann etwas Zimt aus dem Gewürzregal.«

»Okay«, erwiderte Raymond. »Ich bin sofort zurück.«

* * *

Er brachte es ihr auf einem polierten Holztablett aus der Küche, und sie setzte sich mühsam auf, erlaubte ihm, ihr das Tablett auf den Schoß zu stellen.

Sie probierte ein bisschen von dem Toast und seufzte. Nicht auf schlechte Art, dachte er.

»Das ist sehr nett von dir«, sagte sie. »Und so, wie du es gemacht hast, ist es genau richtig.«

Raymond warf einen Blick auf die Uhr am Radio neben ihrem Bett. Er würde zu spät in der Schule sein, selbst wenn er jetzt sofort losging. Aber er würde nicht gehen, bis er sich nicht sicher war, dass sie allein zurechtkommen würde.

»Brauchen Sie sonst noch irgendwas?«, fragte er und ließ sich vorsichtig auf der Bettkante nieder.

»Kannst du diese Welt zu einem Ort machen, wo niemand Luis erschossen hätte, weil niemand die Pistole gezogen hätte? Oder noch besser, weil niemand eine Pistole bei sich gehabt hätte? Denn warum sollte man schießen? Er ist einfach bloß mit ihnen auf der Straße unterwegs gewesen, und wenn sie ihn gar nicht kannten, welchen Grund hätten sie gehabt, über ihn zu urteilen? Warum sollten sie einen Mann, der einfach neben ihnen geht, als Gefahr betrachten? Wenn du die Welt zu so einem Ort machen kannst, das würde mir sehr helfen. Ach, vergiss mich. Es hätte Luis geholfen. Es würde allen helfen.«

Er saß einen Moment lang still da, fühlte sich getroffen. Er beobachtete, wie sie einen weiteren Bissen von ihrem Toast nahm.

»Sie wissen, dass ich das nicht kann.«

»Ja, das weiß ich. Und ich hoffe, dass das nicht die falsche Art war, meine Meinung klarzumachen. Alles, was ich sagen will, ist, dass die Leute eine Welt brauchen, die niemand erschaffen zu können scheint. Und wenn man es nicht ändern kann, denke ich, dass nur die Zeit helfen wird. Ich fürchte, es wird sehr viel Zeit brauchen, bis diese Sache, die passiert ist, durch mich hindurch ist. Aber die Tatsache, dass du helfen willst, bedeutet mir mehr, als ich in Worte fassen kann. Es bedeutet mir die Welt, Raymond. Das und die Vorstellung, dass diese Kinder, *seine* Kinder, herkommen, um mich zu treffen und kennenzulernen. Sie und du sind vielleicht die einzigen Dinge, die mich im Moment auf der Erde halten. Oh, und diese kleine Katze. Sie ist mir so ein Trost, wenn sie auf meinem Schoß sitzt und schnurrt. Und ich möchte, dass du mal darüber nachdenkst, was von diesen Dingen ich hätte, wenn du nicht mein Freund geworden wärst. Denk darüber nach, Raymond. Alles, was mich im Moment hier auf dem Planeten hält, ist etwas, das du in mein Leben gebracht hast. Und wo wir von diesem Moment reden ... Kommst du nicht zu spät zur Schule?«

»Ja«, antwortete er. »Es wird schon ziemlich spät.«

Doch er rührte sich nicht.

»Geh«, sagte sie. »Was, denkst du, wird sich ändern, während du weg bist? Nichts wird sich ändern. Ich werde genau hier sein.«

Widerstrebend – sehr widerstrebend – ließ er sie allein und rannte den ganzen Weg zur Schule.

* * *

Er schaute auf dem Heimweg noch mal bei ihr rein, in der Hoffnung, dass sie sich während seiner Abwesenheit gerührt hatte.

Doch das hatte sie nicht.

Sie saß auf dem Bett, die Katze auf dem Schoß. Noch immer in derselben Kleidung. Sie starrte in dieselbe Richtung.

»Haben Sie etwas gegessen?« Das war das Erste, was er sie fragte.

Sie antwortete nur mit einem Seufzen.

»Wenn ich Ihnen etwas mache, werden Sie es dann essen?«

»Mir ist wirklich nicht sehr nach Essen zumute«, erwiderte sie und drehte den Kopf vage in seine Richtung. »Ich bin allerdings aufgestanden und habe die Katze gefüttert. Das ist das Schöne daran, wenn man ein Haustier hat. Man möchte vielleicht nicht für sich selbst aufstehen, doch für sie bringt man sich dazu, es zu tun. Aber ich hatte keinen Hunger.«

Raymond setzte sich auf die äußerste Bettkante.

»Das war eigentlich gar nicht die Frage. Nicht so sehr, ob Sie hungrig sind oder Appetit haben. Ich habe gefragt, ob Sie essen würden. Wenn ich etwas zubereite und Ihnen bringe, ob Sie dann wenigstens versuchen würden, etwas davon herunterzubekommen. Menschen brauchen Nahrung zum Leben. Und dem Essen ist es egal, ob Sie es wirklich wollen oder nicht. Es ist auf jeden Fall nahrhaft.«

Sie saßen ein, zwei Minuten stumm da.

Dann meinte sie: »Ich habe das Gefühl, dass ich dich zurückhalte, Raymond. Als wenn ich dich daran hindere, so zu leben, wie du es verdient hast.«

Aus irgendeinem Grund ließ das sein Gesicht prickeln. Fast wie Angst. Oder vielleicht Verlegenheit.

»Ich bin mir nicht sicher, warum Sie das sagen.«

»Du willst, dass es mir gut geht. Dass ich aufstehe und dass es mir besser geht. Und dass ich weitermache.«

»Ja«, erklärte er. »Und Sie wollen, dass ich die Welt zu einem besseren Ort mache, wo niemand Luis erschießen würde, weil sie keine Pistole in ihrer Handtasche hätte, wenn er versucht, ihr das Portemonnaie zurückzugeben. Aber ich nehme es mir nicht zu Herzen, dass ich das nicht für Sie tun kann. Ich verstehe das nicht als persönliches Versagen meinerseits.«

»Sehr richtig, mein Freund. Sehr richtig.«

Eine oder zwei weitere Minuten vergingen.

»Vielleicht ein kleines Rührei«, sagte sie.

»Kommt sofort.«

»Ich fühl mich nicht wohl dabei, wenn du dir meinetwegen solche Mühe machst.«

»Ach was«, entgegnete er. »Das ist keine Mühe.«

»Was habe ich getan, um einen so guten Freund wie dich zu verdienen, Raymond?«

Es mochte einfach eine hingeworfene Bemerkung gewesen sein. Raymond war sich nicht sicher. Doch er beschloss, es als richtige Frage zu behandeln.

»Ich glaube, vor Ihnen habe ich nie jemanden gekannt –
vielleicht drücke ich das nicht richtig aus, schauen wir mal –, der
mich wirklich wahrgenommen hat. Und ich meine das Ganze,
nicht nur den Teil, der dazu passt, wie sie mich sehen wollen.
Und das scheint mir merkwürdig, denn die erste Person, die ich
kennenlerne, die mich wirklich sieht, einfach wie ich bin …
wissen Sie … ist blind.«

»Wenn es darum geht, das zu erkennen, was an einer Person
wichtig ist«, erwiderte sie, »glaube ich, dass es möglich ist, dass
das, was uns unsere Augen sagen, lediglich eine Ablenkung ist.
Nicht dass ich meine Sicht nicht zurückhaben wollte, wenn das
möglich wäre. Oh, das würde ich. Ich vermisse es, sehen zu können. Aber ich mag auch die Dinge, die ich gelernt habe, ohne
sehen zu können.«

»Was, wenn ich Ihnen ein etwas größeres Rührei mache?«,
fragte er, fühlte eine leichte Auflockerung der Stimmung. Bei
ihnen beiden. »Würden Sie versuchen, das auch zu essen?«

»Ja. Für dich würde ich das wenigstens versuchen.«

* * *

Zu Hause verschwand er sofort in seinem Zimmer und öffnete
den Laptop. Er fand, was er zu finden gehofft hatte: eine E-Mail
von Isabel.

Lieber Raymond, begann sie.

> Ich denke, es trifft uns alle schwer, die von uns,
> die ihn gut gekannt haben. Doch für sie ist die
> Nachricht ja noch ganz frisch, also hab Geduld
> mit ihr. Es ist nett, dass du dir Sorgen um sie
> machst, aber Menschen brauchen einige Zeit,
> um schlechte Neuigkeiten zu verarbeiten. Ich
> werde nicht versuchen, dir zu erklären, dass

deine Sorge nicht berechtigt ist. Vielleicht ist sie das. Ich will dich nur an etwas erinnern, was du vermutlich schon weißt: dass es nicht sehr viel gibt, was du tun kannst, um ihr da durchzuhelfen. Du kümmerst dich darum, dass ihre Grundbedürfnisse erfüllt sind, und das ist schon viel.

Ich werde sie am Samstag mit den Kindern besuchen, während du bei deinem Vater bist. Soll ich für sie einkaufen, oder sorgst du dafür, dass sie genug zu essen im Haus hat, bevor du gehst?

Danke für alles. Du bist ein sehr lieber Junge.

Herzliche Grüße, Isabel Velez

Raymond saß eine Minute da, fühlte, wie sein Gesicht brannte, wie es das immer tat, wenn jemand so etwas zu ihm sagte. Und sei es schriftlich. Selbst wenn der Betreffende nicht in der Nähe war.

Dann klickte er auf »Antworten«.

Isabel, tippte er.

Ich werde die Vorräte durchsehen und sicherstellen, dass sie genug dahat. Es ist schwierig, sie dazu zu bringen, etwas zu essen, doch es muss genug im Haus sein, dass ich sie überreden kann, etwas zu sich zu nehmen, was genau das ist, was ich bislang getan habe. Vielleicht können Sie sie auch dazu bewegen, während Sie da sind. Wenn es funktioniert, würde ich das zu schätzen wissen. Oder selbst wenn es nicht klappt, vielen Dank, dass Sie es versucht haben.

Raymond

Er hatte gerade auf »Senden« geklickt, als die Tür zu seinem Raum aufflog und die Stimme seiner Mutter hereindrang.

»Hör auf, mit deiner Freundin zu chatten, und komm sofort zum Abendessen«, sagte sie. »Ich kann nicht glauben, dass ich dich zwei Mal rufen musste.«

* * *

Die Frau seines Vaters öffnete die Apartmenttür. Seine Stiefmutter, so sollte er sie vermutlich nennen. Aber sie war nicht mal zehn Jahre älter als Raymond, also fühlte sich das zu merkwürdig an. Normalerweise sprach er sie mit dem Vornamen an, obwohl er nicht wusste, ob sie das mochte oder nicht.

»Hallo, Neesha«, sagte er.

Es war Freitagnachmittag, und er hatte keine andere Wahl, als vor dieser Tür aufzutauchen. So war sein Leben nun mal für ihn geplant. Er hatte keine Möglichkeit, die Situation zu beeinflussen. Nicht dass es ihm etwas ausmachte, seinen Vater zu sehen, das lief normalerweise gut. Doch es war unangenehm, hier am Freitag zu stehen, bevor sein Vater zu Hause war.

»Raymond«, antwortete sie.

Das war alles. Nur »Raymond«. Nicht »Hallo«. Nicht »Wie geht es dir?« oder auch »Komm rein«. Einfach bloß sein Name, wie aus der Luft gegriffen. Ein irgendwie unwesentliches Detail, von dem sie vermutlich dachte, es sei toll, dass sie sich daran erinnerte.

184

Er stand still im Flur, blickte sie durch die offene Apartmenttür an. Die Tasche mit seinen Sachen auf seiner Schulter wurde langsam schwer.

»Ist er noch in der Praxis?«

»Ja. Was gibt's Neues?«

Sie trat rückwärts in die Diele. Raymond wusste, dass er von ihr nicht herzlicher in die Wohnung eingeladen werden würde. Aber das war ja auch eine Sorgerechtsvereinbarung. Er war jedes zweite Wochenende hier, weil ein Richter das angeordnet hatte. Dazu brauchte es nicht ihr Einverständnis.

Er trat ins Wohnzimmer und stand dort, immer noch die schwere Tasche auf der Schulter. Auf dem Couchtisch lagen zwei Zwanzig-Dollar-Scheine. Er starrte sie an, nicht sicher, ob er darüber reden wollte. Vielleicht war das sein Taschengeld. Sein Vater gab ihm ein ziemlich großzügiges Taschengeld, jedenfalls verglichen mit dem von Ed. Doch Raymond wagte nicht, es zu nehmen, bevor er sich sicher war.

Vielleicht war es ein Test. Manchmal gab es bei Neesha Tests.

»Ich treffe mich heute Abend mit meiner Lesegruppe«, erklärte sie, als sie bemerkte, dass er die Scheine anstarrte. »Und ich hatte nicht die Gelegenheit, was zu kochen.«

Das erschien Raymond wie eine merkwürdige Aussage, weil sie nie kochte, wenn er kam.

»Also bestell für dich und Malcolm Pizza«, fügte sie hinzu.

Sie nannte ihn nie »dein Dad« oder »dein Vater«. Niemals. Sie schien diese Tatsache nicht wahrhaben zu wollen. Oder wenigstens vor sich selbst zu leugnen.

»Du weißt, was er mag, richtig?«

»Ja. Das Gleiche wie ich.«

Der Apfel fällt nicht weit vom Stamm. Ob dir das nun passt oder nicht.

»Ich muss los«, sagte sie.

Sie nahm ihre Handtasche und verließ die Wohnung. Raymond ging ins Gästezimmer und ließ seine Reisetasche aufs Bett fallen. Dann kam er wieder heraus und machte den Fernseher an.

Er hatte vergessen, das Buch mitzubringen, das er gerade las. Es gab nicht viel anderes zu tun.

* * *

Sein Vater kam erst gegen sieben Uhr abends nach Hause.

Als er hörte, wie die Tür aufgeschlossen wurde, schaute Raymond von seiner Pizza auf.

Sein Vater kam mit seinem Jackett über einer Schulter herein, trotz der Tatsache, dass es draußen ziemlich kalt war. Er hatte eine nicht angezündete Zigarre zwischen den Lippen, und Raymond wusste, dass er im Haus nicht rauchen durfte. Er lächelte, als er Raymond vor dem Fernseher auf der Couch entdeckte. Das war nett, soweit solche Sachen das eben waren.

»Ich hab schon mal ohne dich angefangen«, sagte Raymond und hielt sein halb gegessenes Pizzastück hoch. »Tut mir leid. Ich hatte Hunger.«

»Ist schon okay.« Sein Vater war ein großer Mann mit einer tiefen, dröhnenden Bassstimme. Und trotzdem überhaupt nicht einschüchternd. Raymond hatte die Größe von seinem Vater geerbt, allerdings nicht seinen kräftigen Körperbau. »Es gab noch einen Notfall. Ein Patient hatte eine Krone verloren. Ich kann mir ein Stück in der Mikrowelle warm machen. Ist okay.«

»Nimm nicht die Mikrowelle. Das killt die Kruste. Wärm dir lieber ein Stück im Ofen auf. Oder ich kann das tun. Falls du zu müde bist.«

Sein Vater zuckte die Achseln. »Für mich schmeckt es aus der Mikrowelle okay.«

Er verschwand in der Küche.

Raymond hörte das Piepsen der Mikrowelle.

Keine zwei Minuten später kam sein Vater mit einem Stück Pizza auf einem Pappteller zurück. Er ließ sich schwer neben Raymond auf die Couch sinken und lockerte seine Krawatte. Schlug Raymond aufs Knie. Dann schlüpfte er aus den Schuhen und legte seine bestrumpften Füße auf den Couchtisch.

Raymond starrte die Füße seines Vaters einen Moment an. »Am besten, du bringst das mit dem Füßehochlegen hinter dich, bevor Neesha nach Hause kommt«, meinte er, »was?«

»Genau. Was guckst du?«

Raymond hatte Mühe, sich daran zu erinnern. Er schaute nach Hinweisen auf dem Bildschirm. Er hatte von Kanal zu Kanal gezappt und war in Gedanken die meiste Zeit ganz woanders gewesen.

»Äh. Irgendeinen Film über Aliens, glaube ich. Er ist nicht sehr realistisch.«

»Was habe ich verpasst?«

»Ich bin mir nicht sicher. Ich war nicht besonders aufmerksam.«

Er hatte sich hauptsächlich um Mrs G Sorgen gemacht.

Sie saßen nebeneinander und starrten auf den Fernseher. Raymond fragte sich, ob sein Vater besser aufpasste als er. Sie redeten nicht. Sie redeten meistens nicht, wenn sie zusammen waren.

Raymond fand, dass er gut mit seinem Vater auskam. Sie hatten keinen Stress miteinander, und sie stritten sich nicht. Doch es waren immer fast zwei Wochen, bis sie sich das nächste Mal sahen. Und dann, wenn sie wieder zusammen waren, schien keiner von ihnen eine Ahnung zu haben, worüber sie sprechen sollten. Oder ob überhaupt.

* * *

Am Sonntagvormittag saßen sie zusammen in ihrem Lieblingsrestaurant. Zum Brunchen. In dem, in das Raymond mit Mrs G gegangen war.

»Ich hatte deine Stiefmutter gebeten, mitzukommen«, sagte sein Vater. »Aber sie hat Arbeit mit nach Hause gebracht, die morgen fertig sein muss.«

Raymond starrte die Speisekarte an, auch wenn er schon wusste, was er wollte. Zuerst dachte er, er würde das einfach stehen lassen. So wie er es immer tat. Dann schüttelte er zu seiner eigenen Überraschung die Bequemlichkeit ab, die ihn bisher stets zurückgehalten hatte.

»Du findest immer eine Entschuldigung für sie, wenn sie sich darum drückt, Zeit mit uns zu verbringen. Aber sie mag mich nicht, und ich weiß nicht, warum wir das nicht einfach aussprechen können. Es ist offensichtlich. Es ist nicht so, als würde ich das nicht merken.«

Er beobachtete, wie die Worte bei seinem Vater einsanken. Sah zu, wie sich das Gesicht seines Vaters in kummervolle Falten legte.

Raymond bereute es, das ausgesprochen zu haben. Er hatte seinen Vater nicht verletzen wollen, doch offensichtlich war es das, was er getan hatte.

»Du verstehst das falsch, Raymond.«

»Tut mir leid, wenn dich das traurig macht. Aber ich glaube nicht, dass es so ist.«

»Auf gewisse Art schon. Ich sage nicht, dass sie dich nicht ausschließt. Natürlich tut sie das. Wenn du allerdings glaubst, dass sie dich nicht mag, kann ich dir versichern, dass das ein falscher Eindruck ist. Du denkst, es hat etwas mit dir zu tun, doch das hat es nicht. Sie mag nur nicht, wer du bist. Sie kennt dich ja vermutlich gar nicht. Sie schaut dich an, und alles, was sie sieht, ist das ganze Leben, das ich mit einer anderen Frau hatte, bevor ich sie kennengelernt habe. Das ist ihr Problem.«

Raymond erwiderte nichts. Studierte einfach die Speisekarte. Er vermutete, dass das, was sein Vater gesagt hatte, stimmte. Es hörte sich zumindest nicht falsch an. Er war sich bloß nicht sicher, ob diese neue Perspektive die Situation verbesserte.

Ein Kellner kam, um ihre Bestellung aufzunehmen. Sie wollten beide Omeletts. Raymond orderte außerdem Tee mit Milch. In der Mitte des Tisches gab es Päckchen mit Zucker. Er musste also nicht darum bitten. Sein Vater entschied sich für ein Glas Sekt.

»Also, du hast jetzt eine Freundin«, bemerkte sein Vater, als der Kellner wieder gegangen war. »Das sind große Neuigkeiten.«

»Ich habe keine Freundin. Das hat Mom falsch verstanden.«

»Oh.«

Eine Pause. Raymond konnte spüren, wie er wieder in diesem Gefühl feststeckte. Das, das ihm verriet, dass er seinem Vater wehtat, auch wenn er das nicht wollte. Also sprach er weiter, in dem Bemühen, die Sache besser zu machen.

»Ich habe nur ein paar neue Freunde, das ist alles.«

»Freut mich zu hören. Also andere Jungs?«

»Nein«, antwortete Raymond und wünschte sich, dass sein Vater es so stehen lassen würde, wusste aber, dass er das vermutlich nicht konnte.

»Also ist es doch ein Mädchen.«

»Ich glaube nicht, dass ich sie ›Mädchen‹ nennen würde. Sie ist über neunzig.«

»Oh«, sagte sein Vater wieder. Tatsächlich sagte sein Vater ziemlich häufig »Oh«. Worte schienen ihm nicht leichtzufallen und auch nicht in großen Mengen zuzufliegen. »Warum denkt deine Mutter etwas anderes?«

»Das weiß ich nicht. Ich habe ihr klarzumachen versucht, dass es bloß eine Freundschaft ist, doch sie hört mir nicht zu. Sie hat sich in den Kopf gesetzt, ich hätte eine Freundin und würde das nicht zugeben wollen.«

»Also hast du ihr gesagt, was es nicht ist, aber nicht, was es ist?«

»So ziemlich. Ja. Ich glaube nicht, dass sie es verstehen würde. Es ist schwierig, zu erklären, warum ich gerne mit dieser neuen Freundin zusammen bin. Ich meine, am Anfang war es einfach deswegen, weil sie mich braucht. Sie ist blind, und sie benötigt Hilfe, und die Person, die ihr geholfen hat, ist ums Leben gekommen. Das ist allerdings nicht das Einzige. Ich bin gern mit ihr zusammen. Wir unterhalten uns.«

Sein Vater nickte einige Male, erwiderte jedoch nichts.

Der Tee und der Sekt kamen. Raymond und sein Vater nahmen schweigend ein paar Schlucke.

»Seit wann trinkst du Tee?«, fragte sein Vater. Als wäre er jetzt gerade erst aufgewacht und hätte es bemerkt.

»So etwa die letzten zwei Wochen.«

»Oh.«

Dann eine weitere Stille. Aber diese war anders. Sein Vater versuchte, sich einen Weg hindurchzubahnen, und Raymond konnte es spüren. Spürte den Kampf. Er fragte sich, wie häufig das wohl so war. Wie viel von ihrem Schweigen von der Seite seines Vaters aus nicht ganz freiwillig war.

Vielleicht hatten sie mehr gemeinsam, als Raymond klar gewesen war.

»Als ich etwas jünger war als du jetzt«, begann sein Vater, »vielleicht dreizehn oder vierzehn, gab es diesen Typen in unserer Gegend. Er ist mit seinem Hund zum Spielplatz gekommen. Der Hund hatte jede Menge Energie, also haben die anderen Jungs mit ihm gespielt, doch ich habe auf der Bank gesessen und mich mit dem Mann unterhalten. Der Colonel, so haben wir ihn genannt, weil er ein Colonel in der Armee gewesen war. Karrieresoldat, pensioniert. Er war ein älterer Mann. Vielleicht fünfzig. Vielleicht sogar sechzig. Ich mochte ihn, weil er mit mir wie mit einem Mann geredet hat, nicht wie mit einem

Kind. Und er schien mehr Ahnung vom Leben zu haben als die anderen Erwachsenen, die ich kannte. Also ist es vielleicht irgendwie so was?«

»Ja!«, sagte Raymond und merkte zu spät, dass er beinahe schrie. »Ja, fast genau so. Ich höre zu, wie sie redet, und ich spüre, dass sie die Welt versteht. Und wie man darin lebt, weißt du? Und dann höre ich zu, wie andere Leute reden, und es scheint, als wenn sie alles nur vorgeben.«

Bloß dass sein Vater nichts vorgegeben hatte. Jedenfalls nicht jetzt, als er Raymond die Geschichte vom Colonel erzählt hatte. Aber Raymond war sich nicht ganz sicher, wie er das in Worte fassen sollte.

»Ich glaube, deine Mutter wäre in der Lage, das zu begreifen.«

»Ich würde nur extrem ungern mit ihr darüber reden.«

»Warum?«

»Weil sie eine der Personen ist, die alles nur vorgeben.«

»Verstehe. Nun, du machst dir ziemlich viele Gedanken. Du wirst das schon auf deine Art herausfinden.«

Raymond hätte seinen Vater beinahe gefragt, warum er so lange damit gewartet hatte, ihm ein echtes Kompliment zu machen, doch er konnte es nicht ertragen, ihn wieder so enttäuscht und irgendwie traurig zu sehen, also behielt er den Gedanken für sich.

Sein Vater zog sein Portemonnaie heraus und holte zwei Zwanziger raus, schob sie über den Tisch zu Raymond.

»Danke«, sagte Raymond.

»Aber zeig es nicht Ed.«

»Nein, werd ich nicht.«

Raymond hatte schon beschlossen, dass er, wenn sein Vater ihm Geld geben würde, ein Omelett zum Mitnehmen bestellen würde. Spinat, Tomaten und Käse. Irgendein Käse. Mit Sauerrahm obendrauf.

Er könnte es für sie im Backofen aufwärmen.

Vielleicht wäre es eine Versuchung, der sie nicht widerstehen konnte.

* * *

»Komm rein, Raymond«, sagte sie durch die Tür.

Raymond öffnete die Schlösser mit seinen Schlüsseln. Oder vielmehr *ihren* Schlüsseln. Aber in letzter Zeit hatte er sie behalten.

Sie saß auf dem Sofa, was Raymond geradezu schockierend gut erschien. Sie hatte sich umgezogen – hatte das rote Hauskleid mit den Nadelstreifen an. Ihr Haar war frisch gewaschen und ordentlich zu einem Zopf geflochten.

Dann erinnerte er sich, dass Isabel und die Kinder sie am Vortag besucht hatten. Sie hatte sich vermutlich für sie hübsch gemacht. Ob sie das jetzt wieder getan hatte, konnte er nicht sagen.

Trotzdem ein Fortschritt, dachte er.

»Was hast du mitgebracht?«, wollte sie wissen. »Etwas zu essen.«

»Wie schaffen Sie das?« Dann wurde ihm klar, dass in diesem Fall die Antwort ziemlich klar war. »Oh. Stimmt. Ihre Nase.«

»Ja. Meine Nase sagt mir alle möglichen wunderbaren Dinge. Ich bin mir allerdings noch nicht ganz sicher, was es ist, daher werde ich einfach abwarten.«

»Haben Sie etwas gegessen?«

»Nicht heute. Nein. Gestern hat Isabel Pizza mitgebracht. Aber heute noch nicht.«

Raymond schüttelte den Kopf, während er in die Küche ging. »Dann ist es ja gut, dass ich zurück bin«, murmelte er zu sich selbst.

»Ich habe das gehört, weißt du?«

»Tut mir leid. Ich werde Ihnen was im Backofen aufwärmen.«

»In Ordnung. Danke. Ich hoffe, es ist das, was ich vermute.«

Er zog ein Messer aus der Schublade und schnitt etwa ein Drittel vom Omelett ab. Er suchte sich eine Auflaufform mit Deckel und legte es hinein. Schloss den Essenbehälter und fand einen Platz im Kühlschrank, ließ das Töpfchen mit Sauerrahm auf dem Tresen.

Es gab noch etwas Pizza im Kühlschrank. Und eine offene Flasche Weißwein, der Korken war wieder reingesteckt, um ihn frisch zu halten.

»Da ist Wein in Ihrem Kühlschrank«, stellte er fest.

»Ja, stimmt.«

»Von Isabel?«

»Genau. Sie hat gedacht, ein halbes Glas zum Abendessen könnte mir vielleicht beim Einschlafen helfen.«

»Und hat es geholfen?«

»Schwer zu sagen. Ich habe nicht sehr gut geschlafen. Aber ich denke, es hat auch nicht geschadet.«

»Wollen Sie ein Glas zu Ihrem …«, fast wäre ihm »Omelett« herausgerutscht, doch er wollte ihr die Überraschung nicht verderben, »Essen?«

»Das wäre nett. Danke.«

»Dann wollen wir mal hoffen, dass Sie kein Alkoholproblem entwickeln«, sagte er. Es war zu fünfundneunzig Prozent ein Scherz, und er hoffte, dass sie das an seiner Stimme erkannte.

Zu seiner Überraschung lachte sie. Ganz natürlich. Als wäre nicht gerade jemand gestorben, der ihr nahegestanden hatte.

»Wenn man bedenkt, dass ich nach weniger als einem Glas sofort einschlafe«, erwiderte sie, »vermute ich, dass ich das Risiko eingehen kann.«

* * *

Er führte sie an den Tisch und rückte den Stuhl für sie zurecht, als sie sich setzte.

»Ich hatte recht«, verkündete sie. »Es ist, was ich vermutet hatte! Ich hatte schon Sorge, dass ich mir allzu große Hoffnungen gemacht hätte.«

»Spinat, Tomate und Käse.«

»Mit Sauerrahm?«

»Natürlich.«

»Dein Vater ist mit dir in dieses schöne Restaurant zum Brunch gegangen?«

»Ja.«

»Wie nett von dir, dass du dran gedacht hast, mir das hier mitzubringen.« Sie berührte die Enden mit Messer und Gabel, vermutlich um festzustellen, wie viel er ihr gegeben hatte.

»Es ist etwa ein Drittel. Der Rest ist im Kühlschrank.«

»Trotzdem ziemlich viel«, sagte sie und nahm den ersten Bissen.

Sie schloss die Augen und seufzte zufrieden.

»Geben Sie einfach Ihr Bestes.«

»Das kann ich tun. Das ist wirklich nett, dass du mir das mitgebracht hast, Raymond. Es ist so lecker. Genauso gut wie das Erste, selbst aufgewärmt.«

Sie aß einige Zeit schweigend. Raymond saß einfach bei ihr und starrte durch das Fenster.

»Wie war der Besuch von den Kindern?«, fragte er nach einer Weile.

Sie schluckte schnell, bevor sie antwortete.

»Schmerzhafter, als ich gedacht hätte. Sie sind wie ein Spiegel für diesen riesigen Verlust. Sie verstehen es noch nicht ganz. Nun, sie tun es und auch nicht. Es ist schwierig in ihrem Alter. Oh, wem will ich etwas vormachen? Es ist in jedem Alter schwierig. Selbst in meinem.« Sie nahm einen kleinen Schluck von ihrem Wein. »Und wie war dein Wochenende mit deinem Vater?«

»Ziemlich gut sogar. Besser als sonst. Ich habe das Gefühl, dass wir es geschafft haben, tatsächlich über etwas zu reden. Sie wissen schon. Über etwas Echtes.«

»Gut. Gut. Jetzt verrat mir eine andere Sache, Raymond. Ich habe mich das gefragt, während du weg warst. Also werde ich dich einfach fragen. Warum hast du solche Angst um mich?«

»Angst um Sie?«, fragte er.

Er drehte den Kopf, um ihr ins Gesicht zu sehen. Vielleicht nach Hinweisen darauf zu suchen, was sie meinte. Es war ihm zugewandt, als würde ihr das dabei helfen, zuzuhören. Der Kopf leicht geneigt, wie bei einem Hund, der versuchte, ein merkwürdiges Geräusch zu identifizieren. Sie hielt Gabel und Messer aufrecht in die Luft, ganz still. Er konnte erkennen, dass er ihre volle Aufmerksamkeit besaß.

»Hab ich Angst um Sie?«

»So kommt es mir zumindest vor.«

»Nun … Menschen müssen essen, wissen Sie?«

»Menschen können sehr viele Tage ohne Essen auskommen.«

»Das stimmt wohl. Aber …« Und dann fühlte er es. Die Sache, die sie gefragt hatte. Es war da. Es kam durch ihn herauf. Es würde den Weg durch seinen Mund finden. Hinaus in die Welt, und er würde es nicht wieder zurücknehmen können. Nicht mehr abstreiten. »Ich habe das Gefühl, als wenn … Nun, da Luis nicht mehr da ist … Sie haben einfach diesen wirklich starken Lebenswillen, und ich denke, ich habe mir Sorgen gemacht, dass Sie den verlieren.«

»Ich verstehe«, antwortete sie. Sie legte ihre Gabel und ihr Messer hin. Tupfte sich den Mund mit einer Serviette ab. »Also dann, Raymond. Lass dir von mir was über mich erzählen, damit du es verstehst. Viele Leute, die ich gekannt habe, sind jung gestorben. Und das ist alles, was ich darüber sagen werde.

195

Würde ich sie wiedersehen ... Und wer weiß? Vielleicht gibt es ein Leben nach dem Tod. Vielleicht werde ich sie sehen. Wer kann das schon sagen? Denkst du, ich würde sie früher als nötig treffen wollen und ihnen erklären müssen, dass ich aufgehört habe, es zu versuchen, weil das Leben mir etwas weggenommen hat? Das ist eine Beleidigung für die, die nicht das Glück hatten, alt zu werden. Es ist ein Schlag ins Gesicht. Und selbst wenn ich sie nie wiedersehe, wäre es ein Schlag ins Gesicht für dich.«

»Mich?«

»Ja, dich. Dann würde ich nicht erkennen, dass mir das Leben Luis weggenommen hat, aber dich gebracht hat. Das Leben nimmt uns allen etwas. Ich werde dir etwas über das Leben erzählen, das du vielleicht nicht weißt, mein junger Freund. Das Leben gibt uns die Sachen nicht. Es leiht sie uns nur. Nichts gehört uns, wir können nichts behalten. Absolut nichts. Nicht einmal unsere Körper oder unseren Geist. Dieses Selbst, von dem wir denken, dass wir es so gut kennen, das wir als Ich identifizieren. Es ist bloß eine Leihgabe. Wenn ein Mensch in unser Leben tritt, wird er eines Tages wieder gehen. Weil man sich aus den Augen verliert oder weil jeder irgendwann stirbt. Sie werden sterben, oder du wirst sterben. Nichts, was wir in diesem Leben bekommen, dürfen wir behalten. Ich bin kein verzogenes Kind, das seine Spielzeuge nimmt und nach Hause läuft, weil es nicht akzeptieren kann, dass das nun mal die Art ist, wie die Dinge funktionieren.«

»Gut«, sagte Raymond. »Ich bin froh, das zu hören. Ich hab mir Sorgen gemacht, dass Sie vielleicht ...« Er konnte sich allerdings nicht überwinden, es auszusprechen.

»Sterben? Natürlich werde ich sterben. Viel früher als du, will ich meinen, obwohl ich das auch von Luis gedacht habe. Ja, ich werde sterben, Raymond, und ich kann nicht vorhersehen, wann das passieren wird. Vielleicht morgen. Vielleicht wenn ich hundertsechs bin. Doch eine Sache kann ich dir versprechen: Es wird nicht deswegen sein, weil ich das Leben aufgegeben habe. Lange zu leben ist ein Geschenk, das vielen nicht gewährt wird, und so kommt es mit der Verantwortung, das Beste daraus zu machen. Es wenigstens zu schätzen. Die Menschen beschweren sich darüber, dass sie älter werden – die Schmerzen, wie viel schwieriger alles ist –, als hätten sie vergessen, dass die Alternative darin besteht, jung zu sterben.«

Sie nahm ihre Gabel wieder in die Hand und aß weiter. Mit neuer Energie, fand Raymond. Oder mindestens mit sehr viel Starrköpfigkeit.

»Außerdem«, erklärte sie zwischen zwei Bissen, »muss ich lange genug leben, um zu erfahren, was mit dieser Frau passiert, wenn sie vor Gericht kommt.«

TEIL II
APRIL

KAPITEL ELF

GLÜCKSKEKS

Raymonds Vater kam rein und überraschte ihn. Raymond hatte allein auf der Couch im Apartment seines Vaters gesessen und auf seinem Laptop ein E-Book über den Zweiten Weltkrieg gelesen, während er chinesisches Essen aß.

Raymond schaute rasch auf die Uhr auf seinem Bildschirm. Es war zwanzig nach sechs.

»Ich hoffe, das ist okay«, sagte er zu seinem Dad. »Ich war Pizza leid.«

»Gott sei Dank.« Sein Vater durchquerte den Raum und blieb vor Raymond stehen, warf seine Jacke auf einen Stuhl. Sie rutschte runter und landete auf dem Teppich, und er ließ sie da liegen. Es hätte Neesha verrückt gemacht, wenn sie zu Hause gewesen wäre. »Ich dachte, du wärst der, der immer nur Pizza wollte.«

»Na ja. Bis zu einem gewissen Punkt schon.«

»Was hast du da alles?«

Sein Vater setzte sich neben ihn auf die Couch und schlüpfte aus seinen Schuhen. Als täten ihm die Füße weh. Was sie vermutlich taten. Er hatte schließlich den ganzen Tag auf ihnen gestanden.

»Sesamhühnchen. Frühlingsrollen. Gebratenen Reis mit Shrimps. Es ist erst vor ein paar Minuten gekommen. Ich glaub, das musst du dir nicht mal warm machen.«

»Ich hol mir einen Teller.«

Während sein Vater in der Küche war, klappte Raymond den Laptop zu und holte tief Luft. Bereitete sich im Geiste so gut wie möglich vor.

»Ich muss mit dir über etwas reden«, sagte er, bevor sein Vater sich überhaupt wieder hingesetzt hatte.

»Okay. Schieß los.«

»Da ist etwas, was ich dringend tun möchte. Es ist mir wichtig. Aber ich würde dadurch die Schule versäumen. Es ist aber auch etwas zum Lernen, daher halte ich es für einen guten Grund, die Schule zu versäumen, und ich würde trotzdem jeden Abend die Aufgaben machen, die meine Lehrer mir geben. Meine Noten würden nicht schlechter werden. Ich brauch allerdings eine Befreiung.«

»Was hält deine Mutter davon?«

Raymond sagte nichts. Er saß da und schaute zu, wie sein Vater den Karton mit dem Sesamhühnchen schief hielt und sich daraus mit einem Paar Einwegstäbchen Essen auf seinen Teller tat. Er hatte das Gefühl, als sollte er etwas sagen. Aber es gab keine gute Antwort.

»Verstehe«, erklärte sein Vater und lehnte sich mit einem Seufzen zurück. »Warum hast du sie nicht gefragt?«

»Na ja. Du weißt doch, wie sie ist. Sie möchte, dass alles so läuft, wie sie es haben will. Sie ist nicht wirklich flexibel, wenn jemand den Plan ändern möchte.«

»Du weißt, dass es so nicht funktioniert, Raymond. Hast du tatsächlich gedacht, ich würde dir eine Befreiung schreiben und sie würde es nicht herausfinden?«

»Es war bloß so ein Gedanke.«

Dann lachte Raymond. Nur ein leises, atemloses Lachen. Und zu seiner Erleichterung lachte sein Vater auch.

»Was ist das denn, was du tun möchtest?«

»Es ist eine … Gerichtsverhandlung.«

»So was wie ein Strafprozess?«

»Ja.«

»Was für ein Verbrechen denn?«

»Totschlag.«

»Kennst du den Angeklagten?«

»Nein. Aber ich kenne die Familie des Opfers.«

»Okay. Es geht um deine Freundin, richtig? Diese ältere Frau?«

»Woher weißt du das?«

»Ich höre zu, wenn du mit mir redest, Sohn. Als du mir das erste Mal von ihr erzählt hast, hast du gesagt, dass sie blind ist und Hilfe braucht und dass der Mann, der ihr bislang geholfen hatte, umgebracht worden sei.«

»Oh«, erwiderte Raymond. »Hab ich das?«

Er war so überrascht, dass er eine ganze Weile lang nicht sprach – nicht sprechen konnte.

»War dir nicht bewusst, dass ich dir zuhöre?«

»Ich … vermute, ich bin nicht dran gewöhnt. Mom und Ed tun es nicht. Also, Ed hört nicht zu. Mom kriegt zwar alles mit, was man ihr erzählt, doch dann vergisst sie es sofort wieder.«

»Aber du hättest merken können, dass das bei mir anders ist.«

»Du redest nicht viel«, entgegnete Raymond unerwartet aufrichtig. »Daher ist es manchmal schwer zu sagen.«

»Wie auch immer. Ich denke, deine Mom würde verstehen, weshalb du sie darum bittest. Schließlich ist dir diese alte Frau sehr wichtig.«

Ein weiteres längeres Schweigen. Dieses Mal dauerte es mindestens eine Minute. Vielleicht auch zwei oder drei. Raymond hoffte, sein Vater würde nachgeben und die Stille mit Worten füllen. Weil Raymond nicht die Absicht hatte, das selbst zu tun.

»Du hast ihr noch nicht mal von deiner Freundin erzählt«, meinte sein Vater schließlich. Das war keine Frage, sondern eine Feststellung.

»Nein.«

»Warum nicht?«

Raymond seufzte. »Es ist irgendwie schwierig, das zu erklären. Aber kennst du das, dass einem etwas wirklich wichtig ist und man einfach weiß, jemand anders würde es nie verstehen? Sodass es beinah so ist, als wollte man etwas vor ihnen beschützen. Als ob sie überall Fingerabdrücke hinterlassen und es ruinieren würden. Und diese Sache mit dem Schule-Versäumen für den Prozess – das ist ein perfektes Beispiel dafür. Es ist mir sehr wichtig, und sie ist diejenige, die es für mich ruinieren wird, und das wissen wir auch beide.«

Mehr Schweigen. Lang genug für seinen Vater, um das Sesamhühnchen aufzuessen und die beiden letzten Frühlingsrollen auf seinen Teller zu legen. Raymond nahm einen Glückskeks und riss die Plastikfolie auf. Er rollte den Keks in seinen Fingern hin und her, ohne ihn aufzubrechen.

»Und was halten die Leute an deiner Schule von deinem Plan? Hast du schon mit dem Rektor gesprochen?«

»Noch nicht. Ich fange mit dir an.«

»Du musst mit deiner Mom anfangen. Und dann mit dem Rektor. Und dann kann ich dir die Entschuldigung schreiben, allerdings nur, wenn deine Mom mit an Bord ist. Wenn du denkst, dass ich es riskiere, der Frau in die Quere zu kommen, dann kennst du mich schlecht.«

Raymond seufzte wieder. Er blickte auf den Glückskeks in seiner Hand und brach ihn auf. Zog den Zettel heraus.

Du wirst bald ein großes Abenteuer beginnen

»Was steht drauf?«, fragte Raymonds Vater.

Raymond reichte ihm den Zettel. Sein Vater hielt ihn auf Armeslänge vor sich. Er hatte seine Lesebrille nicht auf. Raymond konnte erkennen, dass er es entziffert hatte, weil er ironisch lächelte.

»Ich frage mich, wer in dieser Glückskeksfabrik deine Mutter kennt.«

Wieder lachten sie beide, und es fühlte sich gut an.

* * *

Wenn das hier ein Film wäre, dachte Raymond, würde die Schulsekretärin etwas Knappes und Offizielles sagen. Etwas wie: »Der Rektor ist jetzt bereit, mit dir zu sprechen.«

Aber das hier war Raymonds echtes Leben.

Sie schnippte mit den Fingern, um seine Aufmerksamkeit zu erregen, während er dasaß und zum Fenster hinaussah. Dann deutete sie mit dem Kopf in Richtung von Mr Landuccis Büro.

»Okay, hab's verstanden«, erklärte Raymond.

Er stand auf. Atmete tief ein. Ging hinein.

Mr Landucci war ein kleiner, breiter Mann von ungefähr fünfzig Jahren, der ein Hemd mit einem zu engen Kragen trug, sodass die Haut an seinem dicken Hals über den Windsor-Knoten seiner Krawatte quoll. Er hatte eine Lesebrille mit Halbgläsern, über die hinweg er Raymond anschaute. Er kniff die Augen zusammen, als versuche er, Raymond irgendwie zu klassifizieren.

»Und du bist …?«

»Raymond Jaffe.«

»Hatte ich dich je zuvor in meinem Büro?«

»Nein, Sir.«

»Gut. Das ist ein Punkt, der für dich spricht. Setz dich.«

Raymond ließ sich unbehaglich auf die Kante des harten Holzstuhls sinken. Es gab keine Armlehnen, daher wusste Raymond nicht, wo er seine Arme hintun sollte.

Genau wie früher, dachte er.

Der Rektor schien ihn dabei zu beobachten, wie er versuchte, seine Körperteile zu sortieren. Irgendwie interessiert, als könnte er sich nicht vorstellen, wie es sich anfühlte, wenn man die eigenen Glieder tagtäglich unter Kontrolle bringen musste. Dann starrte er eine Weile lang auf seinen Computerbildschirm, aber Raymond hatte keine Ahnung, ob sein Leben irgendwas mit dem zu tun hatte, was der Mann da las.

»Also, was kann ich für dich tun?«, fragte Mr Landucci schließlich.

»Ich möchte mit Ihnen über eine Fehlzeit sprechen.«

»In Ordnung. Wie lange hast du gefehlt, und wann war das?«

»Nein. Keine vergangene Fehlzeit. Eine zukünftige. Ich möchte etwas tun, wodurch ich eine Zeit lang den Unterricht versäumen würde. Doch ich finde, dass es sehr lehrreich wäre. Diese Sache, die ich tun möchte.«

»Dann brauche ich ein Entschuldigungsschreiben von deiner Mutter.«

Raymond saß einen Moment lang verblüfft da, spürte, wie seine Ohren prickelten.

»Von meiner Mutter?«

»Ja. Von deiner Mutter.«

»Warum haben Sie nicht ›von deinen Eltern‹ gesagt?«

»Weil hier steht, dass sie geschieden sind und gemeinsames Sorgerecht haben. Dass du bei deiner Mutter lebst und jedes zweite Wochenende bei deinem Vater verbringst.«

»Oh«, erwiderte Raymond. »Das steht da alles? Und warum ist das da eingetragen?«

»Das sind die Informationen, die wir brauchen. Wenn ein Schüler an bestimmten Tagen zu spät zum Unterricht kommt, liegt das vielleicht an einem längeren Schulweg. Oder wenn ein Schüler abgelenkt ist oder Zeichen von Misshandlungen aufweist … Nun, es ist für uns einfach hilfreich, das zu wissen. Aber zurück zu deiner Frage. Ist deine Mutter damit einverstanden, dass du dir die Auszeit von der Schule nimmst?«

»Mein Vater hat gesagt, er würde mir eine Entschuldigung schreiben.«

»Verstehe.«

Raymond überlegte, dass der Rektor das wohl tat. Vermutlich sogar zu viel. Mehr, als Raymond hatte verraten wollen.

»Ich würde Ihnen gerne mehr von dieser Sache erzählen, die ich vorhabe. Bitte. Es hat damit zu tun, dass ich etwas über unser Justizsystem lernen will. Aus erster Hand. Nun, nicht wortwörtlich aus erster Hand. Ich bin nicht an einem Prozess beteiligt oder so. Doch irgendwie betroffen. Und ich würde meine Aufgaben von meinen Lehrern bekommen und sie abends erledigen. Zu Hause. Ich werde nicht im Stoff zurückbleiben. Und ich werde auch nicht schlechtere Noten haben. Ich habe nie schlechte Noten. Das können Sie vermutlich sehen. Da Sie da ganz offenbar mein komplettes Leben auf Ihrem Schirm haben.«

Zuerst gab es keine Antwort. Mr Landucci blickte Raymond gar nicht an. Er las auf dem Monitor. Raymond fiel auf, dass der Rektor ihn nicht mehr angeschaut hatte, seit Raymond versucht hatte, seine Arme und Beine zu sortieren. Der Mann schien danach das Interesse an ihm verloren zu haben.

»Ja«, sagte Mr Landucci plötzlich, erschreckte Raymond damit. »Du bist ein guter Schüler. Ich wünschte, wir hätten mehr wie dich. Aber ich brauche trotzdem ein Schreiben von deiner Mutter. Und nachdem du dir so viel Mühe gegeben hast, sie zu umgehen, werde ich sie kurz anrufen und es mir bestätigen lassen. Sonst habe ich keine Einwände gegen das, was du vorschlägst, vorausgesetzt, du versäumst wirklich keinen Stoff.«

Raymond saß einen Moment lang da. Er wusste, er sollte aufstehen und gehen, doch das tat er für eine unbehaglich lange Zeit nicht.

»Ich verstehe das nicht«, erklärte er.

»Was verstehst du nicht? Du scheinst mir ein kluger junger Mann zu sein, und nichts von dem hier ist besonders kompliziert.«

»Mein Vater ist genauso ein Elternteil von mir wie meine Mutter.«

»Aber sie ist die Hauptbezugsperson. Und er wird nur als zweite Bezugsperson geführt.«

»Oh«, sagte Raymond und fand, dass er kurz wie sein Vater klang. Ein Mann weniger Worte. Oh.

»Also sehen wir uns wieder, wenn du das Schreiben von ihr hast.«

Das war die höfliche Art und Weise des Rektors, ihm zu verstehen zu geben, dass das Treffen vorbei war. Und Raymond wusste das.

* * *

Er ging mit Mrs G die Straße entlang, hatte sie bei sich untergehakt, und sie waren auf dem Weg zur Bank, um ihre zwei monatlichen Schecks einzureichen. Sie mussten sich ein bisschen beeilen, um rechtzeitig dort zu sein, bevor die Filiale für den Tag schloss. Trotzdem fühlte sich diese Art des Beeilens für Raymond schwierig an, weil sie nur so langsam vorankamen.

»Erzähl mir, wie sieht es aus, kannst du hin?«, fragte sie, als sie an einer Ampel warten mussten.

»Das ist bisher nicht sicher«, antwortete er. »Ich arbeite noch daran.«

Sie schien seine Entmutigung zu spüren. Sie schien alles zu spüren, dachte Raymond. Er wartete darauf, dass sie weiter nachfragte, aber das tat sie nicht. Sie überquerten schweigend die Straße.

»Was mich betrifft, glaube ich fast, dass ich ihm zu viel Bedeutung beimesse«, erklärte sie. »Zu viel dareinsetze.«

»Ich weiß nicht, was das heißen soll.«

Er beobachtete, wie sie mit dem rot-weißen Stock den Weg vor ihnen abtastete, während sie gingen. Er war sich nie sicher, warum sie ihn so benutzte, da er sie ja im Voraus warnen würde, wenn sie über irgendwas zu stolpern drohte. Andererseits war es vermutlich leicht für Raymond, so zu denken. Er hatte nie zuvor eine belebte Straße in Manhattan entlanggehen und sich fragen müssen, wogegen er im nächsten Moment stoßen mochte.

»Ich versuche, mir zu überlegen, wie ich es besser ausdrücken kann«, fuhr sie fort. »Sodass es Sinn ergibt. Du weißt, manchmal hat man einfach Schmerzen, und man ruft den Arzt an. Nun, vielleicht weißt du's auch nicht, weil du jung und gesund bist. Doch es muss irgendetwas Ähnliches in deinem Leben geben. Also vereinbarst du einen Termin, und lass uns sagen, der ist ein paar Wochen später. Und du guckst immer wieder auf den Kalender und setzt all deine Hoffnung auf diesen einen Tag. Als ob alles in Ordnung kommt, wenn du es nur zu dem Termin schaffst, obwohl du natürlich genau weißt, dass dir am Ende eine Riesenenttäuschung bevorsteht. Vielleicht weiß der Arzt nicht, was die Ursache deiner Schmerzen ist, oder vielleicht muss er auch erst Tests machen. Oder er weiß sogar, was es ist, aber es gibt keine guten Behandlungsmöglichkeiten. Du weißt genau, du musst damit rechnen, dass du die Praxis verlässt und immer noch Schmerzen hast. Und dann findest du dich vor der schwierigen Aufgabe wieder, deine innere Uhr auf eine andere Zeit zu stellen, zu der es wieder in Ordnung ist. Hast du so etwas schon mal erlebt?«

»Ja«, erwiderte er. »Ich glaub schon.« Er schaute auf und sah die Bank am Ende des Blocks. Er blickte auf ihre Armbanduhr. Sie würden es schaffen, sieben Minuten vor Schalterschluss. »Und du denkst, dass es das ist, was du in Hinblick auf den Prozess machst?«

»Genau.«

Das letzte Stück legten sie schweigend zurück. Durch die Banktür, die ein älterer Kunde für sie aufhielt, traten sie ein. Drinnen führte Raymond sie ans Ende einer mittellangen Schlange.

»Gibt es irgendetwas, was du dagegen tun kannst?«, fragte er, während sie warteten.

»Nein, soweit ich weiß, nicht.«

Sie standen da, ohne etwas zu sagen, bis sie an der Reihe waren und ein Schalterfenster frei wurde. Es war bei Mrs Gs Lieblingsbankmitarbeiterin Patty.

»Meine beiden Lieblingskunden!«, rief Patty ein bisschen zu laut, während sie langsam zu ihrem Schalter gingen. »Mrs Gutermann und Raymond!«

Raymond brachte Millie zu dem Fenster, wo sie ihre Handtasche auf die Ablage stellte und zu durchsuchen begann.

Einen Moment später schaute er auf und an ihr vorbei zum Bankeingang.

Und dort entdeckte Raymond ... seine Mutter.

Es war unausweichlich gewesen, und er hatte das gewusst. Es war praktisch ein Wunder, dass sie ihr nicht schon längst einmal begegnet waren. Oder einer seiner Schwestern. Raymond hatte angenommen, dass er einfach besonderes Glück gehabt hatte. Aber wenn das so gewesen war, dann war es damit gerade vorbei.

Sie sah ihm direkt ins Gesicht, und er hatte keine andere Wahl, als ihren Blick zu erwidern. Sein Herz begann schneller zu klopfen, und seine Ohren fühlten sich heiß an. Sie sah ihn weiter fragend an. Sie wirkte nicht wütend, nur neugierig.

»Entschuldigung«, sagte er zu Patty und Mrs G. »Ich bin gleich zurück.«

Mit rasendem Herzen, sodass ihm beinahe schwindlig wurde, ging er zu ihr. Er fühlte sich irgendwie, als wäre er außerhalb seines Körpers, wie losgelöst von sich.

Sie standen einander ein oder zwei Sekunden lang stumm gegenüber.

»Das hier ist nicht unsere Bank«, bemerkte er.

»Nein.« Ihr Tonfall war spöttisch, und sie zog die Augenbrauen hoch. Auch der Rest ihres Gesichts zeigte einen spöttischen Ausdruck. »Das stimmt.«

»Also, was tust du hier?«

»Das Gleiche könnte ich dich fragen.«

»Nein, ernsthaft. Was tust du hier?«

Sie stemmte ihre Hände in die Hüften, die Ellbogen nach außen. Das war nie ein gutes Zeichen.

»Nicht, dass es dich irgendetwas anginge, aber jemand bei der Arbeit hat mir einen Scheck ausgestellt, und ich dachte, ich löse ihn bei seiner Bank ein, denn dann ist es einfach nur Bargeld, weißt du? Nicht irgendein Einkommen, bei dem das Finanzamt mich fragen kann, warum ich keine Steuern darauf gezahlt habe, falls ich je geprüft werde. Okay. Jetzt bist du dran.«

Raymond öffnete den Mund, um ihr zu antworten. Doch gerade, als er das tun wollte, rief Patty ihn.

»Raymond! Raymond, Süßer, sie braucht dich wieder. Wir sind fertig.«

Die Augenbrauen seiner Mutter machten wieder diese spöttische Sache. Oder vielleicht wurde es auch nur stärker.

»Ich bin gleich wieder da«, sagte er. Er kehrte zum Schalterfenster zurück, um Mrs G abzuholen. Er griff nach ihrer Hand, wie er das immer tat, und legte sie sich auf den Oberarm. Dann, nachdem sie seinen Arm gefunden hatte, hakte sie sich bei ihm unter. Und sie setzten sich gemeinsam in Bewegung.

»Wo warst du?«, wollte sie von ihm wissen. »Es passt nicht zu dir, wegzugehen, während ich am Schalter stehe. Nicht, dass es nicht in Ordnung gewesen wäre. Ich hab mich bloß gewundert.«

»Meine Mutter ist hier.«

In diesen schlichten Worten schwang eine Menge mit. Er hörte es selbst in seiner Stimme, und er wusste, auch Mrs G hatte es gehört.

»Ich würde sie liebend gern kennenlernen«, erwiderte sie, ohne auf den Subtext einzugehen.

»Das ist gut, denn darauf scheint es unvermeidlich hinauszulaufen.«

Er brachte sie zu seiner Mutter und blieb ein paar Schritte vor ihr stehen. Raymond musste daran denken, dass die Bank nur noch ein paar Minuten lang aufhatte und dass seine Mutter, wenn sie so weitermachten, vermutlich ihren Scheck nicht mehr würde einlösen können.

»Mom«, begann er, »das hier ist Mrs Gutermann. Sie lebt in unserem Haus, im zweiten Stock. Sie braucht Hilfe dabei, zur Bank zu kommen, daher …« Aber er beendete den Satz nicht.

»Ich freue mich sehr, Sie kennenzulernen«, erklärte Mrs G, um die Stille zu füllen.

Sie streckte die Hand aus. Doch seine Mutter sagte nichts und machte auch kein Geräusch. Daher befand sich die Hand ungefähr dreißig Grad rechts von der Stelle, wo die seiner Mutter wäre. Raymond nahm sie und schob sie näher zu seiner Mutter, die ebenfalls ihre Hand hob und Mrs Gs ergriff.

Genau genommen schüttelten sie einander nicht die Hände. Es war mehr eine Geste, bei der Mrs G seiner Mutter die Hand drückte und seine Mutter es zuließ.

»Sie müssen so stolz auf Ihren wunderbaren Sohn sein«, bemerkte Mrs G. Ihre Stimme strahlte förmlich, wenn das möglich war. »Er ist mir wirklich ein guter Freund. Er hilft mir bei so vielen Dingen, dass ich gar nicht weiß, wie ich allein zurechtkommen sollte. Und immer mit so einer Selbstverständlichkeit. Ich habe keine Ahnung, wie man jemanden zu einem so fürsorglichen und umsichtigen jungen Mann erzieht, aber Sie haben diese Aufgabe bewundernswert gemeistert.«

Raymonds Mutter richtete ihre Augen auf sein Gesicht. Sie hatte es inzwischen begriffen und wusste, sie konnte das tun, ohne dass Mrs G es mitbekam. Daher fragte sie ihn mit den Augen. Und als sie den Mund öffnete, um Mrs G zu antworten, tat sie das, ohne den Blick von ihm zu nehmen.

»Das ist aber interessant. Wie lange ist er Ihnen schon eine so großartige Hilfe?«

»Ach, schon viele Monate. Seit Oktober, würde ich sagen. Wir sind inzwischen gute Freunde geworden. Nicht wahr, Raymond?«

»Absolut«, erwiderte Raymond, und die Haut in seinem Gesicht fühlte sich unter der stetigen Musterung seiner Mutter heiß an.

Raymonds Mom wiederholte mit den Lippen die Worte »viele Monate«. Dann streckte sie eine Hand aus und schnippte Raymond mit dem Zeigefinger fest gegen die Stirn.

»Au«, entfuhr es Raymond.

»Alles in Ordnung mit dir, Raymond?«, fragte Mrs G. »Was ist passiert?«

»Nichts. Es war nur … Nichts.« Raymond sah zur Uhr. »Mom, die Bank schließt in ungefähr zwei Minuten. Wenn du jetzt nicht zum Schalter gehst, bist du umsonst hergekommen.«

»Stimmt. Wir reden zu Hause. Es war nett, Ihre Bekanntschaft zu machen, Mrs …«

»Gutermann. Aber Millie ist völlig in Ordnung. Ich habe mich auch gefreut, Sie kennenzulernen.«

Dann ging Raymonds Mutter um sie herum und war weg. Und Raymond konnte wieder normal atmen. Er führte Mrs G zur Tür, die eine andere Kundin, eine junge Frau, ihnen aufhielt.

Sie traten gemeinsam auf die Straße. Eine Weile lang sprachen sie nicht.

Das Wetter war kühl und frühlingshaft, der Verkehr laut, der Lärm der Rushhour. Leute eilten an ihnen vorbei, stießen manchmal gegen Raymonds Schulter, so eilig hatten sie es, sie zu überholen.

»Ich hab ihr nichts davon erzählt, dass ich dir helfe«, erwiderte er nach einer Weile.

»Das habe ich gemerkt.«

»Es ist irgendwie schwierig, zu erklären, warum.«

»Das musst du nicht. Es ist in Ordnung. Ich verstehe das.«

»Das glaube ich irgendwie nicht.«

»Eine alte Frau zur Freundin zu haben ist nichts, womit ein Junge angibt. Es ist nicht unbedingt etwas, worauf man stolz ist.«

»Ich schäme mich nicht für dich. Überhaupt nicht. Eigentlich eher genau das Gegenteil.«

Den Weg bis zur Mitte des nächsten Blocks legten sie schweigend zurück. Ein weiterer Passant stieß von hinten gegen Raymonds Schulter in seiner Eile, nach Hause zu kommen.

»Das wirst du mir näher erklären müssen«, meinte sie. »Weil ich es mir selbst nicht vorstellen kann.«

»Oh. Wow. Schwierig. Okay. Es ist eher so, dass ich mich für meine Familie schäme. Was ich vermutlich nicht tun sollte, aber … Ich meine, meine Mutter ist nicht furchtbar. Sie kümmert sich um uns und ist eine gute Mutter. Sie wird allerdings wirklich schnell sauer, und sie scheint neuen Ideen gegenüber nie aufgeschlossen zu sein. Was immer sie denkt, ist das, was sie denkt, und dabei bleibt es. Und wenn ich ihr sage, es wäre echt wichtig für mich, *dies* zu tun, dann wird sie mir antworten, sie möchte, dass ich *jenes* tue. Und sie wird kein bisschen davon abweichen. Ich weiß noch nicht mal, wie man das nennt.«

»Verbohrt?«, schlug Mrs G vor.

»Ja. Verbohrt. Und ich weiß, sie würde nicht verstehen, dass wir beide befreundet sind. Sie versteht Dinge nicht. Du schon. Alle möglichen Dinge. Du verstehst die Menschen.«

»Ich verstehe die Menschen überhaupt nicht. Ich würde sogar so weit gehen, zu sagen, dass ich mit jedem Tag mehr von ihnen verwirrt werde.«

»Nun, du verstehst sie jedenfalls besser als irgendjemand sonst, den ich kenne. Du verstehst praktisch alles, verglichen mit den anderen, die ich kenne. Und meine Familie … Sie tun's einfach nicht. Ich vermute, ich hatte das Gefühl, mit dir befreundet zu sein ist einfach wirklich nett, und meine Familie würde es bloß ruinieren.«

Sie gingen schweigend weiter, bis Raymond ihr Gebäude am Ende des Blocks sah.

»Du musst versuchen, mit deiner Familie Frieden zu schließen, Raymond«, erklärte sie.

»Warum?«

»Weil sie deine Familie sind. Du wirst in nicht einmal einem Jahr achtzehn, und dann kannst du ausziehen und allein leben und dir eine eigene Familie suchen, auf welche Weise auch immer du das möchtest. Aber du hast trotzdem nur eine Familie, aus der du stammst. Eine Mutter. Daher rate ich dir, dich mit ihnen – mit *ihr* – auszusöhnen. Wenn sie dich in den Wahnsinn treibt, dann kannst du weniger Zeit mit ihr verbringen, sobald du erwachsen bist. Doch wenn du diese grundlegenden Probleme nicht löst, wenn du nicht darüber redest, was schiefläuft, wirst du es am Ende bereuen. Ich habe etwas Erfahrung mit so was in meiner eigenen Vergangenheit. Also wenn wir nach Hause kommen und ich sicher in meiner Wohnung bin, dann solltest du nach oben gehen und mit ihr reden – und zwar auf eine bessere Art und Weise, als du das vielleicht in der Vergangenheit getan hast.«

»Okay«, erwiderte Raymond. »Okay. Das werde ich.«

Es war schließlich nicht so, als hätte er irgendwelche anderen Möglichkeiten.

»Ich werde bei dem Prozess für dich da sein«, versprach er, während sie langsam die Eingangsstufen zur Haustür hochstiegen.

»Sag das jetzt noch nicht. Du weißt es nicht. Es kann sein, dass es nicht klappt.«

»Du brauchst mich dort, richtig?«

»Es wäre mir eine große Hilfe, ja. Ich denke, Isabel würde mich mitnehmen, aber ihr wird zu viel durch den Kopf gehen. Außerdem könnten bei ihr jeden Moment die Wehen einsetzen. Es ist ein furchtbarer Zeitpunkt dafür, sie zu bitten, sich um jemand anderen zu kümmern.«

»Daher brauchst du mich beim Prozess.«

»Ja, ich glaube, das kann man so ausdrücken.«

»Dann werde ich dort sein. Und niemand wird mich aufhalten.«

* * *

In einem verhältnismäßig beispiellosen Vorgehen saß Raymond auf der Couch in ihrer Wohnung und wartete auf sie. Wartete, dass seine Mutter heimkam.

Es dauerte nicht lange. Weniger als fünf Minuten.

Als sie durch die Tür trat, schien sie überrascht, ihn dort zu sehen. Sie setzte wieder diese spöttische Miene auf, als ob das

216

alles für sie ein großer, sarkastischer Witz wäre. Raymond hatte begonnen, sich darüber zu ärgern.

»Das wird wirklich interessant«, erklärte sie und schloss die Tür hinter sich. Dann drehte sie sich zu ihm um und stellte sich hin, die Hände am Bauch, die Ellbogen angewinkelt und nach außen gedreht. »Ich kann dir genau sagen, wie interessant ich das hier finde. Ich kann es gar nicht erwarten, das nächste Mal mit den anderen Frauen nach der Arbeit auf einen Drink auszugehen. Imogene wird mir alles über ihren Sohn erzählen, der wieder mit Crack angefangen hat, es aber natürlich vor ihr zu verbergen versucht. Und Paulette hat eine Tochter, die elf Strafzettel wegen Falschparkens bekommen hat, ohne jemals einen zu bezahlen, sodass sie eine Strafanzeige bekommen hat, und Paulette hätte nichts davon erfahren, wenn der Brief nicht am Samstag in der Post gewesen wäre. Weil, du weißt schon … Kinder. Sie wollen nicht, dass man von all den schlimmen Sachen erfährt, die sie tun. Und dann bin ich an der Reihe und sage: ›Oh, ja, Mädels, ich weiß genau, was ihr meint. Mein Sohn Raymond hilft blinden alten Damen über die Straße, aber natürlich verheimlicht er es mir, denn welches Kind würde schon wollen, dass seine Mutter *so was* weiß?‹ Was zur Hölle, Raymond? Was verdammt noch mal soll das?«

Raymond schaute sie nur an und blinzelte zu oft. Er konnte spüren, dass er das tat, doch er konnte nicht damit aufhören.

In ihm tobte eine Schlacht zwischen zwei sehr unterschiedlichen Teilen von ihm. Der eine wollte stumm bleiben und ruhig, damit auch sie ruhig blieb, weil er ihre Erlaubnis brauchte, die Schule zu versäumen. Je wütender sie wurde, desto weniger wäre sie bereit, ihm zu helfen. Der andere Teil von ihm wollte wütend zurückschreien.

Er wartete, wer gewinnen würde.

»Warum wolltest du mir so etwas nicht erzählen, Raymond? Ich habe dich immer wieder nach deinen neuen Freunden gefragt.«

»Ich hab nicht geglaubt, dass du's verstehen würdest.«

»Was würde ich nicht verstehen? Du dachtest, ich würde dir sagen, es sei etwas Schlechtes, Alten und Blinden zu helfen?«

»Ich dachte, du würdest darauf erwidern, dass ich mir Freunde in meinem eigenen Alter suchen müsste.«

»Also, du musst natürlich Freunde in deinem eigenen Alter finden. Das muss ja nicht eigens erwähnt werden.«

Raymond breitete die Arme aus, wie um sie darauf hinzuweisen, was gerade passiert war. Er dachte, es würde sich von selbst erklären, wenn er sie nur dazu bringen könnte, es zu merken. Aber das tat sie nicht. Sie schien wieder in ihren eigenen Kopf verschwunden zu sein, ihre eigene Welt.

»Eigentlich, wenn man es genau betrachtet … ist es schon komisch. Es ist einfach komisch, Raymond. Ein siebzehnjähriger Junge ist befreundet mit einer Frau, die … was, hundert ist? Das ist ja beinahe schon eklig. Oh, tut mir leid … Das ist übertrieben. Aber es ist einfach nicht das, was ich erwartet hatte.«

Und du fragst mich, warum ich es dir nicht gesagt habe?

»Und du fragst mich, warum ich es dir nicht gesagt habe?«, platzte es aus Raymond heraus. Laut.

Er saß wie erstarrt da und lauschte den Worten nach, die zwischen ihnen in der Luft zu hängen schienen. Jahrelang hatte er solche Sachen im Geiste gesagt, während er mit seinen Eltern zu tun gehabt hatte. Das hier war das erste Mal, dass es wirklich aus seinem Mund gekommen war.

»Ich äußere lediglich meine Meinung«, antwortete sie.

»Und ich wollte deine Meinung gar nicht hören, aber du behältst sie ja nie für dich. Das ist der Grund, weswegen ich es dir nicht erzählt habe.«

Er stand auf und ging zu seinem Zimmer.

»Du bist viel zu empfindlich«, rief sie ihm hinterher.

Nein, es ist genau umgekehrt, du bist nicht empfindlich genug.

»Nein, es ist genau umgekehrt, du bist nicht empfindlich genug«, warf er über seine Schulter zurück.

Er fragte sich, ob es so jetzt in Zukunft sein würde. Ob er nicht länger imstande sein würde, seine Bemerkungen für sich zu behalten.

Er schloss sich in seinem Zimmer ein und entschied, er würde diesen magischen Moment dafür, sie zu fragen, nicht finden. Sie würde immer so sein, abwehrend, leicht aufzubringen, und ewig brauchen, um etwas zu verstehen. Also würde er sie vielleicht gar nicht fragen. Vielleicht würde er die Schule einfach schwänzen, um zum Prozess zu gehen.

Sie konnte ihn dann danach bestrafen, wie sie wollte. Das würde es wert sein.

* * *

Er saß am Esstisch und schob das Essen auf seinem Teller mit seiner Gabel herum. Er war sich gar nicht mal sicher, was es war. Könnte Hühnchen sein oder irgendein Stück vom Schwein.

Er blickte seine zwei mittleren Schwestern an, die zurückschauten. Dann sahen sie einander an und begannen zu kichern. Er wandte sich von ihnen ab und zu Clarissa, die sich Reis in den Mund schob und auf niemanden achtete. Er blickte zurück zu den zwei mittleren Mädchen, und es passierte genau so noch einmal.

»Was?«, fuhr er sie plötzlich an.

Das kam viel lauter und wütender heraus, als er beabsichtigt hatte. Es erschreckte Clarissa, die zusammenzuckte. Ihre Augen füllten sich sogleich mit Tränen.

Rhonda war diejenige, die es laut aussprach.

»Raymond hat eine Freundin. Und sie ist … ungefähr … hundert!«

Raymond sprang vom Tisch auf, riss dabei absichtlich seinen Teller mit, sodass er ein Stück in die Luft flog und hart in der Mitte des Tisches landete. Das rätselhafte Stück Fleisch rutschte auf die Plastiktischdecke.

Er richtete die Augen auf seine Mutter, die beide Hände hob, als würde jemand mit einer Waffe auf sie zielen.

»Ich hab kein Wort gesagt«, erklärte sie. »Eine von ihnen muss gelauscht haben.«

»Siehst du, das ist der Grund, warum ich es hasse, Teil dieser Familie zu sein. Ihr behandelt mich, als wäre ich total merkwürdig, als stammte ich aus dem Weltall. Wir haben überhaupt nichts gemeinsam. Schaut mich an. Ich sehe nicht mal aus, als ob ich zu euch gehöre, und ich benehme mich auch nicht so, und ich fühle mich nicht so. Wir haben noch nicht mal denselben Nachnamen. Und ihr treibt mich alle in den Wahnsinn, ihr verhaltet euch so, als sei irgendetwas nicht in Ordnung mit mir. Aber passt mal auf. Vielleicht liegt es nicht an mir. Vielleicht bin ich komplett normal und okay, aber mit *euch* allen stimmt was nicht.«

Er erstarrte, ragte über ihnen auf und blickte in die entsetzten Gesichter. So hatte er noch nie zuvor mit ihnen gesprochen. Er hatte noch nie mit irgendjemandem so gesprochen. Die mittleren Mädchen saßen mit offenem Mund da. Clarissa weinte.

»Du nicht, Clarissa«, fügte er hinzu. »Du bist okay.« Er sah auf die Tischdecke. Schüttelte heftig den Kopf. »Ich hab keinen Hunger. Ich gehe jetzt in mein Zimmer.«

Auf dem Weg zu seinem Zimmer hörte er vom Flur aus Ed sagen: »Willst du wirklich zulassen, dass er so mit dir redet?«

Die Antwort seiner Mutter konnte er nicht verstehen.

* * *

Sie kam eine Minute oder zwei später in sein Zimmer. Sie klopfte an, wartete allerdings nicht auf seine Erwiderung. Raymond lag mit dem Gesicht nach unten auf seinem Bett. Er bewegte sich nicht, als sie das Zimmer durchquerte und sich neben ihn auf die Bettkante setzte.

Sie legte ihm eine Hand zwischen die Schulterblätter.

»Bitte nicht«, erklärte er, weil er wütend bleiben wollte.

Sie nahm die Hand weg.

»Wir wollen dir nicht das Gefühl geben, als gehörtest du nicht hierher.«

»Es geht nicht darum, ob ihr mir das Gefühl geben *wollt*, und auch gar nicht mal darum, *ob* ihr mir das Gefühl gebt. Sondern darum, dass es stimmt. Ich gehöre hier nicht her. Ich passe nicht in diese Familie. Das ist einfach eine Tatsache.«

Eine Pause entstand.

Dann ließ Raymond die Bombe platzen, die er schon eine ganze Weile mit sich herumtrug. Er hatte nie bewusst darauf geachtet. Er hatte es nie zu Ende gedacht. Aber sie war immer da.

»Vielleicht sollte ich einfach zu Dad ziehen.«

Schweigen. Tödliches, beinahe radioaktives Schweigen.

Dann erkundigte sie sich mit einer unheimlich angespannten Stimme: »Denkst du wirklich, seine neue Ehefrau würde das gutheißen? Dass sie dich besser behandeln würde als wir?«

»Nein. Ich denke, sie würde mich so behandeln, als ob ich nicht dazugehöre. Aber wenigstens würde ich zu Dad passen. Das ist dann schon mal wenigstens einer.«

Dann wurde ihm bewusst, so ein Umzug würde bedeuten, dass er nicht mehr im selben Haus wie Mrs G wohnen würde. Doch das musste nicht schlimm sein. Luis hatte weiter entfernt gewohnt, und die Freundschaft hatte das überdauert.

Er spürte, wie sich die Matratze bewegte, hörte, wie die Tür geöffnet und wieder geschlossen wurde. Er musste hinschauen, um sich zu bestätigen, was er bereits wusste: Sie war fort, und er war endlich allein.

* * *

Als Raymond am nächsten Morgen am Frühstückstisch erschien, waren seine Mutter und sein Stiefvater beide da. Was irgendwie … falsch war. Das passierte nie.

Ed erhob sich sofort vom Tisch und nahm seinen Kaffee mit in ein anderes Zimmer. Ob er wütend auf Raymond war oder sich nur einverstanden erklärt hatte, sie allein zu lassen, damit sie in Ruhe miteinander reden konnten, konnte Raymond nicht sagen.

»Warum bist du nicht bei der Arbeit?«, fragte er seine Mutter, und Sorge regte sich in seinem Bauch. Er hörte sie in seiner eigenen Stimme.

»Ich habe ein bisschen umarrangiert, sodass ich später zur Arbeit muss, damit wir reden können. Setz dich.«

Raymond tat es.

»Was kann ich tun«, begann sie, »um dir das Gefühl zu geben, dass ich die Unterschiede zwischen uns respektiere?«

Raymond war verblüfft. Er merkte, dass er wieder mehrmals schnell hintereinander blinzelte.

In der Zwischenzeit redete sie weiter.

»Und ich meine nicht bloß die äußerlichen Unterschiede wie Größe und Hautfarbe und Nachnamen. Ja, dir scheinen eine ganze Menge andere Sachen wichtig zu sein als uns. Offensichtlich. Und wenn du versuchst, mir zu sagen, was dir wichtig ist, verstehe ich es nicht. Das habe ich begriffen. Also, was kann ich tun, um dir das Gefühl zu geben, dass ich dich wirklich wahrnehme und dass es für mich okay ist, wie du bist? Weil ich das wirklich tun möchte, wenn es geht.«

»Wow.« Einen Moment lang hatte Raymond keine Ahnung, was er sonst noch erwidern sollte. Und dann plötzlich tat er es einfach. »Da ist etwas, was ich tun möchte. Es ist in ein paar Wochen, und es ist mir echt wichtig.« Er erzählte ihr rasch von dem Prozess. Vier oder fünf Sätze vielleicht. Das Minimum dessen, was sie wissen musste. »Du kannst dir kaum vorstellen, *wie* wichtig es mir ist. Doch ich muss dafür von der Schule befreit werden, und dafür brauche ich eine Entschuldigung von dir.«

»Nein«, antwortete sie. Schnell und postwendend. »Nein. Du weißt, dass ich absolut nichts davon halte, wenn ihr Kinder die Schule versäumt. Das steht außer Frage.«

Raymond stützte sein Gesicht in die Hände. Und blieb so eine Weile lang. Eine Welle der Verärgerung erfasste ihn, aber er ließ sie vorübergehen. Ließ sie durch sich hindurchlaufen. Es würde ihm jetzt nicht helfen. Es würde ihren Widerstand lediglich zementieren.

Er ließ seine Hände wieder sinken und blickte ihr ins Gesicht. Um abzuschätzen, wo sie mit alldem stand. Es war ihr übliches Muttergesicht. Sie behandelte ihn nicht anders.

»Also, was du sagen willst«, begann er, »ist, dass du mich anders wahrnehmen und respektieren möchtest, wie ich bin, und mit mir neue Wege beschreiten möchtest, damit wir miteinander auskommen …«

»Genau.«

»Du möchtest nur nichts ändern.«

Er beobachtete ihre Miene, als sie seine Worte verdaute. Beobachtete, wie ihr »Mom-Widerstand« Stück für Stück zusammenbrach, einen Ziegel nach dem andern. Er wusste, er hatte zur Abwechslung mal genau das Richtige gesagt.

»Und du wirst nicht im Schulstoff zurückfallen?«

»Das verspreche ich.«

»Oh, ich hasse das.«

»Das weiß ich. Ich weiß, dass es wirklich schwierig für dich ist. Daher würde es mir auch so viel bedeuten, wenn du es tust.«

Sie seufzte tief, und Raymond wusste, sie würde ihm die Entschuldigung schreiben. Sie würden noch ein paarmal deswegen diskutieren. Aber letzten Endes konnte sie es ihm jetzt nicht mehr abschlagen.

Kapitel Zwölf

Gericht und Wehen

Raymond kniete in seinem Zimmer, durchwühlte die Taschen seines Rucksacks. Ging seine Vorbereitungen für den Tag im Gericht durch. Vergewisserte sich anhand einer Liste, ob er alles dabeihatte. Snacks für sich und Mrs G, die er von seinem Taschengeld gekauft hatte. Er sichtete seine Arbeitsaufträge für die Schule, von denen er manche in Papierform erhalten hatte, andere digital auf einem USB-Stick. Wenn er während einer Pause bei der Verhandlung Zeit hatte, überlegte er, könnte er den reinstecken und die Aufgaben erledigen.

Er war bei der Seitentasche mit dem Reißverschluss, in der er den USB-Stick verstauen wollte, als seine Hand ein Stück Papier ertastete. Er zog es hervor. Es war zerknittert und zusammengedrückt, weil es dort hineingestopft und dann für ein halbes Jahr vergessen worden war.

Er hielt es in den Schein seiner Schreibtischlampe.

Darauf stand in ordentlichen Blockbuchstaben: »Luis und Sofia Velez und Familie«, zusammen mit einer Telefonnummer.

Raymond starrte es einen Moment lang an, dann fiel es ihm wieder ein. Der Schokoladenkuchen und wie sie bemerkt hatten, wie müde und enttäuscht er gewesen war. Wie sie ihm hatten helfen wollen, obwohl sie ihn gar nicht kannten. Und wie die Hand des Mädchens sein Haar gestreift hatte, als sie ihm die Heiligenmedaille um den Hals gehängt hatte. Wie die Abuela, die Großmutter, die nur Spanisch sprach, mehr oder weniger ausdrücklich erklärt hatte, dass es eine gute Idee sei, wenn das Mädchen die Medaille Raymond überließ.

Er hob die Hand und berührte die Medaille unter seinem sauberen weißen Oberhemd. Er fragte sich kurz, ob sein und Mrs Gs Fall immer noch hoffnungslos war. Alles, was er wollte, war, dass Mrs G einen gewissen Trost aus dem Prozess zog. Und vielleicht irgendeine Form von Abschluss für sich selbst. Sie hatte bereits klargemacht, dass sie nicht mit irgend so etwas rechnete.

Er stopfte den Zettel tief in die Vordertasche seiner guten Hose und ging nach unten zu Mrs Gs Wohnung.

»Ich bin's«, rief er, nachdem er in seinem Spezialrhythmus an die Tür geklopft hatte. Wer sonst sollte es sein?

Dann schloss er mit dem Schlüssel auf und ging rein.

Sie saß auf der Couch, in einem dunkelblauen Kleid und schwarzen, schweren Schuhen, einen gemusterten Strickschal um die Schultern. Sie drückte ihre Handtasche fest an sich. Sie blickte nicht auf und sprach auch nicht mit ihm. Sie schien ganz in Gedanken verloren zu sein. Und sie wirkte zutiefst verängstigt, aber Raymond entschied, das nicht zu erwähnen.

»Wäre es in Ordnung, wenn ich dein Telefon benutze, um kurz wo anzurufen?«, erkundigte er sich stattdessen.

Sie antwortete nicht mit Worten. Sie deutete nur mit dem Kopf in Richtung des altmodischen Festnetzapparats.

»Falls es ein kostenpflichtiger Anruf wird, verspreche ich, ich zahle es dir zurück.«

Sie drehte ihm ihr Gesicht zu und seufzte tief.

»Ach, was macht das schon, Raymond?«

Das hing einfach so einen Moment lang in der Luft, als ob Raymond den Worten noch nachlauschen könnte, lange nachdem sie ausgesprochen worden waren. Je länger er lauschte, desto mehr klang es für ihn, als ob sie fragte: »Macht überhaupt irgendetwas was?«

Er wusste nicht, was er darauf erwidern oder deswegen unternehmen sollte, daher zog er einfach das Stück Papier aus seiner Tasche und ging zum Telefon. Wählte die Nummer. Okay, er drückte die Tasten für die Nummer. Es war nicht tatsächlich eine Wählscheibe. *So* alt war es nun auch wieder nicht.

Es klingelte und klingelte, dann klickte es, und der Anrufbeantworter ging ran.

Luis' tiefe, dröhnende Stimme forderte ihn auf, eine Nachricht zu hinterlassen.

»Hi«, sagte er. »Hier ist Raymond. Vielleicht erinnern Sie sich nicht mehr an mich, aber ich war letzten Herbst bei Ihnen. Ich hab nach einem Luis Velez gesucht, der Sie dann nicht waren. Ich hatte versprochen, anzurufen, wenn ich ihn gefunden hätte, doch das habe ich vergessen. Tut mir leid. Es war wirklich nett von Ihnen, wissen zu wollen, wie es ausgegangen ist. Also, alles bei Ihnen war nett. Daher wollte ich Ihnen mitteilen, was ich herausbekommen habe, auch wenn es kein gutes Ende ist. Wie sich herausgestellt hat, war Luis … gestorben. Trotzdem habe ich seine Familie gefunden, was gut ist. Und wenigstens wissen wir jetzt Bescheid. Also … Ich wollte Ihnen das nur sagen. Und noch mal danke dafür, dass Sie so nett waren.«

Raymond holte tief Luft und legte auf.

»Wir sollten jetzt los«, wandte er sich an Mrs G.

»In Ordnung«, erwiderte sie.

Aber sie machte keine Anstalten, aufzustehen.

»Hast du irgendwas zum Frühstück gegessen?«

»Ich konnte nichts runterbringen. Nein.«

»Würdest du unterwegs einen Müsliriegel essen, wenn ich dir einen gebe?«

»Für dich würde ich es zumindest versuchen.«

Sie verlagerte ihr Gewicht nach vorn, in Vorbereitung des Aufstehens, und Raymond eilte zu ihr und hielt ihr seinen Arm hin, legte eine ihrer Hände darauf. Er stützte sie, als sie sich erhob.

Es schien Raymond so, als ob er jedes Mal, wenn er das tat, weniger Gewicht tragen müsste.

* * *

»Hey«, sagte er zu ihr. »Da ist Isabel!«

Er war kaum zu verstehen über das Stimmengewirr um sie herum hinweg.

Sie waren auf einem Gang im Gerichtsgebäude. Es war drei Minuten vor neun. Den Gang säumten Türen zu verschiedenen Gerichtssälen. Offenbar war für jeden dieser Säle eine Verhandlung angesetzt, und alle würden in drei Minuten beginnen.

Männer und Frauen in Anzügen eilten vorbei, manche trugen Aktentaschen, andere hatten Rollkoffer, die aussahen wie mehrere Aktenkoffer hintereinander, nur schwerer. Uniformierte Polizisten und Gerichtsdiener begleiteten Gruppen von Geschworenen. Alle schienen über alles Mögliche zu reden, und das gleichzeitig.

Raymond hatte zur Sicherheit seinen rechten Arm um Mrs Gs Schultern gelegt, mit seiner Linken hielt er sie am Ellbogen.

Er hob eine Hand und fing Isabels Blick auf. Dann schaute er wieder zurück zu Mrs G, und zwar gerade noch rechtzeitig.

Ein Mann, der einen Aktenwagen hinter sich herzog, kam ihren Beinen damit viel zu nah und musste dann auch noch plötzlich ausweichen, um den Zusammenstoß mit einer Frau zu vermeiden. Der Aktenwagen steuerte auf Mrs Gs Füße zu.

Raymond fasste sie fest mit seinem rechten Arm und zog sie ruckartig aus der Gefahrenzone, stützte sie, sobald sie in Sicherheit war.

»Oje«, sagte sie, hatte keine Ahnung, was los war.

»Hey, passen Sie doch auf!«, rief Raymond dem Mann hinterher. »Sie hätten sie beinah damit erwischt.«

Der Mann blickte über seine Schulter zu Raymond, schwieg aber. Sein Gesicht blieb völlig ausdruckslos. Er schien in seiner eigenen Welt zu sein, und offenbar hatte er nicht die Absicht, sie für Raymond oder Mrs G zu verlassen. Er sah nach vorn und ging weiter.

Raymond holte tief Luft und versuchte sich zu beruhigen. Als er aufschaute, stand Isabel vor ihnen.

»Ich weiß, in welchem Raum es stattfindet«, erklärte sie. »Folgt mir.«

»Ich dachte, deine Eltern wollten auch kommen«, bemerkte Raymond, rührte sich nicht vom Fleck. »Du weißt schon, falls die Wehen einsetzen.«

»Sie sind erkältet und haben Fieber. Solange sie krank sind, kann ich nicht in ihrer Nähe sein.«

»Also, falls es heute losgeht …«

»Dann, vermute ich, bist du meine einzige Hoffnung«, sagte sie.

Gemeinsam schritten sie durch das Meer von Menschen. Raymond konnte erkennen, dass Isabel ein Gefühl von Dringlichkeit hatte. Sie war nervös und irgendwie abgelenkt, und es fiel ihr sichtlich schwer, sich an Mrs Gs langsames Tempo anzupassen. Alle paar Schritte musste sie stehen bleiben und warten, bis sie sie eingeholt hatten. Raymond konnte die Sorge wie in Wellen von ihr ausgehen spüren, und es war ansteckend wie der Infekt, den sie zu vermeiden suchte. Aber es gab nichts, was er dagegen unternehmen konnte. Mrs G konnte nur so schnell gehen, wie sie eben konnte. Es war weder realistisch noch fair, mehr von ihr zu erwarten.

In der Zwischenzeit wirbelte ein Gedanke durch Raymonds Kopf, wieder und wieder.

Bekomme bitte keine Wehen. Bekomme bitte keine Wehen. Bekomme bitte keine Wehen.

Eine junge Frau in Uniform – Raymond war sich nicht sicher, ob sie von der Polizei war oder irgendeine Form von Justizangestellter – trat vor Isabel, verstellte ihr den Weg. Sie starrte auf Isabels riesigen Bauch, und ihr Gesicht strahlte auf, als hätte sie irgendein Wunder erlebt. Isabel blieb nichts anderes übrig, als stehen zu bleiben. Die Frau streckte ihre Hände aus und legte sie Isabel auf den Bauch.

Raymond verzog das Gesicht, weil er wusste, Isabel hasste das. Und ehrlich, wer würde das nicht tun? Niemand will von Fremden angefasst werden, und eine Schwangerschaft ist kaum eine Ausrede. Wenigstens schien es ihm so.

»Oh, wann ist Ihr Termin?«, fragte die Frau mit atemloser hoher Stimme.

Raymond wusste, Isabel war es leid, diese Frage zu beantworten, daher tat er es an ihrer Stelle. »Vor fünf Tagen«, sagte er.

»Wir gehen da rein«, erklärte Isabel und deutete auf den Raum mit der Nummer 559.

»Ja, ich auch«, erwiderte die Frau.

Sie gingen alle gemeinsam hinein.

Raymond hatte erwartet, dass es hier genauso voll sein würde wie auf den Gängen. Dass sie bloß noch Stehplätze bekommen würden. Er hatte damit gerechnet, in der Ecke stehen oder auf dem Boden sitzen zu müssen. Oder ganz hinten einen Sitz zu ergattern.

Stattdessen stellte er fest, dass fast nur auf der anderen Seite der niedrigen Absperrung Leute saßen. Am Richtertisch.

Auf den Plätzen für die Anwälte und auf den Bänken für die Geschworenen. Auf der Seite für die Öffentlichkeit befand sich lediglich ein blondes Paar, ein Mann und eine Frau in den Dreißigern, die hinter der Angeklagten und ihren Anwälten Platz genommen hatten. Raymond versuchte, einen Blick auf die Angeklagte zu werfen. Irgendetwas von ihr aufzuschnappen. Aber da war nicht viel aufzuschnappen, zumal man nur ihr dunkles Haar und den Hinterkopf sehen konnte.

Isabel führte sie durch den Gang zur ersten Reihe, und sie wählten eine Bank direkt hinter der Anklage, dem Bezirksstaatsanwalt oder einem Anwalt aus seinem Büro, vermutete Raymond. Ihm fiel auf, dass er besser herausfinden sollte, wer in diesem Fall der Staatsanwalt war, und sich alles genau merken sollte. Und alles notieren. Denn am Ende des Prozesses wurde von ihm ein Bericht erwartet. Der Rektor hatte ihn mit dieser Forderung in letzter Minute überfallen.

Sie saßen schweigend da, warteten auf … nun, Raymond war sich nicht ganz sicher. Sie warteten auf das, was auch immer als Nächstes passieren würde.

»Wo sind denn alle?«, erkundigte er sich flüsternd bei Isabel.

Sie richtete ihre Augen auf ihn, und Raymond sah darin grenzenlose Verwirrung. Als hätte er in einer alten, längst toten Sprache mit ihr geredet. Vielleicht wie Latein, das er zu verabscheuen gelernt hatte.

»Alle?«

»Ja.«

»Wer alle?«

»Nun … ich dachte, es würden noch andere Leute hier sein. Du weißt schon. Die bei der Verhandlung dabei sein wollen.«

Isabel lachte ein bitteres kleines Lachen. »Willkommen in der Wirklichkeit«, erwiderte sie. »Luis ist tot, und die Welt kann damit leben. Sie kommt prima ohne ihn zurecht. Niemand interessiert sich für das, was Luis passiert ist, außer uns.«

* * *

Raymond notierte sich während der beinah zweistündigen Geschworenenauswahl alles sorgfältig auf seinem Laptop. Er schrieb nicht nur auf, was tatsächlich gesagt wurde, sondern auch seine Gedanken dazu und etwas über das Vorgehen an sich. Nervös behielt er die Akkuanzeige im Auge, machte sich Sorgen, dass er über kurz oder lang Papier und Bleistift würde benutzen müssen. Es sei denn, er fand in der Mittagspause irgendwo eine Steckdose zum Aufladen.

Beide Anwälte stellten den Kandidaten für die Jury Fragen. Raymond spürte, worauf sie hinauswollten.

Sind Sie je überfallen oder ausgeraubt worden? Sind Sie je Opfer von Gewalt gewesen? Besitzen Sie eine Waffe? Sind Sie für oder gegen schärfere Waffengesetze? Haben Sie von den neuen Notwehr-Gesetzen gehört, wie denen, die man jetzt in Florida und anderen Staaten eingeführt hat, allerdings nicht hier? Wie denken Sie darüber?

Sowohl der Chefverteidiger als auch der Chefankläger konnten mögliche Geschworene ablehnen. Mit oder ohne Begründung. Wenn sie es ohne Begründung taten, durften sie das nur in einer begrenzten Anzahl von Fällen tun.

»Ablehnung von Geschworenen ohne Begründung«, tippte er. »Drei auf jeder Seite.«

Aber das hätte er auch lernen können, indem er es nachlas.

Was Raymond beobachtete, war Folgendes, selbst wenn er es nicht unbedingt so formuliert hätte: Oberflächlich betrachtet ging es darum, Voreingenommenheit und Vorurteile bei den Geschworenen auszuschließen. Doch Raymond erkannte sehr wohl, dass beide Anwälte sich der jeweiligen Vorurteile sehr bewusst waren, auch bei den Geschworenen, die sie zuließen. Es wirkte so, als würde das ganze Vorgehen auf Vorurteilen beruhen. Vorurteile und Voreingenommenheit in einem

Gerichtssaal kamen Raymond wie Karten vor, die taktisch in einem zynischen Spiel ausgespielt wurden. Jeder hatte irgendwelche Vorurteile, das schien dazuzugehören. Und die Anwälte schienen das auch so zu wollen.

Nur eben nicht gegen *ihren* Mandanten.

Der schwierige Teil war offensichtlich, dass die Leute ihre Vorurteile selten offen einräumten. Man musste zwischen den Zeilen lesen und hoffen, dass man sie richtig deutete.

* * *

»Ich möchte anfangen, indem ich eine Sache ganz klar mache«, verkündete der Anwalt. Der, den Raymond im Geiste »unseren Anwalt« nannte. »Ich bin nicht dagegen, eine Handfeuerwaffe zum Zweck der Selbstverteidigung zu besitzen und bei sich zu führen.«

Raymond tippte die Worte »Eröffnungsplädoyer: Anklage«.

Der Mann lief auf und ab, während er sprach, kehrte der Jury kurz den Rücken zu und drehte sich dann zu ihnen um, schaute sie an, um einer Aussage besonderen Nachdruck zu verleihen.

»Und natürlich wollen wir alle das Recht haben, uns zu verteidigen. Und dieses Recht sollten wir auch alle haben. Es ist allerdings eine seltsame Sache mit den eigenen Rechten. Es gibt eine Tatsache bei ihnen, die wir nicht wahrhaben wollen, aber wir müssen sie zur Kenntnis nehmen. Das ist unabdingbar, wenn wir in irgendeiner Weise in Frieden miteinander leben wollen. Wir leben in dieser Stadt alle sehr dicht aufeinander, und es gibt Zeiten, zu denen die Rechte der Einzelnen miteinander in Konflikt geraten.

Was ist das Erste, was Sie über Ihre Rechte in der Schule gelernt haben? Ich weiß, was es bei mir war, und es war in der Vorschule. Meine Vorschullehrerin hat uns beigebracht, dass das Recht, um sich zu schlagen, dort endet, wo die Nase des anderen beginnt. Können Sie sich noch daran erinnern?

Also vielleicht sitzen Sie hier und denken: Ich habe das Recht, zu schießen, wenn ich glaube, dass ich in Gefahr bin. Doch hat Ihr Nachbar das Recht, mit seiner Waffe *auf Sie* zu schießen, wenn er denkt, Sie seien eine Gefahr für *ihn*? Ihnen wird vermutlich auffallen, dass die Frage von den unterschiedlichen Enden eines Pistolenlaufs aus betrachtet sehr unterschiedlich aussieht. Und jetzt zu der wirklich wichtigen Frage.«

Er fuhr zur Jury herum. Ließ seinen Blick von einem Gesicht zum nächsten wandern. Schaute in möglichst viele Augen.

Raymond wünschte sich immer noch, dass wenigstens ein Latino oder eine Latina in der Jury säße. Aber es hatte nur drei in dem Geschworenenpool gegeben, und alle drei waren von dem Verteidiger abgelehnt worden, angeblich wegen allgemeiner Bedenken.

»Was, wenn Ihr Nachbar sich irrt? Was, wenn Sie bloß helfen wollen, aber er – oder sie – denkt fälschlicherweise, dass Sie ihm oder ihr etwas tun wollen, und schießt auf Sie? Tötet Sie? Entreißt Sie Ihren Lieben, Ihrer Frau und Ihren Kindern? Hat er dazu das Recht? Was ist mit Ihrem Recht, in Sicherheit eine Straße entlangzugehen?

Wissen Sie, ich habe eine Pistole in meiner Nachttischschublade. Falls jemand bei mir einbricht und versucht, meiner Frau oder mir etwas anzutun … Nun, alles, was ich sagen kann, ist: Gnade ihm Gott. Doch die Erlaubnis, eine Waffe bei sich zu tragen und zu benutzen, bringt eine gewaltige Verantwortung mit sich. Im Grunde genommen ist es ziemlich einfach, meine Damen und Herren: Sie müssen recht haben. Sie schulden es dem Mann, der versucht, Ihnen Ihr Portemonnaie zurückzugeben, sich absolut sicher zu sein, dass Sie den Unterschied zwischen einem Räuber und einem guten Samariter erkennen. Sie müssen bereit sein, einen

Moment – und sei es nur ein Sekundenbruchteil – abzuwarten, bevor Sie schießen, bis Sie sich absolut sicher sein können, womit Sie es zu tun haben. Sicher, man könnte meinen, dass dieser Sekundenbruchteil des Abwartens ein Risiko in sich birgt. Und vielleicht stimmt das auch. Aber dieses Risiko nicht einzugehen bedeutet, dass man seine eigenen Rechte über die seines Mitmenschen stellt. Dann denkt man bloß an sich selbst. Wir alle denken zuerst an uns. Das ist nur menschlich, und womöglich ist es sogar nicht einmal eine schlechte Sache. Doch wir müssen unsere Mitmenschen mindestens an die zweite Stelle setzen, und zwar ganz dicht hinter uns. Denn wissen Sie, was? Luis Velez hatte an jenem Abend das Recht, nach Hause zu gehen. Er hatte das Recht, seine Kinder zu erziehen. Er hatte das Recht, dabei zu sein, wenn seine Frau ihr drittes Kind auf die Welt bringt.«

Er hielt inne – hörte auf zu reden, hörte auf, auf und ab zu gehen. Schaute zu Isabel. Die Geschworenen folgten seinem Blick.

Raymond sah ebenfalls zu Isabel und bemerkte, dass sie sich unter der Aufmerksamkeit unwohl fühlte. Beobachtete, wie sie rot wurde.

»Mr Velez wurden diese Rechte gewaltsam entrissen. Ist die Angeklagte Ms Hatfield an jenem Morgen mit der Absicht aufgewacht, jemanden umzubringen?« Er hielt inne, richtete seine Augen auf die Angeklagte. Bislang hatte Raymond bloß ihren Hinterkopf gesehen, und daran änderte sich auch jetzt nichts. »Hegte sie gegen Mr Velez einen Groll, und hat sie seinen Tod geplant? Natürlich nicht. Sie hatte nur Angst. Aber Angst hin oder her, wir müssen trotzdem innehalten und uns ein sorgfältiges Urteil bilden, bevor wir tödliche Gewalt anwenden. Und wenn wir das nicht tun, müssen wir dafür den Preis zahlen. Und es muss ein fairer Preis sein, ein angemessener Preis dafür, dass wir ein unschuldiges Leben beendet und erst später die nötigen

Fragen gestellt haben. Im Verlauf dieses Prozesses vertraue ich darauf, dass Sie ein gerechtes und vernünftiges Urteil darüber fällen, was dieser Preis sein wird. Vielen Dank, meine Damen und Herren. Danke, Euer Ehren.«

Als der Staatsanwalt zu seinem Platz ging, um sich wieder zu setzen, merkte Raymond, er hatte so gebannt gelauscht, dass er vergessen hatte, sich Notizen zu machen. Er tippte so schnell wie möglich, während der Verteidiger sich erhob, um sein Eröffnungsplädoyer abzugeben.

»Meine Damen und Herren der Jury, ich bitte Sie, Ihre Fantasie zu bemühen. Was würden Sie tun, wenn Sie bei anbrechender Dunkelheit eine Straße entlanggehen und ein Fremder Sie von hinten an der Schulter packt?«

»Er hat sie nicht an der Schulter gepackt!«

Raymond zuckte beim Klang von Isabels Stimme zusammen, die direkt neben ihm ertönte. Sie war für ihren Zustand überraschend schnell aufgesprungen.

»Er hat ihr auf die Schulter getippt!«, rief Isabel. »Das haben beide Zeugen bestätigt.«

Der Richter klopfte mit seinem Hammer energisch auf die Bank.

»Ruhe!«, fuhr er sie an. »Noch ein solcher Ausfall, und Sie werden wegen Missachtung des Gerichts angeklagt. Setzen Sie sich.«

Isabel rührte sich nicht. Sie stand wie zur Salzsäule erstarrt da, wankte leicht und starrte ins Leere, als ob sie Stimmen lauschte, die bloß sie hören konnte.

»Ich habe gesagt, setzen Sie sich!«, brüllte der Richter.

Isabel richtete ihren Blick auf den Richter und sagte vier Worte, bei denen Raymond beinahe das Herz stehen blieb. Es setzte wirklich aus, allerdings nur für anderthalb Schläge.

»Meine Fruchtblase ist geplatzt«, erklärte sie.

* * *

Die uniformierte Frau, die Isabels Bauch berührt hatte, brachte sie aus dem Gerichtssaal und nach unten ins Foyer des Gebäudes.

Sie war von der New Yorker Polizei, erkannte Raymond, während sie gemeinsam nach unten eilten. Er konnte ihr Abzeichen sehen. Auf dem Namensschild auf der Brusttasche ihrer Uniform stand »J. Truesdale«.

Raymond blickte zum mindestens zehnten Mal hinter sich, fühlte sich sehr unwohl damit, Mrs G im Gerichtssaal zurückzulassen. Sie hatte ihnen gesagt, dass sie das tun sollten. Sie hatte versprochen, sitzen zu bleiben, bis Raymond zurückkehrte. Aber es war ihm trotzdem zutiefst unangenehm, sie ohne seine Hilfe hier allein zu lassen.

Officer Truesdale bat sie, im Foyer des Gerichtsgebäudes zu warten.

»Mein Streifenwagen ist um die Ecke geparkt«, erklärte sie. »Ich hole ihn rasch.«

Raymond hielt Isabels Ellbogen. Einen Moment lang hatte er das schwindelerregende Gefühl, als ob er das Einzige wäre, was sie aufrecht hielt. Ihr Gesicht war blutleer und blass, angespannt vor Furcht und Schmerz.

»Eine Wehe«, unterrichtete sie ihn gepresst.

Ihr Gesicht verzog sich, und Raymond spürte ein Brennen in seinem Bauch und seinen Oberschenkeln. Eine instinktive Reaktion auf das, was er sich vorstellen konnte.

»Okay«, sagte Isabel eine Minute oder zwei später. »Okay.«

Aber es war nur okay, bis das nächste unausweichliche krampfhafte Zusammenziehen der Muskeln kommen würde, und Raymond wusste es.

* * *

Er saß neben ihrer Liege im Kreißsaal des Krankenhauses, steckte ihr Eischips aus einem winzigen Pappbecher in den Mund.

»Du solltest zurückgehen«, erklärte Isabel.

»Bist du dir sicher, dass du okay bist?«

»Sieh dich um, Raymond. Ich bin auf einer Geburtsstation. Alles, was man braucht, um einer Frau in den Wehen zu helfen, ist genau hier. Alle Angestellten sind da, um mir zu helfen. Aber es war wirklich lieb von dir, dafür zu sorgen, dass ich heil hier angekommen bin. Danke. Ich hatte solche Angst, und ich brauchte jemanden.«

Raymond versuchte zu erspüren, was er tun wollte. Er fühlte sich hin- und hergerissen. Es war, als würde er in der Mitte entzweigerissen.

»Vielleicht sollte ich warten, bis das Baby da ist.«

»Es könnte Stunden dauern. Am Ende sogar den ganzen Tag.«

»*Den ganzen Tag?*«

»Möglicherweise. Man weiß es nicht.«

»Ich vermute, dann sollte ich zu ihr zurückgehen.«

»Wenn das Gericht für heute Schluss macht, kannst du sie herbringen. Wenn ich das Baby noch nicht bekommen hab, könnt ihr mit mir warten. Wenn es schon da ist, könnt ihr ihn euch ansehen.«

Raymond stand auf, während sie sprach. Er war schon unterwegs zur Tür, doch ein Wort ließ ihn innehalten.

Ihn.

»Du weißt schon, dass es ein Junge ist?«

»Ja. Bleib noch eine Minute. Da ist etwas, was ich dir sagen möchte.«

Zögernd sank Raymond zurück auf den weißen Plastikstuhl neben ihrer Liege. Er hatte sich entschlossen, zu Mrs G und zur Verhandlung zurückzukehren, und es störte ihn, das aufschieben

238

zu müssen. Aber Isabel musste ihm noch etwas sagen. Daher atmete er gleichmäßig und hörte ihr zu.

»Okay«, erklärte er. »Leg los.«

»Beinahe die ganze Zeit während dieser Schwangerschaft dachte ich, ich wüsste, wie ich das Baby nennen wollte. Er sollte Luis junior heißen.«

»Das ist gut.«

»Das dachte ich auch. Doch es hat sich herausgestellt, dass ich mich da geirrt habe. Vorgestern Nacht hatte ich diesen Traum. Ich hab geträumt, ich würde mit Luis reden. Lange Zeit. Es fühlte sich an wie eine Stunde, aber ich weiß nicht, wie lange ich wirklich geträumt habe. Du weißt ja, Träume sind in der Beziehung seltsam. Sie spielen einem Streiche.«

»Stimmt«, pflichtete Raymond ihr bei, auch wenn er sich nicht sicher war, ob er das tatsächlich wusste.

»Wir haben über lauter verschiedene Dinge geredet. So wie wir es immer getan haben, als er noch am Leben war. Und dann, ganz am Ende, kurz bevor er aufgestanden ist, um zu gehen, hat er gesagt: ›Nenn den Kleinen nicht Luis.‹«

»Warum nicht? Hast du ihn gefragt, warum nicht?«

»Klar hab ich das. Er hat gesagt, es wäre dem Jungen gegenüber nicht fair. Es würde von ihm verlangen, etwas – oder vielleicht hat er auch ›jemand‹ gesagt – zu sein, was er nie sein kann. Es wäre, als würde man von ihm verlangen, dass er die Lücke füllt, die Luis' … Tod hinterlassen hat. Und er hat gesagt, der Kleine würde traurig aufwachsen, weil er nie sein könnte, was alle sich wünschten, dass er sein soll.«

»Oh. Ich glaube, da hat er recht. Ist das etwas, was Luis im echten Leben gesagt hätte?«

»Auf jeden Fall. Es war ein sehr realistischer Traum.«

»Also, wie soll er dann heißen?«

»Wehe«, stieß Isabel hervor.

Raymond beobachtete, wie ihr Schweißperlen auf die Stirn traten. Er wischte sie mit einem Tuch aus der Spenderbox auf einem Tisch in der Nähe ab. Isabel stieß einen schrecklichen Laut aus, bei dem Raymond eiskalt wurde. Dann atmete sie durch zusammengebissene Zähne für eine schmerzlich lange Zeit ein und aus. Es war sogar für Raymond schmerzlich.

Sie dauerten jetzt länger, die Wehen.

Wie konnte irgendjemand so etwas einen ganzen Tag lang aushalten?

»Okay«, erklärte sie, als der Schmerz nachließ. »Okay. Nein, ich werde das Baby nicht auf den Namen ›Wehe‹ taufen, falls du das gedacht hast. Ich hab Luis gefragt. Im Traum, meine ich. Den Luis aus meinem Traum. Ich hab gesagt: ›Also, welchen Namen soll ich ihm denn dann geben?‹ Und er hat geantwortet: ›Nenn ihn nach dem netten Jungen. Millies neuem Freund.‹«

»Nach mir?«, platzte Raymond ungläubig heraus.

»Das hat er gesagt.«

»Okay. Das ist wirklich nett. Aber … Raymond ist nicht gerade der coolste Name. Findest du nicht? Ich hab das schon immer gefunden.«

»Ray könnte irgendwie cool sein.«

»Richtig«, erwiderte Raymond. »Kein Wunder, dass mich niemand so nennt.«

Sie lachte ein bisschen. Wie er es sich erhofft hatte.

Dann breitete sich erneut Schweigen zwischen ihnen aus. Raymond wappnete sich für die Ankündigung einer weiteren Wehe. Aber es war vermutlich zu früh. Er spürte, dass Mrs G auf seine Rückkehr wartete. Er spürte die große Ehre, die ihm erwiesen wurde.

»Eine Sache nur«, setzte er an. »Eure beiden anderen Kinder haben spanische Namen.«

»Dieser hier kann ruhig anders sein.«

»Es ist irgendwie schwierig, wenn man sich von der eigenen Familie unterscheidet. Lass dir das von jemandem sagen, der sich damit auskennt. Gibt es eine spanische Version des Namens Raymond?«

»Nun, das wäre Ramón.«

»Das ist so viel besser. Du solltest ihn ganz klar Ramón nennen.«

»Denkst du?«

»Ich bin mir ganz sicher. Ich werde immer wissen, dass du ihn nach mir benannt hast. Was im Übrigen unglaublich lieb ist. Und er wird das Gefühl haben, dass er zum Rest der Familie passt. Und das ist wichtig. Das kannst du mir glauben.«

* * *

Als Raymond zurück am Gerichtssaal war, völlig außer Atem, weil er gerannt war, stellte er erstaunt fest, dass die Tür abgesperrt war. Er rüttelte mehrere Male an der Klinke. Drückte in wachsender Sorge gegen die Tür.

Er schaute den Gang entlang und sah niemanden, nur einen uniformierten Gerichtsdiener, der Streife zu laufen schien.

»Entschuldigung!«, rief er, überrascht von der Panik in seiner Stimme. »Wo sind denn alle?«

»Mittagspause«, rief der Mann zurück.

»Ich hab meine Freundin in dem Raum hier zurückgelassen, und sie sollte genau hier sitzen bleiben, bis ich zurückkomme, damit wir einander nicht verlieren. Wir haben beide kein Handy. Sie werden sie ja wohl nicht eingesperrt haben, oder?«

»Das bezweifle ich«, erwiderte der Uniformierte und kam näher zu Raymond. »Ich bin sicher, sie haben den Saal geräumt.«

»Also, wo ist sie?«

Das kam viel zu laut heraus, war beinahe ein Schrei. Raymond trat im Geiste einen Schritt zurück und erkannte, dass er gerade durchdrehte. Es war ein unbekanntes Gefühl. Gewöhnlich ließ er nicht zu, dass er so emotional wurde und es zeigte.

»Nun, ich fürchte, das weiß ich nicht. Aber atme erst mal tief durch. Die meisten Leute gehen zu einem von vier oder vielleicht fünf Restaurants, die hier in der Nähe sind. An deiner Stelle würde ich zuerst in der Cafeteria nachsehen. Die ist im Erdgeschoss auf der Rückseite des Gebäudes. Gleich am Ende des Ganges von der Lobby aus.«

»Danke«, sagte Raymond und rannte los.

Und dabei war er nach dem letzten Sprint noch gar nicht wieder zu Atem gekommen.

* * *

Er steckte den Kopf in die Cafeteria und entdeckte sie sofort.

Sie saß an einem Tisch mit dem Paar in den Dreißigern. Dem, das mit ihnen den Prozess verfolgt hatte, doch von der anderen Seite des Ganges aus. Von der Verteidigungsseite aus.

Er lehnte sich mit der Schulter gegen den Türrahmen und rang eine ganze Weile um Luft. Bis er wieder normal atmen konnte und ein Großteil seiner Panik verflogen war.

Dann ging er zu ihr.

»Oh, Raymond«, sagte sie und wandte ihr Gesicht in seine Richtung. »Gott sei Dank. Du bist zurück. Ist mit Isabel alles in Ordnung?«

Beinahe hätte er gefragt, wie sie das anstellte. Aber dann fiel es ihm wieder ein. Es war das Quietschen seines linken Schuhs.

»Ja. Sie ist im Krankenhaus, und es geht ihr gut. Den Umständen entsprechend. Das hat mir einen ganz schönen Schreck versetzt, dass ich nicht wusste, wo du bist.«

Er zog den vierten Stuhl unter dem Tisch hervor und setzte sich.

»Oje. Hat man es dir nicht ausgerichtet?«

»Nein, ich habe mit einem Gerichtsdiener gesprochen, der wusste allerdings von nichts.«

»Dann muss es jemand anders gewesen sein. Ich hatte jemanden gebeten – eine Frau –, dir Bescheid zu sagen. Sie hat mir versichert, sie würde dortbleiben, aber das hat sie dann doch nicht getan. Es tut mir leid, dass ich dir solche Angst eingejagt habe, Raymond. Aber ich hatte keine andere Wahl. Sie haben den Saal für die Mittagspause geräumt, und damit hatte ich nicht gerechnet. Doch ich bin gerade sehr unhöflich. Entschuldigung. Das hier sind Peter Hatfield und Mary Jane Hatfield Svensen. Peter und Mary Jane, das hier ist mein lieber Freund Raymond. Peter und Mary haben mir geholfen, zum Lunch herzukommen, und wir haben uns nett unterhalten.«

Raymond starrte das Paar an und sagte nichts. Sie wandten die Augen ab, als verspürten sie Unbehagen. Womöglich sogar Scham.

Hatfield. Verwandte der Angeklagten.

»Oh«, erwiderte Raymond. »Freut mich, Sie kennenzulernen.«

Aber das stimmte nicht.

Die Hatfields nickten stumm. Raymond erinnerte sich an etwas, was er über eine berühmte, Generationen überdauernde Fehde zwischen zwei Familien gelesen hatte, von denen die eine den Namen Hatfield gehabt hatte ... Wie die andere Familie geheißen hatte, fiel ihm nicht mehr ein. Doch es erschien ihm ironisch.

»Zurück zu Isabel. Hat sie das Baby bekommen?«

»Noch nicht. Also, ich meine, sie hatte es noch nicht, als ich gegangen bin. Sie hat gesagt, es könnte noch eine Weile dauern. Und ich sollte hierher zurück und bei dir bleiben, und wenn die

Verhandlung für heute vorbei ist, können wir zu ihr und uns das Baby anschauen. Oder bei ihr bleiben und mit ihr warten. Du weißt schon. Je nachdem.«

Peter und Mary Jane nahmen ihre Servietten und wischten sich betont die Lippen ab, legten sie dann auf ihre Teller, als wollten sie damit zeigen, dass sie mit dem Essen fertig waren. Was bereits klar war.

Sie standen auf.

»Wir gehen dann mal wieder zurück«, erklärte Peter. »Sie haben ja Ihren Freund hier, der Ihnen hilft, wenn Sie fertig sind. Oder?«

»Ich glaube, der Verhandlungsraum ist immer noch abgeschlossen«, meinte Mrs G. Sie hob den Deckel ihrer Uhr und betastete die Zeiger. »Es ist noch nicht mal zwei Uhr.«

»Vor der Nachmittagsverhandlung unternehmen wir noch einen kleinen Spaziergang«, erwiderte Mary Jane.

Sie entfernten sich eilig.

Raymond schaute ihnen nach und wandte sich wieder zu Mrs G um. Er bemerkte zum ersten Mal, dass sie etwas gegessen zu haben schien. Vor ihr stand ein leerer Teller mit einem winzigen Sandwichrest.

»Das war komisch«, stellte er fest.

»Was daran war komisch?«

»Diese beiden Leute. Sie heißen Hatfield. Sind sie mit der Frau verwandt, die Luis erschossen hat?«

»Ja. Sind sie. Es sind ihr Sohn und ihre Tochter.«

»Du hast hier mit ihnen gesessen und Lunch gegessen.«

»Sie waren so freundlich und haben gemerkt, dass ich in Schwierigkeiten steckte, als der Saal geräumt wurde. Und sie haben mir nach hier unten geholfen.«

»Und ihr habt euch nett unterhalten, hast du gesagt.«

»Das haben wir auch.«

»Und worüber habt ihr euch unterhalten?«

»Ach, dies und das. Nicht die Verhandlung. Das Thema haben wir ausgespart. Aber sonst über praktisch alles.«

»Hat es sich nicht komisch angefühlt, mit dem Sohn und der Tochter dieser Frau zu essen?«

»Ja. Natürlich. Doch dann habe ich mir gedacht, sie sind nicht ihre Mutter. Wie würdest du dich fühlen, wenn jemand dir die Schuld an etwas geben würde, was deine Mutter getan hat?«

»Oh«, sagte Raymond. »Ich glaube, von der Seite habe ich es noch gar nicht betrachtet.«

Kapitel Dreizehn

Nur die Fakten

»Mr Adler«, sagte der Staatsanwalt, »bitte erzählen Sie dem Gericht, was Sie an dem betreffenden Abend beobachtet haben.«

»Okay«, antwortete Ralph Adler.

Er war ein schwerer Mann in den Fünfzigern mit schütterem dunklen Haar. Er schien ständig so auszusehen, als rieche er verdorbenen Fisch. *Aber vielleicht ist das nur der Stress hier im Verhandlungsraum*, überlegte Raymond. *Und es muss schwierig gewesen sein, Zeuge eines so furchtbaren Akts der Gewalt zu werden und dann genötigt zu sein, alles erneut zu durchleben.*

»Ich ging die Third Avenue entlang. Ich war hinter ihnen. Hinter dem Opfer, wissen Sie, und der Lady. Der Angeklagten, sollte ich vermutlich sagen. Ich war hinter ihnen beiden. Wir gingen alle in die gleiche Richtung. Und das Opfer Luis – Mr Velez – war dichter hinter ihr als ich. Und er ging auch schneller, daher holte er sie langsam ein. Doch er achtete überhaupt nicht auf sie, ging einfach die Straße entlang, wissen Sie? Aber ich vermute, ich habe gemerkt, dass er sie einholte, weil sie über ihre Schulter zu schauen begann und dabei irgendwie nervös wirkte. Und ich hab sie beobachtet, weil ich erkennen konnte, dass sie nervös war. Gleichzeitig habe ich versucht, herauszufinden, ob sie irgendeinen Grund hatte, nervös zu sein, allerdings hatte ich nicht den Eindruck, weil Mr Velez, wie gesagt, überhaupt nicht auf sie achtete.«

Der Anwalt der Verteidigung stand auf. »Einspruch, Euer Ehren. Das ist eine Mutmaßung. Der Zeuge kann nicht wissen, worauf Mr Velez geachtet hat oder ob meine Mandantin Grund hatte, sich Sorgen zu machen.«

»Für mich klingt es ganz so, als ob Mr Adler einfach nur seine Beobachtungen mitteilt«, erwiderte der Richter. »Daher lehne ich Ihren Einspruch ab, aber ich weise die Geschworenen darauf hin, dass dies lediglich die Einschätzung der Situation durch den Zeugen ist.«

Der Verteidiger schüttelte den Kopf und setzte sich wieder.

Raymond tippte mit fliegenden Fingern, versuchte, alles zu notieren. Er hatte keine Gelegenheit gehabt, seinen Laptop in der Mittagspause irgendwo aufzuladen, und inzwischen war er bei neununddreißig Prozent.

»Bitte machen Sie weiter, Mr Adler«, sagte der Staatsanwalt.

»Also, okay. Nach einer Weile hat sie öfter über ihre Schulter geblickt, fast jede Sekunde, und dann hat sie begonnen, in ihrer Handtasche zu kramen. Man konnte erkennen, dass da eine Menge drin war. Nicht dass ich wirklich in ihre Handtasche hineinschauen konnte, doch die Art und Weise, wie sie darin gewühlt hat, hat das verraten. Es sah aus, als sei es schwierig, irgendetwas zu finden. Und dann hat sie was rausgezogen. Ich weiß jetzt, dass es die Waffe war. Zu der Zeit habe ich geglaubt, es sei Pfefferspray oder etwas in der Art. Es kann keine sehr große Pistole gewesen sein, weil ich sie nicht in ihrer Hand sehen konnte. Aber sie war groß genug, vermute ich, weil der Typ ja jetzt tot ist.«

»Einspruch, Euer Ehren«, erklärte der Verteidiger erneut. Dieses Mal stand er langsamer auf, als wäre er ermüdet von der Anstrengung.

»Stattgegeben. Mr Adler, bitte teilen Sie uns nur mit, was Sie beobachtet haben, und verzichten Sie auf jegliche persönliche Einschätzung der Fakten.«

»Tut mir leid, Euer Ehren. Und gerade, als sie … also … den Gegenstand, sage ich jetzt mal, weil ich ja zu dem Zeitpunkt noch nicht wusste, dass es eine Pistole war … Jedenfalls, gerade als sie diesen Gegenstand rausgeholt hat, ist ihr was runtergefallen. Als ob sie den Gegenstand rausgezogen hätte und dabei was anderes mit rausgekommen wäre, das ebenfalls drin war, und es fiel auf den Gehsteig. Sie hat nicht den Eindruck erweckt, dass sie etwas davon gemerkt hat. Doch das Opfer – Mr Velez – hat das natürlich gesehen. Ich glaub nicht, dass er vorher auf sie geachtet hat. Nicht, soweit ich das beurteilen kann. Aber er sah das Portemonnaie runterfallen, und das hat ihn aus seiner Versunkenheit gerissen. Es war eine Mischung aus Portemonnaie und Brieftasche. Auf der einen Seite war ein Münzfach.

Wie auch immer, Mr Velez bückte sich und hob es auf. Er hob auf, was ihr runtergefallen war. Und er rief sie. Er ging nicht gleich zu ihr. Er ist nicht gleich zu ihr gelaufen und hat ihr auf die Schulter getippt. Er hat versucht, ihre Aufmerksamkeit zu erregen, sagte: ›Ma'am!‹ Und dann noch einmal lauter. ›Ma'am, Sie haben etwas verloren. Ihnen ist was runtergefallen!‹ Das muss er mindestens zehn Mal gerufen haben. Vielleicht auch zwölf Mal. Es waren ein paar Leute auf der Straße. Eine von ihnen war die Frau, die vorhin ihre Aussage gemacht hat, aber es gab auch welche, die sich überhaupt nicht gemeldet haben. Ich erinnere mich an eine insbesondere und daran, dass wir einander angeschaut haben, als ob wir uns beide fragten: Ist sie taub oder was?« Dann blickte er zu der Angeklagten. »Entschuldigung, Ma'am. Wie sich herausgestellt hat, sind Sie ja tatsächlich schwerhörig, und ich wollte Sie nicht beleidigen damit. Ich hab nur erklärt, was wir gedacht haben. Oder was ich gedacht habe.«

248

»Das ist in Ordnung, Mr Adler«, beruhigte ihn der Staatsanwalt. »Bitte reden Sie weiter.«

»Also, er wurde immer lauter, doch es hat nichts genützt. Darum ist er schließlich zu ihr gelaufen und hat ihr auf die Schulter getippt. Aber im Grunde genommen hat er sie gar nicht wirklich berührt, sondern hat bloß die Hand ausgestreckt, doch sie war schon dabei, zu ihm herumzufahren. Und es wurde gerade dunkel, die Dämmerung war angebrochen, also ist das Nächste, woran ich mich erinnere, der Feuerstoß aus der Mündung. Man konnte das bei den Lichtverhältnissen wirklich gut sehen. Ich weiß, da muss auch ein Knall gewesen sein. Ich weiß, dass ein Pistolenschuss laut ist, aber irgendwie kann ich mich daran gar nicht erinnern. Ich erinnere mich nur daran, wie diese Waffe Feuer gespien hat. Ich habe mich furchtbar erschreckt, weil ich ja direkt hinter ihm war. Direkt hinter Mr Velez. Es fühlte sich an, als ob sie auf mich schießen würde, daher bin ich zur Seite gesprungen. Ich hab das Gleichgewicht verloren und bin gegen das Haus gestürzt und hab mich an der Schulter verletzt. Und dann habe ich wieder hingesehen, und sie hat einfach weitergefeuert. Immer weiter und weiter. Und ich dachte: Was zur Hölle? Selbst wenn der Typ dir tatsächlich die Handtasche stehlen wollte … Ich meine, warum sollte man ihm so viele Kugeln in den Leib jagen?«

Der Anwalt der Verteidigung erhob sich erneut von seinem Stuhl, aber er kam gar nicht dazu, den Mund zu öffnen.

»Tut mir leid«, erklärte der Zeuge. »Richtig. Ich weiß schon. Nur die Fakten. Sorry. Ich werde ein bisschen emotional, wenn ich darüber rede, weil es wirklich furchtbar war, dabei zu sein und das mit anzusehen. Ich meine, ich weiß, für Mr Velez war es natürlich viel schlimmer, aber … Oje, ich vermute, ich hab's wieder getan. Okay, ich weiß schon. Ich kehre wieder zu den Fakten zurück.«

Der Anwalt der Verteidigung seufzte und sank wieder zurück auf seinen Platz.

Raymond blickte zu Mrs G. Sie hatte die Augen fest geschlossen.

»Geht es dir gut?«, erkundigte er sich flüsternd.

»Müde«, formte sie mit den Lippen.

Doch sie sah aus, als plagte sie mehr als bloß Müdigkeit.

»Bitte fahren Sie fort, Mr Adler«, forderte ihn der Staatsanwalt auf.

»Nun, sie hat nicht aufgehört zu feuern, bis nichts mehr da war, was sie abfeuern konnte. Das sage ich, weil ich mich erinnere, ein paarmal ein trockenes Klicken gehört zu haben. Als ob keine Kugeln mehr da wären, sie aber trotzdem den Abzug betätigte. Und Mr Velez lag auf dem Boden, und es war so viel Blut da, mehr und mehr, je länger er dalag, doch sie zielte trotzdem weiter mit der Waffe auf ihn und drückte ab. Klick, klick, klick. Und ich dachte ... Oh, richtig. Ich soll Ihnen ja nicht sagen, was ich gedacht habe.«

»Berichten Sie uns einfach, was als Nächstes passiert ist, Mr Adler. Nachdem die Schüsse aufgehört hatten.«

»Also, da waren all diese Leute. Sie standen da und starrten einfach nur. Ich denke, wir waren alle unter Schock. Ich weiß jedenfalls, dass ich das war. Also, die Lady, die Angeklagte, hat uns alle angeschaut und gesagt: ›Sie haben das gesehen, richtig? Er hat versucht, mir das Portemonnaie zu stehlen. Sehen Sie, er hat es ja in der Hand, mein Portemonnaie. Sie haben gesehen, dass er versucht hat, es mir zu stehlen, richtig? Sie sind meine Zeugen.‹«

»Haben Sie mit ihr gesprochen? Haben Sie ihr gesagt, dass Sie etwas ganz anderes gesehen haben?«

»Nein, Sir. Wie schon erwähnt, ich stand unter Schock. Und plötzlich war da ein Polizist. Ein Streifenpolizist, denke ich. Ich glaub, er hat die Schüsse gehört und ist angerannt gekommen. Aber ich glaub nicht, dass er die Schüsse selbst beobachtet hat, denn er hat gefragt, was passiert ist. Und die Frau, die Angeklagte, hat begonnen, ihm all das zu erzählen, was sie uns weismachen wollte. ›Oh, er hat mein Portemonnaie gestohlen. Schauen Sie, er hat es noch in der Hand.‹ Ich musste immer denken, der Polizist würde ihr sagen, dass man auch dann niemanden einfach totschießen kann, selbst wenn das stimmen würde. Doch er hat nichts zu ihr gesagt. Er hat über Funk mit der Wache gesprochen. Hat Verstärkung angefordert und dann … Nun … Ich fühle mich schlecht deswegen, aber ich war so durcheinander von dem, was ich gesehen hatte, und ich wollte nicht mit reingezogen werden, daher bin ich einfach weitergegangen.«

»Sie haben sich vom Tatort entfernt.«

»Ja.«

»Und wann haben Sie beschlossen, sich als Zeuge zu melden?«

»Ein paar Tage später. Ich habe nachts davon geträumt. Es hat mir Albträume verursacht. Es war so furchtbar mit anzusehen. Und ich hab angefangen, mir Sorgen zu machen, dass vielleicht niemand sonst dageblieben war und sich als Zeuge zur Verfügung gestellt hatte. Ich hab angefangen, mir um die Familie des Mannes Sorgen zu machen. Also, dass er am Ende Kinder hat, was ja tatsächlich der Fall war, doch selbst wenn er keine Kinder hätte, er hatte Eltern, und was, wenn diese Frau behauptet, er sei ein Verbrecher, und niemand widerspricht ihr? Das ist etwas ganz Schreckliches, wenn man als Hinterbliebener auch noch mit so etwas belastet ist. Daher bin ich in die Polizeiwache gegangen und habe ausgesagt, was ich gesehen habe.«

Der Staatsanwalt stand einfach einen Moment da, ließ die Stille im Verhandlungsraum nachhallen. Es wirkte fast so, als wollte er dem Zeugen Zeit lassen, für den Fall, dass der Mann noch etwas anmerken wollte.

»Ich danke Ihnen, dass Sie heute hier erschienen sind, um Ihrer Bürgerpflicht nachzukommen, Mr Adler.« Der Zeuge nickte nur, daher fügte der Staatsanwalt hinzu: »Keine Fragen mehr, Euer Ehren.«

Der Richter blickte zum Tisch der Verteidigung. »Möchte der Vertreter der Verteidigung den Zeugen ins Kreuzverhör nehmen?«

»Ja, Euer Ehren.«

Der Verteidiger erhob sich erneut, dieses Mal noch umständlicher und langsamer. Vielleicht war er wirklich müde oder auch krank, überlegte Raymond. Aber es fühlte sich für ihn mehr wie gespielt an, was ihn ärgerte. Als ob der Verteidiger ein Theater darum machte, wie viele Umstände ihm das alles bereitete.

Tut mir leid, wenn Luis' gewaltsamer Tod für Sie eine Zumutung ist, dachte Raymond, während der Mann zum Zeugenstand schlenderte.

»Also, Mr Adler.« Er machte eine Pause, um Wirkung zu erzielen. Zu lange, für Raymonds innere Uhr wenigstens. »Sie haben mehrere Male ausgesagt, dass Ms Hatfield allen erzählt hat, Mr Velez habe versucht, ihr Portemonnaie zu stehlen. Aus ihrer Tasche, und zwar das, das er in der Hand hatte.«

»Ja, Sir. Das ist zutreffend.«

»Und ich fürchte, den Geschworenen kam es so vor, als ob Sie meinen, dass sie gelogen hat.«

»Ich meine, dass sie das getan hat.«

Dieses Mal klangen Mr Adlers Worte entschieden und laut. Er schaute nicht zum Richter. Er sicherte sich nicht ab und entschuldigte sich auch nicht.

Raymond blickte zum Hinterkopf der Angeklagten, doch natürlich verriet der ihm nichts.

»Das ist eine ganz schön schwerwiegende Behauptung, Mr Adler. Meine Mandantin kämpft hier um ihre Freiheit, und ich möchte gern, dass Sie über die Vorverurteilung in Ihrer Aussage nachdenken und es sich noch einmal überlegen.«

»Da ist keine Vorverurteilung. Ich weiß, was ich gesehen habe.«

»Aber warum ziehen Sie nicht mal in Erwägung, dass meine Mandantin das vielleicht wirklich für die Wahrheit gehalten hat? Sie wusste nicht, dass sie das Portemonnaie verloren hatte. Sie hat Mr Velez angeschaut und das Portemonnaie in seiner Hand gesehen. Was musste sie denken, wie es dorthin gekommen ist? Und übrigens, sind Sie sich tatsächlich sicher, dass er es in der Hand hatte? Ich könnte mir vorstellen, dass er es fallen gelassen hat, nachdem er sechs Schüsse abbekommen hatte.«

»Nein, Sir. Er hat es nicht fallen lassen. Man könnte das denken, ja. Doch es war irgendwie genau andersherum. Ich vermute, er hat es fester umklammert. Es war in seiner Hand, selbst als er auf der Straße lag.«

»Okay, gut. Wie auch immer. Aber zurück zu meiner ursprünglichen Frage. Haben Sie nicht einmal in Erwägung gezogen, dass Ms Hatfield tatsächlich geglaubt hat, was sie gesagt hat?«

»Nein, Sir.«

»Sie haben es nicht in Erwägung gezogen.«

»Nein, Sir.«

»Können Sie bitte dem Gericht erzählen, warum Sie sich so sicher sind?«

»Weil dafür keine Zeit war. Er war gerade dabei, die Hand nach ihrer Schulter auszustrecken, als sie herumgewirbelt ist. Und sie hatte ihre dämliche Tasche unter den Arm geklemmt. Sie hatte sie dorthin geschoben, nachdem sie die Pistole herausgenommen hatte. Oder das, wovon ich später gemerkt habe, dass es eine Pistole war. Es ist einfach ausgeschlossen, dass er in die Tasche greifen konnte, bevor sie ihn erschossen hat.«

Das läuft nicht gut für die Verteidigung, dachte Raymond und tippte wie besessen. Ihm unterliefen dabei Dutzende von Tippfehlern, die zu korrigieren ihm die Zeit fehlte. *Gut.*

»Bei allem gebotenen Respekt, Mr Adler, die Frage lautet nicht, ob Mr Velez Zeit hatte, das Portemonnaie aus Ms Hatfields Handtasche zu nehmen. Meine Frage war, warum Sie sich so sicher sind, dass sie vorsätzlich gelogen hat. Das ist ein schwerer Vorwurf gegen meine Mandantin, anzudeuten, dass sie wissentlich gelogen hat. Sie haben selbst ausgesagt, dass Sie unter Schock standen. Schock stiftet Verwirrung. Er verzerrt das Gefühl für Zeit bei den Menschen. Es ist alles ganz schnell passiert. Ms Hatfield hat nach unten geschaut, und da war ihr Portemonnaie in den Händen eines Mannes, von dem sie dachte, er wollte es stehlen. Ist es da nicht nachvollziehbar, dass sie dachte, er hätte es getan?«

»Wenn sie sich vielleicht nicht so verdammt sicher gewesen wäre, dass er es ihr stehlen wollte, hätten wir jetzt nicht mit diesem Mist zu tun.«

Raymond hörte jemanden nach Luft schnappen, was allerdings rasch erstickt wurde. Es kam sowohl von Mrs G als auch von einer Frau auf der Geschworenenbank.

»Euer Ehren«, begann der Verteidiger.

»Ich warne Sie erneut, Mr Adler«, erklärte der Richter. »Seien Sie vorsichtig.«

Mr Adler entschuldigte sich nicht. Er saß nur schweigend da.

»Also, ich frage Sie noch einmal, Mr Adler«, fuhr der Anwalt fort. »Wie können Sie mir in die Augen schauen und behaupten, Sie wüssten mit absoluter Sicherheit, dass die Angeklagte nicht geglaubt hat, auch in der Hitze der Ereignisse nicht, dass ihre Version des Geschehens die Wahrheit war?«

Der Zeuge saß weiter stumm da. Lang genug, dass ein paar Mitglieder der Jury unbehaglich auf ihren Sitzen herumzurutschen begannen.

»Also …«, sagte Adler schließlich, »… ich vermute, ich kann nicht wissen, was in ihrem Kopf vor sich gegangen ist.«

»Ganz genau. Keine weiteren Fragen, Euer Ehren.«

* * *

Sie saßen zusammen in der U-Bahn, und Raymond spürte das vertraute Ruckeln des Waggons auf den Schienen.

Als er zu Mrs G blickte, schien sie auf ihrem Sitz nach vorne zu sinken, als würde sie das Bewusstsein verlieren und umkippen. Er streckte die Hand aus und fasste sie um die Schultern, richtete sie wieder auf, und sie zuckte zusammen.

»Oh«, sagte sie. »Oh.«

»Alles in Ordnung?«

»Ich vermute, ich bin kurz eingenickt. Ich bin so müde, Raymond. Es ist ein sehr langer Tag gewesen. Es ist Jahre her, dass ich versucht habe, so viel an einem Tag zu erledigen.«

»Ja. Glaub ich gern. Aber von der Müdigkeit abgesehen, geht es dir gut?«

»Nein.«

Sie fuhren ein paar Sekunden, ohne dass einer von ihnen etwas sagte.

»Wir können auch einfach nach Hause, wenn du das brauchst«, schlug er vor.

»O nein. Wir können Isabel nicht im Stich lassen. Sie kriegt ihr Baby. Wir haben ihr versprochen, wir kommen nach der Verhandlung zu ihr. Und wir werden dorthin gehen, selbst wenn es das Letzte ist, was ich auf dieser Welt tue.«

»Bitte sag so was nicht.«

»Das ist doch nur eine Redewendung.«

255

Schweigen. Er unternahm keinen Versuch einer Antwort. Raymond war ebenfalls müde und aufgewühlt. Vermutlich nicht so sehr wie Mrs G, aber genug.

»Es tut mir leid«, erklärte sie. »Es ist für uns beide eine schwierige Zeit. Ich werde versuchen, mich anders auszudrücken. Außerdem … Vielleicht bekomme ich neue Energie, wenn ich dieses wunderschöne neue kleine Leben sehe. Was kann einen besser aufheitern als ein neues Leben auf der Welt?«

* * *

Auf halbem Weg die Treppe hinauf von der U-Bahn-Station zur Straße wusste Raymond, dass sie vor einem großen Problem standen.

Er blieb stehen und wartete mit ihr. Bis sie wieder zu Atem gekommen war. Er wusste, sie konnte es die Treppe hoch schaffen, wenn er ihr genug Zeit ließ. Doch sie verbrauchte dafür ganz klar ihre letzten Energiereserven.

Von der U-Bahn-Station zum Krankenhaus würden sie sieben Blocks weit gehen müssen, soweit Raymond wusste.

Und danach mussten sie noch irgendwie nach Hause.

Er legte ihr eine Hand ins Kreuz und versuchte von hinten zu schieben. Es schien zu funktionieren.

Schließlich waren sie gemeinsam auf der Straße angekommen. Mrs G stand leicht vornübergebeugt da und rang um Atem. Raymond schaute sich um und spielte mit dem Gedanken, ein Taxi heranzuwinken. Aber er hatte nicht viel Geld bei sich, und er war sich nicht sicher, ob sie welches hatte. Es schien auch irgendwie nicht richtig, sie um Geld zu bitten, selbst zu Zeiten wie diesen. »Von hier sind es noch sieben Blocks zum Krankenhaus«, sagte er schließlich, nachdem er sich dazu durchgerungen hatte, ihr die schlechten Nachrichten beizubringen.

»Ach, ich weiß nicht, Raymond. Das ist vielleicht doch zu viel. Ich werde es versuchen, aber ich bin mir nicht sicher, ob ich das kann.«

»Ich glaub nicht, dass ich genug Geld für ein Taxi habe. Und du?«

»Könnte sein. Ich müsste mal in meinem Portemonnaie nachsehen. Ich weiß gar nicht mehr, was ein Taxi heutzutage kostet. Weißt du das?«

»Nicht genau. Mein Dad zahlt immer.«

Raymond gestattete sich den Gedanken zum ersten Mal, dass er sie am Ende in Schwierigkeiten gebracht hatte. Dass das hier eine ernste Lage war. Sie waren weit weg von zu Hause, und er hatte von ihr verlangt, mehr zu tun, als sie konnte. Es türmte sich vor ihm auf wie ein Tsunami und riss ihn mit. Er hatte keine Ahnung, wie er in Ordnung bringen sollte, was er angerichtet hatte.

Er blickte auf und sah ein Taxi am Straßenrand anhalten, für einen Geschäftsmann im Anzug, der eine teure Lederaktentasche hatte. Raymond schaute dem Mann ins Gesicht, und der Mann schaute zurück, und Raymond war sich nicht sicher, warum. Er war sich nicht sicher, was sie getan hatten, um die Aufmerksamkeit dieses Mannes zu erregen. Er stand allerdings nur ein paar Schritte entfernt, und Raymond hielt es für möglich, dass er ihre Unterhaltung mit angehört hatte.

»Nehmt das hier«, erklärte der Mann und öffnete die hintere Beifahrertür, deutete auf die Rückbank.

»Aber wir haben vielleicht nicht genug …«

Bevor er das Wort »Geld« aussprechen konnte, streckte der Mann Raymond die Hand hin, als wolle er ihm seine schütteln. Raymond dachte, dass das eine seltsame Geste war – ein seltsamer Moment für eine formale Begrüßung. Doch er reichte ihm die Hand.

Und sobald ihre Hände sich berührten, spürte er den Geldschein. Spürte, wie er ihm stumm und unsichtbar in die Hand gedrückt wurde.

»Danke«, sagte Raymond.

Aber er war sich nicht sicher, ob der Mann das gehört hatte. Er war bereits fort, lief mit erhobenem Arm auf die Straße, um sich selbst ein Taxi zu rufen.

»Gute Neuigkeiten«, teilte er Mrs G mit und dirigierte sie auf die Rückbank des Wagens. »Wir können uns ein Taxi leisten.«

»O Gott sei Dank. Hast du doch genug Geld dabei?«

»Ja. Hab ich.«

»Ich kann es dir nachher zurückgeben.«

»Mach dir deswegen keine Gedanken. Ich bin zu Geld gekommen. Das ist alles. Es ist geregelt.«

* * *

Raymond steckte den Kopf ins Krankenzimmer und sah Isabel, die ihn anschaute, erschöpft – beinah wie eine Verwundete, als hätte sie einen Krieg überlebt –, aber sie strahlte. In ihrem Arm hielt sie ein winziges Neugeborenes, das in eine Decke gewickelt war.

»Oh, er ist da!«, rief Raymond.

Er merkte, dass Mrs G bei diesen Worten ihre Schritte beschleunigte.

Sie betraten gemeinsam das Krankenzimmer.

»Ich bin so froh, dass ihr beide gekommen seid«, erklärte Isabel. »Hier ist jemand, den ihr kennenlernen müsst. Das hier ist Ramón.«

Raymond trat näher, brachte Mrs G mit. Er betrachtete das Gesicht des Babys aus der Nähe. Er war … unglaublich.

Unglaublich winzig. Unglaublich perfekt. Es war schwierig, zu fassen, dass es so ein perfektes kleines Wesen tatsächlich gab.

»Er ist wunderschön!«

»Beschreib ihn mir«, bat Mrs G.

»Okay. Ich werde es versuchen. Doch ich denke nicht, dass ihm Worte gerecht werden können. Er hat dieses kleine Büschel weich aussehendes dunkles Haar, aber nur ganz oben auf seinem Kopf. Und seine kleinen Lippen und Ohren sind einfach vollkommen geformt, sodass es förmlich wehtut, sie anzuschauen. Und seine Haut ist beinah … als könnte man hindurchsehen, so neu und perfekt ist sie. Man kann die kleinen Adern in seinen Wangen erkennen, doch auf eine nette Art und Weise. Ich meine, es ist gute Haut. Sie ist bloß so neu.«

»Hier«, wandte sich Isabel an Mrs G. »Gib mir deine Hand.«

Mrs G streckte sie vorsichtig aus, und Isabel ergriff sie, führte sie an Ramóns weiches Haar. Mrs G streichelte dem Baby langsam den Kopf. Sie hatte die Augen geschlossen und hielt den Kopf leicht schräg, als lauschte sie auf eine ferne Melodie. Dann betastete sie ganz behutsam seine Wangen und die Nase.

Raymond beobachtete ihr Gesicht, daher bemerkte er es gleich, als sich alles änderte. Als die Begeisterung verblasste und ersetzt wurde durch … Nun, er war sich nicht sicher, was. Und er war sich auch nicht sicher, warum. Aber es war nicht gut. Möglicherweise war sie in dem Augenblick einfach in ein emotionales Loch gefallen.

Vielleicht ist sie auch nur wirklich müde, überlegte er.

Er half ihr zu einem der Plastikstühle.

»Also, erzählt mal, was ich bei der Verhandlung verpasst habe«, bat Isabel.

Raymond zog sich einen weiteren Stuhl heran, starrte immer noch in das winzige neue Gesicht. Erkannte, dass er nie näher daran gewesen war, Luis Velez zu sehen, als in diesem Moment.

»Nun, ich habe auch einen großen Teil des Vormittags verpasst«, erklärte er, weil Mrs G völlig in Gedanken versunken zu sein schien. »Aber am Nachmittag haben sie einen der Zeugen befragt. Es war gut, was er gesagt hat. Er hat keinen Zweifel daran gelassen, dass er glaubt, dass die Angeklagte bei ihrer Schilderung der Ereignisse gelogen hat. Das hat er ganz unverblümt gesagt, obwohl ihn der Richter dafür gerügt hat. Er sollte nicht seine Meinung sagen, doch er hat es trotzdem getan. Daher dachte ich zu dem Zeitpunkt, dass alles echt gut lief für die Anklage, aber am Ende des Kreuzverhörs hat der Verteidiger es irgendwie geschafft, alles anders hinzustellen.«

Isabels Lächeln verblasste. »Ja, das tun sie«, bemerkte sie. Sie wandte sich an Mrs G, die in Richtung der Wand starrte. »Und was haben Raymond und ich am Vormittag verpasst, Millie?«

Mrs G drehte ihr Gesicht zu ihnen, als wachte sie aus tiefem Schlaf auf. »Tut mir leid. Wie bitte?«

»Was hat Raymond meinetwegen am Vormittag verpasst?«

»Ach, nicht sehr viel, würde ich sagen. Die erste Zeugin. Aber ihre Aussage unterscheidet sich nicht sehr von der des Mannes. Sie war viel zurückhaltender bei der Schilderung ihrer Beobachtung. Das war der Hauptunterschied. Wenn sie irgendeine Meinung zu der Sache hatte, dann hat sie sie für sich behalten.«

Eine kurze Zeit lang saßen sie schweigend da. Dann hörte Raymond ein Klopfen an der offenen Zimmertür. Er drehte sich um und entdeckte die junge Polizistin, die sie heute Morgen zum Krankenhaus gefahren hatte. Wobei Raymond im Rückblick fand, dass die Fahrt sich wie etwas anfühlte, das vor Wochen geschehen war.

»Darf ich reinkommen?«, wollte sie wissen.

Raymond schaute zu Isabel, um zu sehen, wie sie auf die Anwesenheit der Polizeibeamtin reagierte. Ihre Miene wirkte offen und weich.

»Ja, natürlich dürfen Sie«, erklärte sie. »Ich bin froh, dass ich die Chance erhalte, mich bei Ihnen zu bedanken, dass Sie mich heute Morgen sicher hergebracht haben.«

Die Beamtin trat näher ans Bett, langsam und andächtig, wie in einer Kirche.

»Ich hoffe, es ist okay, dass ich hier bin. Ich weiß, heute Morgen, als ich Sie gesehen habe, bin ich zu weit gegangen, aber ich bin selbst im dritten Monat schwanger, und ich bin einfach so aufgeregt deswegen, dass ich mich kaum beherrschen kann. Zu der Zeit wusste ich nicht, wer Sie sind – nur dass Sie kurz vor der Geburt stehen. Und nachdem ich herausgefunden habe, dass Sie die Witwe sind, wollte ich … Sie wissen schon … helfen.«

»Mich rechtzeitig herzubringen war eine große Hilfe«, sagte Isabel. »Das hier ist Ramón.«

Die Polizistin streichelte dem Neugeborenen vorsichtig das Köpfchen. »Er ist wunderschön«, verkündete sie. »Bleiben Sie über Nacht hier?«

»Nein, das kann ich nicht. Meine Krankenversicherung zahlt das nicht. Meine Schwester kommt nach der Arbeit und holt mich ab.«

»Oje. Man sollte doch meinen, eine Nacht im Krankenhaus wäre gut.«

»Aber auch teuer.«

»Morgen werden Sie sicher nicht zur Verhandlung kommen, oder?«

»Wahrscheinlich nicht. Ich werde Raymond und Millie bitten, mir alles zu erzählen, was ich verpasse. Aber übermorgen werde ich es wieder versuchen. Der Richter wird davon nicht gerade begeistert sein, oder? Erst kann ich meinen Mund nicht halten, obwohl ich das eigentlich sollte. Dann komme ich mit einem Neugeborenen zurück, das weint …«

»Achten Sie einfach darauf, nicht beides gleichzeitig zu machen«, riet die Polizistin.

»Ja, werde ich. Ich werde still sein. Es ist mir peinlich, dass es mir passiert ist.« Sie blickte einen Moment lang auf das Baby in ihren Armen. »Es ist allerdings schwierig, die Wahrheit nicht auszusprechen.«

»Ja. Das ist das Problem bei Gerichtsverhandlungen. Irgendwie haben sie es in ihren Köpfen, der Richter und die Jury, meine ich, dass sie entscheiden werden, was die Wahrheit ist. Doch die Wahrheit ist bereits geschehen. Und sie können nicht entscheiden, was geschehen ist. Sie können dazu nur richtig- oder falschliegen. Und mir kommt es vor, als ob sie viel zu oft falschliegen.«

Dann schwieg die Polizistin, als ob es ihr leidtäte, welche Richtung die Unterhaltung eingeschlagen hatte.

Niemand sonst schien danach etwas sagen zu wollen.

»Gut«, meinte die Frau. »Dann verschwinde ich mal besser wieder.«

Sie drehte sich um und ging zur Tür hinaus, ohne dass weitere Worte gesprochen wurden.

Raymond sprang auf und folgte ihr auf den Flur.

»Entschuldigung«, rief er ihr hinterher, weil er ihren Namen vergessen hatte.

Sie blieb stehen und drehte sich um.

»Ich muss Sie um einen Gefallen bitten«, erklärte er.

»Okay.«

»Es ist ein großer Gefallen. Sie sagen vermutlich Nein.«

»Gucken wir mal.«

»Meine Freundin, die ich heute zum Gericht begleitet habe, die ältere Frau … Sie ist wirklich müde. Ich meine, es ist ein bisschen beängstigend, wie viel Kraft der heutige Tag sie gekostet hat. Daher habe ich mich gefragt, ob Sie uns vielleicht bis zur nächsten U-Bahn-Station mitnehmen könnten.«

Er sah, wie ihr Gesicht weicher wurde, und eine tiefe Sorge in seinem Bauch ließ nach. Und er wusste, sie – er und Mrs G – würden es schaffen.

»Ich lege sogar noch eins drauf«, verkündete sie. »Ich fahre euch nach Hause. Wo auch immer ihr wohnt, ich bringe euch sicher hin.«

* * *

Mrs G schlief auf der Fahrt mit dem Streifenwagen auf der Rückbank ein und schreckte dann ohne für Raymond ersichtlichen Grund auf. »Ramón«, sagte sie.

»Was ist mit ihm?«

»Ist das nicht so was wie Raymond, nur auf Spanisch?«

»Ja.«

»Ist das Zufall?«

»Nope. Kein Zufall.«

Sie schwieg lang genug, dass Raymond dachte, sie könnte wieder eingeschlafen sein.

Er schaute an ihrem Gesicht vorbei und beobachtete, wie Gebäude und Fußgänger am Fenster vorbeirauschten. Die Dämmerung war angebrochen, aber es war noch nicht ganz dunkel.

Die Tageszeit, zu der Luis erschossen worden war. Raymond überlegte, wie das Mündungsfeuer einer Pistole in diesem Licht aussehen mochte. Und hoffte, dass er das nie herausfinden würde.

»Siehst du?«, sagte sie plötzlich und überraschte ihn damit. »Du hinterlässt ein Zeichen in der Welt.«

»Meinst du?«

»Ich weiß es«, erklärte sie.

Und dann schlief sie eindeutig wieder ein. Daran bestand kein Zweifel, denn dieses Mal schnarchte sie leise.

263

KAPITEL VIERZEHN

WAS FÜR EIN MENSCH?

Am nächsten Morgen klopfte Raymond pünktlich um acht Uhr an ihre Tür.

»Komm rein, Raymond«, rief sie. Aber ihre Stimme hörte sich merkwürdig leise an, als käme sie von weiter weg.

Er ließ sich mit den Schlüsseln rein.

»Wo bist du?«, rief er und sah sich im leeren Wohnzimmer um.

Er hoffte, sie wäre im Badezimmer und gerade bei den letzten Vorbereitungen, bevor sie losmussten.

»Ich bin im Schlafzimmer«, erwiderte sie. »Du kannst reinkommen.«

Er ging zur Tür und blieb abrupt stehen, schaute hinein.

Sie lag noch immer im Bett.

Ihr Haar hing herunter, lang und ungeflochten. Sie trug ein Nachthemd mit hohem Kragen. Sie lag da und hielt die Decke mit beiden Händen an ihre Brust gedrückt. Louise hatte sich an ihre rechte Hüfte geschmiegt, blickte Raymond an.

Mitten in seiner Enttäuschung entdeckte er einen kleinen hellen Moment. Er war glücklich, dass sie gestern Abend nach

Hause gekommen war und genug Energie gehabt hatte, sich fürs Bett umzuziehen.

»Du bist nicht fertig«, stellte er fest.

»Ich komme nicht mit.«

»Oh.«

»Es tut mir leid. Aber ich kann nicht. Ich kann einfach nicht. Es ist zu schwierig.«

»Körperlich?«

»Nun, ja«, sagte sie. »Das auch. Du musst natürlich nicht gehen, wenn es für dich ebenfalls zu schwierig ist. Doch wenn du es tust, machst du dir bitte Notizen und erzählst mir, was ich verpasst habe? Nur ganz allgemein. Die großen Entwicklungen. Die Details sind fast unmöglich zu ertragen. Du wirst der Einzige sein, der uns heute repräsentiert. Wenn du gehst.«

»Aber morgen kommst du wieder?«

»Ich denke, ich gehe das nächste Mal mit, wenn die Jury bereit ist, ihr Urteil zu fällen. Ich möchte hören, was sie entscheiden. Denkst du, das wird morgen oder übermorgen sein? Oder später?«

»Ich habe keine Ahnung.«

»Nun, gib mir Bescheid. Bitte. Wenn du das kannst. Es tut mir leid, Raymond. Ich weiß, dass du willst, dass ich gehe. Aber ich habe eine lange, unschöne Vorgeschichte mit Tod und Sterben. Wenn irgendwas das wieder hochbringt, reißt es mir den Boden unter den Füßen weg. Nicht dass Luis' Tod nicht genug wäre, doch diese Kombination aus Vergangenheit und Gegenwart ist mehr, als ich ertragen kann.«

Er stand einen Moment da, mit der Schulter gegen den Türrahmen gelehnt, wünschte, sie würde ihm mehr über ihre Vergangenheit erzählen. Und dass er, wenn sie das nicht täte, entdecken würde, dass er zu jemandem geworden war, der mutig genug war, zu fragen.

Keiner seiner beiden Wünsche erfüllte sich.

»Eine Sache wollte ich noch wissen, bevor ich gehe«, sagte er, aber es war etwas Einfacheres. Wenigstens hoffte er das. »Gestern Abend, als du das Baby gesehen hast. Du warst so froh und glücklich. Und dann plötzlich ... warst du es nicht mehr.«

»Stimmt.«

Er blieb einige Sekunden schweigend stehen, überlegte, ob es richtig wäre, weiterzufragen. Wie sich herausstellte, brauchte er das gar nicht.

»Zuerst fand ich ihn so niedlich«, erklärte sie, »und wie perfekt und unschuldig und verletzlich er ist. Und für einen Augenblick schien das einfach eine wundervolle Sache zu sein. Und dann habe ich angefangen, mir Sorgen um die Welt zu machen, in die er hineingeboren wurde. Was wird sie ihm antun? Wie viel wird sie ihm nehmen? Schau mal, wie viel sie ihm schon genommen hat, und das, bevor er auch nur aus seiner Mutter herauskommen und sich ansehen konnte, wohin er hier geraten ist.«

Raymond wartete. Sie schien allerdings nichts hinzufügen zu wollen. Er warf einen Blick auf den Radiowecker und bemerkte, dass er nicht mehr viel Zeit hatte. Außerdem würde nichts, was er sagen konnte, optimistischer sein als ihre Einschätzung.

»Okay«, erwiderte er. »Du ruhst dich aus. Ich komm später vorbei und erzähl dir, wie es gelaufen ist.«

* * *

»Ms Hatfield«, wandte sich der Anwalt der Verteidigung an seine Mandantin, »würden Sie bitte der Jury erklären, warum Sie Ihre Hörgeräte ausschalten, wenn Sie auf der Straße unterwegs sind?«

Die morgendliche Gerichtsverhandlung dauerte jetzt schon fast drei Stunden. Fast die ganze Sitzung hatte bisher die Aussage der Angeklagten beansprucht, wobei sie von ihrem Anwalt befragt wurde.

Raymond warf einen Blick auf seine Notizen, und ihm wurde klar, dass er nicht viel aufgeschrieben hatte. Weil sie nicht viel gesagt hatte. Es stimmte, sie hatte viele, viele Worte gesprochen. Doch für Raymond bedeuteten sie alle ungefähr das Gleiche. Er hatte das Gefühl, er könnte den gesamten Vormittag in nur ein oder zwei Sätzen zusammenfassen.

Seht mich an, ich bin nett. Ich bin wie ihr.

Aber es hätte sich merkwürdig angefühlt, das in seine Notizen aufzunehmen. Außerdem glaubte er nicht, dass es funktionierte. Sie war überhaupt nicht wie er, und er glaubte auch nicht, dass sie nett war. Sie war in Verteidigungshaltung. Das war alles, was er sehen oder fühlen konnte. Reine Verteidigung.

Er schaute in dem Moment hoch und in ihr Gesicht, als sie wieder zu sprechen begann. Sie hatte dicke, runde Wangen. Füllig. Sie schienen einen merkwürdigen Kontrast zu ihrer Nase und zum Kinn zu bilden, die beide eher spitz waren. Ihre braunen Augen waren klein und standen merkwürdig dicht beieinander.

»Glauben Sie mir, wenn Sie Hörgeräte tragen würden, würden Sie das verstehen. Sie verstärken die Hintergrundgeräusche. Es ist sehr irritierend. Es stört, wissen Sie?«

»Okay«, erwiderte ihr Anwalt. »Ich denke, wir verstehen das. Ich habe keine weiteren Fragen.«

Raymond fand, dass das eine merkwürdige Stelle dafür war, die Befragung zu beenden. Er war sich nicht sicher, was der Anwalt glaubte, erreicht zu haben.

Er tippte schnell ein paar Sachen ein, sah dann auf und bemerkte, dass der Staatsanwalt sich zum Zeugenstand und zu der Angeklagten begab.

»Ich bin mir überhaupt nicht sicher, dass ich es verstehe«, sagte er. »Also möchte ich gerne nachfragen, falls die Jury genauso verwirrt ist.«

»Was verstehen Sie nicht?«, fragte sie.

Verteidigungshaltung.

»Warum stellen Sie die Hörgeräte nicht einfach leiser, bis die Hintergrundgeräusche erträglich sind?«

»Das können Sie nicht verstehen, wenn Sie selbst keine tragen.«

»Das beantwortet meine Frage nicht wirklich. Bitte erklären Sie es uns.«

»Es ist ein sehr unangenehmes Geräusch, selbst wenn es leise ist. Der Verkehr und alles. Es hört sich künstlich an, wie statisches Brummen. Es irritiert mich.«

»Ich kann mir jedoch vorstellen, dass es aus Sicherheitsgründen unverzichtbar ist, sie angeschaltet zu lassen.«

»In welcher Hinsicht?« Sie hörte sich misstrauisch an. Als würde er versuchen, ihr etwas zu verkaufen. Etwas, von dem sie wusste, dass sie es nicht haben wollte.

»Was, wenn Sie die Straße überqueren und ein Auto kommt?«

»Ich schaue immer in beide Richtungen.«

»Das glaube ich Ihnen gern. Aber was, wenn ein Fahrer die Hupe betätigt und Sie es nicht hören?«

»Ich würde eine Hupe hören, wenn sie direkt neben mir losgeht.«

»Mr Velez haben Sie allerdings nicht gehört.«

»Nein.«

»Bedauern Sie das jetzt? Ich meine, ein Mann hat sein Leben verloren, weil Sie Ihre Hörgeräte ausgeschaltet haben. Wenn mir das passieren würde, würde mir das schlaflose Nächte bereiten.«

»Ich bin mir nicht sicher, worauf Sie hinauswollen«, antwortete sie, schien sich weiter in sich zurückzuziehen, Sicherheit zu suchen.

»Sie haben mehrmals ausgesagt, wie unbequem die Hörgeräte sind, wenn um Sie herum Verkehr ist. Ich denke, dass das auf eine gewisse Art bei mir angekommen ist, und es hat dazu geführt, dass ich in dieser Richtung weiterfragen möchte. Mrs Velez, die Witwe des Opfers, ist heute Vormittag nicht hier im Gerichtssaal, weil sie gestern ein Kind zur Welt gebracht hat. Aber was, wenn sie es wäre? Was, wenn sie direkt hier neben diesem Gentleman säße?«

Alle Augen der Jury, genau wie die der Angeklagten und ihrer zwei erwachsenen Kinder, richteten sich auf Raymond. Er sah kurz hinter sich, doch da war niemand. Er war der Gentleman, um den es ging.

»Denken Sie nicht, dass sie innerlich zusammenzucken würde, wenn sie hörte, wie Sie darüber reden, wie unbequem es ist? Ich meine, Sie betonen immer wieder, dass die Hörgeräte Sie irritieren. Aber sie hätten das Leben eines Mannes gerettet. Ich bin mir sicher, Sie möchten nicht, dass bei der Jury der Eindruck entsteht, dass Sie immer noch an Ihre eigene Bequemlichkeit denken, nachdem ein Mann sein Leben verloren hat.«

»Einspruch, Euer Ehren«, sagte ihr Verteidiger. Er kam nicht auf die Füße und machte auch nicht weiter klar, welche Art von Einspruch er erhob.

»Herr Staatsanwalt«, wandte sich der Richter an den Staatsanwalt und sah ihn mit gerunzelter Stirn an. »Wo auch immer Sie damit hinwollen, kommen Sie bitte zum Punkt.«

»Gerne, Euer Ehren. Ich werde ganz direkt sein. Ms Hatfield, Sie sind seit diesem unglücklichen Zwischenfall viele Male auf der Straße gewesen, richtig?«

»Ja, das ist richtig.«

»Hatten Sie Ihre Hörgeräte eingeschaltet oder nicht?«

»Sie waren aus.«

»Selbst nachdem ein Mann ums Leben gekommen ist?«

»Ich habe ja nicht wissen können, dass das passiert.«

»Und nun, da es passiert ist? Und Sie es wissen?«

»Es war ein tragischer Unfall. Etwas, das ein Mal im Leben passiert. Es wird nicht wieder geschehen.«

»Und haben Sie weiter Ihre Pistole bei sich, wenn Sie das Haus verlassen?«

»Natürlich. Es ist gefährlich da draußen, und dieser unglückliche Zwischenfall, wie Sie es nennen, beweist das nur.«

Raymond schaute von seinem Laptop auf. Schaute in das Gesicht des Staatsanwalts. Stille legte sich über den Raum. Und blieb dort für eine merkwürdig lange Zeit.

Dann schien der Staatsanwalt seine Gedanken zu sammeln.

»Wollen Sie wirklich behaupten, Ms Hatfield, dass dieser Zwischenfall beweist, dass Sie diejenige sind, die auf der Straße in Gefahr ist? Denn ich war eigentlich der Ansicht, dass es beweist, dass Sie die Gefahr sind.«

»Einspruch, Euer Ehren.«

»Ich ziehe meinen Kommentar zurück. Eine weitere Frage noch, Ms Hatfield, und dann, denke ich, werden wir eine Mittagspause machen. Es ist eine sehr wichtige Frage, also hoffe ich, dass Sie sich einen Moment Zeit nehmen, bevor Sie antworten. Empfinden Sie Reue?«

»Wie meinen Sie das?«

»Es ist eine ziemlich direkte Frage. Verspüren Sie Reue wegen dem, was passiert ist?«

»Nun, natürlich tue ich das. Für was für einen Menschen halten Sie mich? Denken Sie, ich bin eine Art Monster? Das bin ich nicht! Natürlich tut es mir leid, dass der Mann tot ist, aber ich habe die beste Entscheidung getroffen, die ich in der Hitze des Augenblicks treffen konnte.«

»Also meinen Sie immer noch, dass es die richtige Entscheidung war.«

»Ich glaube, ich habe so gut gehandelt, wie es nur möglich war.«

»Also bedauern Sie nicht, was Sie getan haben.«

Eine Pause. Raymond beobachtete den Hinterkopf des Anwalts der Verteidigung. Wartete darauf, dass er aufsprang und wieder Einspruch einlegte. Das tat er nicht.

»Sie haben wirklich Nerven, das zu mir zu sagen. Sie wissen nicht, was ich denke oder wie ich mich fühle. Wie können Sie da so etwas zu mir sagen?«

»Nun, wenn Sie das wirklich wissen wollen, Ms Hatfield, verrate ich es Ihnen. Ich erkläre Ihnen, wie ich zu dieser Annahme komme. Das eine Mal, bei dem Sie vom Opfer gesprochen und gesagt haben, dass es Ihnen leidtut, dass er tot ist, ist sofort das Wort ›aber‹ gefolgt. Um noch genauer zu sein: Wenn jemand etwas tut, das er zutiefst bedauert, dann sorgt das normalerweise dafür, dass der Betreffende sein Verhalten ändert. Er versteht, dass bestimmte Handlungen von ihm zu einem bestimmten Punkt geführt haben, und … Nun, es scheint die menschliche Natur zu sein, das eigene Verhalten zu ändern, wenn man wirklich sichergehen will, dass man nicht erneut an diesen Punkt kommt.«

Die Angeklagte setzte sich zurück und verengte die Augen zu Schlitzen. »Mir gefällt nicht, was Sie da andeuten wollen«, sagte sie.

»Ich werde ein weiteres Mal fragen. Direkt auf die Dinge zielen, falls das in diesem Fall nicht schlecht gewählte Worte sind. Was sie vermutlich sind. Bedauern Sie, was Mr Velez zugestoßen ist?«

»Ich habe die beste Entscheidung getroffen, zu der ich in dem Moment imstande war.«

»Gut. Ich verstehe. Das ist jetzt vielleicht ein günstiger Zeitpunkt für die Mittagspause, Euer Ehren.«

* * *

Raymond stellte sich in die Schlange in der Cafeteria, wo er sich ein Truthahn-Sandwich holte. Er legte es auf sein Plastiktablett, hielt den Blick gesenkt. Er nahm sich Gabel, Löffel und Messer, wusste dann nicht genau, warum. Er würde sie nicht brauchen, um sein Sandwich zu essen. Aber es war ihm peinlich, sie zurückzulegen.

Er bezahlte an der Kasse, trat dann aus der Schlange und sah sich um. Es gab keinen Stuhl, auf den er sich setzen konnte. Nicht einen einzigen freien Tisch.

Er ging zur Tür, dachte, dass er vielleicht draußen vor der Cafeteria einen Platz finden könnte. Vielleicht auf einer Treppe. Doch ein uniformierter Beamter an der Tür hielt ihn auf.

»Du kannst das nicht mit nach draußen nehmen.«

»Ich habe für das Sandwich bezahlt.«

»Aber nicht für den Teller und das Tablett. Und das Besteck. Tut mir leid. Du musst hier drinnen sitzen.«

»Sitzen?«, fragte er und ließ anklingen, für wie machbar er das hielt. »Wo sehen Sie einen Platz zum Sitzen?«

»Du kannst fragen, ob du dich zu jemandem dazusetzen kannst, falls irgendwo noch ein Platz frei ist.«

»Ist aber keiner.«

»Doch. Zum Beispiel da drüben.«

Er zeigte zu einem Tisch für vier, an dem im Moment nur zwei Personen saßen. Leider waren die beiden Peter und Mary Jane, der Sohn und die Tochter der Frau, die ihm gerade fast den Appetit geraubt hatte.

Raymond seufzte und ging hinüber zu ihrem Tisch.

Wenn Mrs G das schafft, schaff ich es auch.

Sie schauten auf. Nickten ihm zu. Schauten schnell wieder weg.

Wenn Raymond Gedankenblasen über ihren Köpfen hätte zeichnen sollen, wie in einem Cartoon, dann hätte er sie sagen lassen: »Oh, hallo. Du bist's. Schön, dich zu sehen. Geh weg.«

Raymond ging nicht weg.

»Tut mir leid«, erklärte er. »Aber es gibt keinen anderen Platz, wo ich mich hinsetzen kann. Keinen einzigen anderen Platz.«

Peter reckte den Hals wie eine Giraffe und sah sich um, als ob er hoffte, Raymond da widersprechen zu können.

»Nun«, erwiderte er. »Dann … setz dich, denke ich.«

»Okay. Danke.«

Raymond ließ sich auf den Stuhl sinken und konzentrierte sich auf das Truthahn-Sandwich, blickte nur darauf. Die Stille war drückend. Sie schien über dem Tisch zwischen ihnen zu vibrieren.

Raymond brach das Schweigen nicht.

Sie aßen gute fünf Minuten lang in dieser unangenehmen Stille.

»Es gibt viele gute Dinge an meiner Mutter«, erklärte Peter plötzlich.

»Dessen bin ich mir sicher«, antwortete Raymond, auch wenn das nicht stimmte, und hielt die Augen weiter auf das Sandwich gerichtet.

»Sie hat einfach nur Probleme mit dieser einen Sache. Nun, ich meine das nicht so. Ich meine nicht, dass alles andere an ihr perfekt ist. Ich denke, ich meine, dass alles andere an ihr in Ordnung ist. Sie gehört allerdings nicht zu den Menschen, die zugeben, dass sie unrecht haben. Vermutlich liegt das am Alter. Aber ansonsten ist sie kein schlechter Mensch.«

»Warum redest du so über sie?«, fragte Mary Jane. Sie war ganz offensichtlich aufgebracht. Raymond hätte am liebsten

273

sein Essen stehen lassen und wäre verschwunden. »Es ist nicht bloß Mom. Es ist ihr Anwalt. Er hat ihr geraten, nicht zuzugeben, dass sie etwas falsch gemacht hat.«

»Wer hat dir das erzählt?«, wollte Peter von seiner Schwester wissen. »Weißt du, ob das wirklich stimmt? Hat sie dir das gesagt?«

»Nein. Das musste sie nicht. Das ist doch sonnenklar. Man tritt nicht in den Zeugenstand und gibt zu, einen Fehler begangen zu haben. Sie könnte ins Gefängnis kommen.«

»Es ist eine riskante Strategie«, erwiderte Peter.

Wieder herrschte Schweigen. Noch unangenehmer als das zuvor.

Raymond dachte, vielleicht sollte er etwas sagen. Einen Moment später wurde ihm klar, er sollte es besser lassen. So ging es einige Male hin und her. Als er schließlich sprach, war es hauptsächlich deshalb, weil ihn dieses Hin und Her verrückt machte.

»Ich habe gehört, dass Gerichte freundlicher zu einem sind, wenn man Reue zeigt.«

Mary Jane schob ihren Stuhl vom Tisch weg, stand auf und marschierte davon. Direkt aus der Cafeteria, ohne innezuhalten. Oder zurückzuschauen.

Raymond atmete tief ein und versuchte, die Spannung mit einem tiefen Seufzen loszuwerden. Das funktionierte nicht.

»Nun, du kannst über die Strategie sagen, was du willst«, erklärte Peter. »Ich kenne diese Frau seit vierunddreißig Jahren. Sie ist meine Mutter, und ich liebe sie. Aber ich habe noch nie die Worte ›Ich hatte unrecht‹ von ihr gehört. Und ich mache mir Sorgen, wie sie das jetzt dastehen lässt, vor allen Dingen vor Leuten, die sie überhaupt nicht kennen.«

Raymond kaute auf einem Bissen von seinem Truthahn-Sandwich und versuchte, ihn runterzuschlucken. Es war ohnehin schon trocken gewesen. Jetzt fühlte es sich an wie ein

Mundvoll Baumwolle. Und er hatte nicht einmal was zu trinken, um es runterzuspülen.

»Worüber haben Sie und Mrs Gutermann sich gestern unterhalten?«, fragte Raymond, als er das wieder konnte.

»Oh, über dies und das. Sie ist eine ganz erstaunliche Dame. Warum?«

»Ich habe mich nur gefragt, wie es ihr gelungen ist, so was hier zu machen. Und wie ich das … so überhaupt nicht hinbekomme.«

»Das ist nicht deine Schuld. Es war die Schuld von meiner Schwester und mir. Wir haben damit angefangen. Das hätten wir nicht tun sollen. Es war bloß schwierig, den ganzen Vormittag dazusitzen und ihre Aussage anzuhören und sich zu fragen, was die Leute über sie denken. Es ist schwierig, den Leuten nicht sagen zu können, dass sie bitte eine bessere Meinung von ihr haben sollen. Doch wir können nicht mit der Jury reden, also …«

»Richtig. Es ist egal, was ich denke.«

»Ich sollte nach meiner Schwester sehen.«

Er erhob sich und entfernte sich, ließ seine halb aufgegessenen Spaghetti zurück. Raymond lehnte sich in seinem Stuhl zurück und seufzte tief. Presste die Augen zu.

Ich muss sie fragen, wie sie so etwas schafft. Etwas wie das Essen mit den Hatfields gestern. Es muss da ein Geheimnis geben.

Dann dachte er sich, dass das Geheimnis vermutlich zweiundneunzig Jahre Erfahrung waren und dass es vermutlich nicht helfen würde, zu fragen.

* * *

Der Staatsanwalt knöpfte sich nach der Pause wieder die Angeklagte vor.

»Ich würde gern ein bisschen genauer auf die Details eingehen, darauf, wie es dazu kam, dass Sie Mr Velez erschossen haben«, begann er.

Die Hatfield-Frau ließ sich in ihrem Stuhl zurücksinken, offensichtlich genervt. »Ich kann mir nicht vorstellen, was man darüber noch sagen kann, das nicht bereits hundert Mal vorgebracht worden ist.«

»Bitte haben Sie etwas Geduld mit mir. Ich möchte Sie zu etwas befragen, was Mr Adler gestern gesagt hat. Er hat gesagt, dass Sie sich unmöglich herumgedreht, Mr Velez Ihr Portemonnaie halten gesehen und entschieden haben können, dass er es gestohlen hatte, weil dazu gar nicht genug Zeit war. Es war nicht genug Zeit für ihn, es zu stehlen. Sie hatten sich Ihre Handtasche unter den Arm geklemmt. Nachdem Sie die Pistole herausgenommen hatten.«

»Das ist richtig.«

»Und Mr Velez war gerade dicht genug bei Ihnen, um die Hand ausstrecken zu können.«

»Hören Sie, ich weiß, was Sie versuchen. Aber ich habe nicht gelogen. Ich habe mich umgedreht. Ich habe das Portemonnaie in seiner Hand gesehen. Für mich war es ein Überfall, und dementsprechend habe ich gehandelt.«

»Ich glaube, Sie haben mit dem zeitlichen Ablauf unrecht.«

»Nein«, widersprach sie. »Ich habe genau recht.«

»Wie sich herausstellt, gibt es Beweise für das Gegenteil. Bevor Sie sich umgedreht hatten, um ihn anzusehen, hatten Sie schon einmal geschossen.«

Die Gesichtszüge der Frau erschlafften vor Überraschung.

»Das ist vollkommen lächerlich. Wie könnte ich einen Schuss abgefeuert haben, bevor ich mich auch nur umgedreht habe?«

»Das weiß ich nicht«, sagte der Staatsanwalt. »Erklären Sie es mir.« Er ging zu dem Tisch, wo er seine Notizen und die Akten aufgeschichtet hatte. »Euer Ehren, ich möchte die Beweise D, E1 und E2 vorlegen.«

Er reichte dem Richter zwei Fotos und irgendeine Art von Dokument. Der Richter sah sie sich an, nickte und gab sie zurück.

Der Staatsanwalt ging damit zur Angeklagten, und sie rutschte nach hinten, weg von ihm und ihnen, als wären sie giftig.

»In der Zeitung stand über den Vorfall, dass Sie sechs Kugeln in Luis Velez' Oberkörper geschossen haben. Das gesamte Magazin. Aber das stimmt nicht ganz. Ich habe hier Fotos vom Tatort, die ganz eindeutig fünf Einschüsse im Körper zeigen. Und ich habe auch die Stellungnahme vom Gerichtsmediziner, die dasselbe besagt.«

»Nun, ich weiß nicht, wo die andere hinging. Ich denke, ich habe einfach danebengeschossen.«

»Ja, das haben Sie. Sie haben um fast fünfundvierzig Grad danebengeschossen. Ich habe ein Foto von der Stelle, wo die erste Kugel eingeschlagen ist. Oder das, wovon die Polizei annimmt, dass es die erste war. Es ist in dem Gebäude, an dem Sie zu dem Zeitpunkt vorbeigegangen sind. Das Gebäude zu Ihrer Rechten, bevor Sie sich umgedreht haben.«

»Na und? Ich habe danebengeschossen. Wie ich gesagt habe: Ich war sehr aufgebracht.«

»Aber man steht nicht einem Mann direkt gegenüber und gibt dann einen Schuss ab, der um fünfundvierzig Grad danebengeht.«

»Also was denken Sie denn, was passiert ist?«

»Ich denke, dass Sie schon einmal geschossen haben, während Sie sich umgedreht haben.«

»Okay. Meinetwegen. Ich hatte Angst. Und wenn ich das gemacht habe?«

»Wenn Sie sich noch nicht umgedreht hatten, dann haben Sie das Portemonnaie in seiner Hand noch gar nicht sehen können.«

Er wartete, falls sie etwas erwidern wollte. Das war nicht der Fall. Ihr Gesicht schien immer blasser zu werden.

Der Staatsanwalt sprach weiter, füllte die Stille.

»Vor wenigen Minuten haben Sie ausgesagt, dass Sie sich umgedreht haben, das Portemonnaie in seiner Hand gesehen haben, sodass es für Sie ein Überfall war, und danach gehandelt haben. Doch offensichtlich hatten Sie Ihren Finger so fest auf dem Abzug der Pistole, dass Sie geschossen haben, bevor Sie sich zu Mr Velez umgewandt hatten. Nun, ich weiß, dass es nicht Ihre Absicht war, das Gebäude, an dem Sie vorbeigegangen sind, zu beschädigen. Also kann ich nur vermuten, dass Sie sehr viel Angst hatten und bereit waren, sich zu verteidigen.«

»Ja«, bestätigte sie. Vorsichtig. Als könnte es eine Falle sein. »Das hatte ich.«

»Warum?«

»Warum?«

»Ja, warum. Warum hatten Sie solche Angst? Warum hatten Sie beschlossen, dass es an der Zeit war, zu Ihrer Verteidigung die Pistole abzufeuern?«

»Das habe ich Ihnen doch gesagt. Ich dachte, es wäre ein Überfall.«

»Aber wir haben gerade festgestellt, dass Sie zu dem Zeitpunkt noch gar keinen Grund dazu hatten.«

»Natürlich hatte ich den. Er ist immer näher gekommen. Er hat die Hand ausgestreckt. Er war kurz davor, mich zu berühren.«

»Woher wollen Sie das gewusst haben?«

»Dass er die Hand ausgestreckt hat?«

»Ja.«

»Ich hab meinen Kopf ein Stück gedreht und es aus dem Augenwinkel bemerkt. Wie auch immer, was ändert es, was genau ich gedacht habe, was für ein Verbrechen er gegen mich plant? Ich wusste nur, ich wollte es nicht, was auch immer es war.«

Sie hielt inne, als wäre sie außer Atem. Sie hatte eindeutig viel Energie und Spannung in diese Worte gelegt. Raymond bemerkte, dass er auf der Holzbank nach vorne gerutscht war. Er konnte spüren, dass sich die Sitzkante gegen seine Oberschenkel presste.

»Verstehe«, sagte der Staatsanwalt. »Also gehen wir ein bisschen zurück. Als Sie zum ersten Mal die Waffe aus Ihrer Tasche gezogen haben … was hatte Mr Velez da falsch gemacht?«

Eine spannungsgeladene Stille.

»Falsch?«, fragte sie. »Ich verstehe die Frage nicht.«

»Sie haben gesagt, dass Sie die Pistole abgefeuert haben, weil er die Hand ausgestreckt hat.«

»Ja.«

»Als Sie also die Pistole aus Ihrer Handtasche gezogen haben, was hatte er da getan?«

»Er ist einfach … gelaufen.«

»Also warum haben Sie die Pistole herausgeholt?«

»Er ist immer näher gekommen.«

»Sie meinen, er ist schneller gegangen als Sie.«

»Ja, aber … irgendwie hat es sich bedrohlich angefühlt.«

»Was genau?«

»Ich weiß nicht, ob ich das erklären kann.«

»Nun, ich hoffe, dass Sie das können, Ms Hatfield. Denn ich glaube nicht, dass wir in einer Gesellschaft leben, in der man einen Mann erschießen kann, ohne dass man danach erklären muss, was er getan hat, dass man sich derart bedroht gefühlt hat. Wenigstens hoffe ich, dass wir das nicht tun.«

»Einspruch, Euer Ehren«, sagte der Anwalt der Verteidigung und kam auf die Füße. »Bedrängen der Zeugin.«

»Abgelehnt. Es ist eine angemessene Frage, und die Zeugin muss sie beantworten.«

Stille im Gerichtssaal. Vielleicht fünf Sekunden lang.

»Ich verfüge über gute Menschenkenntnis. Ich kann es spüren, wenn etwas nicht stimmt.«

»Falls dem so ist, Ms Hatfield, dann ist dieser Vorfall ein schreckliches Beispiel. Ich meine, Sie könnten diesen Fall nicht dazu heranziehen, das zu beweisen. Luis Velez hat versucht, Ihnen etwas zurückzugeben, was Sie hatten fallen lassen. Sie könnten sich nicht schlimmer in ihm geirrt haben. Ihre Einschätzung seines Charakters hätte nicht weiter von der Wahrheit entfernt sein können. Aber nehmen wir für einen Moment mal an, dass es stimmte. Jemand geht auf der Straße hinter Ihnen. Sie unterstellen ihm ein Motiv. Gegründet worauf?«

Eine verblüffte Stille.

»Die Angeklagte wird die Frage beantworten«, verlangte der Richter.

»Ich weiß es nicht. Es ist nur ein Gefühl.«

»Okay. Ein Gefühl. Ich möchte etwas tiefer in dieses Gefühl eindringen. Wenn *ich* hinter Ihnen auf der Straße gehen würde, würden Sie mich als Bedrohung betrachten?«

»Ich weiß es nicht. Nein. Vielleicht.«

»Das sind sehr viele Antworten, Ms Hatfield. Sie haben dem Gericht gesagt, dass Sie hierin gut sind.«

»Auf der einen Seite sind Sie ein Mann. Auf der anderen haben Sie offensichtlich genug Geld.«

»Interessant. Also ist eine reichere Person eine geringere Bedrohung?«

»Verdrehen Sie mir nicht die Worte im Mund.«

»Ich denke, dass ich sie ganz gut zusammengefasst habe.«

»Ich meine nur … Warum sollten Sie mich ausrauben wollen? Sie haben Geld.«

»Also stehlen arme Leute und reiche nicht?«

»Das habe ich nicht gesagt. Ich habe bloß gesagt, dass Sie es nicht nötig haben würden, zu stehlen.«

»Also, wenn Leute, die genug Geld haben, kein Interesse daran haben, mir Geld zu stehlen, dann frage ich mich, was es mit all diesen Offshore-Accounts auf den Cayman Islands auf sich hat.«

»Einspruch, Euer Ehren.«

»Abgelehnt«, entschied der Richter. »Die Angeklagte hat diese Richtung der Befragung selbst eingeleitet, als sie angegeben hat, korrekt eine Bedrohung einschätzen zu können.«

Der Anwalt der Verteidigung seufzte und sank zurück auf seinen Stuhl.

»Was ist mit diesem jungen Gentleman?« Raymond sah von seinen Notizen auf und bemerkte, dass alle ihn anstarrten. »Wenn er hinter Ihnen auf der Straße gehen würde, was würde Ihre Menschenkenntnis Ihnen sagen?«

»Ich weiß es nicht. Ich weiß nichts über ihn.«

»Aber Sie wussten auch nichts über Luis Velez. Was ist mit der älteren Frau, die gestern mit diesem jungen Mann hier war? Erinnern Sie sich an sie?«

»Ja, tue ich.«

»Was, wenn sie hinter Ihnen gehen würde?«

»Das ist eine lächerliche Frage.«

»Warum?«

»Weil sie nicht schneller laufen könnte, als ein Zweijähriger auf einem Dreirad fährt. Sie kann ja noch nicht einmal sehen. Was könnte sie mir wohl antun?«

»Also geht es um die mögliche körperliche Fähigkeit, Schaden zuzufügen.«

»Nun ... ja. Er war ein großer Mann. Ein großer Mann kann mir wehtun.«

»Woher wussten Sie das?«

»Woher wusste ich was?«

»Woher wussten Sie, dass er ein großer Mann war? Sie hatten sich noch nicht umgedreht.«

»Ich habe die Spiegelung im Fenster gesehen, als wir daran vorbeigegangen sind.«

»Ich verstehe. Ich kann mir nicht vorstellen, dass das so viele Details hergibt. Vor allem, weil es fast dunkel war.«

»Hat es aber. Jede Menge Details. Ich konnte ihn sehr gut erkennen. Alles an ihm. Er war groß. Hat vermutlich fünfzig Kilo mehr als ich gewogen.«

»Und ich wiege vermutlich sechzig oder siebzig Kilo mehr als Sie, trotzdem sagen Sie, dass Sie mich nicht bedrohlich finden. Und egal, ob es siebzig oder hundert sind, es ist doch sehr viel mehr, als Sie wiegen.«

»Ich weiß, worauf Sie hinauswollen«, fuhr ihn die Frau an. »Und es gefällt mir nicht.«

»Auf was will ich denn hinaus?«

»Sie unterstellen mir Vorurteile.«

»Tue ich das?«

»Das ist Ihnen doch völlig klar, also spielen Sie keine Spielchen. Hören Sie, alles, was ich weiß, ist, dass er ein Mann war und groß. Ich wusste nicht mal etwas über seine ... Sie verstehen schon, Herkunft oder Nationalität. Wie hätte ich das wissen können? Ich hatte mich noch nicht mal umgedreht.«

»Aber Sie haben eben behauptet, dass Sie sein Spiegelbild gesehen haben. Sie haben gesagt, dass es sehr detailreich war. Sie haben gesagt, dass Sie alles an ihm erkennen konnten.«

»Sie sind ein sehr frustrierender Mann«, erwiderte sie und schnaubte hörbar genervt.

»Alles, was ich tue, ist, durchzugehen, was Sie möglicherweise über Luis Velez gewusst haben, sodass wir herausfinden können, was davon sich bedrohlich für Sie anfühlte. Sie wussten, er war ein Mann, er war groß, und er war ein Latino.«

»Das ist nicht der Grund. Es gibt andere Gründe, die Sie nicht berücksichtigen. Gefühle, die man hat. Manchmal fühlt sich eine Person einfach bedrohlich an, und man kann gar nicht genau sagen, warum. Man weiß es einfach.«

»Aber er war überhaupt keine Bedrohung, Ms Hatfield. Ich denke, wir haben ausreichend bewiesen, dass Sie sich da geirrt haben. Er war so ungefähr der am wenigsten bedrohliche Mensch, der hinter Ihnen hätte gehen können. Er war ein guter Samariter. Er hat versucht, Sie darauf aufmerksam zu machen, dass Ihnen etwas Wichtiges runtergefallen war. Er war ein liebevoller Ehemann und Vater. Dreimal die Woche ist er über eine halbe Stunde U-Bahn gefahren, um einer älteren blinden Dame bei ihren Erledigungen zu helfen.«

»Das konnte ich doch nicht wissen!«

Die Angeklagte schrie jetzt. Raymond tippte, so schnell er konnte.

»Sie haben ausgesagt, dass Sie über eine gute Menschenkenntnis verfügen. Sie haben gesagt, manchmal würde sich eine Person einfach bedrohlich anfühlen und Sie wüssten das. Irgendetwas hat Ihre Menschenkenntnis komplett ausgehebelt, und ich versuche, zu verstehen, was das gewesen ist.«

»Sie versuchen einfach, mich zu verwirren!« Sie stand jetzt, als wäre sie kurz davor, ohne Erlaubnis den Zeugenstand zu verlassen. »Ich brauche eine Pause. Bekomme ich eine Pause?«

»Das wird nicht nötig sein, Euer Ehren«, erklärte der Staatsanwalt. »Ich habe keine weiteren Fragen.«

* * *

»Meine Güte«, sagte Mrs G. »Der Mann ist wirklich gut in seinem Job!«

Raymond hatte ihr gerade die Notizen vorgelesen, die er sich in der Nachmittagssitzung gemacht hatte.

Sie lag immer noch im Bett. Er saß auf einem der Stühle aus dem Esszimmer, den er sich geholt hatte.

Er blickte auf. Klappte den Laptop zu.

»Also war das alles für den Tag?«, fragte sie.

»Nein. Es hat sich noch lange hingezogen. Aber danach habe ich nicht mehr viel aufgeschrieben, weil es nicht so interessant war. Es schien sich nicht viel zu tun. Ihr Anwalt hat sie wieder befragt, doch er hat einfach nur versucht, den Schaden wiedergutzumachen. Er hat weiter Fragen gestellt, die in die Richtung gingen, wie normal es ist, dass einem ein Fehler unterläuft. Wie das auch guten Menschen manchmal passiert. Und dann hat der Beamte, der als erster am Tatort war, ausgesagt. Er hatte allerdings nicht besonders viel beizusteuern. Er hat nicht beobachtet, wie es geschehen ist. Es ist bloß ganz viel wiederholt worden.«

»Also was steht dann jetzt noch aus? Weißt du das?«

»Nun, die Verteidigung und die Anklage waren beide am Ende des Tages fertig.«

»Also wird die Jury morgen beraten? Das ging schnell.«

»Ich denke, es gibt die Schlussplädoyers, und dann wird die Jury beraten.«

»Oh. Schlussplädoyers, ja. Aber die Jury wird morgen beraten.«

»Sieht so aus«, sagte er, dachte, dass sie nicht erholt genug wirkte, um dabei zu sein.

»Dann muss ich da sein.«

»Bist du dir sicher, dass du das schaffst?«

»Ich werde dort sein, weil ich dort sein muss.«

»Ich könnte dich vom Gericht aus anrufen und dir erzählen, wie es gelaufen ist.«

»Nein«, lehnte sie mit überraschender Entschlossenheit ab. Es war ein Nein, von dem er wusste, dass es nutzlos wäre, dagegen anzudiskutieren. »Ich muss dort sein, wenn das Urteil verkündet wird. Oh, übrigens hat die nette Frau angerufen.«

»Welche nette Frau?«

»Die, deren Ehemann auch ein Luis Velez ist. Sie hat meine Nummer auf ihrem Telefon gesehen.«

»Oh, ja. Die ist wirklich nett.«

»Sehr nett, ja. Wir haben lange gesprochen. Sie hatte die Geschichte über Luis schon in der Zeitung gelesen, also wusste sie, was geschehen war, aber sie war sehr froh, wieder von dir zu hören. Sie hat uns eingeladen, mal an einem Sonntag zum Essen zu ihnen zu kommen. Wann immer wir wollen. Wir sollen einfach anrufen und ihr mitteilen, wann es uns passt, sodass sie weiß, dass sie mehr kochen muss. Sie hat gesagt, sie würde wieder den Schokoladenkuchen backen, den du so gerne mochtest.«

»Wollen wir das tun?«

»Ich wüsste nicht, warum nicht«, erwiderte sie. »In meinem sehr langen Leben habe ich bisher noch keinen einzigen Luis Velez getroffen, den ich nicht mochte.«

Kapitel Fünfzehn

Objektive Realität oder deren

Nichtvorhandensein

»Abschließend«, erklärte der Staatsanwalt, »möchte ich fest-halten, dass die Verteidigung sich große Mühe gegeben hat, die Angeklagte als gesetzestreue Bürgerin darzustellen. Über jeden Tadel erhaben. Aber niemand tut etwas Falsches, bis zu dem Moment, in dem er es eben doch tut. Jeder hat ein leeres Strafregister, bis er zum ersten Mal das Gesetz bricht.«

Raymond fand, dass der Mann müde aussah. Er fragte sich kurz, ob es für den Staatsanwalt bei diesen Fällen so war, als hätte er jedes Opfer persönlich gekannt. Oder ob es einfach wichtig für seine Karriere war, dieses Verfahren zu gewinnen. Oder vielleicht war es auch etwas ganz anderes. Vielleicht hatte er letzte Nacht nur zu lange Party gemacht.

Raymond blickte zu Isabel, die das Baby sanft in den Armen wiegte. Ramón quengelte. Jeder konnte das hören, und Raymond merkte, dass alle sich Mühe gaben, sich davon nicht ablenken zu lassen. Was auch immer der Staatsanwalt als Nächstes sagte, verpasste Raymond, weil er über das Baby nachdachte.

Ramón stieß einen hohen Schrei aus, bevor es Isabel gelang, ihn wieder zu beruhigen.

Isabel stand auf, als wollte sie anbieten, den Raum zu verlassen. Aber der Staatsanwalt bedeutete ihr mit einer Handbewegung, sich wieder zu setzen.

»Nein«, sagte er. »Sie haben das Recht, hier zu sein. Das Baby hat ein Recht, hier zu sein. Er ist eine wichtige Erinnerung für die Jury. Er wird ohne Vater aufwachsen. Die Verteidigung wird Sie bitten, sich in Ms Hatfield hineinzuversetzen«, wandte er sich wieder an die Jury. »Als ob Sie jetzt mit einer Gefängnisstrafe rechnen müssten, obwohl Sie am Morgen des schicksalsträchtigen Tages das Haus verlassen haben und nicht vorhatten, irgendetwas Falsches zu tun. Ich werde Sie bitten, sich vorzustellen, wie es sich anfühlt, Mrs Velez zu sein oder ihr Baby. Oder eines ihrer beiden anderen Kinder. Sie leben einfach Ihr Leben, planen, gemeinsam alt zu werden. Und dann kommt eine Frau, die denkt, sie weiß, vor wem man Angst haben muss. Sie irrt sich entsetzlich, und es geht um jemanden, den Sie lieben, aber sie erscheint dennoch hier vor Gericht und behauptet, dass sie eine Gefahr richtig einschätzen kann. Man selber weiß jedoch, dass der geliebte Mensch keine Bedrohung war. Jeder weiß es jetzt, aber es ist zu spät. Eine falsche Entscheidung von ihr, und Ihr Leben ist zerstört. Und es kann nie wieder gut werden. Sie hat einen Mann erschossen, der ihr nichts Böses wollte, und sie wird Ihnen sagen, dass es ein Unfall war. Es war allerdings ein Unfall mit lebensverändernden Konsequenzen für diese Frau und ihr Baby. Sollte es nicht auch Konsequenzen für die Schützin geben? Ich denke, meine Damen und Herren Geschworene, es gibt Unfälle, und es gibt Unfälle. Wenn sie die Pistole hätte fallen lassen, und sie wäre losgegangen, das wäre ein richtiger Unfall gewesen. Aber sie hat den Abzug betätigt. Sechs Mal. Jedes Mal ein bewusster Akt. Und sie hat sich geirrt. Es tut mir leid, doch wenn man sechs Schüsse auf einen

Mit-New-Yorker abgibt, dann darf man sich nicht irren. Er muss einem Böses wollen. Oder man muss wenigstens einen glaubwürdigen Beweis dafür erbringen können, dass man gedacht hat, dass er einem Böses wollte. Sonst ist es Totschlag.

Natürlich, wir wollen alle in einer sichereren Stadt leben. Wir wollen alle in einer sichereren Welt leben. Aber Luis Velez war nicht derjenige, der sie unsicher gemacht hat. Eine Frau mit einer Pistole, die sie viel zu schnell benutzt hat, war diejenige, die unsere Straßen gefährlicher gemacht hat. Sie ist diejenige, die die Schüsse abgegeben hat, und sie hat einen unschuldigen Mann getötet. Und dafür muss sie bezahlen. Was ist ein Leben wert? Sagen Sie es mir.«

Er ging zurück zu seinem Tisch.

Raymond wartete. Alle warteten. Der Staatsanwalt sagte nicht: »Vielen Dank, meine Damen und Herren Geschworene.« Er sagte nicht das Äquivalent von: »Ich bin fertig.« Er setzte sich einfach.

»Nun, also gut«, begann der Anwalt der Verteidigung und erhob sich. »Ich denke, dann bin ich dran. Sehr geehrte Damen und Herren Geschworene. Sie sind vernünftige Menschen. Sie sehen meine Klientin an, und Sie wissen in Ihrem Herzen, sie ist keine Mörderin.«

Raymond machte sich ein paar Notizen. Weil es ihm merkwürdig erschien. Wie kann man jemanden ermorden und kein Mörder sein?

»Sie ist die Mutter von zwei erwachsenen Kindern. Sie spielt jeden Donnerstag Bridge. Sie geht in die Kirche. Jetzt frage ich Sie: Welcher Gerechtigkeit wird gedient, wenn man diese gute Frau ins Gefängnis sperrt? Und sei es für dreißig oder sechzig oder neunzig Tage? Schauen Sie sie an. Wirkt sie auf Sie wie jemand, der in eine Gefängniszelle gehört?«

In der Stille, die folgte, flogen Raymonds Finger förmlich über die Tastatur, notierten persönliche Beobachtungen.

Verteidigung scheint andeuten zu wollen, dass es eine Gruppe Menschen gibt, die ins Gefängnis gehören, und andere, die das nicht tun, tippte er. *Ausgehend von was? Eigentlich sollte es auf ihren kriminellen Taten basieren, aber die kann man nicht sehen. Was sollen wir hier sehen?*

»Natürlich nicht«, rief der Anwalt der Verteidigung mit zu lauter Stimme. »Man steckt jemanden ins Gefängnis, weil er eine Gefahr für die Gesellschaft darstellt. Meine Mandantin ist keine Gefahr für die Gesellschaft, und das wissen Sie genauso gut wie ich. Sie wird nie wieder irgendjemandem etwas tun. Es war ein Unfall, ein schrecklicher Unfall. Warum sollten Sie sie dafür bestrafen? Ist sie nicht schon gestraft genug? Sie steht hier vor Gericht wie eine Kriminelle. Muss um ihre Freiheit fürchten. Sie muss jeden Morgen aufwachen und mit der Reue über diesen schrecklichen Fehler leben. Warum wollen Sie es noch schwieriger für sie machen?

Wie leicht könnten Sie an ihrer Stelle sein. Denken Sie darüber nach. Wie würden Sie behandelt werden wollen, wenn Sie in ihren Schuhen steckten? Wenn Sie sich während Ihrer Beratung an diese kleine goldene Regel halten, dann weiß ich, alles wird gut. Ich vertraue darauf, dass Sie das Richtige tun.«

Und damit war das Verfahren, auf das sie so lange gewartet und in das sie so große Hoffnungen gesetzt hatten, vorbei.

Und mit einem Mal wurde Raymond in eine Nachverhandlungswelt geschubst, auf die er sich überhaupt nicht vorbereitet fühlte.

* * *

»Sie sollten aufstehen und ein wenig herumgehen«, riet ihnen der Staatsanwalt. Er lehnte sich über das Geländer und sprach direkt mit ihnen. »Es könnte Stunden dauern.«

»Die Sache ist die«, erwiderte Raymond. »Meine Freundin hier, Mrs Gutermann, kann nicht stundenlang herumlaufen.«

»Und ich habe vorgestern ein Baby zur Welt gebracht«, fügte Isabel hinzu.

»Trotzdem. Die Jury könnte ziemlich lange wegbleiben. Ich meine, wir wissen nicht einmal, ob sie heute schon ein Urteil fällen. Gehen Sie wenigstens runter in die Cafeteria, und besorgen Sie sich eine Tasse Kaffee. Ich verspreche Ihnen, ich hole Sie, wenn die Jury zurückkommt.«

* * *

»Kommt es euch auch so merkwürdig vor?«, fragte Raymond. »Ich meine, dass es vorbei sein soll?«

Er und Mrs G tranken Tee mit Milch und Zucker an einem Tisch in der Cafeteria. Isabel nippte nur geistesabwesend an einer Flasche Mineralwasser. Das Baby schlief tief und fest an ihrer Schulter.

»Ich fühle mich, als ob …«, fuhr er fort. Dann musste er innehalten und dem nachspüren, was er fühlte. Oder wenigstens die richtigen Worte finden. »Als ob ich diese ganze Zeit gebraucht hätte, um mich auf das Verfahren vorzubereiten, und darüber vergessen hätte, mich darauf vorzubereiten, wie mein Leben danach aussehen wird.«

Mrs G nickte überraschend energisch. »Das hast du gut ausgedrückt, Raymond, und ich weiß genau, was du meinst.«

»Ich glaube aber, es ist gut gelaufen«, sagte er. »Was denkt ihr?«

Es war das erste Mal, dass irgendeiner von ihnen gewagt hatte, so etwas auszusprechen. Es war klar, dass sie alle drei von dem Gedanken an das Urteil besessen waren. Raymond war sich allerdings nicht sicher, ob es eine gute Idee war, darüber zu spekulieren.

»Ich denke schon«, erwiderte Isabel. »Ich finde, der Staatsanwalt hat seine Sache gut gemacht. Niemand kann ihm zugehört haben und die Frau dann einfach gehen lassen.« Schweigen. Mehrere Sekunden lang. Und dann fügte sie hinzu, mit weniger Selbstvertrauen und deutlich leiser: »Oder?«

»Ich weiß es nicht«, antworteten Raymond und Mrs G mehr oder weniger gleichzeitig.

Isabel starrte sie beide an, erst den einen, dann die andere.

»Ihr habt kein gutes Gefühl dabei?«, fragte sie.

»Doch, hab ich«, erklärte Mrs G. »Der Staatsanwalt war sehr gut. Wenn das Leben gerecht ist, werden wir ein gutes, befriedigendes Urteil bekommen.«

Eine weitere sehr lange Stille.

»Ist es das denn?«, fragte Raymond, als er die Stille nicht länger aushalten konnte.

»Manchmal ist es das und manchmal nicht«, erwiderte sie.

Sie schwiegen einen Moment und tranken ihre Getränke. Vielleicht eine Minute lang. Vielleicht drei.

Dann sah Raymond auf und entdeckte den Staatsanwalt in der Tür zur Cafeteria.

»Sie sind zurück«, verkündete er.

Er wandte sich ab.

»Moment«, rief Raymond. »Moment. Was bedeutet das?«

»Es bedeutet, dass sie zurück sind«, sagte er über seine Schulter, während er den Korridor entlangeilte.

»Warten Sie! Ich will Sie etwas fragen.«

»Ich muss in den Gerichtssaal«, rief er und ging weiter.

Raymond wandte sich an Isabel. »Ich muss ihn etwas fragen. Können wir uns oben treffen? Hilfst du Mrs G?«

»Natürlich.«

Bevor sie noch zu Ende gesprochen hatte, lief Raymond schon los. Er sprintete in voller Geschwindigkeit durch den Korridor.

291

»Warten Sie kurz«, bat er, als er den Staatsanwalt einholte.

Raymond verringerte seine Geschwindigkeit, bis er mehr oder weniger mit dem Staatsanwalt Schritt hielt. Sie gingen flott, so wie Raymond früher gegangen war, bevor er Mrs G kennengelernt hatte.

»Warum sind sie so schnell zurück?«

»Ich habe keine Ahnung. Aber wir werden es gleich erfahren.«

»Es waren nur …«

»Achtunddreißig Minuten.«

»Was bedeutet das normalerweise? Wenn sie sich nur achtunddreißig Minuten beraten?«

»Das bedeutet, dass sie von Anfang an ziemlich genau wussten, was sie entscheiden würden. Also ist es entweder sehr gut oder sehr schlecht.«

»Okay«, sagte Raymond. »Danke. Ich geh besser zurück zu meinen Freunden.«

Der Staatsanwalt eilte ohne ihn weiter.

Ohne Kommentar.

* * *

»Sind Sie zu einem Urteil gekommen?«

»Das sind wir, Euer Ehren«, bestätigte der Vorsitzende der Jury.

In einem Ritual, das in einem verrückt machend langsamen Tempo ablief, ging ein Gerichtsdiener zum Sprecher der Jury und nahm von ihm einen Zettel entgegen. Er trug ihn hinüber zum Richter und überreichte ihn dort. Der Richter starrte ihn für eine, wie es Raymond vorkam, unendlich lange Zeit an. Dann nickte er und gab ihn dem Gerichtsdiener zurück, der ihn wieder zum Sprecher der Jury brachte.

Raymond spürte die Angst in Wellen von Isabel und Mrs G ausgehen – zu beiden Seiten von ihm. Merkte, wie sie sich gefährlich mit seiner eigenen vermischte.

Plötzlich fiel ihm auf, dass er nicht atmete. Überhaupt nicht. Schnell schnappte er nach Luft.

»Wie lautet Ihr Urteil?«, fragte jemand den Sprecher der Jury.

Raymond betrachtete Mrs Gs Gesicht, also wusste er nicht, wer es gesagt hatte.

»In Sachen ›Der Staat gegen Vivian Elaine Hatfield‹ … bezüglich der Anklage des Totschlags … erklären wir die Angeklagte für …«

Dann kam eine Pause, von der Raymond glaubte, sie würde ihn umbringen. Einfach sein Herz stehen bleiben lassen. Er lehnte sich vor und versuchte, Luft in seine Lungen zu bringen, aber er konnte nicht atmen.

»Nicht schuldig.«

* * *

Sie blieben noch ein paar Minuten sitzen, nachdem fast alle anderen den Gerichtssaal verlassen hatten, Raymond und Mrs G. Isabel und Ramón. Sie sagten nichts. Was hätten sie auch sagen sollen, fragte sich Raymond.

Die Stille schien lebendig zu werden, wie ein Wesen, ein körperliches Ding. Wie ein vierter Erwachsener, der mit ihnen auf der Bank saß, sie mit seiner Anwesenheit überwältigte.

»Wir sollten nach Hause gehen«, meinte Mrs G nach einer Weile.

Sie standen auf. Verließen gemeinsam den leeren Gerichtssaal. Ganz langsam.

Raymond entdeckte den Staatsanwalt auf dem Flur. Er lehnte mit dem Rücken an der Wand, die Füße an den Knöcheln übereinandergeschlagen, und sprach in sein Handy.

»Könnt ihr vielleicht eine Minute auf mich warten?«, fragte Raymond seine beiden Freundinnen.

Sie antworteten nicht, aber es war klar, dass sie warten würden.

Raymond trat zu dem Mann. Nah genug, um zu signalisieren, dass er mit ihm reden wollte. Nicht nah genug, um unhöflich zu sein oder den Eindruck zu erwecken, dass er das Telefongespräch mithörte.

»Ich rufe gleich zurück«, sagte der Staatsanwalt in sein Handy und beendete den Anruf. Er ließ das Telefon in seine Brusttasche gleiten und sah Raymond an. Verbrannte ihn mit seinen Augen. »Du möchtest mich sprechen?«

»Ja, Sir.«

»Wenn du gekommen bist, um mir zu sagen, dass ich dich enttäuscht habe, dann kannst du dir das sparen. Ich denke schlimmere Dinge über mich, als du mir je an den Kopf werfen könntest. Glaub mir.«

»Ich finde nicht, dass Sie uns enttäuscht haben. Ich bin der Meinung, dass Sie Ihre Sache ziemlich gut gemacht haben.«

Das Lachen des Mannes klang bitter. »Wenn ich es gut gemacht hätte, müsste die Frau jetzt sechs Monate ins Gefängnis.«

»Ich denke, Sie haben alles sehr gut dargelegt, aber die Jury hat einfach beschlossen, das zu ignorieren. So hat es jedenfalls auf mich gewirkt. Ich wollte Sie nur fragen ... Ich muss für die Schule einen Bericht über den Prozess schreiben. Und ich denke, das bedeutet, dass ich zu irgendeiner Art von Schluss kommen muss. Doch ich weiß nicht, wie ich das einordnen soll.«

Das stimmte, und es stimmte auch nicht. Ja, er musste einen Bericht schreiben. Ja, er wollte, dass es ein guter Bericht wurde. Er wollte eine gute Note, um seine dreitägige Abwesenheit zu rechtfertigen. Aber er wollte es nicht für seine Lehrer oder Klassenkameraden verstehen. Er wollte es für sich selbst verstehen, um den Sinn darin finden zu können.

»Ich meine, ich bin einfach komplett …«, redete er weiter. Weil der Mann nichts sagte. »Ich begreife es einfach nicht.«

»Willkommen im Club.«

»Sie haben keine Ahnung, warum Jurys so etwas tun?«

»Oh, ich habe so meine Theorie.« Er hielt inne. Seufzte, als ob er sich damit abfände, dass das hier eine längere Unterhaltung werden würde, als er eigentlich vorgehabt hatte. »Okay. Hier ist, was ich denke, aber zitiere mich nicht. Falls du mir zustimmst, dann stell es als deine eigene Beobachtung hin. Stammessystem.«

»Stammessystem?«

»Das ist die Art, wie sich unser Gehirn entwickelt hat. Höhlenmenschen denken … Nun, nein, nicht ›denken‹. Es ist mehr … sie reagieren. Das ganze Problem ist, dass hier sehr wenig Denken involviert ist. Es ist einfach reflexhaft emotional. Es funktioniert folgendermaßen und vollkommen unterbewusst: Ist diese Person, über die ich urteilen soll, aus unserem Stamm oder aus einem anderen? Wenn sie zu uns gehört, können Fehler vergeben werden. Himmel, jeder macht Fehler. Der Fehler ist eine Anomalie, weil es um uns geht, und wir sind gute Menschen. Und wenn sie zu den anderen gehört, müssen Fehler bestraft werden, denn so sind die anderen eben. Der Fehler beweist bloß, dass das immer so ist. Also habe ich versucht, die Jury als Stamm der Gesetzestreuen anzusprechen. Wir erschießen keine Leute, und das ist das ›wir‹, um das es geht. Das hat aber nicht funktioniert. Und es tut mir leid, dass es nicht funktioniert hat. Ich hoffe, du erzählst deinen Freunden, wie leid es mir tut, dass ich euch enttäuscht habe. Wenn du mich jetzt bitte entschuldigen würdest.«

Er hastete durch den Korridor davon.

Raymond hätte beinahe seinen Rucksack abgesetzt und seinen Laptop herausgenommen. Er wollte alles aufschreiben, was der Staatsanwalt ihm gerade gesagt hatte. Doch er warf einen Blick zu Isabel und Mrs G und bemerkte, wie erschöpft und entmutigt sie wirkten, und wusste, dass sie nach Hause mussten.

Außerdem, dachte er, fühlte es sich an, als hätten sich die Worte des Staatsanwalts eben in die Synapsen seines Gehirns eingebrannt. Sie würden nirgendwo hingehen. Er müsste schon viel Glück haben, dachte er, um diese Worte irgendwann bald zu vergessen.

Raymond schaute auf und bemerkte, dass der Staatsanwalt stehen geblieben war und zu ihm zurückstarrte. Als wenn er noch etwas hinzuzufügen hätte.

Der Mann kam noch mal zurück.

»Und was anderes, das damit im Zusammenhang steht, aber zitier mich in dieser Hinsicht ebenfalls nicht: Sie konnten sich vorstellen, vor Mr Velez Angst zu haben, besser, als sie sich vorstellen konnten, er zu sein. Ich hätte nicht so sehr auf den Vorurteilen herumreiten sollen. Denn die Angeklagte hat die ganze Zeit Widerstand geleistet, genau wie die Jury. Und ich wusste es. Ich wusste, dass es ein Fehler war, während ich es getan habe. Doch es war einfach so … offensichtlich. Es war alles so offensichtlich direkt vor ihrer Nase, und ich konnte mich einfach nicht überwinden, die Jury einzulullen und so zu tun, als sähe ich es nicht. Aber jetzt müssen du und deine Freunde für meinen Mangel an Selbstbeherrschung bezahlen. Wo immer du heute Abend bist, sei versichert, dass ich mich wegen dieser Entscheidung unglaublich betrinken werde.«

Raymond öffnete den Mund, doch es kamen keine Worte heraus.

Es war ohnehin zu spät. Der Mann war schon weggegangen.

* * *

»Also, gibt es noch irgendetwas, was ich für dich tun kann, bevor ich zurück zu meinem Dad fahre?«

Sie saß auf der Couch und streichelte die Katze. Teilnahmslos. Alles an ihr wirkte teilnahmslos. Raymond dachte, selbst ihr Atem wirkte unentschlossen, als müsste sie sich nach jedem Atemzug erst entscheiden, ob es sich überhaupt lohnte, einen weiteren zu nehmen.

»Nein, Raymond«, erwiderte sie. »Vielen Dank, mein Lieber. Ich hoffe, dass du das so verstehst, wie es gemeint ist. Ich glaube wirklich, dass eine Weile allein zu sein, um meine Gedanken zu ordnen, mir guttun wird.«

»Wirst du etwas essen, wenn ich jetzt gehe?«

Eine lange Stille, gefolgt von einem Seufzen. Von ihr.

»Du bist ein zu guter Freund, als dass ich dich anlügen könnte«, sagte sie schließlich.

»Wie wäre es, wenn ich dir etwas Hühnersuppe aufwärme? Ich könnte sie in einen Becher tun. Dann ist das fast so, als würdest du etwas trinken und nicht essen.«

»Wenn es dir wichtig ist, dann ja. Dann trinke ich das.«

Er ging in die Küche und nahm einen Topf aus dem Schrank. Und eine Dose Suppe. Und den Dosenöffner.

»Über was hast du mit Mr Newman gesprochen?«, fragte sie aus dem Wohnzimmer.

»Mit wem?«

»Dem Staatsanwalt.«

»Oh, ist das sein Name? Nun, es war interessant. Tatsächlich muss ich gleich an meinen Laptop und alles aufschreiben, bevor ich es vergesse. Er hatte einige Theorien dazu, warum Jurys so etwas tun.«

Er entzündete die Flamme unter dem Topf. Goss eine mittlere Portion Suppe hinein. Dann trat er in die Küchentür und lehnte sich mit der Schulter gegen den Rahmen, sodass er besser mit Mrs G reden konnte.

»Er hat gesagt, dass es eine Art Stammessystem ist. Die Angeklagte war jemand aus ihrem Stamm, sodass, welchen Fehler auch immer sie gemacht hat, sie ihnen immer noch als guter Mensch erschien. Luis war von einem anderen Stamm, also wird es immer irgendwie seine Schuld sein, denn so sind die anderen Leute eben. Und je mehr ich darüber nachdenke, desto mehr glaube ich, dass du etwas Ähnliches zu mir gesagt hast.«

»Habe ich?«, fragte sie fast verträumt. Als wäre sie weit weg. »Ich kann mich nicht erinnern.«

»Als ich dich ganz am Anfang getroffen habe, bin ich stehen geblieben, um mit dir zu sprechen. Du hast gesagt, dass die meisten anderen nicht stehen bleiben, weil du eine von ›ihnen‹ bist und nicht eine von ›uns‹. Ich glaube nicht, dass du über ethnische Zugehörigkeit gesprochen hast. Einfach nur darüber, dass Leute zu denen halten, die sie kennen.«

»Es gibt jede Menge Stämme, Raymond. Aber ich kann nicht behaupten, dass ich mich erinnere, das gesagt zu haben. Es hört sich allerdings wie etwas an, das ich sagen würde.«

Er stand ein oder zwei Minuten still da, starrte durch die Gardine. Auf nichts Besonderes, er konnte lediglich verschwommen die Gebäude auf der anderen Straßenseite sehen. Dann schaute er nach der Suppe und stellte fest, dass sie fertig war. Sie mochte ihre Getränke lieber warm als heiß.

»Also wenn ich dir das jetzt hinstelle und gehe … versprichst du, es zu trinken?«

»Ja, versprochen.«

Er stellte es vor sie auf den Couchtisch.

»Bist du dir sicher, dass es nicht noch etwas anderes gibt, was ich für dich tun kann?«

»Oh, Raymond. Du hast schon so viel getan. Anderen zu helfen ist gut und schön, aber hilf nicht *nur* anderen. Kümmere dich auch um dich selbst. Dich muss das auch aufgewühlt haben. Also verrat mir: Was hältst du davon?«

»Das hab ich dir schon erzählt«, erwiderte er.

»Lass es mich anders formulieren. Du hast mir nicht gesagt, wie du dich dabei *fühlst*.«

»Ich habe nicht das Recht, irgendetwas dabei zu fühlen. Wie könnte ich das? Ich hab ihn nicht mal gekannt. Du und Isabel, ihr habt ein Recht auf Gefühle.«

Er wollte noch mehr zu diesem Thema hinzufügen, doch die Worte kamen nicht heraus. »Ich werde einfach zurück zu meinem Dad gehen und meinen Bericht schreiben. Ich möchte am Montagmorgen damit fertig sein. Ich muss auch noch andere Hausaufgaben machen. Ich bin etwas im Verzug, weißt du … weil Isabel das Baby gekriegt hat und so.«

»Okay, gut. Geh du arbeiten.«

»Ich komme und besuch dich am Wochenende«, versprach er.

»Willst du wirklich den ganzen weiten Weg von deinem Vater hierher auf dich nehmen? Das musst du nicht.«

»Aber du weißt, dass ich es trotzdem tun werde.«

»Raymond«, sagte sie, bevor er zur Tür hinauseilen konnte. »Du hast das Recht. Du hast immer das Recht, zu fühlen.«

* * *

Raymond überreichte den Bericht seiner Sozialkundelehrerin, wie er angewiesen worden war, gleich früh am Montag in der ersten Stunde. Er war stolz darauf und sehr gespannt, zu hören, was sie dazu sagen würde.

»Oh«, meinte Miss Evans. »Du bist zurück. Das hat ja nicht lang gedauert.«

Sie blätterte die Seiten seines Berichts schneller durch, als sie sie lesen oder auch nur überfliegen konnte. Sie war eine Frau in den Sechzigern mit einer unglaublich hellen Haut, wie Porzellan. Das Alter hatte sie papierhaft und fast durchsichtig werden lassen. Für die kurze Strecke von der Schultür bis zu ihrem Auto trug sie große Hüte, selbst an bedeckten Tagen.

»Sieben engzeilig bedruckte Seiten«, bemerkte sie und hörte sich beeindruckt an. »Ziemlich ambitioniert.«

»Ich hatte eine Menge zu sagen.«

»Ich versuche es während der Mittagspause zu lesen«, erklärte sie. »Dann habe ich, wenn du heute Nachmittag in den Unterricht kommst, eine Note für dich.«

* * *

Er setzte sich an seinen üblichen Tisch in ihrem Klassenraum und wartete. Es war noch früh. Sechs Minuten vor eins. Es waren keine anderen Schüler im Raum.

»Ich lese gerade zu Ende«, sagte sie, ohne aufzusehen.

»Okay. Ich warte.«

Weniger als eine Minute später blätterte sie zurück zur ersten Seite und schrieb etwas mit ihrem roten Stift darauf. Sie stand auf und kam durch den Gang zu ihm, ließ den Bericht auf den Tisch vor ihm fallen.

Er schaute auf seine Zensur.

C–.

»C minus?«

»Denkst du, du verdienst mehr?«

»Ja. Viel mehr.«

300

»Nun, es tut mir leid, aber das ist meine ehrliche Meinung. Du hast sehr gute Notizen gemacht, und das habe ich dir angerechnet. Doch mir gefallen die Schlussfolgerungen nicht, die du gezogen hast. Ich habe das Gefühl, da hast du dich völlig verrannt. Zunächst einmal bin ich mir nicht sicher, warum du gedacht hast, du solltest deine eigenen Schlüsse darüber ziehen, weshalb die Jury ihr Urteil gefällt hat. Diese Leute waren dort, um ihre Pflicht zu erfüllen. Sie haben sich die Fakten angehört und dann getan, was sie für das Richtige hielten. Du bist siebzehn Jahre alt, und du warst nicht mit ihnen im Beratungszimmer, und hier erklärst du jetzt plötzlich, dass Menschen Fakten unterschiedlich sehen, aufbauend auf einer Theorie von ›uns‹ und ›sie‹. Es wirkt auf mich, als würde ein Teenager denken, er wüsste es besser als unser bewährtes Justizsystem.«

Raymond saß für einen Moment völlig erschüttert da. Dann stürzte sich sein Gehirn auf einen Aspekt ihrer kleinen Ansprache.

»Moment. Also, die ganze Sache über die Stammeszugehörigkeit … Das hört sich an wie etwas, das sich ein Siebzehnjähriger ausdenken würde?«

»Absolut. Und es hört sich auch ein bisschen nach New Age an, wenn du mich fragst. Als hättest du die Theorie, dass Realität komplett subjektiv ist. Aber es gibt so etwas wie objektive Realität, weißt du, und diese Jurymitglieder haben versucht, sie zu finden.«

Er öffnete den Mund, um ihr zu widersprechen. Um ihr zu sagen, dass sie nicht dort gewesen sei. Dass sie, wenn Realität nicht subjektiv wäre, die Kenntnis einer Wahrheit nicht einer Gruppe von Leuten zuschreiben würde, die sie nie getroffen, ja noch nicht einmal gesehen hatte. Vielleicht sogar, um ihr zu sagen, dass diese Theorie eines Siebzehnjährigen über Stammeszugehörigkeit von einem vierzig Jahre alten Staatsanwalt stammte.

Er schloss den Mund wieder. Denn ihm wurde in diesem Moment bewusst, dass sie ihre Entscheidung getroffen hatte. Nichts, was er vorbringen konnte, würde das ändern.

* * *

Am Ende des Schultags steckte er den Kopf in Mr Bernsteins Englisch-Klassenraum.

Mr Bernstein stand an der Tafel und wischte sie ab. Machte die Tafel sauber, bevor er nach Hause ging. Er war ein junger Mann, vermutlich keine zehn Jahre älter als Raymond, mit einem dunklen Vollbart und einem freundlichen Lächeln.

»Raymond«, sagte er. »Was kann ich für dich tun?«

»Ich bin mir nicht sicher, ob es okay ist, Sie darum zu bitten.«

»Nun.« Der Lehrer ließ die Hand mit dem Schwamm sinken, schenkte Raymond seine volle Aufmerksamkeit. »Du kannst mich ja mal fragen.«

»Ich habe einen Bericht geschrieben. Wissen Sie, über den Prozess.«

»Ach ja, genau. Wie ist das gelaufen?«

»Nicht so gut.«

»Oh, das tut mir leid. Solltest du ihn mir geben? Wenn das so ist, hat mir niemand etwas davon gesagt.«

»Nein. Ich sollte ihn Miss Evans für Sozialkunde geben. Aber ich war einfach … Ich würde wirklich gern mehr als eine Meinung dazu hören. Ich habe mich gefragt, ob Sie ihn lesen und mir sagen würden, was Sie davon halten. Sie wissen schon, einfach als Bericht. Mir vielleicht sogar eine Note geben. Es muss nicht für meine Englischnote zählen, wenn Sie das nicht wollen. Ich möchte nur wissen, was jemand anders darüber denkt.«

»Kein Problem, Raymond. Das ist überhaupt kein Problem. Lass ihn hier, und ich nehme ihn mit nach Hause. Du kannst morgen vor der ersten Stunde zu mir kommen, und ich gebe dir meine ehrliche Meinung.«

»Oh«, erwiderte Raymond. »Mir ist gerade etwas eingefallen.« Er kam sich dumm vor, weil er nicht schon vorher daran gedacht hatte. »Ich muss erst noch eine«, fast hätte er »eine saubere Kopie« gesagt, änderte das jedoch schnell, bevor er es aussprach, »weitere Kopie ausdrucken.«

Er wollte nicht, dass Mr Bernstein die Note der Sozialkundelehrerin sah oder die Anmerkungen, die sie gemacht hatte. Er wollte eine neue Meinung, ohne Beeinflussung durch jemand anderen.

»Ich gehe mit dir ins Sekretariat«, erklärte der Lehrer. »Ich vermute, wir können den Drucker dort benutzen.«

* * *

»Bist du sicher, dass ich dich nicht überreden kann, mit mir zum Laden zu kommen?«, fragte Raymond.

Mrs G saß ihm gegenüber in zusammengesunkener Haltung an ihrem Esstisch. Sie trank ihren Tee nicht. Sie aß keinen Keks.

»Ich brauche mehr Zeit, um mich auszuruhen«, sagte sie. »Ich wäre dir sehr dankbar, wenn du für mich einkaufen könntest.«

»Okay. Aber früher oder später würde ich es gerne sehen, wenn du wieder raus an die frische Luft gehst.«

»Ja. Später. In der Zwischenzeit sollten wir über etwas anderes reden. Hast du deinen Bericht heute abgeliefert? Wie lange wird es dauern, bevor du eine Note erhältst?«

»Das habe ich schon.«

»Du hörst dich nicht glücklich an.«

»Sie hat mir eine schreckliche Note gegeben.«

»Wie ein F?«

»Nein! Nicht so schrecklich. Das würde mich umbringen. C minus. Das ist schrecklich für mich. Das zählt für meine Endnote. Es wird meinen Durchschnitt verschlechtern.«

»Was hat ihr denn nicht gefallen?«

»Sie möchte denken, dass die Jury aus lauter guten, aufrechten Bürgern bestand und dass sie sich die Fakten angehört und ihre Pflicht erfüllt haben. Und dass Realität nicht subjektiv ist.«

»Oh, verstehe. Sie glaubt daran, dass es so etwas wie objektive Realität gibt.«

Raymond hörte auf zu kauen und saß einfach einen Moment da, den Mund voller Keks. Doch er konnte nicht darum herum antworten, also kaute er schnell weiter und schluckte.

»Glaubst du nicht, dass es so was gibt?«

»Schwer zu sagen. Darüber kann man diskutieren. Aber die Wissenschaft argumentiert jetzt in die Richtung, dass es das vielleicht nicht gibt.«

»Welche Wissenschaft? Von so einer Wissenschaft hab ich in der Schule nie gehört.«

»Nein, das ist vermutlich nicht das, was sie in der Schule unterrichten. Neuere Wissenschaften. Quantenmechanik – diese Art von Wissenschaft. Luis hat mir ein paar Hörbücher darüber mitgebracht. Es ist sehr faszinierend, doch dann erweitert es das Gehirn, bis man glaubt, dass man vielleicht ein bisschen verrückt wird. Die Hauptidee ist, dass eine Sache keine Sache ist, bis jemand sie beobachtet. Und der Beobachter scheint eine Rolle dabei zu spielen, zu was diese Sache dann wird. Aber darüber hinaus – unnötig, so esoterisch zu werden. Sagen wir mal, ich bin Zeuge bei einem Unfall und beobachte ihn von einer Stelle aus, und du bist auch Zeuge, allerdings aus einem völlig anderen Blickwinkel. Und sagen wir mal, wir diskutieren und diskutieren und diskutieren, aber am Ende ist die Wahrheit einfach, dass wir an zwei verschiedenen Orten gestanden haben.

Und dass wir von unserem jeweiligen Standort aus Dinge gesehen haben, die der andere von seinem aus nicht sehen konnte. Nun, nicht alle Blickwinkel sind körperlich oder geografisch. Das ist alles, was ich sage.«

Er kaute stumm einen Moment weiter, erfreut darüber, dass die Unterhaltung wieder Leben in sie brachte. Er griff tief in sich hinein und wagte es.

»Komm in den Laden mit mir«, bat er. »Es wird Spaß machen. Wie früher. Wir werden auf dem Weg dahin mehr darüber reden.«

»Oh, Raymond. Nein. Bitte geh für mich. Ich fühle mich nicht gut, und ich bin so müde.«

* * *

Raymond war in seinem Zimmer, tat gerade nichts Besonderes, als es alles hochkam. Und raus.

Es fing wegen nichts an. Er legte sein Mathebuch auf den Schreibtisch, neben seinen Laptop, aber er hatte mehrere Bücher und Stapel von Notizen herumliegen – er war gerade nicht so gut darin, seinen Schreibtisch ordentlich zu halten, wie das normalerweise der Fall gewesen wäre –, also fiel alles runter. Er seufzte und hob es auf. Legte es zurück auf den Schreibtisch. Es fiel wieder herunter.

Das Nächste, was Raymond mitbekam, war, dass er mit dem Arm alles von seinem Tisch herunterfegte. Der Computer landete mit einem dumpfen Geräusch auf dem Teppich. Papiere flatterten herum.

Aber selbst das war nicht genug. Davon loderte das Feuer, das er in sich spürte, nur höher auf. Er stürzte zu seinem Bücherregal und riss auch dort alles heraus, schleuderte die Bücher auf den Boden. Er hob einen ganzen Armvoll hoch, als wollte er sie zurückräumen, warf sie dann doch gegen die Wand.

Er schaute auf und entdeckte seine Mutter, die in seiner offenen Tür stand, eine Hand auf der Klinke. Sie hatte Clarissa auf der Hüfte sitzen. Die Augen des kleinen Mädchens waren vor Angst geweitet.

Raymond hörte auf damit, mit Sachen um sich zu werfen, und ließ den Rest der Bücher einfach fallen.

»Nun«, sagte seine Mutter. »Ich wollte schon fragen, wie der Prozess gelaufen ist. Ich denke, das brauche ich jetzt nicht mehr.«

* * *

Raymond war über eine Viertelstunde zu früh an der Schule und lief direkt zu Mr Bernsteins Klassenraum. Rannte.

Der Lehrer stand am Fenster, lehnte an der kalten Heizung und sprach in sein Handy. Er hielt einen Finger hoch, um Raymond zu bedeuten, zu warten.

Raymonds Bericht lag auf Mr Bernsteins Schreibtisch. Er trat näher heran, schaute hoch, um den Lehrer um Erlaubnis zu bitten. Mr Bernstein fing seinen Blick auf und nickte, wandte sich dann ab, um sein Telefongespräch in Ruhe zu beenden.

Raymond näherte sich dem Bericht mit klopfendem Herzen. Auf der ersten Seite entdeckte er ein großes rotes A+. »Exzellente Arbeit«, hatte der Lehrer daruntergeschrieben.

Er blätterte weiter, um zu sehen, ob es zusätzliche Anmerkungen gab.

»Gut beobachtet«, las er neben der Schlussfolgerung.

Alles andere, was er geschrieben hatte, war nicht weiter kommentiert.

Er hob den Kopf und stellte fest, dass der Lehrer vor ihm stand. Nicht länger telefonierte.

»Ich finde, das ist eine sehr beeindruckende Arbeit«, erklärte Mr Bernstein. »Deine Gedanken über Stammeszugehörigkeit, darüber, wie sie das Justizsystem beeinflusst, scheinen mir sehr weit fortgeschritten. Ich war überrascht, eine solche Beobachtung von einem Teenager zu lesen.«

»Oh, nun. Ich will ehrlich sein. Ich habe das auf einigen Dingen aufgebaut, die ich von einem der Anwälte gehört habe.« Raymond dachte sich, wenn er nicht erwähnte, von wem genau, hielt er sich an seine Abmachung, den Mann nicht zu zitieren.

»Okay. Das ergibt Sinn. Aber das ändert nichts an meiner Meinung über deine Leistung oder der Note. Du hast eindeutig verstanden, was du gehört hast, und du hast das alles gut zusammengefasst. Es ist sehr überzeugend dargestellt.«

Raymond stand für einen Moment stumm da, nicht sicher, was er erwidern konnte – oder sollte.

»Was?«, fragte Bernstein. »Du wirkst …«

»Es ist nur, dass … Miss Evans hat es nicht gut gefallen. Sie hat gesagt, dass meine Schlussfolgerung sich anhört wie etwas, was sich ein Siebzehnjähriger ausdenken würde. Und sie meinte das nicht als Kompliment, das können Sie mir glauben.«

»Ich vermute, unterschiedliche Leute werden das auf unterschiedliche Art sehen. Aber ich stehe zu meiner Einschätzung. Und ich werde es für deinen Englischkurs werten, sodass es am Schluss in deine Endnote eingerechnet wird.«

»Gut. Danke! Das wird mir helfen, das C minus auszugleichen.«

»Sie hat ein C minus gegeben? Ernsthaft?«

»Über so etwas würde ich niemals scherzen.«

»Sie hat gesagt, die Schlussfolgerung höre sich kindisch an«, wiederholte Bernstein. »Und ich habe gesagt, dass es sich für dein Alter zu fortgeschritten anhört. Und es stellt sich heraus, dass es auf Gedanken beruht, die du von einem erwachsenen Anwalt bekommen hast. Das ist lustig.«

»Ja«, antwortete Raymond. »Das fand ich auch lustig. Sie scheint zu denken, dass es eine objektive Realität gibt und dass gute Menschen sie auch erkennen werden, wenn sie das nur wollen.«

»Hm«, machte Mr Bernstein. »Das ist eine sehr nette, vorhersehbare Welt, in der sie da lebt. Das muss sehr angenehm sein. Ich beneide sie beinahe um diese Art von Denken.«

* * *

Raymond ging nach der letzten Stunde in die Schulbücherei. Er hätte die letzte Stunde fast geschwänzt, aber das hatte er schon mal getan, und die Bibliothekarin hatte ihn nicht gemeldet. Er wollte das Risiko nicht noch einmal eingehen.

»Ach, sieh mal, wer da ist«, empfing sie ihn, wobei sie kaum von ihrem Buch aufschaute. »Wie kommst du mit deinem Spanisch voran?«

»Oh«, sagte er. »Nun, ich hasse es, das zugeben zu müssen, doch es war für eine Art von … Ich habe es aus einem bestimmten Grund getan. Den es jetzt nicht mehr gibt. Also habe ich nicht weiter daran gearbeitet.«

Tatsächlich hatte er sich, nachdem er das Spanisch-Englisch-Wörterbuch in die Bibliothek zurückgebracht hatte, kein eigenes Buch gekauft. Weil es keinen Luis Velez mehr gegeben hatte, den er finden musste.

»Nun, ich wusste, dass es zu gut war, um wahr zu sein. Ein Schüler, der etwas lernen will, einfach nur, um etwas zu lernen.«

»Seien Sie sich da nicht zu sicher«, erwiderte Raymond. »Ich bin hergekommen, um zu fragen, ob Sie irgendwelche Bücher über Quantenmechanik haben. Diesmal nicht wegen irgendeiner besonderen Situation. Einfach nur, um etwas darüber zu lernen.«

»Interessant«, sagte sie. »Du gibst mir beinahe den Glauben an Schüler zurück, Raymond. Wie der Zufall es will, habe ich relativ viel über das Thema. Folge mir.«

Kapitel Sechzehn

Verzweiflung

»Ich fange an, mir Sorgen um dich zu machen«, erklärte Raymond. »Du hast seit beinah acht Tagen die Wohnung nicht mehr verlassen.«

»Sind es erst acht Tage?«

Sie blickte ihn von ihrem Bett aus an. Drehte ihr Gesicht ungefähr dorthin, wo er stand, auf der Türschwelle zum Schlafzimmer. Es war nach zehn Uhr am Samstagmorgen. Sie war wach. Aber sie war noch nicht aufgestanden und hatte sich auch noch nicht angezogen.

»Die Zeit ist so langsam vergangen«, fügte sie hinzu. Ein bisschen wehmütig, fand Raymond.

»Ich möchte meine alte Freundin Mrs G zurück«, sagte er und überraschte sich selbst damit. Er hatte so oft daran gedacht, doch er hatte nicht erwartet, es sich laut aussprechen zu hören. »Sie fehlt mir.«

»Sie ist hier«, antwortete Mrs G mit einer dünnen und beinah ausdruckslosen Stimme.

»Nein. Nicht wirklich. Ich hab sie seit dem Prozess nicht mehr gesehen. Und ich fange an, mir ernsthaft Sorgen um dich zu machen. Ich glaube, ich sollte die nette Familie Velez anrufen, die uns zum Essen eingeladen hat. Wir könnten morgen hingehen.«

»Nein, nicht morgen. Bitte, Raymond. Nächsten Sonntag. Oder den Sonntag danach.«

»Morgen ist besser. Du hattest genug Zeit, um dich auszuruhen, oder etwa nicht?«

»Körperlich, ja, aber …«

»Ich werde sie gleich jetzt anrufen und Bescheid sagen, dass wir morgen kommen.«

»Warte!«

Er war schon halb aus dem Zimmer, blieb jedoch stehen. Weil sie zu ernst klang, um ignoriert zu werden. Beinahe verzweifelt.

»Geh nicht«, bat sie. »Ruf nicht an. Gut, wenn du möchtest, dass ich das Haus verlasse, dann meinetwegen. Lass uns irgendwohin gehen. Aber erst mal nur du und ich. Bitte. Neue Leute kennenzulernen, unter Fremden zu sein, ausgerechnet jetzt … Ich brauche mehr Zeit. Morgen machen wir einen Ausflug, nur wir beide. In ein oder zwei Wochen dann gehen wir zu deinen Freunden zum Essen.«

»Okay. Das ist in Ordnung, denke ich. Nur … Wohin möchtest du denn morgen?«

»Lass mir etwas Zeit, damit ich mir etwas überlegen kann. Hol mich am Vormittag ab, und dann sage ich dir, wo wir hingehen und was wir uns anschauen. Bloß dass du das mit dem Schauen für uns beide übernehmen musst.«

* * *

Um neun Uhr am folgenden Tag klopfte er an ihre Tür, dann öffnete er sie mit dem Schlüssel.

»Bist du fertig?«, fragte er.

Sie saß auf der Sofakante, hatte ihr rotes Kleid an, weiße Schuhe und den Schal, den sie im Gericht getragen hatte. Ihr Haar war ordentlich geflochten, der eine Zopf über ihre Schulter nach vorn gelegt. Ihr rot-weißer Blindenstock lehnte neben ihr an der Couch. Ihre Handtasche hielt sie fest auf dem Schoß.

»Natürlich bin ich fertig. Ich hab dir gesagt, wir gehen, also gehen wir.«

Raymond merkte, wie sich etwas Dunkles und Schweres von ihm hob. Wie es fast spürbar von seinem Körper abfiel, wenigstens fühlte es sich so an. Er hatte das länger mit sich herumgeschleppt, als ihm bewusst gewesen war. Und nun fühlte er sich erleichtert, beinahe so, als würde er davonschweben.

Sie wird damit klarkommen, dachte er. *Sie wird wirklich damit klarkommen.*

»Also, wo wollen wir hin?«

»Zum New Yorker Hafen«, antwortete sie.

»Welchem Teil davon?«

»Das ist nicht wichtig.«

»Wir könnten mit der U-Bahn zum Battery Park fahren und von da die Fähre nach Ellis Island nehmen.«

»Nein! Auf keinen Fall nach Ellis Island. Ich möchte nur ans Wasser.«

»An welcher Stelle denn?«

»Der Battery Park ist okay. Das ist alles in Ordnung. Aber keine Fahrt mit der Fähre. Und kein Ellis Island.«

* * *

»Du musst schon mal hier gewesen sein«, stellte Raymond fest und entdeckte eine Bank, die gerade frei geworden war.

Er lief rasch hin und legte ihren Stock darauf, um sie zu reservieren. Dann führte er Mrs G langsam hin und half ihr, sich daraufzusetzen.

Es war kühl für den Frühling, und es wehte ein heftiger Wind. Es war ein bisschen kalt, überlegte Raymond. Er dachte, die Kälte sei vielleicht der Grund, weswegen das Paar, das keine Jacken anhatte, weitergegangen war und ihnen die Bank überlassen hatte. Es war eine in einer ganzen Reihe von Bänken, die direkt an dem eisernen Geländer am Wasser stand.

Die Bänke hatten keine Rückenlehne, daher beugten sich Raymond und Mrs G nach vorn, kauerten sich in der feuchten, kalten Luft leicht zusammen.

»Ich bin schon früher hier gewesen, ja«, beantwortete sie seine Frage. »Das erste Mal 1938. Ich war elf Jahre alt. Meine Familie und ich waren im Hafen von New York angekommen, auf einem Schiff nach Ellis Island. Das war das erste Mal, dass ich es gesehen habe.«

Raymond schwieg und wartete, ob sie weiterreden wollte.

»Du bist sehr still«, bemerkte sie nach einer Weile.

»Es ist nur, dass … du hast mir nie irgendetwas über deine Vergangenheit erzählt. Du schienst nicht darüber reden zu wollen.«

»Heute werde ich darüber reden«, verkündete sie.

Aber für ein paar Augenblicke sprach niemand über irgendetwas.

»Damals war es hier ganz anders«, begann sie. »Auf vielerlei Weise. Doch auf eine andere war es ganz genauso. Die Statue ist natürlich die gleiche. Kannst du die Statue von hier, wo wir sitzen, sehen, Raymond?«

»O ja. Von hier aus hat man eine gute Sicht auf sie.«

»Und das Geräusch der Schiffshörner. Das ist so wie früher, auch wenn ich mir sicher bin, dass die Schiffe heute moderner sind. Die Meeresluft und der Wind, das ändert sich nie. Ich erinnere mich daran noch so gut von der ganzen Reise. Ich finde allerdings, dass der Hafen damals besser gerochen hat. Die Luft war nicht so verschmutzt.«

»Du erinnerst dich tatsächlich an all diese Einzelheiten, obwohl du erst elf warst?«

»O ja. Ich hab sehr genaue Erinnerungen. Nur … Manchmal wundere ich mich. Du hast die Erinnerungen, und du gehst sie im Kopf durch. Und nach einer Weile frage ich mich, ob ich mich an das wirkliche Ereignis erinnere oder bloß an die Erinnerungen daran.«

Eine Weile schwiegen sie. Möwen flogen über sie hinweg, stießen merkwürdige Laute aus. Wenigstens fand Raymond, dass sie merkwürdig klangen.

»Damals hat man Sachen gesehen, die man heute nicht mehr sehen kann«, fuhr sie fort. »Es gab noch Schoner, große Segelschiffe, die hier vor Anker lagen. Und die Skyline war anders. Es gab auch viele hohe Gebäude, ja, aber ich erinnere mich, dass bei allen irgendwo auf dem Dach Rauch oder Dampf aufstieg. Zu der Zeit hat man die Gebäude anders beheizt. Und sie waren ganz aus Ziegelsteinen. Kein Glas und kein Stahl. Natürlich hatten sie Fenster. Doch die Fassaden waren nicht komplett aus Glas, wie man das heute hat.«

»Du hast beinah dein ganzes Leben in New York verbracht«, stellte er nach einer Weile fest. Er rechnete kurz im Kopf nach. Einundachtzig Jahre. »Bist du jemals wieder hergekommen?«

»O ja. Ein paar Mal sogar. Aber das letzte Mal ist schon lange her. Vielleicht zwanzig Jahre. Und es ist komisch, doch an die späteren Besuche kann ich mich nicht mehr so gut erinnern. Das, was mir im Gedächtnis haften geblieben ist, ist von diesem ersten Mal.«

Wieder Schweigen, aber es fühlte sich für Raymond friedvoll an. Sie würde ihm etwas erzählen, das ihm helfen würde, ihre Welt und ihre Reaktionen zu verstehen. Das spürte er. Er musste gar nichts tun. Es würde zur rechten Zeit kommen, und es würde bald sein.

Als ob sie seine Gedanken hören könnte, sagte sie: »Was ich dir erzählen will, habe ich bisher noch niemandem erzählt außer Rolf, meinem verstorbenen Ehemann. Meine Familie wusste es natürlich, weil sie ja auch dabei war, doch die sind inzwischen alle nicht mehr am Leben. Ich bin die Einzige, die übrig ist. Ich hab es sogar Luis nicht erzählt, obwohl ich mir wünschte, ich hätte es getan.«

Er wartete. Wagte nicht, etwas zu erwidern.

»Du kennst dich sicher mit Geschichte aus«, bemerkte sie. »Nicht wahr?«

»Ziemlich gut, denke ich. Ja.«

»Gut. Also … Ich bin 1927 in Deutschland geboren worden. Und ich habe dir bereits erzählt, dass ich 1938 mit einem Schiff nach Amerika gekommen bin.«

Einen Moment lang sagte sie nichts. Sie schien etwas von ihm zu erwarten. Irgendeine Reaktion.

Also erklärte er: »Es ist nur gut, dass ihr gerade noch rechtzeitig rausgekommen seid. Weil danach alles echt schlimm wurde.«

»Ja, mein junger Freund. Das ist die Untertreibung des Jahrhunderts. Es wurde in der Tat alles sehr schlimm, nachdem wir weg waren.«

»Besonders, wenn deine Familie jüdisch war.«

Er hatte Angst gehabt, es zu sagen. Daher beobachtete er ihr Gesicht, um zu sehen, wie sie das aufnahm. Sie lächelte bloß traurig.

»Das ist eine komische Sache. Wir waren es, und wir waren es nicht. Mein Vater war kein Jude. Meine Mutter schon. In der jüdischen Religion ist es die Mutter, die ihr Judentum an die Kinder weitergibt, daher in gewisser Weise ja, waren wir es. Aber von einem weltlichen Standpunkt aus betrachtet … in den Augen der Gesellschaft, in der wir aufwuchsen … waren meine Geschwister und ich zur Hälfte das, was zu sein so gefährlich war. Und jetzt fühle ich mich schlecht, weil ich es dir nicht früher gesagt habe, denn das ist etwas, was wir gemeinsam haben. Wir kennen beide eine befremdliche Wahrheit über die Welt: dass die Leute dich nach der Hälfte beurteilen, mit der sie Schwierigkeiten haben. Wenn du jemandem begegnest, Raymond, der Vorurteile hat, dann wird der Betreffende sich nicht denken: ›Dieser Raymond ist zur Hälfte weiß, und ich werde diese Hälfte von ihm respektieren.‹ Die Leute beurteilen dich nur nach der Hälfte, die sie nicht mögen. Wenn meine Familie in Deutschland geblieben wäre, hätten sie nicht eine Hälfte von mir ins Konzentrationslager gesteckt oder bloß eine Hälfte von mir in die Gaskammer geschickt. Nein. Ich wäre ganz umgebracht worden.«

Eine Möwe landete vor Raymond auf dem Weg und starrte ihn an, kam näher. Als wäre sie fasziniert von ihrem Gespräch, so schien es ihm, auch wenn er wusste, dass das nicht sein konnte. Höchstwahrscheinlich erhoffte sie sich was zu essen.

Er wedelte mit seiner Hand, und der Vogel flog weg.

»Wie ist deine Familie entkommen?«, fragte er nach einer Weile. »War das nicht schwierig?«

»Ah«, sagte sie. »Jetzt nähern wir uns dem Punkt meiner Schande.«

Eine plötzliche Erinnerung flutete in Raymonds Kopf. An eine Zeit, als sie ihm erzählt hatte, dass Schuldgefühle einen förmlich zerreißen konnten – und dabei geklungen hatte, als wüsste sie es aus eigener Erfahrung. Sie hatte etwas getan, weswegen sie sich schuldig fühlte und das ihr auch nach all diesen Jahrzehnten noch keine Ruhe ließ. Er konnte nur wie erstarrt dasitzen und darauf warten, zu hören, was es gewesen war.

»Mein Vater war nicht reich, aber er war Geschäftsmann, und unserer Familie ging es gut. Er war Besitzer eines Herrenausstatters, und die Geschäfte waren gut gelaufen, bis die Nachbarn darüber zu flüstern begannen, dass seine Frau

Jüdin sei. Danach ging es rasch bergab, und er musste den Laden schließen, weil es mehrmals zu Verwüstungen und Plünderungen gekommen war. Doch er hatte etwas Geld beiseitegelegt. Es waren die gesamten Ersparnisse der Familie. Ich werde dir nicht sagen, wie viele deutsche Reichsmark es waren, weil dir das nicht helfen wird, dir eine Vorstellung von der Summe zu machen. Der Wechselkurs ändert sich ständig, und natürlich ist da die Inflation. Wenn es amerikanische Dollars wären, und das heutzutage, würde ich schätzen, dass es eine Summe in der Größenordnung von fünfzehn- oder zwanzigtausend US-Dollar wäre. Den Großteil hat er benutzt, um einen Beamten zu bestechen. Ganz einfach. Er hatte sein Geld in bar, und er hat es in die Tasche eines korrupten Beamten gesteckt, und ehe wir wussten, wie uns geschah, fuhren wir auf einem Schiff über den Ozean, um in einem anderen Land ganz von vorn anzufangen.«

»Okay …«, sagte Raymond. Er wartete immer noch auf den Teil, der ihr Schuldgefühle und Scham bescherte. Aber er hatte nicht die Absicht, sie zu drängen. »Also kamt ihr alle mit einem Schiff über den Atlantik. Ich hab gedacht, vielleicht hast du Angst vor Schiffen.«

»Warum solltest du das denken?«

»Ich hab dich gefragt, ob du mit der Fähre nach Ellis Island wolltest, und du hast das so vehement von dir gewiesen.«

»Oh, aber nicht wegen der Fähre. Es ist die Insel selbst. Sie hat mir solche Angst eingejagt. Sogar meine Eltern hatten Angst. Das konnte ich sehen und spüren. Die Leute von der Einwanderungsbehörde haben uns in dem Gebäude wie Vieh abgefertigt. Und sie hatten solche Macht über uns. Wir waren so hilflos. Das war wirklich schlimm. Als wir in den Hafen einliefen, haben wir uns alle an die Reling gestellt, um die Statue zu sehen, und es war ein sehr schönes, fast berauschendes Gefühl. Wir haben das Land selbst erlebt und das Versprechen dessen, was es uns bieten könnte. Doch es ist ganz anders, wenn du mit den Beamten von den Behörden eines Landes zu tun hast. Ich möchte diese Insel nie wieder betreten.«

»Also …«, sagte Raymond.

»Also?«

»Da irgendwo in alldem ist etwas, das du für beschämend hältst und das du nicht mal Luis erzählt hast. Aber ich hab's noch nicht gehört.«

»Nun, es ist für dich vielleicht schwierig, es zu verstehen, Raymond. Doch ich möchte, dass du es verstehst, daher versuch einmal, dich in mich hineinzuversetzen. Wir haben einen korrupten Beamten bestochen und alle anderen zurückgelassen. All meine Freundinnen aus der Schule. Alle meine Schulfreundinnen waren jüdisch, weil es uns nach einer Weile nicht mehr erlaubt war, mit der nichtjüdischen Bevölkerung Umgang zu haben. Meine Großeltern. Meine ganze weitläufige Familie. Wir haben sie einfach dortgelassen. Wir sind weggelaufen und haben sie alle im Stich gelassen.«

»Du warst elf.«

»Ja. Ich war elf.«

»Und du hattest keinerlei Kontrolle über irgendetwas davon.«

»Nein.«

»Das ist es, weswegen du dich schämst? Du hättest nichts tun können. Was hättest du tun können?«

Mrs G seufzte tief. Sie blickte über die Hafenanlage, als ob es dort etwas für sie zu sehen gäbe. Aber vermutlich lauschte sie nur und achtete auf die Gerüche.

»Sieben Jahre sind vergangen, und natürlich weißt du, dass der Krieg 1945 endete. Meine Eltern hatten die Nachrichten verfolgt, aber versucht, meine Geschwister und mich so gut wie möglich davor zu schützen. Doch man hört Dinge. Ich denke, dass mein Vater nach dem Krieg damit zufrieden gewesen wäre, die Vergangenheit auf sich beruhen zu lassen. Er wollte es gar nicht so genau wissen. Meine Mutter war da anders. Sie hat allen Briefe geschrieben. Jedem Einzelnen, den wir in Deutschland gekannt hatten und dessen Adresse sie in ihrem kleinen Buch aufgeschrieben hatte. Juden und Nichtjuden gleichermaßen. Sie hat jedem geschrieben. Rat mal, wie viele Briefe sie als Antwort erhalten hat?«

»Ich … ich weiß nicht. Das kann ich nicht schätzen.«

»Null. Nicht einen einzigen Brief. Nicht einmal von den Nachbarn, die keine Juden waren. Sicherlich mussten doch noch welche von ihnen in ihren Häusern wohnen und hatten den Krieg überlebt. Aber sie haben nicht zurückgeschrieben, und sie haben die Fragen meiner Mutter auch nicht beantwortet. Daher ist sie selbst hingereist. Allein. Wir waren in der Schule, und außerdem hätten sie uns niemals diesen Schrecken ausgesetzt. Mein Vater musste arbeiten, ich glaub allerdings nicht, dass er anderenfalls mitgekommen wäre. Meine Mutter ist also nach Deutschland gereist, um zu sehen, wer von all den Leuten, die wir kannten, noch übrig war. Von unserer Familie und unseren Freunden.«

Raymond zog den Kragen seiner Jacke höher und enger um seinen Hals und wartete darauf, dass sie mehr sagte. Er blickte zu ihr hinüber, um abzuschätzen, ob ihr kalt war. Aber mit ihrem gestrickten Schal schien sie nicht zu frieren.

Ein paar junge Touristen liefen ans Geländer, lachten und redeten in einer Sprache, von der Raymond kein Wort verstehen konnte, machten Fotos voneinander mit der Statue im Hintergrund.

Von Mrs G kam nichts mehr.

»Also …«, begann er. Zögernd, falls sie ihn davon abhalten wollte, die Frage auszusprechen. »Hat sie irgendwen aus der Familie oder von den Freunden lebend gefunden?«

»Nein.«

318

»Jeder Einzelne von ihnen war tot?«

»Nun, das wissen wir nicht, Raymond. Das ist schwer festzustellen. Es gab Nachforschungen, um herauszufinden, was mit jedem passiert ist, der während des Kriegs in ein Lager gebracht worden war. Vielleicht hatte es jemand geschafft, zu entkommen, so wie wir das getan haben. Vielleicht hatte jemand auch das Lager überlebt und es nach der Befreiung durch die Alliierten verlassen, ist danach an irgendeinen Ort gegangen, der sich weniger wie die Hölle auf Erden anfühlte. Doch das ist alles Wunschdenken. Meine Mutter, die eine realistische Frau war, hat sie als ›vermisst und mutmaßlich verstorben‹ bezeichnet. Falls irgendjemand überlebt hat, haben wir das nie erfahren.«

»Das muss …« Aber er wusste einfach nicht, was er darauf sagen sollte.

»Ich frage mich, ob du dir das vorstellen kannst, Raymond. Ob du dir irgendwie ausmalen kannst, wie es wäre, wenn alle, die du kennst, all deine Freunde, die Lehrer und Mitschüler in deiner Schule, all deine Cousins und Cousinen, deine Großeltern, deine Tanten und Onkel, einfach nicht mehr da wären, sodass nur noch du und deine unmittelbare Familie übrig bleibt.«

Einen Moment lang versuchte er es. Und es war durchaus möglich, dass er es gekonnt hätte, dass er aber davor zurückschreckte.

»Also …«, begann er. »Das mit den Schuldgefühlen. Ich bin mir nicht ganz sicher, ob ich das wirklich begriffen habe. Du fühlst dich schuldig, weil …«

»Ich überlebt habe.«

Schweigen. Vielleicht zehn Sekunden lang.

»Wenn du geblieben und mit ihnen gestorben wärst …«, sagte er. »Ich kann nicht erkennen, wie ihnen das geholfen hätte.«

»Gut. Du betrachtest es so. Ich aber so: Wer bin ich, dass ausgerechnet ich überlebt habe? Was war so besonders an meinem Leben, dass es mir gestattet war, es zu behalten? So etwas belastet einen, Raymond. Millionen von Leuten haben ihr Leben verloren, doch ich durfte meins behalten. Zuerst hatte ich das Gefühl, als müsste ich für sie mitleben. Ich meinte, ich müsste das bemerkenswerteste Leben, das je jemand in der Geschichte der Welt geführt hat, leben. Ich hatte das Gefühl, als müsste ich das Leben für sie alle leben. Aber dann, nach ein paar Jahren, wurde diese Vorstellung einfach zu viel, und ich verfiel ins andere Extrem. Ich habe das am wenigsten bemerkenswerte Leben geführt, das man sich nur denken kann. Ich habe die ganze Zeit als Näherin gearbeitet und hatte nie Kinder. Allerdings war ich immer entschlossen, sehr alt zu werden. Hundert oder noch älter. Weil es meine Pflicht war, so viel wie möglich aus dem zu machen, was mir gegeben wurde. Doch mich hat weiter verfolgt, warum ich dieses Privileg hatte. Du weißt, warum, nicht wahr?«

»Weil … dein Vater Geld hatte.«

»Ja, weil mein Vater eine gewisse Menge Geld besaß, die heute ungefähr ein paar Tausend Dollar entsprechen würde, während ihre Väter nichts hatten. Geld, mein Freund. Geld hat uns das Leben gerettet. Und das nennt man ein Privileg. Wir haben uns unser Leben gekauft, während andere, die sich das nicht leisten konnten, abgeschlachtet wurden wie Tiere. Bedeutet das, dass unser Leben mehr wert war? Natürlich nicht. Kein Leben ist mehr wert als das andere, höchstens aufgrund des eigenen Wesens. Aber ich war erst elf. Mein Wesen war kein bisschen besser als das meiner Altersgenossen.«

Sie schniefte leise in der Kälte. Fischte ein Stofftaschentuch aus ihrer Tasche und rieb sich damit die Nase.

»Ich will dieses Privileg nicht«, fügte sie hinzu. Energisch.

»Ich weiß nicht, ob man es als Privileg bezeichnen kann, als Halbjüdin in Nazideutschland aufzuwachsen.«

»Nein. Das war es nicht. Und jetzt kenne ich diese Geschichte von beiden Seiten. Jetzt bin ich auf der falschen Seite, und ich möchte dort nicht sein. Wie oft, glaubst du, könnte ich einem anderen auf die Schulter tippen und ein fallen gelassenes Portemonnaie zurückgeben? Wie viele Portemonnaies werde ich zurückgeben, bevor jemand auf mich schießt?«

»Das weiß ich nicht.«

»Doch, tust du, Raymond. Niemand wird jemals auf mich schießen, und du weißt es. Sie erschießen meinen Freund Luis, aber niemals mich. Und die Leute auf der anderen Seite sehen es einfach nicht. Mir ist bewusst, dass ich ein Privileg genieße, weil ich beide Seiten kenne, weil ich mit ihm und ohne gelebt habe. Die Jury hat es nicht wahrgenommen. Sie haben es nicht einmal gesehen, Raymond. Was kann man mit einer Welt tun, wo die Leute es nicht sehen?«

Sie saßen noch eine Weile am Wasser. Weitere zehn oder fünfzehn Minuten mindestens.

Raymond gelang es nicht, eine Antwort auf ihre Frage zu finden. Er hatte keine Ahnung, was man mit einer Welt tun konnte, in der Leute es nicht einmal sahen.

* * *

Raymond traf kurz nach drei Uhr nachmittags an der Tür seines Vaters ein. Er klopfte an, zögernder, als er vorgehabt hatte.

Bitte lass Dad zur Tür kommen. Bitte lass Dad zur Tür kommen. Bitte lass Dad zur Tür kommen.

Neesha machte ihm auf.

Er sah, wie ihre Augen schmal wurden, während sie sein Gesicht betrachtete.

»Es ist nicht dein Wochenende«, erklärte sie.

Ach. Wenn ich das nicht wüsste, wäre ich schon am Freitag hier aufgekreuzt.

»Ich muss kurz mit meinem Dad sprechen.«

»Genau. Und darum bist du jedes zweite Wochenende hier. Damit du mehr als genug Zeit hast, mit Malcolm zu reden.«

»Es wird nicht lange dauern«, sagte er.

Mehrere Sekunden lang passierte nichts. Keine Worte wurden gesprochen. Raymond befürchtete fast, dass sie ihn am Ende gar nicht reinlassen würde.

Dann hörte er die dröhnende Stimme seines Vaters.

»Wer ist da, Süße?«

Es entstand eine unbehagliche Pause, und es schien zu einem Tauziehen ohne Worte und ohne Bewegung zu werden.

Raymond schaute auf und sah das Gesicht seines Vaters hinter ihr auftauchen.

»Raymond. Was tust du denn hier?«

»Ich wollte dich wegen etwas um Rat fragen.«

»Ist es ein Notfall oder so?«

»Nicht wirklich, denke ich. Es ist mir nur sehr wichtig.«

Malcolm seufzte. Nicht so, als ob er sich über Raymond ärgerte, fand der. Sondern eher, als wappnete er sich für eine Auseinandersetzung mit seiner Frau.

»Gib mir eine Minute, damit ich mir meine Jacke holen kann«, sagte er. »Ich werde mit dir Eis essen gehen, so wie wir es früher immer gemacht haben.«

Während er wartete, lud niemand Raymond ein, reinzukommen.

Er stand draußen vor der Wohnung, nicht weit von dem schmalen Türspalt entfernt, und hörte den Wortwechsel mit an.

»Er ist mein Sohn.«

»Und ich bin deine Ehefrau.«

»Er ist noch ein Junge. Er braucht einen verlässlichen Erwachsenen in seinem Leben.«

»Ich koche für uns ein besonderes Dinner, das weißt du.«

»Und ich werde es essen. Bis dahin sind es ja noch ein paar Stunden.«

»Er hätte anrufen können.«

»Darüber werde ich mit ihm reden.«

»Nein, wirst du nicht.«

»Ich hab gesagt, ich werde es tun, und dann tue ich es auch.«

»Das sagst du immer, aber du möchtest nie jemandem auf die Füße treten.«

»Ich bin in weniger als einer Stunde zurück. Hab dich lieb.«

Keine Antwort.

Raymonds Vater kam durch die Tür, und Raymond sprang zurück, um ihm Platz zu machen.

»Ich vermute, du hast das alles mitgehört«, meinte sein Vater.

Raymond schwieg.

Sie gingen nebeneinander zum Fahrstuhl.

»Also, warum hast du nicht angerufen?«

»Ich dachte mir, Neesha würde rangehen, mich nicht mit dir reden lassen und mir sagen, ich dürfe nicht kommen.«

»Das ist immerhin ehrlich. Und ich werde mich nicht hinstellen und behaupten, dass das so nicht hätte passieren können.«

* * *

Raymond entschied sich für ein Root Beer Float und sein Vater für eine Kugel Vanilleeis. Raymond wusste, sein Vater gab sich Mühe, sich nicht den Appetit zu ruinieren.

Sie saßen an einem runden Edelstahltisch vor einem der großen Fenster, wo sie dem Rest der Menschheit dabei zuschauen konnten, wie er vorbeiging – so erschien es Raymond jedenfalls. Der Tisch hatte glitzernde Sterne auf der Tischplatte, die leicht erhaben waren. Raymond fuhr sie mit dem Finger nach, während er sprach.

»Also, was würdest du tun, wenn du einen Freund hättest, der einfach … völlig … Ich weiß nicht genau, wie das Wort lautet, nach dem ich suche. Ich möchte ›deprimiert‹ sagen, doch ich hab den Eindruck, als wäre es mehr als das. Als ob sie einfach den Glauben an die Welt verloren hätte. Als ob sie die Welt, so wie sie ist, einfach nicht erträgt.«

»Klingt für mich so, als wäre ›verzweifelt‹ das Wort, nach dem du suchst.«

»Ja«, erwiderte Raymond und blickte hoch in das Gesicht seines Vaters. »Verzweiflung.«

Malcolm seufzte tief. »Es ist vermutlich nicht das, was du hören möchtest, aber bei so etwas kann man bloß begrenzt helfen. Man kann zuhören.«

»Zuhören? Das klingt nicht nach viel Hilfe.«

»Also, das ist genau das Problem, Sohn. Ich denke, du fragst mich, wie man so etwas für jemand anderen in Ordnung bringen kann. Und leider lautet die Antwort: Man kann es nicht. Tatsächlich läuft es häufig schief, wenn wir versuchen, etwas in Ordnung zu bringen, was ein anderer empfindet. Hat dir schon jemals jemand gesagt, was du tun solltest, um aus dem rauszukommen, was du fühlst, während du dir eigentlich nur gewünscht hast, dass sie dich ausreden lassen?«

»Ja. Häufiger, als ich zählen kann.«

»Wenn wir jemanden gernhaben, dann möchten wir nicht, dass er leidet, und das ist normal. Doch wenn jemand an der Welt verzweifelt, ich meine … Was kann man da tun? Man kann ja schließlich nicht die ganze Welt so ändern, dass sie dem anderen besser gefällt.«

»Nein«, sagte Raymond.

Ein Ober mit einer rot-weiß gestreiften Schürze brachte ihre Bestellung. Er schien zu spüren, dass sie etwas Ernstes besprachen, und stellte das Eis und das Root Beer Float nur ab, entfernte sich dann schnell.

»Geht es um den Prozess?«, wollte sein Vater wissen. »Und darum, dass die Frau, die geschossen hat, freigesprochen wurde?«

»Das dachte ich. Anfangs. Aber dann ist rausgekommen, dass es teilweise darum geht und teilweise um schlimme Dinge aus der Vergangenheit meiner Freundin, über die sie, glaube ich, nie wirklich hinweggekommen ist.«

»Verstehe.«

»Zuhören? Meinst du tatsächlich, dass das reicht?«

»Das kann ich nicht sagen.«

Raymond nahm einen großen Schluck aus seinem Glas. Oder versuchte das zumindest, doch der Strohhalm war voller Eiscreme, daher war es schwierig, etwas hindurchzusaugen. Aber das bisschen, was er in den Mund bekam, war wirklich gut.

»Kennst du dich mit Rechtsprechung aus?«, wollte Raymond von seinem Vater wissen.

»Nicht besonders gut. Wahrscheinlich weiß ich bloß das, was ein Durchschnittsbürger, der kein Jurist ist, wissen würde.«

»Gibt es irgendetwas, was wir gegen die Frau noch bewirken können?«

»Wie was?«

»Berufung einlegen oder so was?«

»Ich denke nicht, dass man gegen einen Freispruch Berufung einlegen kann. Ich denke, das geht nur bei einer Verurteilung. Sonst würdest du in Konflikt mit dem Verbot der Doppelbestrafung geraten.«

»Oh. Richtig.«

»Ich glaube, du musst mit einem Anwalt darüber reden, ob man in einem Fall wie diesem irgendetwas tun kann.«

Genau. Als könnte ich es mir leisten, mich von einem Anwalt beraten zu lassen.

Dann fiel es ihm plötzlich ein. Er kannte einen Anwalt. Luis Javier Velez. Der Mann, der Raymond seine Visitenkarte gegeben hatte, falls er irgendetwas tun könnte, um zu helfen. Jetzt musste Raymond bloß noch herausfinden, wo er die Karte hingetan hatte. Andererseits hatte er den Mann schon einmal finden können.

Sie saßen eine Minute oder zwei da und aßen und tranken schweigend.

»Es ist schön, zu sehen, dass du dir Gedanken um die Welt machst«, erklärte sein Vater, »und dass du Leute hast, die dir wichtig sind. Aber du musst die Leute allein mit dem fertigwerden lassen, was auch immer sie durchstehen müssen. Sei einfach für sie da. Das ist alles, was wir manchmal füreinander tun können.«

Raymond nickte, obwohl es viel weniger war, als er zu hören gehofft hatte.

»Weißt du, was ich glaube, was nett ist? Dass wir mehr miteinander reden, als wir das früher getan haben.«

»Absolut«, antwortete sein Vater. »Ich finde das auch schön.«

»Ich hab noch zwei kleine Gefallen, um die ich dich bitten möchte«, sagte Raymond. »Kann ich mir dein Handy leihen? Und wäre es okay, wenn ich nächsten Sonntag früher gehe? So um die Mittagszeit?«

Sein Vater griff in seine Jackentasche und runzelte die Stirn. »Ich denke … Ich hab's vergessen.«

»Kann ich dann reinkommen und dein Telefon benutzen, wenn wir wieder bei dir sind?«

»Das wäre ein Umweg für dich, wenn du mit mir zurück in meine Wohnung gehst, nur um das Telefon zu benutzen. Du musst schließlich genau in die entgegengesetzte Richtung.«

Raymond wandte das Gesicht ab. Blickte zum Fenster hinaus und beobachtete, wie die Leute vorbeieilten, damit sein

Vater die Enttäuschung in seinen Augen nicht sehen konnte. Er war nicht willkommen in der Wohnung seines Vaters, weil sein Dad nicht bereit war, es deswegen auf einen Streit mit seiner Frau ankommen zu lassen.

»Aber ich sag dir was«, bemerkte Malcolm und öffnete sein Portemonnaie.

Geld wird nicht helfen.

»Du kannst meine Telefonkarte nehmen. Sie hat eine PIN, und damit kannst du ein Bezahltelefon benutzen, und die Kosten werden direkt mit meiner Telefonrechnung abgebucht. Und natürlich, wenn du am Sonntag irgendwo sein musst, dann nur zu. Wir finden eine Lösung.«

* * *

»Mrs G hat mir von Ihrer netten Einladung erzählt«, sagte Raymond. »Vielen Dank dafür. Wenn ich meine Augen zumache, kann ich immer noch den Schokoladenkuchen schmecken. Ich dachte, vielleicht nächsten Sonntag.«

Er stand auf einem geschäftigen Bürgersteig auf halbem Weg zur U-Bahn-Station an einer Telefonsäule. Als Sofia Velez ihm antwortete, übertönte der Verkehrslärm beinah ihre Stimme.

»Der nächste Sonntag wäre gut. Wir freuen uns darauf, dich wiederzusehen. Komm und bring deine Freundin gegen halb eins oder eins.«

»Okay, schön. Das wird ihr guttun. Hoffe ich. Sie ist sehr …«

Aber ihm fiel nicht ein, wie er das Wort »Verzweiflung« in den Satz einbauen konnte.

»Oh, ich kann mir vorstellen, wie schwierig das für sie sein muss. Wir haben von dem Prozess gehört. Luisa hat es im Internet verfolgt. Es ist wirklich zu schlimm, wenn so etwas passiert und es noch nicht einmal mehr in den Nachrichten kommt. Man sollte meinen, die Leute würden sich mehr für so etwas interessieren.«

»Ja«, sagte Raymond. »Das sollte man meinen. Kann ich Sie etwas fragen? Was würden Sie tun, um einer Freundin zu helfen, die restlos verzweifelt ist?«

Eine lange Phase der Stille. Wenigstens in der Leitung. In Raymonds linkem Ohr. Der Rest der Welt in seinem rechten Ohr versuchte ihn mit Lärm zu überwältigen.

»Das ist eine schwere Frage«, erwiderte sie. »Kann ich darüber nachdenken?«

»Sicher.«

»Wenn du am Sonntag kommst, weiß ich vielleicht schon was.«

* * *

Raymond steckte am folgenden Nachmittag den Kopf in die Bibliothek. In der letzten Stunde, in der er eigentlich im Freiarbeitsraum sein sollte.

Jedes Mal, wenn er das tat, rechnete er damit, dass er andere Schüler hier antreffen würde. Doch wieder einmal war niemand hier außer der Bibliothekarin.

»Raymond«, begrüßte sie ihn. Ein bisschen ironisch. »Wo solltest du jetzt eigentlich sein?«

»Im Freiarbeitsraum.« Er trat näher zu ihrem Schreibtisch, während er sprach. »Aber, mal ernsthaft ... kann ich nicht hier arbeiten? Ich meine ... es ist schließlich eine *Bibliothek*.«

»Sicher«, antwortete sie. »Ich schreib dir einen entsprechenden Vermerk.«

Raymond atmete tief durch. Er schnappte sich einen Stuhl an der hölzernen Lehne und zog ihn dicht an ihren Schreibtisch, setzte sich ihr gegenüber hin. Er griff in seinen Rucksack und holte das Buch heraus, das er sich ausgeliehen hatte. Die Einführung in die Quantenphysik.

»Gibst du das zurück?«

Raymond nickte nur.

»Hast du es komplett gelesen? Es ist schließlich nicht gerade leichte Kost.«

»Nein. Ist es wirklich nicht. Aber ich hab jedes Wort gelesen.«

»Hattest du auch das Gefühl, es zu verstehen? Weil ich Leute kenne, die doppelt und dreimal so alt sind wie du und sich mit diesem Stoff dennoch schwertun.«

Raymond lehnte sich zurück und dachte eine Minute nach. Er wollte ihr eine ehrliche Antwort geben. Nicht einfach irgendetwas erwidern, was ihm gerade einfiel. Sie schien ihm eine ernsthafte Unterhaltung anzubieten. Und er wollte auf dieses Angebot eingehen.

»Irgendwie ja und nein. Ein paar Dinge musste ich vier oder fünf Mal lesen. Manchmal konnte ich einfach bloß meine Vorstellung abschalten, meine Reaktion auf Dinge, und es schlicht glauben. Aber manches davon … wie das zum Beispiel: Wenn man nicht genau hinschaut, ist es eine Welle, und dann, wenn man es tut, ist es ein Partikel. Als ob es nicht tatsächlich Materie ist, bis man es anschaut. Und das mit Superposition in der Quantenmechanik? Wie eine Sache zur selben Zeit an mehr als einem Ort sein kann und die gleiche Reaktion auf etwas Bestimmtes hat, auch wenn die beiden Dinge meilenweit voneinander entfernt sind, weil es gar nicht zwei Dinge sind, sondern nur eins an zwei verschiedenen Orten? Wenn ich versuche, zu sehr darüber nachzudenken, fühlt es sich an, als würde gleich mein Gehirn kaputtgehen.«

»Gut«, sagte sie. »Dann verstehst du es.«

»Es ist beinahe so, als wollte es uns sagen, dass die Realität nur dann real ist, wenn wir sie dazu machen.«

»Etwas in der Art, ja.«

»Also, stimmt das? Ist das echte Wissenschaft?«

»Das ist schwer zu entscheiden. Es ist eine neue Wissenschaft. Es ist eine umstrittene Wissenschaft. Andererseits, neue Wissenschaft ist normalerweise immer umstritten. Ich meine, es ist jetzt nicht brandneu, aber ... verglichen mit Galileo ...«

Dann saßen sie schweigend da, vielleicht ein oder zwei Sekunden. Und Raymond blickte auf das Buch, das er auf ihren Schreibtisch gelegt hatte – und auf dem Cover war eine Zeichnung, die aussah wie eine bewegliche Oberfläche aus Lichtwellen, die gebrochen wurden. »Kann ich Ihnen eine Frage stellen, die nichts mit Büchern zu tun hat?«

»Sicher«, erwiderte sie. »Warum nicht?« Sie breitete die Arme aus, um auf den leeren Raum zu zeigen. »Ich kann dich in meinem vollen Terminkalender unterbringen.«

»Was würden Sie tun, wenn Sie eine Freundin hätten, die völlig an der Welt verzweifelt?«

»Hm«, antwortete sie und lehnte sich zurück. »Eine interessante Frage. Also, diese Freundin, hat deren Verzweiflung etwas damit zu tun, dass die Welt ein Ort ist, an dem die Leute schreckliche Dinge tun?«

»Ja, genau.«

»Das habe ich mir schon gedacht. Das ist es meistens. Also, ich würde sagen, dann musst du wunderbare Dinge tun.«

Raymond merkte, dass seine Augen groß wurden. »Ich?«

»Irgendjemand muss es ja tun. Und du bist der, der die Frage gestellt hat.«

»Also, wenn ich wunderbare Dinge tue ...« Er brach ab.

»Die Welt wird immer noch ein Ort sein, an dem Leute schreckliche Sachen tun. Aber das ist ja der Punkt bei Verzweiflung. Wir verzweifeln, wenn das Schreckliche uns überwältigt und wir vergessen, dass die Welt auch wunderbar sein kann. Wir sehen nur noch das Schreckliche, wo immer wir hinschauen. Also, was du für deine Freundin tust, ist, ihr das Wunderbare zu zeigen, sodass beides nebeneinander ist. Die Welt ist zur gleichen Zeit schrecklich und wunderbar. Man kann das andere nicht beseitigen, doch das Wunderbare sorgt dafür, dass wir im Spiel bleiben. Es sorgt dafür, dass wir weitermachen. Und, es tut mir leid, dass ich dir das sagen muss, Raymond, aber das ist so gut, wie die Welt werden wird.«

Raymond schwieg. Er saß einfach nur da und dachte nach.

»Ist das eine schlechte Antwort?«, fragte sie nach einer Weile.

»Nein. Tatsächlich habe ich schon mehrere Leute gefragt, und das ist die beste, die ich bislang bekommen habe.«

Kapitel Siebzehn

Flammen in der Dunkelheit

Raymond öffnete die Tür und trat in das elegante Vorzimmer von Luis Javier Velez. Die Sekretärin war eine hübsche Frau mittleren Alters mit schwarzen Haaren und blitzenden Augen. Allerdings nicht auf eine gute Art und Weise. Sie richtete diese Augen auf Raymond, und er erstarrte.

Außer ihr befand sich niemand im Vorzimmer, aber Mr Velez war mit jemandem in seinem Büro. Raymond konnte gedämpftes Stimmengemurmel hören und durch die gefärbten Glasscheiben vage Umrisse von Personen erkennen.

»Kann ich dir helfen?«, erkundigte sie sich. Doch ihr Tonfall ließ keinen Zweifel daran, dass sie nicht dachte, dass sie es könnte, und es auch gar nicht wollte.

»Ich hatte gehofft, eine Minute mit Mr Velez sprechen zu können.«

»Hast du einen Termin?«

»Nun … Nein.«

»Ohne Termin kann niemand mit ihm reden.«

»Okay. Das verstehe ich. Ich hätte auch beinahe angerufen. Aber ich kenne ihn. Ich hab ihn mal getroffen. Genau genommen bin ich in seiner Wohnung gewesen, und ich kenne auch seine Frau. Es ist allerdings schon eine Weile her, und ich hab befürchtet, wenn ich anrufe, erinnert er sich vielleicht nicht an mich. Daher wollte ich, dass er mich sieht.«

»Das ist ja alles gut und schön …«, begann sie.

Raymond redete einfach weiter.

»Er hat mir seine Visitenkarte gegeben.« Er hielt sie ihr hin, doch ihre Augen glitten einfach darüber hinweg und richteten sich wieder auf ihn. Er hielt den Blick abgewandt, während er sprach. »Er hat mir gesagt, wenn es je etwas gäbe, was er tun könnte, um zu helfen …«

Die Sekretärin seufzte. Raymond wagte einen Blick in ihr Gesicht, als sie das Telefon nahm. Sie war enttäuscht, dachte er. Weil sie sich jetzt mit ihm befassen musste. Sie konnte ihn nicht einfach wegschicken.

»Mr Velez«, erklärte sie. »Tut mir leid, dass ich Sie störe, während Sie mit einem Mandanten sprechen, aber Sie haben mir nicht aufgetragen, keine Anrufe durchzustellen. Hier ist ein junger Mann, der Sie sehen möchte, allerdings keinen Termin hat. Er sagt jedoch, Sie hätten ihm Ihre Visitenkarte gegeben und ihm gesagt, er solle sich bei Ihnen melden, wenn es etwas gäbe, womit Sie ihm helfen könnten.«

Es entstand eine Pause, während sie zuhörte.

»In Ordnung«, erwiderte sie und legte auf.

Raymonds Herz raste, während er darauf wartete, was sie ihm antworten würde.

»Er sagt, das grenzt es nicht wirklich ein, aber wenn du dich hinsetzen und warten willst, wird er mit dir reden, wenn er ein paar Minuten Zeit zwischen zwei Mandanten hat.«

* * *

Mr Velez schaute Raymond nicht an, bis er seinen Mandanten zur Tür gebracht hatte, sich verabschiedet und die Tür hinter dem Mann geschlossen hatte.

Dann schenkte er Raymond seine volle Aufmerksamkeit.

»Oh«, sagte er. »Ich erinnere mich an dich, ja. Einmal, als ich nach Hause kam, hast du in meiner Küche gesessen und mit meiner Frau gefrühstückt.«

»Ja, Sir.«

»Allerdings weiß ich deinen Namen nicht mehr.«

»Raymond.«

»Also, Raymond, ich habe genau drei Minuten bis zu meiner nächsten Mandantin, es sei denn, sie verspätet sich. Also komm rein, und erzähl mir, was du hoffst, was ich für dich tun kann. Und sprich besser schnell.«

Raymond folgte ihm in sein teuer eingerichtetes Büro. Es war modern und elegant, lauter schwarzes Leder und glänzende Edelstahloberflächen. Er setzte sich in einen unbequemen Stuhl gegenüber von Mr Velez. Der Anwalt nahm hinter seinem massiven Schreibtisch Platz, lehnte sich in seinem Stuhl zurück und legte die gespreizten Finger vor seinem Kinn aneinander, betrachtete Raymond. Wartete darauf, dass er zu reden begann.

Als Raymond nicht sofort den Mund aufmachte, ergriff Velez das Wort.

»Ich weiß, was passiert ist«, sagte er. »Es ist schwierig, den Einzelheiten eines Falles zu entkommen, wenn das Opfer deinen Namen trägt. Kollegen haben mich angesprochen und mir erklärt, sie seien froh, dass ich noch am Leben sei. Ich wusste, dass das der Mann gewesen sein muss, nach dem du gesucht hast. Ich meine, Luis Velez. Plötzlich verschwunden. Es passte alles zusammen.«

»Ja, Sir«, erwiderte er, immer noch verloren und verängstigt und überwältigt aus Gründen, die er nicht wirklich verstand.

»Und das Gerichtsverfahren war ein Witz.«

»Oh. Also wissen Sie es schon.«

»Ja. Ging mit einem Freispruch aus. Du bist jetzt also hier, weil du dich fragst, ob diese schießwütige Bürgerin einfach gewonnen hat und ungeschoren davonkommt oder ob es irgendwelche weiteren rechtlichen Mittel gibt.«

»Ja, genau, Sir.«

»Und du wirst mir jetzt sagen, dass es darum geht, deiner Freundin zu helfen oder der Witwe, weil du ein hilfsbereiter junger Mann bist, aber auch, weil du an einem Punkt angelangt bist, an dem du dich fragst, was du von dieser Welt halten sollst. Habe ich recht?«

»Ja, Sir«, antwortete er, wünschte sich, er könnte zur Abwechslung mal was anderes sagen. Doch Luis hatte recht.

»Nun, es *gibt* weitere rechtliche Mittel. Definitiv. Zwei Sachen fallen mir spontan ein. Man könnte ein Verfahren vor einem Bundesgericht anstrengen, bei dem sie angeklagt wird, weil sie das Opfer seiner Bürgerrechte beraubt hat. Aber es liegt nicht direkt in unserer Macht, jemanden dazu zu bekommen, sie anzuklagen.«

»Das klingt komisch«, meinte Raymond. »Wenn jemand umgebracht wird, zu sagen, dass er seiner Bürgerrechte beraubt wird.«

»Das erste und grundlegendste Recht, das wir alle haben, ist das auf Leben. Meiner Meinung nach gibt es allerdings sogar eine noch bessere Möglichkeit. Ein Zivilprozess. Die Witwe klagt in einem Zivilverfahren gegen die Schützin. Die Beweislast ist dabei anders, daher ist es leichter zu gewinnen. Und es geht um ihr Geld, nicht um ihre Freiheit, sodass die Jury weniger zimperlich ist. Wenn du mich nach meiner Meinung fragst, wäre das der Weg, den ich einschlagen würde. Diese schießwütige Frau sollte allen drei Velez-Kindern vier Jahre Universität finanzieren. Was für ein Recht hat sie, zu Hause zu sitzen und ihr Geld auszugeben, während die Witwe sich abrackern muss, um allein drei Kinder großzuziehen?«

»Was, wenn sie so viel Geld gar nicht hat?«

»Dann kann sie alle drei Kinder durch ein öffentliches College bringen. Du kennst die Witwe, richtig?«

»Ja, Sir.«

»Dann schick sie her.«

Sein Telefon summte, und er drückte einen Knopf, offensichtlich um zu antworten. »Sagen Sie ihr, ich bin in weniger als einer Minute bei ihr, Marjorie.«

»Es gibt nur ein Problem«, erklärte Raymond, der bereits aufgestanden war. »Ich mach mir einfach Sorgen um sie ...«

»Welche ›sie‹?«

»Die Witwe. Ich bin mir nicht sicher, wie sie ...«

»Nun, ganz offensichtlich schwimmt sie nicht in Geld«, bemerkte Velez, während er Raymond zur Bürotür begleitete.

»Nein, tut sie nicht.«

»Du bist ziemlich schlecht darin, Sarkasmus zu erkennen, Raymond. Mir ist klar, dass eine Frau mit drei Kindern, die plötzlich keinen Ehemann mehr hat, nicht viel Geld übrig hat. Wenn sie das hätte, wäre es nicht so wichtig, welches von der schießwütigen Lady zu bekommen.«

Sie standen einen Moment an der Tür zum Vorzimmer. Velez hatte eine Hand auf der Klinke.

»Soll das heißen, dass Sie ihr ohne Bezahlung helfen?«

»Nein. Es soll heißen, dass ich mit dem Gedanken spiele, den Fall mit Vergütung auf Erfolgsbasis zu übernehmen. Wenn ich verliere, bekomme ich nichts. Aber ich werde nicht verlieren. Wenn ich gewinne, erhalte ich einen Prozentsatz dessen, was die Jury als angemessene Summe festsetzt. Sorg dafür, dass sie anruft und einen Termin ausmacht.«

Velez öffnete die Tür. Nickte seiner nächsten Mandantin zu, die auf einem der Stühle im Vorzimmer saß.

Raymond durchquerte den Raum zur äußeren Tür.

»Hey«, hörte er Luis Velez rufen. »Raymond.«

Er blieb stehen und drehte sich um.

»Ist heute nicht Dienstag?«, erkundigte sich der Anwalt.

»Ja. Dienstag.«

»Schwänzt du die Schule?«

»Nein, Sir. Es sind Frühlingsferien.«

»Oh. Frühlingsferien. Die sind aber spät dieses Jahr.«

»Ja, Sir. Das sind sie dieses Jahr allerdings.«

Raymond trat auf den mit dicken Teppichen ausgelegten Flur.

Er fuhr einundzwanzig Stockwerke allein im Aufzug nach unten und versuchte zu verarbeiten, was er gerade erlebt hatte. Er hatte einen entscheidenden Sieg errungen, doch er hatte schon die Hälfte des Weges zur U-Bahn-Station zurückgelegt, bevor ihm das vollumfänglich bewusst wurde.

Es war alles so schnell gegangen.

* * *

»Zieh deine Jeans aus«, verlangte seine Mutter. »Ich will eine Waschmaschine mit Buntwäsche anstellen, und ich brauche all deine Jeans.«

»Die habe ich aber an«, widersprach Raymond.

Es war so was wie eine offensichtliche Bemerkung. Er war gerade erst nach Hause gekommen. Sein Kopf war übervoll von dem, was heute Vormittag passiert war. Er war noch nicht wirklich bereit für die besondere Art der Kommunikation, die seine Mutter bevorzugte.

»Dann schlüpf rasch in eine Jogginghose oder so. Und falls in deinem Zimmer noch was auf dem Boden liegt, bring es raus. Aber dalli. Ich hab diese Woche bloß einen Tag frei, und ich muss sechs oder sieben Ladungen Wäsche waschen.«

Raymond seufzte. »Auf dem Boden in meinem Zimmer liegt nichts. In meinem Zimmer liegt nie irgendwas auf dem Boden.«

Kennst du mich eigentlich überhaupt?

»Gut«, antwortete sie. »Dann eben nur die Jeans.«

* * *

Raymond drückte gerade »Absenden« bei seiner E-Mail an Isabel, in der er ihr die große Neuigkeit mitteilte, als seine Mutter die Tür zu seinem Zimmer aufstieß. Ohne anzuklopfen.

»Und was genau ist das?«, fragte sie.

Sie klang verärgert.

Sie hielt etwas hoch, das offensichtlich ein Geldschein war. Aber sie war nicht nah genug, dass Raymond die Zahl darauf erkennen konnte.

»Das kann ich nicht sehen«, sagte er.

Sie marschierte zu seinem Schreibtisch und hielt ihm die Banknote so dicht unter die Nase, dass er den Kopf zurückziehen musste, damit er nicht daran stieß.

Es war ein neuer Einhundert-Dollar-Schein.

»Der war in deiner Jeans. Du warst so unbedacht, nicht alle Taschen leer zu machen, bevor du sie mir gegeben hast.«

Zuerst starrte er ihn nur an. Sie hielt das Geld so dicht vor sein Gesicht, dass er fast schielte. Ein paar Sekunden später wurde ihm klar, was passiert war.

»Ha. Er wird allmählich besser. Ich hab überhaupt nichts gespürt.«

Er blickte seine Mutter an, die aussah, als ob sie gleich explodieren wollte.

»Will ich überhaupt wissen, was das heißen soll?«, rief sie.

338

»Nein, es ist … Es ist nichts. Es ist nicht … Es ist bloß dieser Typ, der Menschen anonym Geld zusteckt, wenn er glaubt, dass sie es verdienen.«

»Und was genau hast du getan, um es zu verdienen?«

»Nichts. Einfach nur versucht, einer Freundin zu helfen. Ich hab versucht, einen Rat für eine Freundin zu bekommen, wegen etwas, was sie braucht. Ich hab nichts Schlimmes gemacht.«

»Du verkaufst keine Drogen?«

»Natürlich nicht.«

»Und auch nicht deinen Körper?«

»Himmel, Mom. Guckst du mich jemals an? Ich meine, kennst du mich denn gar nicht?«

»Ich weiß bloß, dass du im Moment viel weg bist.«

»Ich bin einfach bei Freunden.«

»Die samt und sonders Erwachsene sind. Was komisch ist.«

In Wahrheit war es komisch, sie die Worte »samt und sonders« benutzen zu hören, aber das sprach er nicht aus.

»Und von denen ist keiner in irgendwas von dem verwickelt, dessen du mich hier beschuldigst.«

Sie stand schweigend mehrere Augenblicke über ihm. Dann atmete sie lange und hörbar aus, und Raymond wusste, sie würde es auf sich beruhen lassen.

»Okay, gut«, sagte sie und ging zu seiner Zimmertür.

»Äh, Mom?«

»Was?«

Er fragte nicht. Er streckte ihr nur die Hand hin. Sie seufzte, kam zurück zu seinem Schreibtisch und gab ihm den Hundert-Dollar-Schein.

Netter Versuch, dachte er, als sie wortlos wegging. Auch dieses Mal war er klug genug, um den Gedanken für sich zu behalten.

* * *

Eine Stunde später klopfte er an Mrs Gs Tür, benutzte sein besonderes »Ich bin's, Raymond«-Klopfzeichen. In der einen Hand hielt er einen Blumenstrauß – Iris und ein paar Rosen mit Schleierkraut zwischen den Blüten –, in der anderen hatte er eine kleine Schachtel aus einem Geschäft, das sich Chocolaterie nannte. Darin befanden sich vier sorgfältig handgefertigte und sehr teure Trüffelpralinen.

Er hatte weit gehen müssen, um sie zu besorgen. In der Gegend hier gab es nicht an jeder Ecke einen Blumenladen oder ein Pralinengeschäft.

»Du kannst reinkommen, Raymond«, rief sie durch die Tür.

Er ließ sich mit seinem Schlüssel rein.

Sie saß auf der Couch, leicht vorgebeugt, das Kinn beinah auf dem Schlüsselbein, als würde es sie mehr Kraft kosten, den Kopf hochzuhalten, als sie bereit war, zu investieren. Sie trug noch ihr Nachthemd, hatte aber einen blauen Frotteemorgenmantel darübergezogen.

»Ich rieche Blumen«, sagte sie. Irgendwie lustlos, dachte Raymond.

»Das liegt daran, dass ich dir welche mitgebracht habe.«

Er stand einen Moment lang in der Mitte ihres Wohnzimmers, hoffte, sie würde mehr sagen – innerlich aufwachen.

Als sie nichts erwiderte, fragte er: »Hast du eine Vase oder so etwas, wo ich sie reintun kann?«

»Im Schrank über dem Kühlschrank. Es ist ein sehr hoher Schrank, sodass du vielleicht auf einen Stuhl steigen musst. Ich hab sie dort oben hingeräumt, nachdem Rolf gestorben war, weil ich mir nicht vorstellen konnte, dass mir noch mal irgendjemand Blumen mitbringen würde.«

»Ich bin groß«, antwortete er.

»Stimmt. Das bist du. Also schau einfach, ob du so rankommst.«

Er ging in die Küche und konnte mühelos eine ihrer drei Vasen herausnehmen. In der Zwischenzeit hatte er ein nagendes Gefühl in seinem Hinterkopf, das mit ihrem geistigen und emotionalen Zustand zu tun hatte. Er hätte es nicht so konkret gesagt, wenn man ihn gefragt hätte. Es war nur ein Gefühl, als ob alles falsch wäre.

Er füllte Wasser in die Vase, packte die Blumen aus und tat das Papier in den Müll. Arrangierte die Blumen sorgfältig in der Vase.

Er trug sie zu ihrem Esstisch.

»Tust du mir einen Gefallen?«, fragte sie ihn mit leiser Stimme.

»Natürlich. Alles.«

»Bringst du sie mir einen Moment her?«

Er trug sie zum Sofa, auf dem sie saß, und hielt sie ihr hin. Sie hob das Kinn, was ihm als gutes Zeichen erschien. Er beobachtete, wie sie tief durch die Nase einatmete. Dann hob sie eine altersgeschwächte Hand und begann die Blüten zu ertasten.

»Rosen«, bemerkte sie. »Und Iris. Ich liebe Iris besonders. Und ist das Schleierkraut? Danke, dass du sie mir besorgt hast. Sie sind wunderschön.«

Raymond saß einen Moment länger als notwendig da und erkannte, dass er geglaubt hatte, sie würde sagen: »Sie müssen wunderschön sein.« Nicht: »Sie sind wunderschön.« Es war das erste Mal, dass er darüber nachdachte, dass etwas schön sein konnte, ohne dass man es sehen konnte. Er war froh, das zu wissen. Und er freute sich für sie.

»Die hier habe ich dir auch mitgebracht.«

Er reichte ihr die kleine Schachtel aus dem Pralinengeschäft, und sie hob den Deckel vorsichtig an, als ob der Inhalt zerbrechlich wie ein ausgeblasenes Ei wäre. Wieder atmete sie tief ein.

»Oh, das riecht ja köstlich. Ich hatte seit Ewigkeiten keine gute Schokolade mehr. Aber sag mal, Raymond, warum gibst du so viel Geld für mich aus? Ich fühle mich schlecht dabei. Möchtest du dein Geld nicht für dich selbst verwenden?«

»Ich bin kürzlich unerwartet zu Geld gekommen«, erklärte er.

Er saß schweigend da und beobachtete, wie sie ein winziges Stückchen von einer Trüffelpraline abbiss.

Dann bemerkte er: »Das sage ich oft, oder?«

»Das wollte ich auch gerade anmerken. Was ist dein Geheimnis? Milliarden Menschen möchten das wissen.«

»Ich bin mir nicht sicher.«

Er hatte jedoch eine vage Vorstellung. Er fühlte sich nur noch nicht bereit, es in Worte zu fassen. Es war etwas, das zu passieren begonnen hatte, nachdem Raymond mit dem Helfen angefangen hatte. Je mehr Leute ihn dabei sahen, wie er anderen half, desto mehr Hilfe schienen sie ihm zukommen lassen zu wollen.

»Ich hoffe, es ist okay«, sagte er. »Ich habe der Familie Velez – den anderen Velez – mitgeteilt, dass wir sie am Sonntag zum Essen besuchen.«

Er wartete, aber sie seufzte bloß. Sie lehnte allerdings auch nicht ab, was sich wie ein Fortschritt anfühlte.

»Ich möchte dir einfach nur helfen, wieder auf die Füße zu kommen«, fügte er hinzu.

»Ja, das weiß ich. Und es tut mir so leid, Raymond. Ich weiß, du möchtest, dass ich all das hinter mir lasse, aber Teile davon habe ich noch nie hinter mir lassen können, nicht in den vielen Jahrzehnten meines Lebens. Es fühlt sich für mich an, als ob meine Seele zerbrochen ist, in so viele Stückchen, dass ich mir einfach nicht vorstellen kann, sie alle aufzusammeln und zu versuchen, sie wieder zusammenzusetzen. Und ich fühle mich schuldig, weil ich mir wünsche, ich könnte es um deinetwillen besser machen. Du bist so lieb, gibst dein gefundenes Geld dafür aus, mir Blumen und Pralinen zu kaufen. Und ich will gar nicht sagen, dass es nichts nützt. Natürlich tut es das. Es ist wie ein Licht in der Nacht. Eine kleine Kerzenflamme in der stockfinsteren Dunkelheit. Es ist ein Trost, dich mit deiner Umsichtigkeit an meiner Seite zu haben. Doch es ist trotzdem eine lange Nacht.«

Er saß mehrere Sekunden lang schweigend da. Das taten sie beide.

»Aber du kommst mit mir zu dem Essen am Sonntag?«

»Ja«, antwortete sie. Mehr resigniert als begeistert. »Ich werde gehen, weil es dir eine Menge bedeutet, dass ich mitkomme, und du bedeutest mir eine Menge.«

Beinahe hätte er ihr von Luis Javier Velez erzählt, und der Zivilklage. Es lag durchaus im Bereich des Möglichen, dass die freigesprochene Schützin alle drei Kinder von Luis durchs College bringen müsste. Er öffnete den Mund, um es ihr zu sagen. Dann schloss er ihn wieder, entschied, zu warten, bis er sich sicher sein konnte, dass es tatsächlich passieren würde. Denn er glaubte nicht, dass sie noch eine weitere Enttäuschung verkraften könnte.

* * *

»Ich hoffe, Sie mögen Hähnchen mit Klößen«, bemerkte Sofia Velez.

Sie waren gerade erst zu Tisch gerufen worden. Raymond und Mrs G standen untergehakt in der Tür zum Esszimmer, warteten darauf, dass man ihnen sagte, wo sie sich hinsetzen sollten.

»Oh, wunderbar!«, erklärte Mrs G. Raymond konnte nicht entscheiden, ob das aufrichtig empfunden war oder ob sie nur so tat, um höflich zu sein. Falls es Letzteres war, war es gut gespielt. »Das ist eines meiner Lieblingsessen. Ich hab es immer für meinen Mann gekocht, aber ich hatte es jetzt schon viele Jahre nicht mehr.«

»Das klingt gut«, antwortete Raymond, obwohl er selbst so etwas seines Wissens noch nie gegessen hatte.

Luis senior brachte sie zu Plätzen an der Längsseite des Tisches, zog einen Stuhl für Mrs G heraus, hielt ihn und schob ihn vorsichtig nach vorne, während sie sich setzte. Sie warteten, bis alle Mitglieder der Familie Platz genommen hatten. Es war eine große Familie, daher dauerte es eine Weile.

»Abuela wird das Tischgebet sprechen«, verkündete Luis senior.

Raymond war erst besorgt, dann erleichtert. Er war sich nicht sicher, wie Mrs G zu einem christlichen Gebet stehen würde, da sie selbst ja Jüdin war. Andererseits musste sie es ja nicht mitsprechen, sondern bloß zuhören. Aber Abuela würde ohnehin auf Spanisch beten, was Raymond besser erschien. Irgendwie sicherer.

Luisa, das junge Mädchen, das ihm ihre Medaille gegeben hatte, saß links von ihm. Sie schob ihre Hand in seine. Zuerst war er erschreckt, doch dann schaute er sich um und entdeckte, dass alle rund um den Tisch sich an den Händen hielten. Er nahm mit seiner rechten Mrs Gs Hand.

Die Abuela der Familie sprach vier oder fünf Sätze auf Spanisch, dann schloss sie mit »Amen«. Raymond wusste nicht, ob das Englisch war oder ob das Wort in beiden Sprachen gleich klang.

»Amen«, sagte Raymond, weil er sich nicht vorstellen konnte, wie oder weshalb er das nicht tun sollte.

»Amen«, sagte auch Mrs G.

Sie ließen einander los, und Luis senior begann aufzutun, lud Hähnchen und Klöße auf die Teller, die am Tisch weitergegeben wurden.

»Oh, es duftet einfach himmlisch«, erklärte Mrs G.

»Nun, ich hoffe, Ihnen schmeckt, was ich gekocht habe«, antwortete Sofia. »Wir haben uns so gefreut, dass Sie uns besuchen. Und wir sind auch froh, Raymond wiederzusehen. Er hat ziemlich Eindruck auf uns gemacht. Er war so traurig, weil er in Sorge war, dass er Ihnen nicht die Hilfe geben konnte, die Sie brauchten. Sie wissen schon. Den anderen Luis Velez zu finden. Und dann haben wir gehört, was passiert ist …«

Einen Moment lang herrschte im Raum Stille, einzig unterbrochen durch das Geräusch von Tellern, die hochgenommen, weitergereicht und abgestellt wurden.

»Was ich damit sagen wollte«, fuhr Sofia fort und tastete sich weiter vor, »ist, dass Sie großes Glück haben, so einen umsichtigen jungen Mann als Freund zu haben.«

»Oh, dessen bin ich mir bewusst«, erwiderte Mrs G. Sie nahm eine kleine Gabel voll Hähnchenfleisch und ein Stück von einem Kloß. »Es vergeht kein Tag, an dem ich nicht dankbar dafür bin.«

Sie kostete von dem Essen, und alle beobachteten sie und warteten ab, was sie tun würde. Alle. Selbst das kleine Mädchen. Vielleicht weil sie keinen Zweifel daran gelassen hatte, dass sie dieses Gericht mochte.

»Also, ist es so gut wie das, was Sie früher gekocht haben?«, erkundigte sich Sofia.

»Nein. Es ist besser. Mir ist es in der ganzen Zeit, in der ich selbst gekocht habe, nie so gelungen. Und dabei war ich beileibe keine schlechte Köchin, wenn ich das so sagen darf.«

»Schön, dass es Ihnen schmeckt.«

Ein oder zwei Minuten lang aßen sie alle schweigend. Raymond war wie gebannt von dem Essen. Es war auf eine Art und Weise befriedigend, die er nicht gewohnt war. Jeder Bissen, den er in seinen Mund steckte, schmeckte besser als der davor.

Sofia sprach wieder. »Ich habe über die Frage nachgedacht, die Raymond mir gestellt hat.« Diese Bemerkung richtete sie mehr oder weniger an Mrs G.

»Ich fürchte, ich kenne die Frage nicht«, meinte Mrs G.

»Oh, tut mir leid. Er hat mich gefragt, was man für jemanden tun kann, der gerade eine schwierige Zeit durchmacht.« Raymond spürte, wie sein Gesicht heiß wurde, während sie sprach. »Und ich weiß es nicht wirklich. Das Einzige, was mir einfällt, ist, zu zeigen, dass den Menschen etwas daran liegt. Nicht nur an einem selbst, auch wenn das natürlich schön ist. Aber es geht um das, was passiert ist. Mit Ihrem Freund, den Sie verloren haben. Ich hab darüber nachgedacht, und ich glaube, dass die Verhandlung mich aufgewühlt hätte, weil es sich so anfühlen muss, als ob die Jury der Ansicht ist, dass mein Freund nicht wichtig war. Daher möchte ich Ihnen versichern, dass er jedem Einzelnen an diesem Tisch wichtig ist.«

Raymond beobachtete Mrs G eindringlich, während sie kaute und dann schluckte.

»Danke«, erwiderte sie. »Das hilft ein wenig.«

»Ich hoffe, Sie glauben uns«, fügte Luis senior hinzu.

»Das tue ich. Wirklich. Weil Sie verstehen, was es hieß, Luis zu sein. Ich fürchte, in diesem Punkt hat die Jury komplett versagt.«

Sie aßen ein oder zwei unbehagliche Sekunden lang schweigend weiter.

Dann begann Abuela in schnellem Spanisch zu sprechen. Raymond wartete geduldig, sowohl darauf, dass sie zu reden aufhörte, als auch darauf, dass jemand es übersetzen würde. Er bereute es insgeheim, dass er die Sprache nicht weiter gelernt hatte.

Als sie fertig war, überraschte Mrs G Raymond, indem sie direkt darauf antwortete. »Recuerdo también«, sagte sie.

Raymond starrte Mrs G einen Moment lang an. Alle am Tisch taten das.

»Du sprichst Spanisch?«, fragte er.

»Ein wenig. Ja. Ich hab Luis gebeten, mir was beizubringen. Zuerst habe ich ihn gebeten, mir beizubringen: ›Lo siento, no hablo muy bien español.‹ Ich wollte mich bei Spanischsprechern dafür entschuldigen können, dass ich ihre Sprache nicht gut beherrsche. Weil mir aufgefallen ist, dass alle anderen in dieser Stadt das Gegenteil zu tun scheinen. Sie wissen schon, sie geben ihnen ein schlechtes Gefühl, weil sie nicht Englisch sprechen. Aber dann habe ich entschieden, dass das nicht reicht, denn warum sich dafür entschuldigen, dass man etwas nicht kann, das man genauso gut einfach lernen kann?«

»Kein Wunder, dass Luis Sie so gern mochte«, bemerkte Luisa.

»Oh, das Gefühl beruhte auf Gegenseitigkeit, Liebes. Ich habe ihn wirklich ins Herz geschlossen. Er war für mich wie ein Sohn, nur war er jung genug, um mein Enkel zu sein. Doch er war mehr für mich als einfach bloß Familie. Er war … Ich bin mir nicht sicher, was das richtige Wort ist. Er war ein Held in meinem Leben. Ja. Das ist nicht übertrieben. Er war mein Held. Die Welt ist voller Männer, die versuchen, ein echter Mann zu sein, aber sie wissen gar nicht, was das wirklich bedeutet. Sie denken, es heißt, tough zu sein, nichts zu empfinden, sich nichts anmerken zu lassen. Doch dann kommt Luis daher und entscheidet, dass seine Definition von einem Mann jemand ist, der keine Angst hat, freundlich zu sein. Dafür braucht man Mut. Finden Sie nicht?«

»Ja, allerdings«, erwiderte Luis senior. Ein bisschen wehmütig, fand Raymond. Als ob er noch einen langen Weg vor sich hätte, wenn er das erreichen wollte.

»Also, was hat Abuela gesagt?«, fragte Raymond, hoffte, die Unterhaltung auf ein anderes, weniger ernstes Thema zu lenken.

»Nun, wenn ich mich nicht irre«, erklärte Mrs G, »hat sie uns erzählt, dass, als sie ein kleines Mädchen war, die Nachbarn eine Blockparty für jemanden veranstaltet haben, der Zuspruch brauchte. Wenn der Welt nichts an jemandem zu liegen schien, hat sich die Nachbarschaft zusammengetan und dem Betreffenden gezeigt, dass er ihnen wichtig war. Ich habe ihr geantwortet, dass ich mich auch an so etwas erinnere. Als ich anfangs dorthin gezogen bin, wo wir jetzt wohnen, Raymond, war das da ebenfalls üblich. Ich erinnere mich, dass ein Mann seine Arbeit verloren hat. Seine Frau hatte gerade erst ein Kind bekommen, das erste, und ihnen drohte die Räumung, weil sie die Miete nicht bezahlen konnten. Also haben die Nachbarn eine Blockparty veranstaltet und für sie gesammelt, und es war genug, um ihnen zu helfen, bis er wieder Arbeit gefunden hatte. Aber ich sollte keine Vermutungen anstellen, weil mein Spanisch alles andere als perfekt ist, und vielleicht ist das gar nicht das, was Abuela gemeint hat.«

»Nein, genau das ist es«, bestätigte Abuela auf Englisch mit starkem Akzent. »Das habe ich gemeint.«

»Sie sprechen ja Englisch«, rutschte es Raymond heraus, bevor er nachdenken konnte. Und dann war er verlegen, weil er nicht besser aufgepasst hatte.

»Ja«, erwiderte Abuela. »Das tue ich. Doch in meinem Zuhause möchte ich gerne meine Muttersprache sprechen, die mir vertraut ist.«

»Sicher«, antwortete Raymond. »Das verstehe ich.«

Und es stimmte. Es war wichtig, sich in seinem Zuhause zu Hause zu fühlen.

* * *

»Ich glaube das einfach nicht!«, rief Sofia aus der Küche. »Wer hat die Eiscreme in der Küche auf der Arbeitsfläche stehen lassen?« Sie steckte ihren Kopf ins Esszimmer. »Wer war das?«

Raymond wusste bereits, dass Luis junior der Schuldige war. Weil der Junge vor seinen Augen immer kleiner wurde, den Kopf einzog wie eine Schildkröte, die sich unter ihren Panzer verkroch.

Sofia bemerkte es ebenfalls und richtete einen durchdringenden Blick auf ihn.

»Tut mir leid, Mom«, sagte der Junge kleinlaut.

»Warum hast du sie denn überhaupt aus dem Gefrierschrank genommen?«

»Ich wollte bloß einen Löffel davon probieren.«

»Das ist schlimm genug«, rief sie. »Aber warum lässt du sie danach einfach auf der Arbeitsfläche stehen? Wie kannst du nur so achtlos sein? Wie kannst du nur nicht gemerkt haben, dass du sie nicht wieder weggeräumt hast?«

»Ich hab's vergessen«, gestand Luis junior mit hochrotem Gesicht.

»Geh in dein Zimmer«, befahl sein Vater.

Der Junge schlich davon.

»Lässt sich irgendwas retten?«, fragte Luis senior seine Frau.

»Nein, sie ist komplett ruiniert.«

»Dann haben wir zwar keine Eiscreme, aber immer noch Kuchen«, erklärte Luis. »Das geht auch.«

»Heute ist ein besonderer Tag mit besonderen Gästen, und ich wollte so gern Schokoladenkuchen mit Vanilleeis servieren.«

»Ich könnte zum Laden laufen und welche holen«, schlug Luisa vor.

Eine Pause entstand.

Dann fragte Sofia: »Ganz allein, m'ija?«

»Es ist mitten am Nachmittag, Mom. Und Raymond könnte ja mitkommen. Wenn das hilft, dass du dich besser fühlst.«

»Ich?«, erkundigte sich Raymond. Dann bereute er es sofort. Er lehnte sich nach rechts und sprach leise mit Mrs G. »Wäre es okay, wenn ich mitgehe?«

»Natürlich«, erwiderte sie. »Ich bleibe hier bei dieser netten Familie und unterhalte mich mit ihnen.«

»Okay«, sagte Raymond zu Luisa. »Gut, dann lass uns aufbrechen.«

* * *

Auf dem Weg zum Laden hatten sie kaum etwas gesprochen. Waren nur gemeinsam gegangen. Aber auf dem Rückweg mit dem Eis konnte Raymond spüren, dass sie ihn musterte. Er konnte es aus dem Augenwinkel sehen. Und es war ihm unbehaglich. Er konnte sich nicht dazu bringen, sie anzuschauen.

»Also«, begann sie. Zögernd. »Ich muss einfach fragen. Hast du sie dir umgehängt, weil du wusstest, du würdest mich sehen? Oder hattest du sie die ganze Zeit um den Hals?«

»Die Medaille? Die hatte ich die ganze Zeit um.«

»Gut. Weißt du, ich hab mir Sorgen gemacht, nachdem du gegangen warst. Wenn ich deine Telefonnummer gehabt hätte, hätte ich dich angerufen.«

»Nein, das wusste ich nicht. Doch du hättest dir keine Sorgen um mich machen müssen. Du hättest dir um Mrs G Sorgen machen sollen. Ich hatte keine Probleme, ich hab bloß um sie Angst gehabt.«

»Sie kannte ich ja nicht. Dich hingegen schon.«

Raymond antwortete nichts darauf, weil es zu sehr nach etwas klang, das Geschworene sagen würden, wenn sie so ehrlich und unmittelbar wie Teenager reden würden.

»Also, wird sie okay sein?«, fragte sie.

»Ich hab keine Ahnung. Im Moment jedenfalls ist sie es nicht.«

»Es ist wirklich lieb von dir, dich so gut um sie zu kümmern.«

»Sie ist meine Freundin.«

Plötzlich hielt sie ihn auf. Buchstäblich. Packte ihn am Ärmel und zwang ihn, auf dem Bürgersteig stehen zu bleiben. Beinahe hätte er das Eis fallen lassen. Eine unbehagliche Sekunde oder zwei standen sie einander gegenüber. Er wusste, dass sie ihm ins Gesicht schaute, doch er hielt den Blick auf den Asphalt zu seinen Füßen gerichtet.

»Was?«, fragte er und fühlte sich in die Defensive gedrängt.

Sie stellte sich auf die Zehenspitzen und küsste ihn flüchtig auf die Lippen. Dann sank sie wieder zurück auf die Fersen und schaute ihm weiter ins Gesicht.

»Hm. Oh«, sagte sie. »Du wolltest nicht, dass ich das tue. Tut mir leid. Ich dachte, du wärst einfach nur schüchtern, würdest mich aber mögen.«

»Ich mag dich«, erklärte er.

»Allerdings nicht so.«

»Nein.«

Schweigen. Sie ließ seinen Ärmel los, und Raymond begann wieder zu gehen. Rasch. Sie musste laufen, um ihn einzuholen.

»Magst du jemand anders? Ist es das?«

»Nein«, antwortete Raymond und wünschte sich, sie könnten über etwas anderes reden.

»Magst du Mädchen lieber, die mehr in deinem Alter sind?«

»Nein.«

»Du magst niemanden auf diese Weise?«

»Nein.«

»Aber du hast es schon mal getan? Ich meine, du bist … was? Sechzehn?«

»Siebzehn.«

»Oh. Okay. Wir müssen nicht darüber reden, wenn du das nicht möchtest.«

»Danke«, erwiderte Raymond und eilte weiter, hielt den Blick auf den Gehsteig gerichtet.

Beinahe wäre er in einen untersetzten Mann reingerannt, der sich prompt beschwerte: »Ey! Pass doch auf, wo du hinläufst, Junge.«

»Sorry«, murmelte Raymond und hastete weiter.

»He, warte!«, rief Luisa hinter ihm. »Ich kann nicht so schnell.«

Für sie wurde er langsamer, aber es fiel ihm schwer. Er wollte zurück in die Wohnung und nicht länger mit Luisa allein sein.

»Also, ernsthaft«, sagte sie, als ob sie nie versprochen hätte, aufzuhören, darüber zu reden. »Du magst einfach niemanden auf diese Weise und hast es auch nie getan?«

»Genau«, bestätigte Raymond und spürte, wie das Eis seine Rippen kühlte. Vielleicht presste er es zu fest an sich.

»Gibt es so was? Dass Menschen so sind?«

»Ja.«

»Also wirst du einfach nie …« Sie brach ab, als würde sie nicht weitersprechen. Raymond hoffte das jedenfalls. »… eine Familie haben?«

»Ich kann eine Familie haben. Mrs G sagt, ich kann jede Art von Familie haben, die ich möchte. Ich kann … Ich weiß nicht. Ein paar Freunde oder jemanden, der genauso empfindet wie ich.«

»Aber möchtest du denn keine Kinder?«

»Darüber habe ich noch nicht nachgedacht. Ich meine, ich habe mir das nie so vorgestellt, dass ich Kinder haben würde. Also nein.«

»Oh«, meinte sie. »Nun, ich wollte dir nicht das Gefühl geben, als wäre es nicht in Ordnung, wie auch immer du bist.«

Doch das hatte sie getan. »Wir können über etwas anderes reden, wenn du das möchtest.«

»Ja, bitte«, sagte Raymond. Dann fügte er hinzu: »Aber danke dafür, dass du mich trotzdem magst.«

Den Rest des Weges legten sie schweigend zurück.

* * *

Nach dem Dessert saßen sie im Wohnzimmer gemeinsam auf der Couch, Raymond und Mrs G. Sie warteten darauf, dass der Tee gebracht wurde. Alle Kinder außer dem kleinen Mädchen waren in ihre Zimmer geschickt worden, um ihre Hausaufgaben zu machen, Luisa eingeschlossen. Das war für Raymond eine Erleichterung.

Mrs G beugte sich vor und flüsterte ihm etwas ins Ohr.

»Also, was ist los?«

»Nichts«, erwiderte er.

»Gut. In Ordnung. Erzähl es mir später.«

Sofia kam mit Milch und Zucker ins Zimmer, stellte sie vor sie auf den Couchtisch.

»Es ist mir nur so peinlich«, erklärte Sofia.

»Was denn?«, erkundigte sich Mrs G.

»Ach, all der Ärger. Ich wollte, dass Sie uns als glückliche Familie sehen. Das sind wir ja auch. Ich wollte damit nicht sagen, dass wir versuchen, einen falschen Eindruck zu erwecken. Aber dann ist so viel schiefgegangen.«

»Wo war ich denn, als all das schiefgegangen ist?«, fragte Mrs G.

Sie wurde müde, das konnte Raymond an ihrer Stimme hören.

»Sie wissen schon. Mit dem Eis. Dass Luis junior vom Tisch weggeschickt werden musste.«

»Das? Ach du meine Güte, das war nichts. Ich hab keinen weiteren Gedanken daran verschwendet. Er ist ein Kind. Kinder tun solche Sachen. Ihre Gehirne sind noch nicht voll entwickelt. Sie sind einfach so.«

»Siehst du, Sofia?«, meinte Luis senior. Er kam gerade ins Wohnzimmer und setzte sich. Der Klang dieser Worte verriet Raymond zum ersten Mal, dass der Mann überhaupt in Hörweite war. »Ich hab dir doch gesagt, dass es dir schlimmer vorkommt als ihnen.«

Er machte es sich in einem großen Sessel bequem und seufzte, faltete seine Hände über seinem Bauch.

»Aber ja, unbedingt«, erklärte Mrs G. »Es gibt keine Familie, die überhaupt keine Schwierigkeiten hat. Wer war das noch, der gesagt hat … Ich weiß nicht mehr, von wem das Zitat ist, doch irgendjemand hat mal gesagt, wenn man entscheiden muss, ob man allein sein will oder eine Familie haben möchte, dann entscheidet man sich im Grunde genommen zwischen Einsamkeit und Ärger.«

Sofia lachte und schien sich besser zu fühlen.

»Nun, wenigstens haben die jungen Leute die Gelegenheit gehabt, miteinander zu reden. Luisa hat die ganze Zeit von Raymond gesprochen, seit er bei uns war.«

»Ah«, erwiderte Mrs G. »Verstehe. Das erklärt eine Menge.«

Raymond, der sich ertappt fühlte, achtete darauf, nichts zu sagen.

* * *

»Ich hoffe, Sie haben dafür Verständnis«, begann Mrs G ungefähr zehn Minuten später. »Ich bin einfach nur so müde. Es erschöpft mich sehr, wenn ich ausgehe. Und dann habe ich so viel gegessen. Sonst habe ich in letzter Zeit nicht viel gegessen,

aber mir hat alles so gut geschmeckt, und daher habe ich zuge-
langt, und jetzt fühle ich mich, als ob ich gleich einschlafe.«

»Aber Sie haben doch kaum etwas gegessen!«, meinte Sofia.

Raymond wünschte sich, sie hätte das nicht gesagt. Wenn
sie Mrs G kennen würde, wüsste sie, dass die alte Frau wirklich eine Menge Essen zu sich genommen hatte – und zwar
ihretwegen.

»Wir verstehen das natürlich«, antwortete Luis. »Allerdings
müssen Sie versprechen, wiederzukommen, und das ist nicht
verhandelbar.«

Er stand auf und kam zur Couch. Half Mrs G beim
Aufstehen.

»Versprochen«, sagte sie. »Danke für Ihre Gastfreundschaft.
Ich würde ja gerne länger bleiben, aber ich bin so müde.«

Raymond schob seinen Arm unter ihren, falls sie unsicher
auf den Füßen sein sollte. Was manchmal passierte, wenn
sie sehr müde war. Luis tippte ihm auf die Schulter, und als
Raymond sich umdrehte, sah er einen Zwanzig-Dollar-Schein
in seiner Hand und vermutlich noch einen weiteren Geldschein
darunter.

»Ich bestehe darauf, dass du ein Taxi rufst«, meinte Luis.

»Danke«, erwiderte Raymond und nahm das Geld.

Wenn er allein gewesen wäre, hätte er das nicht getan. Er
konnte mit der U-Bahn fahren. Doch Mrs G war erschöpft,
daher nahm er es.

* * *

Sie saßen nebeneinander auf dem Rücksitz im Taxi, und
Raymond behielt das Taxameter im Auge.

Es hatte zu regnen begonnen, und die Straßen zogen vor
dem regennassen Fenster vorbei. Raymond konnte das besondere Geräusch von Reifen auf nassem Asphalt hören.

Paare gingen eng nebeneinander unter einem Regenschirm auf dem Gehsteig, oder sie liefen, weil sie keinen hatten. An einer Ecke sah Raymond ein Paar stehen, das sich stritt, ohne auf das schlechte Wetter zu achten.

»Denkst du, ich werde je eine Familie haben?«, fragte er sie.

»Ach, das also ist es, was dich beschäftigt. Natürlich wirst du das, wenn du das möchtest.«

»Aber was für eine Art von Familie?«

»Das ist die letzte Frage, die du stellen solltest, Raymond, weil das der Teil ist, der am unwichtigsten ist. Jede Art, die du möchtest. Wenn du emotionale Intimität möchtest, dann wirst du jemanden an deiner Seite haben, der versteht, wie du bist. Wenn du Kinder großziehen möchtest, wirst du das tun. Deine eigenen, adoptierte oder Pflegekinder. Oder du wirst einfach der beste Onkel der Welt für die Kinder deiner Freunde. Das Entscheidende an einer Familie ist die Liebe. Die Fragen ›Was für eine?‹ oder ›Wie soll das funktionieren?‹ sind völlig unerheblich. Das ist einfach nur das, worum man sich Sorgen macht, bevor man erkennt, dass diese Kleinigkeiten nicht das sind, was wirklich wichtig ist.«

KAPITEL ACHTZEHN

DER CELLIST

Raymond war auf dem Weg vom Apartment seines Vaters zur U-Bahn, als er es hörte. Es war ein lang gezogener Ton, live gespielt auf einem Saiteninstrument. Er hatte eine Resonanz, die er bis in seinen Bauch spüren konnte, als ob die Saite in ihm wäre, gleich unter seinem Magen, und irgendein unsichtbarer Bogen sie zum Klingen bringen würde. Es war ein wunderschöner Basston, aber zugleich beinah unerträglich traurig. Raymond traten Tränen in die Augen, was ihn überraschte.

Er blieb mitten auf dem Gehsteig stehen und blickte sich um, bis er den Musiker entdeckte. Es war ein Mann mittleren Alters, der auf einem dreibeinigen Hocker an einer Straßenecke saß, nicht weit von der Treppe zur U-Bahn entfernt, und Cello spielte. Sein Haar war grau und stand ihm wirr vom Kopf ab, oben hatte er fast eine Glatze, doch der Haarkranz an den Seiten und hinten war voll. Vor ihm auf dem Asphalt stand ein umgedrehter Hut, in dem Raymond eine Handvoll Dollarnoten erkennen konnte.

Raymond setzte sich auf die Fersen, um zuzuhören. Es war ein langsames, zu Herzen gehendes Stück klassische Musik. Je mehr er zuhörte, desto unmöglicher fühlte es sich für ihn an, die Tränen zurückzuhalten. Die Noten schienen Raymonds Kummer aus den verborgensten Verstecken zu holen und ans Licht zu ziehen. Er wischte sich mit dem Ärmel über die Augen.

Dann holte er einen Fünf-Dollar-Schein aus der Tasche und ließ ihn in den Hut des Mannes fallen. Es war der einzige Geldschein darin, der einen höheren Wert hatte als einen Dollar.

In der Zwischenzeit beendete der Cellist den letzten Ton, und es wurde still auf der Straße. Also still in Bezug auf die Musik. Es gab natürlich die normale Geräuschkulisse der Stadt, die Raymond im Vergleich nicht im Geringsten mochte.

»Danke«, sagte der Mann und blickte Raymond ins Gesicht. Raymond bemühte sich, ihm nicht in die Augen zu sehen. »Das ist ein echtes Geschenk. Damit kann ich mir tatsächlich ein Mittagessen leisten.«

Wieder Stille. Raymond brach sie nicht. Er hoffte, dass der Musiker wieder zu spielen beginnen würde. Aber der schaute weiter Raymond an, beinah suchend, als hätte er in seinem Gesicht etwas Wichtiges verloren.

»Es kommt mir so vor, als ob die Musik dich traurig gemacht hat«, bemerkte der Mann.

»Vermutlich schon«, antwortete Raymond, wünschte sich immer noch, der Mann würde weiterspielen.

»Aber du hattest diese Traurigkeit bereits in dir, bevor du mein Cello gehört hast.«

»Woher wissen Sie das?«

»Das Cello ist ein erstaunliches Instrument. Es kann direkt durch die Mauern eines Menschen dringen und Dinge an die Oberfläche ziehen. Warum, denkst du, spiele ich es? Doch es kann nichts ans Licht holen, was nicht vorher drin war.«

Und dann begann er erneut zu spielen. Raymond setzte sich im Schneidersitz auf den Bürgersteig und hörte zu. Wieder kamen ihm die Tränen, und er fühlte sich nicht in der Lage, sie aufzuhalten. Daher versuchte er es nach einer Weile gar nicht mehr.

Es kam ihm so vor, als ob die Musik eine echte Empfindung in seinem Magen auslöste, eine Art Schmerz, der mit der Musik anschwoll und nachließ – der ihn ausfüllte, während die einzelnen Noten leiser wurden und verklangen.

Als das Stück zu Ende war und der Bogen des Mannes still hielt, die Saiten verstummt waren, stellte Raymond eine Frage.

»Wenn es Mauern durchbricht und Sachen aus mir herausholt, Sachen, die wehtun, warum sitze ich dann hier und höre zu? Warum verschwinde ich nicht so schnell wie möglich?«

»Weil es besser ist, wenn man es fühlt.«

»Nicht wenn's wehtut.«

»Ganz besonders dann. Vergiss nicht, es ist ja bereits in dir. Und wie ein alter Freund von mir immer gesagt hat, besser raus damit als drinlassen.«

Dann spielte er ein weiteres Stück.

Als der Bogen wieder stillstand und der letzte Ton restlos verklungen war, stellte Raymond eine weitere Frage.

»Sind Sie in einer Stunde oder so noch da?«

»Ich werde den ganzen Tag hier sein.«

»Okay«, sagte er. »Danke. Ich komme wieder.«

* * *

»Du musst dich fertig machen, wir gehen wohin«, teilte er Mrs G mit. »Bitte. Ich möchte dich wohin bringen.«

Sie saß zusammengesunken auf der Couch, immer noch in Nachthemd und Morgenmantel, das Haar ungekämmt und unfrisiert, und hatte die schnurrende Katze auf ihrem Schoß.

»O Raymond«, erklärte sie, gefolgt von einem tiefen Seufzen. »Könntest du nicht ohne mich einkaufen gehen?«

»Dahin will ich gar nicht mit dir.«

»Wohin dann?«

»Das möchte ich nicht verraten. Ich möchte, dass du mir einfach vertraust.«

»Es ist doch schon Nachmittag. Nachmittags werde ich immer so müde.«

»Ich glaube wirklich, dass es das wert ist«, erwiderte er. »Bitte vertrau mir in diesem Punkt.«

Er wusste, als er das sagte, dass sie es ihm nicht abschlagen würde. Ihre stille Vereinbarung war, dass er so viel für sie tat, wie er nur konnte, und im Gegenzug so wenig wie möglich verlangte. Wenn er sie bat, etwas zu tun – wenn es eine vernünftige Sache war und in ihrer Macht stand –, würde sie es wenigstens versuchen.

Ein weiteres tiefes Seufzen. Dann schob sie die Katze auf die Couch und erhob sich mit Mühe. Raymond streckte ihr eine Hand hin, um ihr zu helfen, aber sie schien sie nicht zu bemerken.

»In Ordnung«, antwortete sie und schlurfte langsam zu ihrem Schlafzimmer. »Gib mir zehn Minuten. Und vielleicht kannst du in der Zwischenzeit die Katze füttern, bitte.«

* * *

»Ich hatte gestern Nacht einen Traum«, verriet sie ihm während der Fahrt in der U-Bahn nach Midtown.

Er schwieg, dachte, sie würde mehr sagen. Aber sie schien zu warten, wie um sicher sein zu können, dass er es tatsächlich hören wollte.

»Und was war das für ein Traum?«, fragte er daher nach einer Weile.

»Ich habe von meiner Freundin Anna geträumt. Annaliese Schmidt. Sie war meine beste Freundin in der Schule in Deutschland. In dem Traum hatte sie das gleiche Alter – das gleiche Alter, das sie hatte, als ich sie das letzte Mal gesehen habe. Und ich auf der anderen Seite mit über neunzig, während Anna noch ein junges Mädchen war, und doch hat sie mit mir gesprochen, als wären wir gleichaltrig. Sie hat ein paar wirklich harte Sachen gesagt.«

Eine Pause. Raymond glaubte schon fast, dass er fragen müsste. Aber dann räusperte sie sich und redete weiter.

»Sie hat gesagt, es sei sehr selbstsüchtig von mir, meine Beteiligung an der Welt davon abhängig zu machen, ob die Welt mir im Moment gefällt. Sie sagte, dass die Welt natürlich grausam sein kann, das ist klar. Sie hat gefragt, ob ich wüsste, was sie dafür geopfert hätte, zweiundneunzig zu werden.«

»Wow«, bemerkte Raymond.

Sie schien mit dem Sprechen fertig zu sein. Er beobachtete ihr Gesicht, um zu sehen, ob sie aufgewühlt war von dem, was sie erzählte, doch ihre Miene war ganz ruhig.

Er saß ein paar Minuten lang neben ihr, während der U-Bahn-Wagen durch den Tunnel fuhr. Dann wurde die Frage stärker als er, und sie bahnte sich einen Weg aus ihm heraus.

»Meinst du, es war nur ein Traum?«

»Im Gegensatz zu was?«

»Ich weiß nicht. Ich weiß nicht, wie ich es ausdrücken soll. Im Gegensatz zu der tatsächlichen toten Anna, die dir das sagen möchte.«

Eine Pause entstand, während sie darüber nachdachte.

»Hier ist, was ich denke«, erklärte sie. »Ich denke, es ist völlig unerheblich, ob diese Worte aus der Seele von Annaliese Schmidt stammen oder aus meinem eigenen Kopf. Ich denke, es kommt einzig darauf an, ob sie wahr sind.«

»Oh«, machte Raymond. Und dann, nach einer Weile: »Und sind sie das?«

»Ich glaube, sie sind wahr«, erwiderte sie. »Ja.«

* * *

Sie kamen in Midtown aus der U-Bahn, und Raymond hatte seine Hand in ihrem Kreuz liegen. Half ihr. Sie blieb auf der obersten Stufe stehen, beinah auf einer Höhe mit der Straße, und hob ihr Kinn. Als läge irgendein verzauberter Duft in der Luft.

»Hör mal«, sagte sie.

Der Cellist spielte noch.

»Ich weiß«, antwortete er. »Ich mag es auch. Ich halte es für wunderschön. Traurig, aber wunderschön.«

»Können wir bitte näher rangehen und zuhören?«

Sie traten vor den Cellisten und standen schweigend da. Während der Mann spielte, schaute er nicht auf. Er schien sich völlig seiner Musik hinzugeben.

Raymond blickte Mrs G an und sah, dass sie stumm weinte. Große Tränen, eine nach der andern, liefen ihr über die faltigen Wangen und das Kinn. Das zu sehen reichte, dass ihm selbst ebenfalls erneut die Tränen kamen.

Sie lehnte sich zu ihm und stellte sich auf die Zehenspitzen, stützte sich auf seinen Arm. Sie flüsterte so dicht an seinem Ohr, wie es ihr möglich war. Als wollte sie den Musiker nicht stören.

»Halte ich uns von dem ab, was du mir zeigen wolltest? Wo wolltest du mich hinbringen?«

»Hierher«, flüsterte er zurück. »Das hier ist es, was ich dir zeigen wollte.«

Sie sank zurück auf ihre Fersen. Faltete die Hände vor ihrem Gesicht, als wollte sie beten, dann senkte sie sie und legte sie sich aufs Herz.

Der Cellist beendete das Stück und schaute Raymond an, lächelte breit, als er ihn wiedererkannte.

»Du bist zurück.«

362

»Ich habe eine Freundin mitgebracht«, erklärte Raymond.

»Danke. Ich fühle mich geehrt. Die meisten Leute achten kaum auf mich. Die Leute sind komisch, findest du nicht? Ich habe für die Philharmoniker gespielt, und die Leute haben gutes Geld für die Eintrittskarten ausgegeben. Und es war nicht wenig, was sie gekostet haben. Aber ich sitze hier draußen und spiele die gleiche Musik, und die meisten Leute würden mir nicht mal ein paar Münzen zuwerfen, wenn sie vorübergehen. Die gleiche Musik. Bloß ein unterschiedliches Gefühl davon, wie viel sie ihnen wert sein sollte.«

»Sie haben für die New Yorker Philharmoniker gespielt?«, erkundigte sich Mrs G mit ehrfürchtiger Stimme.

»Oh. Nein. Nicht *die* Philharmoniker. Nichts so Renommiertes. Eine kleinere Stadt. Ich werde sie Ihnen nicht nennen, weil Sie dachten, es sei New York, sodass sie dagegen nur gewaltig verlieren kann.«

Eine Weile schwiegen sie. Der Cellist saß da, und Raymond und Mrs G standen vor ihm. Er schien allerdings nicht geneigt, ein neues Stück zu beginnen.

»Mein Vater hat früher Cello gespielt«, bemerkte Mrs G. »Als ich ein Kind war. Doch dann, nachdem wir nach New York gekommen waren, hat er es nie wieder angefasst. Er hat es mitgebracht, aber nie wieder aus dem Kasten genommen, bis zu seinem letzten Tag nicht. Daher berührt es mich tief, wenn ich das Instrument höre. Ich denke nicht, dass ich dir das je erzählt habe, oder, Raymond?«

»Nein«, antwortete Raymond.

»Also war es einfach Zufall?«

»Ich fand bloß, dass es schön ist«, erklärte er. »Traurig, aber wunderschön.«

»Ja«, pflichtete ihm der Musiker bei. »Das ist es, was ich an dem Instrument so liebe. Es bildet so perfekt das Leben nach.

Es ist in genau der richtigen Menge schön. In genau der richtigen Menge traurig.«

Dann hob er seinen Bogen wieder und spielte weiter. Mrs G liefen mehr Tränen über das Gesicht.

Ungefähr nach der Hälfte des Stückes erschien ein Kellner mehr oder weniger aus dem Nichts, kam von einem Straßencafé zwei Häuser weiter zu ihnen. In der rechten Hand hatte er einen kunstvoll geschnitzten Holzstuhl mit einem bestickten Stoffsitz.

»Ich dachte, Sie würden sich vielleicht gern setzen«, meinte er zu Mrs G. »Bringen Sie ihn einfach wieder zurück, bevor Sie gehen.«

Sie dankten ihm beide, und Raymond nahm Mrs G am Arm und half ihr vorsichtig, auf dem Stuhl Platz zu nehmen. Als sie saß, seufzte sie, von tief innen. Ihre Erleichterung, weil sie nicht länger stehen musste, war unübersehbar.

»Das ist so schön«, bemerkte sie leise zu Raymond, der neben ihr in die Hocke gegangen war. »Das ist so, als ob ein Konzert ganz allein für mich gespielt würde. Und ich bin seit Jahrzehnten nicht mehr in einem Konzert gewesen.«

Sie öffnete ihre Handtasche und suchte nach ihrem Portemonnaie. Öffnete es und zog ein paar Scheine ein Stück weit heraus.

»Was für Dollarscheine sind das?«, fragte sie.

»Lauter Fünfer.«

»Keine Zehner darunter?«

»Nein. Nur Fünfer.«

Sie holte zwei Scheine ganz heraus und reichte sie Raymond. »Tu die bitte in seinen … was auch immer er zum Geldsammeln benutzt.«

Raymond ließ die Scheine in den Hut des Cellisten fallen.

Der Mann hörte plötzlich auf zu spielen. Genau in der Mitte eines Tons. Er hob die Hand, die nicht den Bogen hielt, und machte eine ausholende Dankesgeste, als schwenkte er einen unsichtbaren Hut.

»Das kann sie nicht sehen«, erklärte ihm Raymond.

Erst da fiel ihm auf, dass sie ihren rot-weißen Blindenstock gar nicht mitgenommen hatte. Vielleicht war sie zu müde und zu niedergeschlagen gewesen, um ihn zu holen. Oder vielleicht vertraute sie inzwischen darauf, dass er ihr alles sagte, was sie über den Bürgersteig vor ihren Füßen wissen musste.

»Habe ich etwas verpasst?«, wollte sie wissen.

»Es war eine Geste der Dankbarkeit«, antwortete der Cellist. Er stützte einen Ellbogen einen Moment lang auf sein Knie, schien entweder den Willen verloren zu haben, zu spielen, oder hatte den Faden des abgebrochenen Stücks verloren. »Ihr Freund hier hatte eine emotionale Reaktion auf die Musik«, verriet er Mrs G. »Das haben eine Menge Leute. Es hat ihn zum Weinen gebracht. Und ich denke, er hat Sie hergebracht, damit auch Sie weinen können. Ist aber bloß eine Vermutung. Ich mein es nicht irgendwie böse.«

»Das hatte ich auch nicht angenommen.«

»Ich glaube, er dachte wohl, eine Katharsis würde Ihnen guttun. Doch ich stelle nur Spekulationen aufgrund meiner Beobachtungen an.«

»Damit hatte er womöglich recht«, bemerkte Mrs G. »Schließlich sind das Einzige, was mehr wehtut als vergossene Tränen, unvergossene Tränen.«

»Allerdings«, pflichtete ihr der Cellist bei. »Und jetzt fange ich am besten wieder von vorn an. Wenn ich bei einem Stück erst mal den Faden verloren habe, finde ich ihn in der Regel nicht wieder.«

Beinah zwei Stunden lang saßen sie auf der Straße und hörten ihm beim Spielen zu, und keiner von ihnen beiden schien etwas sagen zu wollen, bis das Konzert vorbei war.

* * *

»Also, stimmt es, was er vermutet hat?«, wollte sie auf dem Heimweg in der U-Bahn von ihm wissen. »Hast du gedacht, ich müsste weinen?«

»Ich hatte keine Ahnung, ob du weinen würdest«, erklärte Raymond. »Ich hab überhaupt nicht darüber nachgedacht. Ich hab geweint, und ich habe nicht überlegt, ob du es auch tun würdest. Ich hab's einfach schön gefunden. Ich versuche mir immer schöne Sachen einfallen zu lassen, die ich mit dir teilen kann, aber meistens kannst du sie nicht sehen. Das hier jedoch, das konntest du wie ich genießen, und daher wollte ich, dass du die Gelegenheit dazu erhältst.«

Sie hob eine Hand und tastete vorsichtig nach seiner Wange, legte sie darauf. Tätschelte sie leicht und ließ sie dann einen Moment dort liegen. Dann tätschelte sie seine Wange noch einmal, bevor sie ihre Hand zurück in ihren Schoß legte.

»Ich hatte gehofft, es könnte ein weiteres Licht für dich sein«, fügte er hinzu. »Du weißt schon. In dieser langen Nacht.«

»Es wird die ganze Zeit heller hier drin«, erwiderte sie. »Ich fand, dass es interessant war, was der Cellist gesagt hat.«

»Was genau?«

»Dass dieses Instrument die gleiche ›Traurig bis schön‹-Bandbreite hat wie das Leben. Und jetzt sitze ich hier und denke: Wer bin ich, irgendeine große, weitreichende Erklärung darüber abzugeben, dass die Balance des Lebens in Schieflage ist? Ich muss ganz schön eingebildet sein, um zu denken, ich wüsste so etwas besser als Gott selbst.«

»Du glaubst an Gott?«

Raymond fragte sich, ob er das bereits gewusst hatte. Vielleicht.

»Ich glaube an etwas«, erklärte sie. »Etwas, das, so hoffe ich wenigstens, besser als ich weiß, wie die Welt sein sollte.«

Kapitel Neunzehn

Die Blockparty und der

Sonnenuntergang

Raymond war auf dem Weg zur Wohnungstür, als seine Mutter den Kopf aus der Küche herausstreckte.

»Gehst du weg?«, fragte sie. Ein bisschen zu fröhlich, als dass es natürlich geklungen hätte.

»Ja«, antwortete er, hoffte, keine weiteren Erklärungen abgeben zu müssen.

»Mit deinen Freunden?«

»Ja.«

»Die ältere Dame? Oder die Familie, die den Vater verloren hat? Oder diese andere Familie mit dem gleichen Namen, die ihren Vater noch hat?«

»Ja.«

Sie warf ihm einen neugierigen Blick zu. »Das Letzte war gar keine Ja-oder-nein-Frage.«

»Es ist irgendwie alles zusammen. Gibt es einen Grund für dieses Kreuzverhör?«

Da änderte sich ihre Miene. Schien irgendwie zu welken. Verwandelte sich in etwas, das geschwächt und verletzt wirkte.

Raymond war das von ihr nicht gewohnt, und es sorgte dafür, dass er sich schuldig fühlte.

»Das war absolut nicht das, was ich beabsichtigt hatte«, erwiderte sie.

Er wartete einen Moment, die Hand auf dem Türknauf, falls sie mehr sagen wollte. Eigentlich war er schon halb zur Tür hinaus, wenigstens im Kopf.

»Ich wollte Interesse an deinem Leben zeigen«, fügte sie hinzu.

»Oh. Verstehe. Tut mir leid.«

Er öffnete die Tür, aber sie hatte tatsächlich noch mehr auf dem Herzen.

»Ich weiß, ich hab gesagt, ich wollte versuchen, dich besser zu verstehen. Und das habe ich auch wirklich, doch ich fürchte, dabei habe ich komplett versagt.«

Die Unterhaltung verharrte einen Moment lang im Pausen-Modus. Raymond ging zur Tür hinaus, wollte fast verzweifelt dieses unbehagliche Gefühl loswerden. Aber während er das tat, erinnerte er sich an etwas, was Mrs G ihm geraten hatte. Mit der Familie, aus der er stammte, seinen Frieden zu machen, besonders mit seiner Mutter.

Er drehte sich noch einmal zu ihr um. »Danke, dass du's versucht hast.«

»Und komplett versagt hab«, ergänzte sie.

»Trotzdem ... Danke, dass du's versucht hast.«

* * *

Sie trafen Isabel und ihre drei Kinder an der Straßenecke, und Raymond führte Mrs G am Arm. Sie gingen gemeinsam, alle sechs, zu der Wohnung von Luis und Sofia Velez und ihrer Familie.

Anfangs schwiegen sie auf dem Weg dorthin.

»Also werden wir einfach mit ihnen essen?«, erkundigte sich Isabel nach einer Weile.

»Ich denke schon«, antwortete Raymond. »Sie wollten dich kennenlernen. Und die Kinder. Aber Sofia war sehr … Ich weiß nicht genau, wie ich es beschreiben soll. Sie klang aufgeregt, und sie hat darauf bestanden, dass wir alle kommen und dass es diesen Sonntag sein müsste, nicht letzten und nicht nächsten, und … ich weiß nicht. Es klang fast so, als ob da mehr sein könnte, doch sie wollte es mir nicht verraten. Daher bin ich nicht sicher, was ich euch sagen soll. Es ist nicht ausgeschlossen, dass sich mehr dahinter verbirgt.«

Er hörte Mrs G seufzen und wusste, die ältere Frau hoffte, dass es nicht viel mehr sein würde. Sie fühlte sich mehr ganz eindeutig nicht gewachsen.

»Ich hoffe nur, sie haben einen großen Esstisch«, meinte Isabel. »Das werden eine Menge Leute beim Essen sein. Okay, ich hab euch noch etwas zu erzählen, und ich glaube, jetzt ist der richtige Zeitpunkt, also, hier kommt es. Es sind richtig gute Nachrichten.«

»Ich kann gute Nachrichten immer gebrauchen«, erklärte Mrs G.

»Ich hab mich heute Morgen mit dem Anwalt getroffen, Raymond. Dem Freund von dir. Er hat einen Termin mit mir in seinem Büro gehabt, obwohl es Sonntag ist. Und er will den Fall übernehmen. Er meint, wir hätten eine wirklich, wirklich gute Chance, zu gewinnen. Er schätzt sie auf fünfundneunzig Prozent. Und er macht es gegen Vergütung auf Erfolgsbasis, daher muss ich ihn nur bezahlen, wenn wir auch gewinnen. Wobei er sehr zuversichtlich ist, dass wir das tun werden. Ich bin schon den ganzen Tag ganz aufgeregt deswegen.«

»Warte«, warf Mrs G ein. »Sollte ich irgendetwas darüber wissen? Ich weiß nämlich überhaupt nichts davon.«

»Oh«, sagte Isabel. »Ich dachte, Raymond hätte es dir erzählt.«

Verlegenheit wallte in Raymond auf, und er schluckte krampfhaft, wie um sie runterzuschlucken. »Ich wollte es dir nicht erzählen, bevor ich nicht wusste, ob es klappt«, gestand er kleinlaut. »Ich dachte, vielleicht sei es zu früh.«

»Du hast einen Freund, der Anwalt ist?«

»Ja. Irgendwie schon. Er ist einer der Männer, die Luis Velez heißen, bei denen ich war und die sich als die Falschen herausgestellt haben.«

Ein paar Schritte gingen sie schweigend weiter. Der Verkehrslärm und der Klang ihrer Schritte auf dem Gehsteig waren die einzigen Geräusche.

»Aber die Gerichtsverhandlung ist doch vorbei«, wandte Mrs G ein.

»Es wird ja auch ein Zivilprozess sein«, erklärte Isabel.

»Oh. Ein Zivilprozess. Verstehe.«

»Wir wissen nicht, wie viel Geld sie hat«, fuhr Isabel fort. »Aber im Zuge der Anklage werden wir das Recht erhalten, das zu erfahren. Er sagt, das Gericht wird ihr genug zum Leben lassen, allerdings nicht viel mehr. Miete und Essen und alles Lebensnotwendige, aber sie wird nie wieder Luxus haben. Alles über dem, was sie braucht, wird an mich gehen und die Kinder, je nachdem, was die Jury entscheidet. Falls wir gewinnen. Womit er fest rechnet.«

»Also wird sie irgendeinen Preis für das zahlen müssen, was sie getan hat«, stellte Mrs G fest, und ihre Stimme war belegt von Gefühlen.

»So sieht es aus.«

»Das sind wirklich richtig gute Nachrichten!«

Bis zum nächsten Block fiel kein weiteres Wort, schienen alle in ihre eigenen Gedanken versunken. Selbst die Kinder.

Dann sagte Mrs G: »Irgendwo spielt eine Band Steeldrums. Hört ihr das?«

Aber Raymond konnte nichts hören. Er blickte zu Isabel, doch sie verriet durch nichts, dass es ihr anders erging.

»Ich höre was!«, rief Esteban.

Und dann, einen halben Block weiter, tat das auch Raymond.

* * *

Sie bogen um die Ecke in Luis' und Sofias Straße. Gut dreißig Leute befanden sich auf der Straße, vielleicht auch mehr. Nicht auf dem Gehsteig, sondern auf der Straße. An beiden Enden des Blocks hatte jemand hölzerne Barrikaden aufgestellt, wie sie die Polizei benutzte, um eine Straße abzusperren.

Die Steeldrum-Band spielte in der Mitte des Blocks. Rauch stieg hinter den Musikern von einem großen Grill auf, wie sie bei Veranstaltungen benutzt wurden. Leute mit roten Pappbechern in der Hand liefen umher und tranken immer wieder daraus. Zwei kleine Mädchen in hübschen Kleidern tanzten zu der Musik.

Sofia entdeckte Raymond und seine Freunde und eilte zu der Stelle, wo sie standen und die unerwartete Szene betrachteten.

»Willkommen zu unserer Blockparty«, sagte sie.

»Ihr veranstaltet eine Blockparty?«, fragte Raymond. »Für wen?«

»Für euch alle«, erklärte sie. »Was dachtest du denn?«

* * *

Sofia kam an ihren Tisch und blieb neben ihnen stehen. Jemand hatte einen Klapptisch für sie auf dem Bürgersteig aufgestellt. Er hatte sogar eine hellblaue Tischdecke, die festgeklemmt war,

371

damit der Wind sie nicht runterwehen konnte. An den vier Ecken waren mit Helium gefüllte Luftballons befestigt.

»Im Moment ist es noch ein bisschen schwach besucht«, sagte Sofia. »Aber es gibt gratis Hotdogs und Hamburger, und wenn wir mit dem Grillen anfangen, wird das mehr Leute anlocken.« Sie war wegen der schwachen Beteiligung gestresst, und Raymond konnte nicht umhin, diesen Stress zu bemerken. »Und einer unserer Nachbarn hat zwei Fässer Bier von seiner Arbeit gestiftet. Und das wird auf jeden Fall zu mehr Besuchern führen. Im Moment schauen die Leute aus den Fenstern nach unten und überlegen, ob sie runtergehen sollen. Niemand möchte auffallen. Doch ich denke, je mehr Leute sich einfinden, desto mehr werden nachkommen.«

»Bitte machen Sie sich keine Sorgen«, erwiderte Mrs G sanft. »Es ist so lieb von Ihnen, dass Sie das tun, da ist es unerheblich, wie viele Leute tatsächlich kommen … oder es sein lassen.«

»Wir führen eine Sammlung durch«, erzählte Sofia weiter. »Den ganzen Tag lang. Für die Kinder. Und eine Menge Leute haben schon gleich was gespendet, als wir sie eingeladen haben. Viele haben auch gesagt, sie könnten leider nicht kommen, haben aber etwas gegeben. Daher, selbst wenn es letzten Endes nicht so viele Leute werden, werden wir trotzdem eine schöne Summe zusammenhaben.«

Dann eilte sie davon, als könnte sie den Druck nicht länger aushalten.

Ein Mann in den Dreißigern näherte sich ihrem Tisch. Ein Afroamerikaner mit rasiertem Schädel und Bart, allerdings ohne Schnurrbart.

»Sie sind die Witwe«, wandte er sich an Isabel. Es klang nicht wie eine Frage.

»Ja«, bestätigte sie.

»Ich wollte einfach nur herkommen und Ihnen sagen, wie leid es mir tut, was passiert ist. Und ich finde es traurig, dass die Jury nichts verstanden und so entschieden hat. Ich möchte bloß, dass Sie wissen, eine Menge Leute verstehen es sehr wohl – wie schwer Ihr Verlust ist und wie falsch es ist, dass das überhaupt so passiert ist.«

Er griff nach Isabels Hand, und sie überließ sie ihm. Der Mann schüttelte sie nicht direkt, er hielt sie nur und drückte sie.

Isabel öffnete den Mund, doch keine Worte kamen heraus.

»Es ist okay«, erklärte er. »Sie müssen nichts sagen. Ich möchte bloß, dass Sie es wissen. Und ich hab einen Scheck in das Sammelglas getan. Nicht viel, aber das, was ich geben kann. Sie wissen schon. Für die Kinder.«

Er ließ ihre Hand los und drehte sich um, entfernte sich.

Raymond schaute auf und sah eine ältere Frau und ein junges Pärchen hinter dem Mann stehen. Darauf warten, mit der Witwe zu sprechen.

Die ältere Frau trat als Erste an den Tisch.

»Ich möchte Ihnen nur mitteilen, wie leid es mir tut. Ihr Ehemann hat vielleicht nicht allen so viel bedeutet, aber mir schon. Auch wenn ich ihn nie getroffen habe. Ich habe drei Söhne, ungefähr in Ihrem Alter. In seinem Alter. Daher kann ich es nachvollziehen.«

»Danke«, antwortete Isabel.

Dann kam das Pärchen, das als Letzte in der Reihe gestanden hatte, doch das waren sie nicht länger. Hinter ihnen hatte sich eine Schlange gebildet. Inzwischen waren vermutlich eher fünfzig Leute auf der Straße, und fast die Hälfte von ihnen stand an, um mit der Witwe zu sprechen. Um ihr ihr Beileid auszusprechen und zu erklären, dass es ihnen wichtig war, selbst wenn es den Geschworenen ganz eindeutig nicht wichtig genug gewesen war.

»Jemand sollte ihnen sagen, dass es auch dein Verlust war«, flüsterte Raymond Mrs G zu.

»Auf keinen Fall«, flüsterte sie zurück. »Das hier ist Isabels Augenblick. Du solltest ihn ihr gönnen. Das hier hat mit nichts etwas zu tun außer mit Luis' Witwe und seinen Kindern. Es freut mich, zu sehen, dass es so vielen Leuten was bedeutet, aber heute geht es nicht um mich.«

* * *

Eine Stunde nach Beginn der Party wechselte die Band. Die Steeldrums wurden ersetzt durch eine vierköpfige Band mit einer Sängerin, die moderne Popsongs spielte und vor jedem neuen Song wissen wollte, was das Publikum sich wünschte.

»Etwas Langsames!«, rief Isabel.

Dann reichte sie das Baby ihrer elfjährigen Tochter Maria Elena und ergriff Estebans Hand.

»Esteban tanzt gern langsam«, verkündete sie.

Mutter und Sohn standen zusammen auf und gesellten sich zu den anderen Paaren, die mitten auf der Straße miteinander tanzten.

Esteban reichte seiner Mutter ungefähr bis zur Brust, aber trotzdem sahen sie süß aus. Oder vielleicht gerade deswegen. Raymond bemerkte, dass mehrere der Leute, die zuschauten, mit ihren Handys Fotos von ihnen machten.

»Oh«, sagte Raymond plötzlich. Ihm war etwas eingefallen. Er hielt Mrs G seine Hand hin. »Würdest du gern tanzen?«

»Liebend gerne«, antwortete sie.

Sie hatte zwei halbe Becher Bier getrunken, nachdem sie einen Hotdog und einen halben Hamburger gegessen hatte. Irgendwie schien die Mischung aus Essen und Trinken Wunder für ihre Stimmung gewirkt zu haben.

Er erhob sich und nahm ihre Hand, führte sie auf die Straße.

»Ich sollte dich warnen«, bemerkte er. »Ich bin ein furchtbarer Tänzer.«

»Ich glaub kaum, dass das was macht. Du wirst der beste Tanzpartner sein, den ich seit beinahe zwanzig Jahren hatte. Da kannst du gar nicht verlieren.«

Sie legte ihren linken Arm um seine Mitte und nahm mit der Rechten seine Hand. Zwischen ihnen waren ungefähr dreißig Zentimeter Abstand. Raymond unternahm einen standhaften Versuch, sie zu führen, der jedoch kläglich scheiterte.

»Sorry«, entschuldigte er sich, als er völlig aus dem Takt geraten war.

»Ich dachte, du wolltest aufhören, dich wegen allem und jedem zu entschuldigen.«

»Oh. Stimmt. Ja.«

Beinah hätte er noch ein »Tut mir leid« hinterhergeschoben, verkniff es sich allerdings im letzten Moment.

* * *

»Ich konnte früher eine kesse Sohle aufs Parkett legen«, bemerkte Mrs G zwischen zwei Songs.

»Du konntest was?«

»Das ist eine Redewendung. Es bedeutet, dass man ziemlich gut tanzen kann. Oder es wenigstens begeistert tut.«

Sie trat einen Schritt von Raymond zurück, mitten auf der Straße, und begann zu tanzen. Sie schwang ihre Beine vor und zurück, ein Bein nach dem anderen, erst nach hinten, dann nach vorn. Sie hielt die Arme zur Seite, die Handflächen nach außen und die Finger nach oben. Sie wirbelte herum und begann von vorn. Die Leute bildeten einen Kreis um sie, um zuzuschauen, manche filmten mit ihren Smartphones. Als sie zu dem Teil kam, wo sie die Knie aneinanderschlug und wieder auseinanderdrückte, mit den Händen davor hin und her fuhr, applaudierte die Menge.

Inzwischen waren gut achtzig Leute auf der Straße.

Mrs G hörte auf zu tanzen und stand keuchend da, und frenetischer Applaus brandete auf. Sie lächelte breit, wie Raymond es noch nie zuvor bei ihr gesehen hatte. Schließlich akzeptierten die Leute, dass sie alles gegeben hatte, was sie in Bezug auf Tanzen zu geben hatte.

»Spielt den Bunny Hop«, rief ein Fremder der Band zu. »Den kennt jeder.«

Sie kannten ihn, und sie spielten ihn. Mehr als die Hälfte der Anwesenden bildete eine Menschenkette, die sich die Straße entlangbewegte, ihren Tanz immer wieder mit den komischen Hüpfern unterbrach, wenn die Musik es von ihnen verlangte. Raymond stand direkt hinter Mrs G, die Hände auf ihren Schultern, ungefähr drei Hüpfer lang. Dann spürte er, wie sie einknickte und beinah gestürzt wäre.

Instinktiv fing er sie auf und stützte sie.

»Ich muss mich etwas hinsetzen«, erklärte sie.

Er führte sie aus der Reihe und zurück zum Tisch, der inzwischen leer war. Er half ihr, auf einem Stuhl Platz zu nehmen.

»Alles in Ordnung?«, fragte er mit einem Anflug von Verzweiflung. Beinah panisch.

»Voll und ganz. Ich muss nur einmal durchschnaufen.«

Sie saßen mehrere Minuten lang schweigend da und schauten der Menge bei ihrem Hüpfen und Tanzen zu. Oder zumindest Raymond schaute ihnen zu. Er blickte zurück zu ihr und sah, dass ihre Augen weit geöffnet waren, sie aber völlig reglos war. Zusammengesunken auf ihrem Stuhl saß und blicklos ins Leere starrte.

Raymonds Herz schlug ihm bis zum Hals.

»Mrs G!«, rief er und rüttelte sie an der Schulter.

»Was?«, fragte sie. »Was schreist du mich so an?«

»Oh.« Raymond stieß den angehaltenen Atem aus, auf einmal und unwillkürlich. »Oh, du bist okay. Du hast mir Angst eingejagt.«

»Hast du gedacht, ich hätte den Löffel abgegeben?«

»Nun, du warst einfach … Du hast dich nicht mehr gerührt, deine Augen waren offen, doch ohne etwas zu sehen.«

»Raymond«, begann sie mit einem Anflug von Spott. »Ich bin blind.«

»Ach. Richtig. Also, jetzt komme ich mir dumm vor. Du wirktest bloß so anders als sonst. Aber vermutlich nur, weil du so müde bist.«

Sie tastete am Tisch entlang und nach seiner Hand, tätschelte sie.

»So leicht wirst du mich nicht los, mein Freund. Ich werde leben, bis ich hundert bin, wenn das geht. Vielleicht noch länger.«

»Ich bin froh, dich das sagen zu hören.«

»Das hatte ich dir bereits erzählt.«

»Ja«, erwiderte er. »Das stimmt wohl.«

* * *

Luis senior kam vorbei, als es langsam dunkel wurde, und brachte das Spendenglas, das er feierlich Isabel überreichte.

»Jedes Mal, wenn wir es zählen, kommt eine leicht andere Summe heraus«, erklärte er und wirkte leicht beschämt. »Aber es sind über siebenhundert Dollar.«

»Das ist wunderbar«, antwortete Isabel.

»Hören Sie«, sagte Luis mit schwerer Stimme. »Ich habe vier Kinder. Ich weiß, siebenhundert Dollar reichen dieser Tage nicht weit.«

»Es ist wunderbar«, wiederholte Isabel. »Es ist eine Menge. Es wird viel helfen. Und selbst wenn nur fünfzig Dollar dabei rausgekommen wären, wäre ich trotzdem dankbar. Weil es einfach so schön war, zu sehen, wie vielen Leuten es wichtig ist.«

»Nun, das ist schließlich die Idee hinter einer Blockparty«, erwiderte Luis. »Darum geht es dabei ja.«

* * *

Raymond und Mrs G waren gemeinsam unterwegs zur U-Bahn-Station, als die Sonne unterging. Isabel und ihre Kinder blieben noch bei der Party. Doch Mrs G hatte für einen Tag genug Aufregung gehabt, beinah sogar mehr, als sie verkraften konnte.

Die untergehende Sonne hing vor ihnen zwischen den Gebäuden, sodass sich Raymond mit einem Arm die Augen abschirmen musste. Er fragte sich, ob das Licht Mrs G wohl störte. Ob sie es überhaupt bemerkte.

»Ich hab das Gefühl, als ob wir in einem dieser alten Cowboyfilme wären«, meinte sie.

»Ich kann dir gerade nicht folgen.«

»Am Ende gehen sie immer in den Sonnenuntergang. Wobei … Ich glaub fast, sie reiten auf ihren Pferden in den Sonnenuntergang. Aber wir haben kein Pferd, daher müssen wir uns so behelfen.«

Raymond lächelte.

Sie gingen eine Minute, ohne etwas zu sagen.

»Bist du sicher, dass das mit dem Gehen okay ist?«, fragte er.

»Eindeutig. Ich hab dir ja schon erklärt, ich musste nur eine Minute durchschnaufen nach dem Tanzen. Behandle mich nicht, als ob ich zerbrechlich wäre. Wenn ich kein zäher alter Vogel wäre, wäre ich nicht mehr hier. Also, hattest du vergessen, dass ich dir erzählt habe, ich wollte mindestens hundert Jahre alt werden, wenn ich dabei ein Wörtchen mitzureden hätte?«

»Nein. Das habe ich nicht vergessen. Doch in letzter Zeit … Ich weiß nicht. Du warst so niedergeschlagen bei allem. Ich vermute, ich dachte, du hättest deine Meinung geändert.«

»Also, falls ich das getan hab, habe ich sie zurückgeändert.«

»Und was hat dich dazu veranlasst?«

»Ach, das war nicht eine Sache allein.«

»Eher all die kleinen Lichter?«

»Eher, dass ich einen Freund wie dich habe, der so viel Zeit darauf verwendet hat, sie anzuzünden, einfach um mir eine Freude zu machen und mir zu helfen, mit allem klarzukommen. Die Welt ist kein einfacher Ort, mein Freund. Ich bin nicht bereit, meine Meinung dazu zu ändern. Und doch sind wir gefordert, dankbar dafür zu sein, dass wir in ihr leben. Das scheint unsere Aufgabe zu sein.«

»Ja«, erwiderte Raymond. »Das ist manchmal schwierig.«

»Also, wenn wir aufrichtig uns selbst gegenüber sein wollen, dann ist es größtenteils schwierig. Aber wir haben einander. Was haben wir sonst, außer einander? Und was würden wir tun ohne einander? Es wäre unerträglich.«

»Ja, vermutlich schon«, meinte Raymond.

»Wenigstens habe ich einen guten Freund. Und du hast mich, bis du Mitte zwanzig oder so bist, ob es dir gefällt oder nicht.«

»Es gefällt mir gut«, sagte Raymond.

»Die Welt hat mir so viel genommen«, fügte sie nach einer Weile hinzu. In der sie geschwiegen hatten. »Oder wenigstens fühlt es sich die meiste Zeit so an. Doch sie hat mir auch dich gegeben, und alles, was du mit dir an meine Türschwelle gebracht hast. Isabel und diese drei wunderschönen Kinder und einen Luis Velez, der für uns eine Blockparty veranstaltet hat, und einen anderen Luis Velez, der Anwalt ist und Geld für die Kinder einklagen kann, und die süße kleine Katze, die mich wärmt, indem sie auf meinen Schoß klettert und schnurrt, und die mir nie vor die Füße läuft. Und sogar ein persönliches Cellokonzert! Und dabei hast du dein eigenes Leben zu leben, aber du nimmst dir die Zeit, all das für mich zu tun. Das ist ein ganz schönes Bündel guter Sachen, Raymond, und wer bin ich, zu erklären, es sei nicht genug? Wer bin ich, zu sagen, dass das Leben mir zu viel genommen hat und zu wenig gegeben? Ich lebe einfach hier. Ich bestimme nichts. Und es ist nur gut, dass ich das nicht tue. Ich weiß nämlich nicht annähernd genug.«

»Du weißt mehr als irgendjemand sonst, den ich je getroffen habe.«

»Nun, das reicht nicht, mein Freund. Ich weiß nicht immer, wie alles ist, und noch viel weniger, wie es sein sollte. Doch ich bin klug genug, um mich über das zu freuen, was ich habe, und das ist kein geringer Segen.«

Die Sonne versank am Horizont, und sie gingen langsam weiter. In den Sonnenuntergang. Auf das zu, was auch immer die Welt noch für sie in petto hatte.

Zeitfracht Medien GmbH
Ferdinand-Jühlke-Straße 7
99095 Erfurt, Deutschland
produktsicherheit@kolibri360.de

Druck:
CPI Druckdienstleistungen GmbH
im Auftrag der
Zeitfracht Medien GmbH
Ein Unternehmen der Zeitfracht - Gruppe
Ferdinand-Jühlke-Str. 7
99095 Erfurt